Edith Wharton
Zeit der Unschuld

SERIE PIPER
Band 1870

Zu diesem Buch

In diesem 1921 mit dem Pulitzerpreis ausgezeichneten Roman erzählt Edith Wharton die Geschichte einer durch gesellschaftliche Konventionen verhinderten Liebe im New York der siebziger Jahre des vorigen Jahrhunderts.

Newland Archer, ein junger Anwalt aus der High-Society, ist mit der aus seinen Kreisen stammenden May Welland verlobt, verliebt sich aber in deren unkonventionelle Cousine Ellen Olenska, die nach einer gescheiterten Ehe aus Europa zurückgekehrt ist. Der Pflicht gehorchend, verhindert er als Anwalt ihre Scheidung, die den beiden Liebenden eine gemeinsame Zukunft ermöglichen – jedoch einen gesellschaftlichen Skandal heraufbeschwören – könnte und heiratet, ebenfalls aus Pflichtgefühl, May. Newland sichert sich dadurch zwar seine Karriere, aber er verspielt das Glück seines Lebens.

Edith Wharton, geboren 1862 in New York, gestorben 1937 in St. Brice-sous-Forêt/Frankreich. Aus dem Milieu der Upper ten stammend, unternahm sie zahlreiche Reisen. Schrieb – zunächst heimlich – Erzählungen, Novellen und Romane. Gilt als Meisterin der realistisch-gesellschaftskritischen amerikanischen Literatur.

Edith Wharton

Zeit der Unschuld

Roman

Aus dem Amerikanischen von
Richard Kraushaar
und Benjamin Schwarz

Piper
München Zürich

Die Originalausgabe erschien 1920 unter dem Titel
»The Age of Innocence«
bei D. Appleton and Company, New York.

Von Edith Wharton liegen
in der Serie Piper außerdem vor:
Winter (1262)
Sommer (1263)

ISBN 3-492-11870-4
November 1993
3. Auflage, 18.–27. Tausend, Dezember 1993
2. Auflage, 11.–20. Tausend dieser Ausgabe
R. Piper GmbH & Co. KG, München
Lizenzausgabe mit Genehmigung des
Rogner & Bernhard Verlags, Hamburg

Umschlag: Federico Luci,
unter Verwendung eines Fotos aus dem gleichnamigen Film
von Martin Scorsese

Satz: Druckerei Heise, Waldbröl
Druck und Bindung: Clausen & Bosse, Leck
Printed in Germany

Erstes Buch

1

An einem Januarabend Anfang der siebziger Jahre sang Christine Nilsson in einer »Faust«-Inszenierung der New Yorker Musikakademie die Margarethe.

Es war zwar damals schon die Rede davon, in einem äußeren Stadtbezirk, »hinter den Vierziger Straßen«, ein neues Orpernhaus zu errichten, das sich an Glanz und Kostspieligkeit mit denen der großen europäischen Hauptstädte messen könne; dennoch kam die Gesellschaft nach wie vor jeden Winter in den verblaßten roten und goldenen Logen der alten gemütlichen Akademie zusammen. Die Konservativen liebten sie, weil sie klein und unbequem war und so die gefürchteten »Neuen« fernhielt, die eben anfingen, New York zu erobern; die Sentimentalen aber schätzten die historischen Erinnerungen und die Musikbeflissenen die ausgezeichnete Akustik, die ja in Sälen, die für das Anhören von Musik erbaut sind, stets eine problematische Angelegenheit ist.

Es war Madame Nilssons erstes Auftreten in diesem Winter, und ein »außergewöhnlich glänzendes Publikum« – so hatte die Tagespresse es bereits zu bezeichnen gelernt – war versammelt, um sie zu hören. Durch die glatten verschneiten Straßen war man in eigenen Kutschen, in geräumigen Landauern oder in den bescheideneren, aber bequemeren Mietdroschken herbeigekommen. Fuhr man in einer Mietdroschke an der Oper vor, so galt das als beinahe so vornehm wie im eigenen Wagen; fuhr man damit heim, so hatte dies sogar den ungeheuren Vorteil, daß man – mit scherzhafter Anspielung auf demokratische Grundsätze – in das erstbeste Fahrzeug der wartenden Reihe klettern konnte, anstatt unter dem Portikus der Akademie nach der von Frost und Schnaps geröteten Nase des eigenen Kutschers Ausschau halten zu müssen. Es war die äußerst bedeutende Entdeckung eines der großen Mietdroschkenunternehmer gewesen, daß es die Amerikaner noch schneller von den Vergnügungen weg- als zu ihnen hinzog.

Als Newland Archer die Hintertür der Klubloge öffnete, hatte sich der Vorhang gerade vor der Gartenszene gehoben. Ebensogut hätte der junge Mann auch früher eintreffen können, denn er hatte um sieben nur mit seiner Mutter und seiner Schwester zu Abend gegessen und sich dann mit einer Zigarre in der gotischen Bibliothek zwischen den polierten Bücherschränken aus Nußbaum und den kreuzblumenverzierten Stühlen aufgehalten, dem einzigen Raum, in dem Mrs. Archer das Rauchen gestattete. Aber New York war in erster Linie Metropole, und als deren Bewohner wußte man genau, daß »man« nicht pünktlich zur Oper kam; und was »man« tat oder nicht tat, spielte in Newland Archers New York eine ebenso wichtige Rolle wie die unergründlichen Totemgesetze, die vor Jahrtausenden die Geschicke seiner Vorväter beherrscht hatten.

Der zweite Grund seiner Verspätung war ein persönlicher. Er hatte bei seiner Zigarre die Zeit vertrödelt, weil er im Grunde ein Ästhet war und der Gedanke an ein bevorstehendes Vergnügen ihm oft innigeren Genuß gewährte als dessen Verwirklichung. Dies traf besonders zu, wenn es sich – wie bei ihm in den meisten Fällen – um einen erlesenen Genuß handelte. Diesmal aber war der Augenblick, auf den er sich freute, etwas so Seltenes und Köstliches, daß – ja selbst im Einvernehmen mit dem Manager der Primadonna hätte er den Zeitpunkt seines Eintretens in die Akademie nicht passender wählen können als eben jetzt, da sie sang: »Er liebt mich – er liebt mich nicht – *er liebt mich*!« und auf die fallenden Blütenblätter ihre tauklaren Töne niederperlen ließ.

Natürlich sang sie *M'ama*! und nicht »er liebt mich«, denn in der Musikwelt verlangte eine unbedingte und unabänderliche Regel, daß der deutsche Text französischer Opern, von schwedischen Künstlern gesungen, ins Italienische übersetzt wurde, damit das englischsprechende Publikum ihn besser verstünde. Dies schien Newland Archer ebenso selbstverständlich wie alle übrigen Konventionen, die sein Leben bestimmten: zum Beispiel die Notwendigkeit, zwei silberbeschlagene Haarbürsten mit seinem Monogramm in blauer Emaille zum Scheiteln seines Haars zu benutzen oder in Gesellschaft nie ohne eine Blume im Knopfloch – möglichst eine Gardenie – zu erscheinen. »*M'ama... non m'ama!...*«, sang die Primadonna, bis endlich ihre ganze Liebe befreit aufjauchzte: »*M'ama*«*!*, wobei sie das zerrupfte Gänseblümchen an die Lippen preßte und die großen Augen zu dem in engem purpurrotem Wams und mit Federmütze neben ihr stehenden kleinen braunen Faust-Capoul hob, dessen verschlagene Züge sich vergeblich bemühten, so rein und echt auszusehen wie sein argloses Opfer.

Newland Archer hatte sich gegen die Rückwand der Klubloge gelehnt. Jetzt wandte er den Blick von der Bühne ab und prüfte aufmerksam die gegenüberliegende Seite des Hauses. Direkt ihm gegenüber befand sich die Loge der alten Mrs. Manson Mingott, die wegen ihrer ungeheuren Körperfülle schon längst nicht mehr die Oper besuchen konnte, aber bei festlichen Gelegenheiten stets von einigen jüngeren Familienmitgliedern vertreten wurde. Diesmal nahmen ihre Schwiegertochter, Mrs. Lovell Mingott, und ihre Tochter, Mrs. Welland, die vorderen Reihe ein; und leicht verborgen hinter diesen brokatbekleideten Matronen saß ein junges Mädchen in Weiß, das den Blick verzückt auf das Bühnenliebespaar gerichtet hielt. Als Madame Nilsson ihr »*M'ama*!« durch das schweigende Haus jubelte – die Logen verstummten stets während des Blumenorakels –, stieg ein warmes Rot in die Wangen des Mädchens, überzog ihre Stirn bis an die Haarwurzeln ihrer blonden Flechten und tönte den zarten Ansatz der Brust bis an die verhüllende Tüllspitze, die von einer einzigen Gardenie gehalten wurde. Sie senkte den Blick auf den riesigen Maiglöckchenstrauß in ihrem Schoß, und Newland Archer sah, wie ihre weißbehandschuhten Fingerspitzen die Blumen sanft berührten. In seiner Eitelkeit befriedigt, atmete er auf und wandte den Blick wieder der Bühne zu.

An der Ausstattung hatte man nicht gespart; sie wurde sogar von Leuten gerühmt, die wie er die Opernhäuser von Paris und Wien gesehen hatten. Der Vordergrund war bis an die Rampenlichter mit smaragdgrünem Tuch bedeckt. In der Mitte bildeten symmetrische Buckel wolliggrünen Mooses, die von Eisenbügeln eingefaßt waren, die Grundformen von Sträuchern, die wie Apfelsinenbäumchen aussahen, aber mit großen hell- und dunkelroten Rosen besteckt waren. Aus dem Moos unter den Rosenbäumchen ragten riesige Stiefmütterchen hervor, die größer als die Rosen waren und ganz den blütenartigen Federwischern glichen, die weibliche Gemeindemitglieder für ihre angeschwärmten Pfarrer herstellten, und hier und dort blühte ein auf einen Rosenzweig gepfropftes Gänseblümchen in einem Übermaß, das einem einen Vorgeschmack auf die Wunderschöpfungen Luther Burbanks, des berühmten Züchters, schenkte.

Inmitten dieses Zaubergartens stand Madame Nilsson im weißen Kaschmirgewand, aus dessen Schlitzen blaßblauer Satin hervorschimmerte. An ihrem blauen Gürtel hing ein Täschchen, und zu beiden Seiten ihres Musselinleibchens ruhten die dicken gelben Zöpfe. Mit niedergeschlagenen Augen lauschte sie Monsieur

Capouls leidenschaftlichem Werben und tat sehr unschuldig und verständnislos, wenn er mit Wort und Blick immer wieder heftig auf das Parterrefenster des hübschen Backsteinhäuschens wies, das von rechts schräg aus der Kulisse vorsprang.

»Das liebe Kind!« dachte Newland Archer, und sein Blick glitt wieder zu dem Mädchen mit den Maiglöckchen zurück. »Sie ahnt nicht einmal, worum es sich handelt.« Und er betrachtete ihr versunkenes junges Antlitz mit einem erregten Besitzgefühl, in dem das Selbstbewußtsein des wissenden Mannes sich mit leiser Ehrfurcht vor ihrer abgrundtiefen Reinheit mischte. »Wir werden den ›Faust‹ miteinander lesen… an den italienischen Seen…«, dachte er, und in einem leichten Nebel verschmolz ihm der Schauplatz seiner Flitterwochen mit den Meisterwerken der Literatur, die seiner Braut zu vermitteln er als sein männliches Vorrecht ansah. Heute nachmittag erst hatte May Welland ihm zu verstehen gegeben, daß er ihr »nicht gleichgültig« sei – mehr durfte ein Mädchen in New York nicht gestehen –, und schon eilte seine Phantasie dem Verlobungsring, dem Brautkuß und dem Marsch aus dem »Lohengrin« voraus, und er sah sie bereits in irgendeinem verwunschenen Winkel Europas neben sich.

Er wünschte durchaus nicht, daß die künftige Mrs. Newland Archer ein einfältiges Gänschen bliebe. Dank seiner Führung sollte sie so viel gesellschaftlichen Takt und schlagfertiges Wissen erwerben, daß sie es mit den beliebtesten verheirateten Frauen der

»jüngeren Gesellschaft« aufnehmen konnte, die es so angenehm verstanden, die Männer huldigend an sich zu ziehen und sie gleichzeitig spielend im Zaum zu halten. Wäre er seiner Eitelkeit ganz auf den Grund gegangen – was er manchmal beinahe tat –, so hätte er dort den Wunsch gefunden, seine Frau möchte ebenso welterfahren und darauf aus sein, Gefallen zu erregen, wie jene verheiratete Dame, deren Reize ihn zwei leichtbewegte Jahre hindurch gefesselt hatten – ohne sich natürlich im entferntesten zu dem Fehltritt hinreißen zu lassen, der das Leben jenes unglücklichen Geschöpfs beinahe zerstört hätte und seine eigenen Pläne für einen ganzen Winter durcheinanderbrachte.

Wie aber solch ein Wunder von Feuer und Eis entstehen und einer rauhen Welt standhalten sollte, das auszudenken hatte er sich nie die Zeit genommen; es genügte ihm vielmehr, diese Ansicht zu hegen, ohne sie im einzelnen zu untersuchen, denn er wußte, daß er hierin mit all den sorgfältig gekämmten Herren mit weißer Weste und Blume im Knopfloch übereinstimmte, die nacheinander in die Klubloge traten, freundliche Begrüßungsworte mit ihm tauschten und die Operngläser kritisch auf den Kreis der Damen richteten, die das Produkt dieses Systems darstellten. In geistigen und künstlerischen Dingen fühlte sich Newland Archer diesen auserwählten Exemplaren der alten New Yorker Gesellschaft unbedingt überlegen; er hatte wahrscheinlich mehr gelesen, mehr nachgedacht und sogar viel mehr von der Welt gesehen als irgendein anderer. Einzeln verriet jeder seine Unterlegenheit; vereinigt aber stellten sie »New York« dar, und die Gewohnheit männlicher Solidarität ließ ihn sich ihre Glaubenssätze in allem, was die Moral betraf, zu eigen machen. Instinktiv empfand er, daß es lästig und auch taktlos wäre, wenn er auf diesem Gebiet eigene Wege ginge.

»Na, sowas!« rief Lawrence Lefferts und richtete sein Opernglas mit einem Ruck von der Bühne weg. Lawrence Lefferts war wohl in allem, was »Formen« betraf, die größte Autorität in New York. Er hatte dem Studium dieser verzwickten und fesselnden Fragen wahrscheinlich mehr Zeit gewidmet als irgendein anderer, aber dies Studium allein erklärte noch nicht seine unbedingt anerkannte Geltung auf diesem Gebiet. Ein Blick jedoch auf seine schlanke, elegante Gestalt, von dem hohen Haaransatz über der schrägen Stirn und dem kühn geschwungenen blonden Schnurrbart bis hinab auf die langen schmalen Lackschuhe, genügte, um zu erkennen, daß einem Menschen, der so gute Kleider so ungezwungen zu tragen und sich bei solcher Länge mit derart lässiger Grazie zu halten verstand, das Wissen um »Formen« angeboren sein müsse. »Wann man zum Abendanzug eine schwarze Krawatte tragen sollte und wann nicht, das kann einem niemand besser als Larry Lefferts sagen«, hatte ein junger Bewunderer einmal von ihm gesagt. Und in der Frage »Pumps oder Lackschuhe« war seine Autorität nie bezweifelt worden.

»Mein Gott!« sagte er und reichte sein Glas stumm dem alten Sillerton Jackson.

Als Newland Archer dem Blick Lefferts' folgte, sah er mit Staunen, daß dessen Ausruf durch den Eintritt von jemand Neuem in die Loge der alten Mrs. Mingott veranlaßt worden war. Es war eine schlanke junge Dame, kaum weniger groß als May Welland, das braune Haar, das in dichten Locken ihre Schläfen umgab, von einem schmalen Diamantreif zusammengehalten. Der Eindruck dieser Haartracht, die ihr das damals sogenannte »josephinenhafte Aussehen« gab, wurde durch den Schnitt des dunkelblauen Samtgewandes verstärkt, das ein Gürtel mit großer altmodischer Schnalle recht effektvoll dicht unter der Brust umschloß. Die Trägerin dieses ungewöhnlichen Kleides schien die von ihr hervorgerufene Aufmerksamkeit gar nicht zu bemerken; sie blieb einen Augenblick mitten in der Loge stehen und erörterte mit Mrs. Welland ihr Anrecht, den Platz in der vorderen Reihe einzunehmen; dann zog sie sich mit leisem Lächeln zurück und setzte sich auf die Seite von Mrs. Wellands Schwägerin, Mrs. Lovell Mingott, die sich in der entgegengesetzten Ecke niedergelassen hatte.

Sillerton Jackson hatte Lawrence Lefferts das Opernglas zurückgereicht. Unwillkürlich blickte der ganze Klub den alten Mann an, um zu hören, was er zu sagen habe; denn der alte Mr. Jackson war eine ebenso große Autorität in bezug auf »Familie« wie Lawrence Lefferts in bezug auf »Formen«. Er kannte alle Verzweigungen der New Yorker Verschwägerungen und war in der Lage, nicht nur so dunkle Fragen aufzuhellen wie die der Verbindung zwischen den Mingotts

– über die Thorleys – und den Dallases aus South Carolina oder die der Beziehung des älteren Zweigs der Thorleys in Philadelphia zu den Chiverses in Albany – die man um keinen Preis mit den Manson-Chiverses am University Place verwechseln durfte –, sondern er vermochte auch die hervorstechenden Charakterzüge jeder Familie aufzuzählen, wie zum Beispiel den unerhörten Geiz der jüngeren Linie der Lefferts' in Long Island oder die fatale Neigung der Rushworths, Mißehen zu schließen, oder die Geisteskrankheit, die stets in der zweiten Generation der Chiverses in Albany wiederkehrte, mit denen ihre Vettern in New York niemals hatten heiraten wollen – von der traurigen Ausnahme der armen Medora Manson ausgenommen, die, wie jeder wußte... aber ihre Mutter war natürlich eine Rushworth.

Außer diesem Wald von Stammbäumen hütete Sillerton Jackson zwischen seinen schmalen, hohen Schläfen und unter der weichen Hülle silberner Haare ein Verzeichnis der meisten Skandale und Geheimnisse, die in den letzten fünfzig Jahren unter der glatten Oberfläche der New Yorker Gesellschaft geschwelt hatten. Ja, so weit reichte seine Kenntnis und so getreu war sein Gedächtnis, daß er wohl der einzige Mensch war, der einem hätte sagen können, woher Julius Beaufort, der Bankier, eigentlich kam, und was aus dem hübschen Bob Spicer, dem Vater der alten Mrs. Mingott, geworden war, nachdem er knapp ein Jahr nach seiner Heirat so geheimnisvoll mit einer großen Summe ihm anvertrauten Geldes verschwunden war, und zwar am gleichen Tage, als eine schöne spanische Tänzerin, die im alten Opernhaus an der Battery riesige Zuschauermengen entzückt hatte, mit dem Schiff nach Kuba gefahren war. Diese Geheimnisse aber und viele andere blieben in Jacksons Innerem versiegelt, denn sein strenges Ehrgefühl verbot ihm nicht nur, private Mitteilungen weiterzugeben, sondern ihm war auch deutlich bewußt, daß sein Ruf, verschwiegen zu sein, seine Chancen steigerte, alles ausfindig zu machen, was er wissen wollte.

Die Klubloge verharrte darum in sichtbarer Spannung, während Sillerton Jackson das Opernglas Lawrence Lefferts zurückgab. Stumm betrachtete er einen Augenblick lang aus den von alten, geäderten Lidern überhangenen, verschleierten blauen Augen die aufmerksame Gruppe; dann drehte er nachdenklich an seinem Schnurrbart und sagte einfach: »Ich hätte nicht gedacht, daß die Mingotts das wagen würden.«

2

Dieses kurze Zwischenspiel hatte Newland Archer in eine merkwürdige Verlegenheit gestürzt.

Es war auch recht ärgerlich, daß die Loge, welche die ungeteilte Aufmerksamkeit der Männerwelt New Yorks auf sich zog, eben jene war, in der seine Auserwählte zwischen Mutter und Tante saß, und zunächst ahnte er nicht, wer die Dame in dem Empirekleid war und weshalb ihr Erscheinen solche Aufregung unter den Eingeweihten hervorgerufen hatte. Dann aber dämmerte es ihm, und im gleichen Augenblick überkam ihn eine Welle der Entrüstung. Wahrhaftig, niemand hätte gedacht, daß die Mingotts das wagen würden!

Aber sie hatten es gewagt, zweifellos; denn die leisen Bemerkungen hinter Archer bestätigten ihm, daß die junge Dame May Wellands Kusine war, dieselbe Kusine, die in Familiengesprächen immer »die arme Ellen Olenska« hieß. Archer wußte, daß sie vor ein oder zwei Tagen plötzlich aus Europa herübergekommen war. Er hatte sogar von Miss Welland – und nicht in unfreundlichem Ton – gehört, daß sie die arme Ellen besucht hatte, die bei der alten Mrs. Mingott wohnte. Archer war stets für Familiensolidarität, und eine der Eigenschaften, die er bei den Mingotts am meisten bewunderte, war ihr entschlossenes Eintreten für die wenigen schwarzen Schafe in dieser sonst tadellosen Zucht. Das Herz des jungen Mannes war frei von Enge oder Mißgunst, und er war froh, daß seine zukünftige Frau sich nicht von falscher Scham hindern ließ, gegen ihre unglückliche Kusine (privatim) freundlich zu sein; aber es war ein Unterschied, ob man die Gräfin Olenska im Familienkreis aufnahm oder ob man sie vor die Öffentlichkeit stellte, und vor allem hier, in der Oper, in ein und derselben Loge mit dem jungen Mädchen, dessen Verlobung mit ihm, Newland Archer, in wenigen Wochen angezeigt werden sollte. Nein, er empfand genau wie der alte Sillerton Jackson; er hätte nicht gedacht, daß die Mingotts das wagen würden!

Er wußte natürlich, daß die alte Mrs. Manson Mingott, das weibliche Oberhaupt der Familie, mindestens soviel wagte, wie nur irgendein Mann innerhalb der Möglichkeiten der Fifth Avenue wagen würde. Er hatte stets die großmächtige alte Dame bewundert, die nur eine Catherine Spicer von Staten Island gewesen war und trotz ihres auf undurchsichtige Weise anrüchigen Vaters, ohne genügend Geld und ohne eine gesellschaftliche Stellung, die das hätte vergessen lassen, dennoch das Haupt der reichen Familie Mingott erobert, dann zwei ihrer Töchter an »Ausländer« – einen italienischen Marquis und einen englischen Bankier – verheiratet und schließlich ihre kühnen Unternehmungen damit gekrönt hatte, daß sie in der unzugänglichen Wildnis nahe dem Central Park ein riesiges Haus in cremefarbenem Stein errichten ließ, und das zu einer Zeit, als brauner Sandstein noch ebenso selbstverständlich war wie ein Gehrock am Nachmittag.

Die europäischen Töchter der alten Mrs. Mingott waren in Vergessenheit geraten. Sie kamen nie zurück, um ihre Mutter zu besuchen, und diese war, wie viele Menschen mit Tatendrang und beherrschendem Willen, seßhaft und beleibt und blieb gleichmütig zu Hause. Das cremefarbene Haus aber, das angeblich den Privathäusern der Pariser Aristokratie nachgebildet war, stand da als ein sichtbarer Beweis ihres moralischen Mutes, und in der vorrevolutionären Einrichtung und zwischen den Andenken aus den Tuilierien Louis Napoleons, wo sie als reife Frau geglänzt hatte, thronte sie nun so gelassen, als sei es nichts Besonderes, jenseits der Vierunddreißigsten Straße zu wohnen oder französische Fenster zu haben, die sich wie Türen öffneten, anstatt der üblichen Schiebefenster.

Alle, einschließlich Sillerton Jackson, stimmten darin überein, daß die alte Catherine nie Schönheit besessen habe —eine Gabe, die in den Augen New Yorks jeden Erfolg rechtfertigte und gewisse Mängel aufwog. Böse Zungen behaupteten, sie sei wie ihre kaiserliche Namensschwester den Weg zum Erfolg nur durch Willensstärke, Hartherzigkeit, Hochmut und Rücksichtslosigkeit gegangen, Eigenschaften, die jedoch durch die äußerste Sittsamkeit und Würde ihres Privatlebens in gewissem Grade entschuldigt wurden.

Ihr Mann, Manson Mingott, war gestorben, als sie erst einundzwanzig war, und hatte, von dem allgemeinen Mißtrauen gegen die Spicers angesteckt, das Geld festgelegt. Aber die kühne junge Witwe ging unverzagt ihren Weg, pflegte großmütig Umgang mit Ausländern, verheiratete ihre Töchter in Gott weiß was für verderbte moderne Kreise, biederte sich mit Herzögen und Gesandten an, verkehrte mit Papisten, lud Opernsänger ein und war die Herzensfreundin von Madame Taglioni; und bei alledem war doch nie ein Schatten auf ihren Ruf gefallen, wie auch Sillerton Jackson stets als erster bezeugte; in dieser Hinsicht allein, so fügte er hinzu, unterscheide sie sich von der berüchtigten Katharina.

Es war Mrs. Manson Mingott längst gelungen, das Vermögen ihres Gatten frei zu bekommen, und sie hatte ein halbes Jahrhundert lang im Überfluß gelebt. Die Erinnerung an ihre einstige Notlage aber hatte sie äußerst sparsam gemacht, und wenn sie auch beim Kauf eines Kleides oder Möbelstücks Wert darauf legte, daß es vom Besten war, so brachte sie es doch nicht über sich, viel Geld für die vergänglichen Freuden der Tafel aufzuwenden. Deshalb war aus vollkommen anderen Gründen das Essen bei ihr genauso schlecht wie bei Mrs. Archer, und ihre Weine entschädigten einen durchaus nicht. Ihre Verwandten meinten, die Dürftigkeit ihres Tisches bringe den Namen Mingott, bei dem man stets an ein üppiges Leben gedacht hatte, in Verruf. Die Leute aber kamen weiter zu ihr trotz der »fertigen Gerichte« und des faden

Sekts, und auf die Vorhaltungen ihres Sohnes Lovell, der den alten Ruf der Familie dadurch zurückzugewinnen versuchte, daß er den besten Koch New Yorks in seinen Diensten hatte, antwortete sie nur lachend: »Welchen Zweck hätten zwei gute Köche in einer Familie, wo ich doch die Mädchen verheiratet habe und Soßen nicht essen darf?«

Während Newland Archer darüber nachdachte, blickte er wieder zur Mingottschen Loge hinüber. Er sah, daß Mrs. Welland und ihre Schwägerin dem Halbkreis der Kritiker mit der Mingottschen Selbstsicherheit standhielten, die die alte Catherine all den Ihren mitgegeben hatte, und daß nur May Welland durch ein tieferes Rot – wohl weil sie sich von ihm beobachtet wußte – ein Gefühl für den Ernst der Situation verriet. Jene aber, die der Anlaß der Erregung war, saß, die Augen auf die Bühne gerichtet, in anmutiger Haltung in ihrer Logenecke und enthüllte, als sie sich vorbeugte, ein wenig mehr Schulter und Busen, als New York zu sehen gewohnt war, wenigstens bei Damen, die allen Grund hatten, sich unauffällig zu verhalten.

Für Archer gab es kaum etwas Schlimmeres als einen Verstoß gegen den »guten Geschmack«, jene fern thronende Gottheit, die in den »Formen« ihre sichtbaren Mittler und Statthalter besaß. Madame Olenskas bleiches, ernstes Gesicht empfand er als den Umständen und ihrer unglücklichen Lage angemessen; doch die Art, in der ihr miederloses Gewand von den zarten Schultern herabfiel, schockierte und beunruhigte ihn. Mit Mißbehagen sah er May Welland dem Einfluß einer jungen Frau ausgesetzt, die die Forderungen des guten Geschmacks so vernachlässigte.

»Aber«, hörte er einen der jungen Männer hinter sich beginnen – alle plauderten während der Szenen mit Mephisto und Marthe – »was ist denn eigentlich passiert?«

»Sie hat ihn verlassen; das kann ja wohl niemand leugnen.«

»Er ist doch ein richtiges Scheusal!« fuhr der junge Frager fort, ein aufrichtiger Thorley, der offenbar vorhatte, sich zum Ritter der Dame zu machen.

»Ein ganz schreckliches; ich habe ihn in Nizza kennengelernt«, versicherte Lawrence Lefferts. »Ein halbgelähmter, bleicher, hämischer Kerl – ein ziemlich stattlicher Kopf, aber die Augen mit zu vielen Wimpern. So einer, wißt ihr, der, wenn er nicht mit Frauen umginge, Porzellan sammelte. Zahlte jeden Preis für beides, nehme ich an.«

Ein allgemeines Gelächter folgte, und der junge Ritter sagte: »Und sie?«

»Und sie? Brannte mit einem Sekretär durch.«

»Ach so!« Der Ritter machte ein langes Gesicht.

»Das dauerte aber nicht lange; ein paar Monate später hörte ich, daß sie allein in Venedig lebe. Ich glaube, Lovell Mingott fuhr hin, um sie zu holen. Er sagte, sie sei verzweifelt und unglücklich. Na, meinetwegen – aber deswegen braucht man sie doch nicht in der Oper zur Schau zu stellen.«

Der junge Thorley meinte tapfer: »Vielleicht ist sie zu unglücklich, um zu Hause allein zu bleiben.«

Dies wurde mit respektlosem Gelächter aufgenommen, und der Jüngling errötete tief und versuchte so auszusehen, als habe er mit seinen Worten beabsichtigt, was Kenner ein *»double entendre«* nannten.

»Na, jedenfalls ist es sonderbar, daß man Miss Welland mitgenommen hat«, sagte jemand leise mit einem Seitenblick auf Archer.

»Ach, das gehört doch zum Kriegsplan«, lachte Lefferts. »Befehl von Großmama, kein Zweifel! Wenn die alte Dame was unternimmt, dann tut sie's gründlich.«

Der Akt ging zu Ende, und in der Loge begann eine allgemeine Bewegung. Newland Archer fühlte sich plötzlich zu einem entscheidenden Schritt getrieben. Der Wunsch, als erster Mrs. Mingotts Loge zu betreten, der wartenden Gesellschaft seine Verlobung mit May Welland anzuzeigen, ihr durch alle Schwierigkeiten hindurchzuhelfen, in welche sie die ungewöhnliche Lage ihrer Kusine gebracht haben konnte – dieser Drang hatte auf einmal alle Bedenken, alle Skrupel besiegt und ließ ihn durch die roten Wandelgänge an das andere Ende des Hauses eilen.

Als er die Loge betrat, begegneten seine Augen denen von Miss Welland, und er sah, daß sie ihn sofort verstanden hatte, obwohl ihr die Würde der Familie, die beide so sehr schätzten, nicht gestattete, es ihm zu sagen. Die Menschen ihrer Welt lebten in einer Atmosphäre leisen Einvernehmens und zarter Rüchsichtnahme, und die Tatsache, daß sie beide sich ohne ein Wort verstanden, brachte sie in den Augen des jungen Mannes einander näher, als es jede Erklärung vermocht hätte. Ihr Blick sagte: »Du siehst, warum Mama mich mitgenommen hat«, und seiner antwortete: »Du hättest um nichts auf der Welt wegbleiben dürfen.«

»Sie kennen meine Nichte, die Gräfin Olenska?« fragte Mrs. Welland, als sie ihrem zukünftigen Schwiegersohn die Hand reichte. Archer machte eine stumme Verbeugung, wie sie der Brauch bei einer solchen Vorstellung vorschrieb, und Ellen Olenska neigte leicht den Kopf, während ihre hellbehandschuhten Hände über dem großen Fächer aus Adlerfedern gefaltet blieben. Nachdem er Mrs. Lovell Mingott, eine korpulente Blondine in knisterndem Satin, begrüßt hatte, ließ er sich neben May Welland nieder und sagte leise: »Ich hoffe, du hast Madame Olenska erzählt, daß wir verlobt sind? Jeder soll es wissen – bitte laß es mich heute abend auf dem Ball bekanntgeben.«

Miss Wellands Gesicht wurde rosig wie der Schein der Morgendämmerung, und sie sah ihn strahlend an. »Wenn du Mama überreden kannst«, sagte sie. »Doch warum sollten wir unsere Pläne ändern?« Er antwortete ihr nur mit einem Blick, und sie setzte zuversichtlich lächelnd hinzu: »Sag es meiner Kusine selbst. Sie sagt, ihr hättet als Kinder zusammen gespielt.«

Sie machte ihm Platz, indem sie ihren Stuhl zurückschob, und sofort ließ er sich ein wenig ostentativ und mit dem Wunsch, das ganze Haus möge ihn dabei beobachten, neben der Gräfin Olenska nieder.

»Wir haben doch miteinander gespielt, nicht wahr?« fragte sie und richtete ihre ernsten Augen auf ihn. »Sie waren ein schrecklicher Junge und haben mich einmal hinter einer Tür geküßt; aber verliebt war ich in Ihren Vetter Vandie Newland, der mich kein einziges Mal angesehen hat.« Ihr Blick überflog die Hufeisenform der Logen. »Ach, wie mir das hier alles wieder in Erinnerung bringt – ich sehe jeden hier noch in Knickerbockern und Spielhöschen«, sagte sie mit dem schleppenden, ein wenig fremdländischen Tonfall, während ihre Augen zu ihm zurückkehrten.

So angenehm ihr Ausdruck den jungen Mann auch berührte, so sehr verletzte es ihn doch, daß sie so ein unpassendes Bild von dem erhabenen Gerichtshof aufnahmen, vor dem ihr Fall eben jetzt verhandelt wurde. Nichts konnte geschmackloser sein als eine unangebrachte Keckheit, und er antwortete etwas steif: »Ja, Sie sind sehr lange fortgewesen.«

»Ach, Jahrhunderte lang; so lange«, sagte sie, »daß ich glaube, ich bin schon tot und begraben, und dies hier ist der Himmel«, was Newland Archer aus ihm nicht ganz klaren Gründen als einen noch respektloseren Versuch empfand, die New Yorker Gesellschaft zu kennzeichnen.

3

Jedes Jahr wiederholte sich das gleiche.

Mrs. Julius Beaufort versagte es sich nie, am Abend ihres Jahresballes in der Oper zu erscheinen; ja sie gab ihren Ball stets an einem Opernabend, um zu zeigen, daß sie über Haushaltssorgen völlig erhaben sei und über Dienstboten verfüge, die auch in ihrer Abwesenheit jedes Fest organisieren konnten.

Das Haus der Beauforts war eines der wenigen in New York, das einen Ballsaal hatte (es hatte ihn schon vor Mrs. Manson Mingott und den Headley Chiverses), und das zu einer Zeit, da anfing, es für »provinziell« zu halten, wenn man das Wohnzimmer ausräumte und die Möbel nach oben schaffte. Dieser Besitz eines Ballsaals, der zu keinem anderen Zwecke diente und mit seinen vergoldeten Stühlen, die in der Ecke aufgestapelt waren, und dem in einem Überzug steckenden Kronleuchter an dreihundertvierundsechzig Tagen des Jahres verdunkelt blieb – diese unzweifelhafte Überlegenheit wog alles auf, was an der Vergangenheit der Beauforts zu bedauern war.

Mrs. Archer, die ihre gesellschaftliche Weisheit gern in Axiome kleidete, hatte einmal gesagt: »Wir alle haben unsere lieben einfachen Leute –«, und obgleich das Wort gewagt war, wurde seine Wahrheit insgeheim von vielen Exklusiven zugegeben. Aber die Beauforts waren eigentlich keine einfachen Leute; mancher sagte, sie seien viel schlimmer. Mrs. Beaufort entstammte einer der angesehensten Familien Amerikas: sie war die schöne Regina Dallas aus dem Zweig in South Carolina gewesen, aber arm wie eine Kirchenmaus, die von ihrer Kusine, der unbedachtsamen Medora Manson, die aus einem richtigen Antrieb stets das Falsche tat, in die New Yorker Gesellschaft eingeführt worden war. Wenn man mit den Mansons und den Rushworths verwandt war, besaß man in der New Yorker Gesellschaft ein *»droit de cité«*, wie Sillerton Jackson, der oft in den Tuilerien gewesen war, es nannte; verscherzte man es sich aber nicht, wenn man Julius Beaufort heiratete?

Es fragte sich, wer Beaufort eigentlich war. Er galt als Engländer, war eine angenehme, stattliche Erscheinung, launisch, gastfreundlich und geistreich. Er war mit Empfehlungsbriefen des englischen Schwiegersohns der alten Mrs. Manson Mingott, des Bankiers, nach Amerika gekommen und hatte sich in der Gesellschaft schnell eine wichtige Stellung erobert; aber er führte ein ausschweifendes Leben, neigte zu beißender Ironie, und sein Vorleben blieb im Dunkeln. Und als Medora Manson die Verlobung ihrer Kusine mit ihm anzeigte, sah man darin nur eine neue Dummheit der armen Medora mit ihrer langen Liste unvorsichtiger Handlungen.

Die Dummheit aber wird ebensooft in ihren Kindern gerechtfertigt wie die Klugheit, und zwei Jahre nach der Hochzeit der jungen Mrs. Beaufort gab jeder zu, daß sie das vornehmste Haus in New York besaß. Niemand wußte genau, wie das Wunder sich vollzogen hatte. Sie war schlaff und untätig, die Bissigen nannten sie sogar langweilig. Sie aber thronte wie ein Götzenbild, mit Perlen behängt, jedes Jahr jünger, blonder und schöner, in Beauforts wuchtigem Sandsteinpalast und zog alle dahin, ohne auch nur den juwelengeschmückten kleinen Finger zu krümmen. Die Wissenden sagten, es sei Beaufort selbst, der die Dienstboten erziehe, dem Koch neue Gerichte beibringe, den Gärtnern sage, welche Treibhausblumen sie für die Tafel und die Wohnzimmer ziehen sollten, der die Gäste auswähle, den Abendpunsch braue und seiner Frau die Briefchen an ihre Freunde diktiere. Wenn das der Fall war, so verrichtete er diese häuslichen Tätigkeiten im stillen; der Welt dagegen bot er den Anblick eines sorglosen, gastlichen Millionärs, der mit der Unbefangenheit eines Gastes in sein eigenes Wohnzimmer schlendert und sagt: »Die Gloxinien meiner Frau sind ein wahres Wunder, nicht? Ich glaube, sie hat sie aus dem Kew.«

Beauforts Geheimnis lag nach einstimmiger Ansicht in der Art, wie er mit allem fertig wurde. Man mochte noch so viel tuscheln, daß ihm das internationale Bankhaus, in dem er beschäftigt gewesen war, von England »fortgeholfen« habe; er wurde mit dem Gerücht so leicht wie mit allem übrigen fertig, obwohl das Geschäftsgewissen New Yorks nicht weniger empfindlich war als seine moralischen Grundsätze. Er brachte alles fertig, schleppte ganz New York in sein Haus, und seit zwanzig Jahren sagte man sich mit so ruhiger Stimme, man »gehe zu den Beauforts«, als heiße es »zu den Manson Mingotts«, nur mit dem Unterschied, daß man sich auf frische Kanevasente und einen guten Jahrgang freuen konnte anstatt auf lauwarmen, jahrganglosen Veuve Cliquot und aufgewärmte Fleischklöße aus Philadelphia. Mrs. Beaufort war also wie üblich gerade vor der Schmuckkästchenarie in ihrer Loge erschienen, und als sie sich wie üblich am Ende des dritten Akts erhob, den Opernmantel um die schönen Schultern zog und verschwand, wußte New York, daß der Ball eine halbe Stunde darauf beginnen würde.

Das Beaufortsche Haus war etwas, was die New Yorker mit Stolz den Fremden zeigten, besonders am Abend des Jahresballes. Die Beauforts waren in New York unter den ersten gewesen, die einen roten Samtläufer besaßen, der von eigenen Dienern unter dem eigenen Zeltdach über die Freitreppe gerollt wurde, anstatt ihn zusammen mit den Stühlen für das Festessen und den Ballsaal zu mieten. Sie hatten auch eingeführt, daß die Damen ihre Mäntel in der Diele ablegten, statt in das Schlafzimmer der Dame des Hauses hinauszuschlurfen und sich das Haar mit der Brennschere aufzufrischen; Beaufort sollte gesagt haben, daß alle Freundinnen seiner Frau doch wohl Mädchen hätten, die dafür sorgten, daß sie beim Verlassen des Hauses richtig *coiffées* seien.

Das Haus mit dem Ballsaal war großzügig geplant worden, so daß man sich nicht (wie bei den Chiverses) durch einen schmalen Gang hineindrängen mußte: feierlich durchschritt man die hintereinanderliegenden Wohnzimmer – das meergrüne, das karmesinrote und das *bouton d'or* – und sah schon von weitem die vielarmigen Leuchter auf dem polierten Parkett sich spiegeln und im Hintergrund den Wintergarten, wo Kamelien und Baumfarne ihr herrliches Laub über Bänke von schwarzlackiertem Bambus wölbten.

Newland Archer kam erst spät, so wie es seine gesellschaftliche Stellung verlangte. Er hatte seinen Mantel den Lakaien mit den Seidenstrümpfen gereicht – die Strümpfe waren eine der wenigen Geschmacklosigkeiten Beauforts –, war durch die mit Saffianleder ausgeschlagene Bibliothek geschlendert, wo einige Herren zwischen den perlmutter- und malachitgeschmückten Möbeln sich plaudernd die Handschuhe zum Tanz anzogen, und hatte sich endlich unter die Reihe der Gäste gemischt, die Mrs. Beaufort auf der Schwelle des roten Zimmers begrüßte.

Archer war sichtlich nervös. Er war nach der Oper nicht in den Klub zurückgefahren, wie es die vornehme Jugend gewöhnlich tat, sondern war in der schönen Abendluft die Fifth Avenue ein Stück hinaufspaziert, bevor er den Weg zum Beaufortschen Haus einschlug. Er fürchtete wirklich, daß die Mingotts zu weit gingen, ja, daß Großmama Mingott womöglich befohlen habe, die Gräfin Olenska zum Ball mitzunehmen.

Aus dem Ton in der Klubloge hatte er entnehmen können, ein wie schwerer Fehler das wäre, und obgleich er unbedingt entschlossen war, sein Versprechen zu halten, empfand er nach ihrem kurzen Gespräch in der Oper doch nicht mehr den gleichen Eifer wie vorher, für die Kusine seiner Verlobten einzutreten.

Als er eben in das goldene Zimmer trat, wo Beaufort kühn die »Sieghafte Liebe«, den heftig umstrittenen Akt Bouguereaus, aufgehängt hatte, fand er Mrs. Welland und ihre Tochter nahe an der Tür zum Ballsaal. Schon glitten drüben Paare über die Tanzfläche; das Licht der Wachskerzen fiel auf wirbelnde Tüllkleider, auf Mädchenköpfe im Schmuck schlichter Blütenkränze, auf fesche Reiherfedern und Diademe in den Frisuren junger Frauen, auf hellschimmernde Frackhemden und neue Glacéhandschuhe.

Offenbar im Begriff, in den Ballsaal zu gehen, zögerte Miss Welland auf der Schwelle; sie hielt die Maiglöckchen in der Hand (sie trug nie andere Blumen); das Gesicht war ein wenig blaß, die Augen brannten vor innerer Erregung. Sie war von einer Gruppe junger Männer und Mädchen umgeben, man schüttelte sich die Hand, lachte und scherzte, worüber die ein wenig abseits stehende Mrs. Welland die Strahlen milder Zustimmung ergoß. Miss Welland war offensichtlich im Begriff, ihre Verlobung bekanntzugeben, und ihre Mutter zeigte das Gesicht elterlichen Widerstrebens, das man bei solcher Gelegenheit von ihr erwartete.

Archer blieb einen Augenblick stehen. Auf seinen ausdrücklichen Wunsch sollte die Bekanntgabe erfolgen, und doch hätte er sich die Umstände anders gewünscht. Sein Glück in der Hitze und dem Lärm eines überfüllten Ballsaals ausrufen, das hieß, ihm den zarten Schmelz des Privaten nehmen, den alles ihm am Herzen Liegende haben sollte. Seine Freude war zwar so tief, daß diese Trübung der Oberfläche sie im Innern unberührt ließ; doch hätte er lieber auch die Oberfläche rein gehalten. Es gewährte ihm eine gewisse Befriedigung zu sehen, daß May Welland seine Empfindungen teilte. Flehend eilten ihre Blicke zu ihm und sprachen: »Denk daran, wir tun dies, weil es sich so gehört.«

Keine Bitte hätte in Archers Herzen eine schnellere Antwort finden können; aber er wünschte, die Erfüllung der Formalitäten wäre durch einen idealen Grund erzwungen worden und nicht einfach durch die Rückkehr der armen Ellen Olenska. Die Gruppe um Miss Welland machte ihm bedeutungsvoll lächelnd Platz, und nachdem auch er von allen Seiten Glückwünsche entgegengenommen hatte, führte er seine Braut mitten auf die Tanzfläche und legte ihr den Arm um die Taille.

»Nun brauchen wir nicht mehr zu reden«, sagte er und lächelte ihr in die aufrichtigen Augen, während sie auf den sanften Wellen der »Schönen blauen Donau« dahinschwebten.

Sie antwortete nicht; sie lächelte mit zitternden Lippen, doch ihre Augen blieben fern und ernst, als seien sie auf eine unaussprechliche Erscheinung gerichtet.

»Liebes«, flüsterte Archer und preßte sie an sich. Ihm war, als müßten die ersten Stunden des Verlobtseins an sich etwas Feierliches, Heiliges haben, selbst wenn man sie in einem Ballsaal verbrachte. Was für ein neues Leben sollte es werden mit dieser Reinheit, Helle, Güte an seiner Seite!

Nach dem Tanz gingen die beiden, wie es Verlobten geziemte, in den Wintergarten. Hinter den hohen Baumfarren und Kamelien ließen sie sich nieder, und Newland drückte ihre behandschuhte Linke an seine Lippen.

»Du siehst, ich habe getan, was du wünschtest«, sagte sie.

»Ja; ich konnte nicht länger warten«, erwiderte er lächelnd. Nach einem Augenblick setzte er hinzu: »Ich wünschte nur, es hätte nicht auf einem Ball sein müssen.«

Ihr Blick sagte ihm, daß sie ihn verstand. »Aber – auch hier sind wir beide schließlich doch allein, nicht wahr?«

»Ja, Liebste – immer!« antwortete er.

Offenbar verstand sie ihn stets; in allem fand sie das richtige Wort. Diese Entdeckung brachte den Becher seines Glücks zum Überfließen, und er fuhr fröhlich fort: »Das schlimmste ist, daß ich dich küssen möchte und nicht darf.« Währenddessen blickte er sich rasch im Wintergarten um, sah, daß gerade niemand da war, riß sie an sich und drückte flüchtig seinen Mund auf ihre Lippen. Nach der unerhörten Kühnheit dieses Schrittes führte er sie zu einer Bambusbank in einem weniger versteckten Teil des Wintergartens, setzte sich neben sie und nahm ein Maiglöckchen aus ihrem Strauß. Sie saß schweigend da, und die Welt lag wie ein besonntes Tal zu ihren Füßen.

»Hast du es meiner Kusine Ellen gesagt?« fragte sie plötzlich, als spräche sie im Traum.

Er fuhr auf und erinnerte sich, daß er es nicht getan hatte. Eine unüberwindliche Hemmung, von solchen Dingen zu der seltsamen Fremden zu sprechen, hatte die Worte nicht über seine Lippen gelassen.

»Nein – ich hatte noch keine Gelegenheit«, log er hastig.

»Ach.« Es klang enttäuscht; doch sie ließ ihr Ziel nicht aus den Augen und bohrte behutsam weiter. »Tu es bitte. Ich habe es nämlich auch nicht getan; und ich möchte nicht, daß sie denkt –«

»Natürlich nicht. Aber ist das nicht eigentlich deine Sache?«

Sie dachte nach. »Wenn ich es rechtzeitig getan hätte, ja. Jetzt aber, wo es zu spät ist, müßtest du vielleicht erklären, daß ich dich in der Oper bat, es ihr zu sagen, bevor wir es hier allen mitteilten. Sie könnte sonst glauben, ich hätte sie vergessen. Sie gehört doch zur Familie, verstehst du, und sie war so lange fort, daß sie ein bißchen – empfindlich ist.«

Archer sah sie mit glühendem Blick an. »Du lieber gütiger Engel! Natürlich werde ich es ihr sagen.« Mit leichter Besorgnis deutete er auf die Menge im Ballsaal. »Aber ich habe sie noch nicht gesehen. Ist sie hier?«

»Nein. Im letzten Augenblick beschloß sie, nicht mitzukommen.«

»Im letzten Augenblick?« wiederholte er in seinem Schrecken darüber, daß sie überhaupt an so eine Möglichkeit gedacht hatte.

»Ja. Sie tanzt furchtbar gern«, anwortete das junge Mädchen einfach. »Plötzlich aber behauptete sie, ihr Kleid sei nicht elegant genug für den Ball, obwohl wir es herrlich fanden; darum mußte meine Tante sie heimbringen.«

»Aha«, meinte Archer befriedigt. Nichts gefiel ihm an seiner Verlobten mehr als ihre feste Entschlossenheit, dieses Ritual, zu dem sie beide erzogen waren, bis aufs äußerste zu erfüllen: alles »Peinliche« zu ignorieren.

»Sie weiß genausogut wie ich«, überlegte er, »warum ihre Kusine wirklich weggeblieben ist; aber ich werde ihr niemals auch nur das geringste Zeichen geben, daß ich den leisesten Schatten auf Ellen Olenskas Ehre wahrnehme.«

4

Im Laufe des nächsten Tages wurden die ersten der üblichen Verlobungsbesuche abgestattet. Die New Yorker gesellschaftlichen Vorschriften waren in dieser Hinsicht genau und streng; und so machte Newland Archer zunächst mit Mutter und Schwester Mrs. Welland seine Aufwartung, worauf er, Mrs. Welland und May zur alten Mrs. Manson Mingott hinausfuhren, um den Segen der ehrwürdigen Ahne zu empfangen.

Ein Besuch bei Mrs. Manson Mingott bedeutete für den jungen Mann stets ein Vergnügen. Das Haus selbst war schon ein historisches Zeugnis, wenn es natürlich auch nicht so ehrwürdig war wie gewisse alte Familienhäuser am University Place und an der unteren Fifth Avenue, die vom reinsten 1830er Stil waren, in welchem mit Zentifoliengirlanden geschmückte Teppiche, Rosenholzschnitzwerk, rundbogige Kamine mit schwarzmarmornen Simsen und riesige polierte Bücherschränke aus Mahagoni einen düsteren Zusammenklang ergaben. Dagegen hatte Mrs. Mingott, deren Haus später erbaut war, die schweren Möbel ihrer Jugendzeit eigenhändig hinausgeworfen und unter die Mingottschen Erbstücke die leichtfüßigen Polstermöbel des Zweiten Kaiserreichs gemischt. Gewöhnlich saß sie unten an einem Fenster ihres Wohnzimmers, als warte sie gelassen darauf, daß Leben und Welt nordwärts in ihre einsamen Wände fluteten. Sie schien es damit nicht eilig zu haben, denn ihre Geduld kam ihrer Zuversicht gleich. Sie war überzeugt, daß bald die Zäune, die Steinbrüche, die einstöckigen Kneipen, die hölzernen Treibhäuser in unordentlichen Gärten und die Felsen, von denen herab Ziegen die Gegend überschauten, vor den neuen Wohnhäusern weichen müßten, die ebenso stattlich wie das ihre wären, ja vielleicht – denn sie war unvoreingenommen genug – noch stattlicher; und daß die Pflastersteine, über welche die alten klapprigen Omnibusse holperten, von glatten Asphalt verdrängt würden, wie es ihn in Paris schon geben sollte. Vorläufig aber litt sie nicht unter ihrer geografischen Isolierung, denn jeder, den sie gern sah, kam zu ihr heraus, und sie konnte ihr Haus genauso mühelos füllen wie die Beauforts, ohne der Speisekarte ihres Abendessens auch nur einen Gang hinzufügen zu müssen.

Die ungeheuren Fleischmassen, die sie in der Mitte ihres Lebens überschwemmt hatten wie Lava eine zum Untergang verurteilte Stadt, hatten aus einer drallen aktiven kleinen Frau mit zierlich geformtem Fuß und Knöchel etwas so Gewaltiges und Erhabenes wie eine Naturerscheinung gemacht. Sie hatte diese Überflutung wie alle anderen Prüfungen stoisch hingenommen und wurde jetzt im hohen Alter dadurch belohnt, daß ihr der Spiegel eine feste Masse rosaweißen Fleisches fast ohne Runzeln zeigte, in dessen Mitte noch die Spuren eines kleinen Gesichts standen, als warte es darauf, ausgegraben zu werden. Doppelkinn auf Doppelkinn führte sanft hinab in die schwindelnden Tiefen eines noch immer schneeweißen Busens, den schneeweiße Musselintücher umhüllten, die von einem Miniaturbildnis des seligen Mr. Mingott zusammengehalten wurden. Seitwärts aber und abwärts ergoß sich Woge auf Woge schwarzer Seide über den Rand eines geräumigen Lehnstuhls, und dazwischen ruhten zwei winzige weiße Hände wie Möwen auf Wellenkämmen.

Die Fleischesbürde hatte es Mrs. Manson Mingott schon lange unmöglich gemacht, die Treppen hinauf- und hinunterzusteigen, und mit der ihr eigenen Freiheit hatte sie ihre Empfangsräume nach oben verlegt und sich selbst – in flagranter Verletzung aller New Yorker Sitten – im Erdgeschoß ihres Hauses eingerichtet; so daß jeder, der bei ihr am Wohnzimmerfenster saß, durch eine stets offene Tür und einen zurückgeschlagenen gelben Damastvorhang unerwartet in ein Schlafzimmer, auf ein mächtiges niedriges Bett, das wie ein Sofa gepolstert war, und auf einen Toilettentisch mit frivolen Spitzenvolants und einem goldgerahmten Spiegel blickte.

Ihre Besucher waren verwirrt und fasziniert von der Fremdheit dieser Einrichtung, die an gewisse Szenen in französischen Romanen erinnerte, und von diesen zur Unmoral verführenden architektonischen Reizen, die einem ehrbaren Amerikaner auch nicht im Traum eingefallen wären. So lebten Frauen mit Liebhabern in der verderbten alten Gesellschaft, in Wohnungen, deren Zimmer alle in einem Stockwerk lagen und in denen alles Unanständige, das ihre Romane beschrieben, nahe zur Hand war. Es belustigte Newland Archer (der sich insgeheim die Liebesszenen des »Monsieur de Camors« in Mrs. Mingotts Schlafzimmer vorstellte), sich ihr untadeliges Leben im Bühnendekor des Ehebruchs auszumalen; aber er gestand sich auch voller Bewunderung: Hätte diese furchtlose Frau einen Geliebten gewollt, sie hätte ihn sich auch genommen.

Zur allgemeinen Erleichterung befand sich die Gräfin Olenska bei dem Besuch der Verlobten nicht im Wohnzimmer ihrer Großmutter. Mrs. Mingott sagte, sie sei ausgegangen. So unpassend das nun auch im hellen Sonnenlicht und zur »Einkaufszeit« zu sein schien, es ersparte ihnen doch die Verlegenheit und den leisen Schatten, den die unglückliche Vergangenheit dieser Frau vielleicht auf ihre leuchtende Zukunft werfen konnte. Der Besuch verlief glänzend, wie zu erwarten gewesen. Die alte Mrs. Mingott war entzückt von der Verlobung, die von wachsamen Verwandten lange vorausgesehen und im Familienrat sorgfältig besprochen worden war; und der Verlobungsring, ein großer, dikker, unsichtbar gefaßter Saphir, fand ihre uneingeschränkte Bewunderung.

»Es ist eine neue Fassung; der Stein kommt darin zwar zu voller Wirkung, aber es sieht für altmodische Augen doch ein bißchen kahl aus«, erklärte Mrs. Welland mit einem gewinnenden Seitenblick auf ihren künftigen Schwiegersohn.

»Altmodische Augen? Damit meinst du hoffentlich nicht meine. Ich habe alle Neuheiten gern«, sagte die Ahne und hob den Stein an ihre kleinen hellen Augen, die nie eine Brille verunstaltet hatte. »Sehr hübsch«, setzte sie hinzu, als sie das Juwel zurückreichte; »sehr großzügig. Zu meiner Zeit war man mit einer in Perlen gefaßten Kamee zufrieden. Aber schließlich ist es ja die Hand, die den Ring zur Wirkung bringt, nicht wahr, mein lieber Mr. Archer?«, und sie schwenkte ihre winzige Hand mit den schmalen spitzen Nägeln und den Fettwülsten, die das Handgelenk wie Elfenbeinreifen umschlossen. »Meine hat der große Ferrigiani in Rom modelliert. Sie sollten Mays Hand abformen lassen – er wird es gewiß tun, mein Kind. Die Hand ist groß – das macht der moderne Sport, der die Gelenke weitet –, aber die Haut ist weiß. – Und wann soll die Hochzeit sein?« brach sie ab und heftete die Augen auf Archers Gesicht.

»Oh«, murmelte Mrs. Welland, während der junge Mann seine Braut anlächelte und erwiderte: »So bald wie möglich, wenn Sie mich nur unterstützen würden, Mrs. Mingott.«

»Wir müssen ihnen Zeit lassen, sich ein bißchen besser kennenzulernen, Mama«, schaltete Mrs. Welland ihren gut gespielten Widerstand ein, worauf die Ahne entgegnete: »Kennenlernen? Papperlapapp! Jeder kennt jeden in New York. Laß dem jungen Mann seinen Willen, meine Liebe; warte nicht, bis der Wein ausgeschäumt hat. Laß sie vor der Fastenzeit heiraten; ich könnte mir jetzt jeden Winter eine Lungenentzündung holen, und ich will doch das Hochzeitsfrühstück geben.«

Diese Worte wurden mit den angemessenen Bekundungen von Vergnügen, Ungläubigkeit und Dankbarkeit aufgenommen, und als dann der Besuch in heiterer Stimmung aufbrach, öffnete sich die Tür vor der Gräfin Olenska, die in Häubchen und Mantel eintrat, gefolgt von der unerwarteten Erscheinung Julius Beauforts.

Kusinenhaft erfreut begrüßten sich die Damen, und Mrs. Mingott streckte dem Bankier das Modell Ferrigianis entgegen. »Sieh da, Beaufort, das ist aber eine seltene Gunst!« Sie hatte die sonderbare ausländische Gewohnheit, Männer einfach bei ihrem Namen zu nennen.

»Danke. Ich wollte, es geschähe häufiger«, sagte der Besucher leichthin in seiner anmaßenden Art. »Ich bin gewöhnlich so beschäftigt. Aber ich traf die Gräfin Ellen auf dem Madison Square, und sie war so ungewöhnlich gütig, sich von mir nach Hause begleiten zu lassen.«

»Ach – hoffentlich wird's im Haus nun lustiger, wo Ellen hier ist!« rief Mrs. Mingott in köstlicher Rücksichtslosigkeit. »Setzen Sie sich, Beaufort, setzen Sie sich; rücken Sie sich den gelben Sessel heran; da ich Sie nun mal hierhabe, möchte ich mit Ihnen auch ein bißchen plaudern. Ihr Ball soll ja großartig gewesen sein; ich habe gehört, Sie haben Mrs. Lemuel Struthers eingeladen? Na – ich platze vor Neugier, die Frau selber zu sehen.«

Sie hatte ihre Verwandten vergessen, die unter Ellen Olenskas Führung in die Diele verschwanden. Die alte Mrs. Mingott hatte stets eine große Bewunderung für Julius Beaufort bekundet, und es lag etwas Verwandtes in ihrem kühlen herrischen Wesen und in ihrer Art, gesellschaftliche Vorschriften abzukürzen. Jetzt war sie furchtbar neugierig zu erfahren, was die Beauforts bewogen hatte, Mrs. Lemuel Struthers (zum erstenmal) einzuladen, die Witwe von Mr. Struthers, dem Schuhkremfabrikanten, die im vergangenen Jahr von dem unerläßlichen langen Europaaufenthalt zurückgekehrt war, um die starke kleine Festung New York zu belagern. »Wenn Sie und Regina sie einladen, ist die Sache natürlich entschieden. Na, wir brauchen neues Blut und neues Geld – und sie soll ja noch immer sehr gut aussehen.«

Als Mrs. Welland und May sich in der Diele ihre Pelze anzogen, sah Archer, daß die Gräfin Olenska ihm leise fragend zulächelte.

»Sie wissen es natürlich schon – das von May und mir«, beantwortete er ihren Blick mit einem scheuen Lachen. »Sie hat mich ausgescholten, weil ich es Ihnen nicht gestern abend in der Oper gesagt habe; sie hatte mich beauftragt, Ihnen unsere Verlobung mitzuteilen – aber ich konnte es nicht, in der Menge.«

Das Lächeln der Gräfin Olenska ging von den Augen auf die Lippen über; sie sah nun jünger aus, mehr wie die verwegenene braune Ellen Mingott aus seiner Knabenzeit. »Natürlich weiß ich es. Und ich freue mich. Sicher redet man in einer Menschenmenge nicht gern darüber.« Die Damen standen an der Tür, und sie hielt ihm die Hand hin.

»Auf Wiedersehen. Und besuchen Sie mich mal«, sagte sie, den Blick noch immer auf Archer gerichtet.

Als sie in der Kutsche die Fifth Avenue hinunterfuhren, sprachen sie nur von Mrs. Mingott, ihrem Alter, ihrer Lebendigkeit, von all ihren wunderbaren Eigenschaften. Niemand erwähnte Ellen Olenska; aber Archer wußte, daß Mrs. Welland dachte: »Es ist ein Fehler, daß sich Ellen gleich am Tage nach ihrer Ankunft zur belebtesten Stunde mit Julius Beaufort auf der Fifth Avenue sehen läßt –«, und der junge Mann fügte selbst in Gedanken hinzu: »Und sie sollte wissen, daß ein Neuverlobter seine Zeit nicht damit verbringt, verheiratete Frauen zu besuchen. Aber bei den Leuten, unter denen sie gelebt hat, ist das üblich – sie tun überhaupt nichts anderes.« Und trotz der freien, weltmännischen Ansichten, auf die er so stolz war, dankte er dem Himmel, daß er ein New Yorker war und sich mit einer Frau seinesgleichen verbinden würde.

5

Am folgenden Abend kam der alte Sillerton Jackson zu den Archers zum Abendessen.

Mrs. Archer war eine scheue Frau und ging Gesellschaften aus dem Wege; aber sie wollte doch gern immer auf dem laufenden bleiben. Ihr alter Freund Sillerton Jackson verwandte die Geduld eines Sammlers und die Wissenschaft eines Naturforschers auf das Studium der Verhältnisse seiner Bekannten; und seine Schwester, Miss Sophy Jackson, die bei ihm wohnte und von all denen eingeladen wurde, die ihres vielbegehrten Bruders nicht habhaft werden konnten, brachte hie und da Klatsch mit heim, mit dem er die Lücken in seinem Bilde stopfte.

Wenn es also etwas Neues gab, worüber Mrs. Archer Bescheid wissen wollte, lud sie Mr. Jackson zum Abendessen ein; und da sie nur wenige mit ihren Einladungen beehrte und sie und ihre Tochter Janey ausgezeichnete Zuhörerinnen waren, kam Mr. Jackson meist selbst, anstatt seine Schwester zu schicken. Wenn er die Bedingungen hätte vorschreiben können, dann hätte er die Abende gewählt, an denen Newland ausgegangen war; nicht weil der junge Mann ihm unsympathisch gewesen wäre – im Klub kamen sie prächtig miteinander aus –, sondern weil der greise Anekdotenkrämer bei Newland manchmal eine Neigung verspürte, seine Glaubwürdigkeit zu überprüfen, was bei den Damen der Familie nie der Fall war.

Wenn Vollkommenheit auf Erden erreichbar wäre, hätte Mr. Jackson Mrs. Archer gebeten, für etwas besseres Essen zu sorgen. Aber New York war schon immer, soweit man zurückdenken konnte, in zwei große Hauptgruppen geteilt gewesen: die Mingotts und Mansons samt allen ihren Anverwandten mit ihrer Liebe zu Essen, Kleidern und Geld, und die Archer-Newland-van-der-Luyden-Sippe, die sich den Reisen, der Gartenpflege und der besten Literatur widmete und auf die gröberen Genüsse herabsah.

Man konnte schließlich nicht alles auf einmal haben. Wenn man bei den Lovell Mingotts speiste, gab es Kanevasente, Schildkröte und einen guten Tropfen; bei Adeline Archer dagegen konnte man über Alpenlandschaften und den »Marmorfaun« reden; aber der Madeira bei Archers war zum Glück wirklich alt. Wenn also eine freundliche Aufforderung von Mrs. Archer kam, sagte Mr. Jackson, der das Gute nahm, wo er es fand, gewöhnlich zu seiner Schwester: »Seit dem letzten Essen bei den Lovell Mingotts habe ich etwas Gichtschmerzen – die Diät bei Adeline wird mir guttun.«

Mrs. Archer, die schon lange verwitwet war, wohnte mit Sohn und Tochter in der Achtundzwanzigsten Straße West. Eines der oberen Stockwerke war ganz für Newland reserviert, während sich die beiden Frauen mit engeren Räumen in der unteren Etage begnügten. In heiterem Einklang von Geschmack und Interessen zogen sie in besonderen Kästen Farne, knüpften Makramèspitzen, stellten Wollstickereien auf Leinen her, sammelten Glasurwaren aus der Zeit des amerikanischen Bürgerkriegs, hatten »Good Words« abonniert und lasen Ouidas Romane wegen deren italienischer Atmosphäre. (Sie bevorzugten diejenigen über das bäuerliche Leben wegen der Landschaftsbeschreibungen und der im ganzen erfreulicheren Grundstimmung; sonst aber lasen sie lieber Gesellschaftsromane, deren Handlungen und Anschauungen ihnen verständlicher waren; sie urteilten streng über Dickens, der »nie einen Gentleman gestaltet« habe, und Thackeray war für sie in der großen Welt weniger zu Hause als Bulwer – der freilich allmählich als altmodisch galt.)

Mrs. Archer und ihre Tochter schwärmten für die Natur, und darum vor allem unternahmen sie ihre gelegentlichen Auslandsreisen, während Architektur und Malerei ihrer Meinung nach für Männer da waren, besonders für so gebildete Leute, die Ruskin lasen. Mrs. Archer war eine geborene Newland, und Mutter und Tochter, die sich wie Schwestern glichen, waren beide, wie man von ihnen sagte, »echte Newlands«: schlank, blaß, ein wenig rundschultrig, mit langer Nase, süßem Lächeln und einer müden Vornehmheit, wie man sie auf einigen alten Bildnissen Reynolds' findet. Ihre äußere Ähnlichkeit wäre vollkommen gewesen, wenn

Mrs. Archers schwarzen Brokat nicht der Embonpoint des fortgeschrittenen Alters geweitet hätte, während Miss Archers braune und violette Popelinkleider mit fortschreitenden Jahren immer loser um ihre jüngferliche Gestalt hingen.

Innerlich war die Ähnlichkeit zwischen ihnen, wie Newland wohl merkte, weniger vollständig, als die Gleichheit ihres Benehmens vermuten ließ. Die lange Gewöhnung, ganz aufeinander angewiesen zu sein, hatte ihnen in allem die gleiche Ausdrucksweise gegeben, und beide begannen einen Satz stets mit den Worten »Mutter meint« oder »Janey meint«, wenn sie ihre eigene Ansicht vorbringen wollten. Während aber Mrs. Archers heitere Phantasielosigkeit sich leicht im Gegebenen und Vertrauten heimisch fühlte, war Janey oft plötzlichen und wunderlichen Einfällen ausgesetzt, die aus der unterdrückten Romantik ihres Wesens emporquollen.

Mutter und Tochter verehrten einander und sahen zu ihrem Sohn und Bruder auf; und Archer, der diese Bewunderung übertrieben fand und doch im stillen befriedigt hinnahm, fühlte sich beschämt und liebte darum beide mit kritikloser Zärtlichkeit. Letztlich war es ihm doch recht, daß seine Autorität im Hause geachtet wurde, auch wenn sein ausgeprägt Sinn für Humor ihn diese Machtstellung mitunter in Zweifel ziehen ließ.

Diesmal war der junge Mann davon überzeugt, daß Mr. Jackson ihn aus dem Hause fortwünschte; er hatte aber seine eigenen Gründe, nicht auszugehen.

Natürlich wollte der alte Jackson über Ellen Olenska reden, und natürlich wollten Mrs. Archer und Janey hören, was er zu sagen hatte. Alle drei mußten sich durch Newlands Anwesenheit etwas beeinträchtigt fühlen, da seine zukünftige Verbindung mit der Mingott-Sippe bekanntgegeben war; der junge Mann wartete also mit belustigter Neugier darauf, wie sie diese Schwierigkeit umgehen würden.

Sie begannen mit einem Winkelzug und unterhielten sich über Mrs. Lemuel Struthers.

»Es ist bedauerlich, daß Beauforts sie eingeladen haben«, meinte Mrs. Archer sanft. »Aber Regina tut eben alles, was er ihr sagt, und Beaufort –«

»Für gewisse Nunacen hat Beaufort kein Gefühl«, sagte Jackson, der vorsichtig die geröstete Alse untersuchte und sich zum tausendsten Male fragte, warum Mrs. Archers Köchin stets den Rogen verkohlen ließ. (Newland, der sich längst dieselbe Frage gestellt hatte, las sie immer an der melancholischen Mißbilligung in der Miene des Älteren ab.)

»Und kann es nicht haben«, sagte Mrs. Archer. »Beaufort ist von niederer Herkunft. Mein Großvater Newland sagte immer zu meiner Mutter: 'Ganz gleich, was du tust, sorge dafür, daß dieser Beaufort nicht den Mädchen vorgestellt wird.' Aber er hat wenigstens das Glück gehabt, mit Gentlemen zu verkehren; auch in England, wie man hört. Es ist alles sehr mysteriös –« Sie blickte auf Janey und verstummte. Sie und Janey kannten jedes Fältchen im Geheimnis Beauforts; vor Fremden aber tat Mrs. Archer immer noch so, als sei dies kein Gespräch für unverheiratete Mädchen.

»Aber diese Mrs. Struthers«, fuhr Mrs. Archer fort, »woher kam sie eigentlich, Sillerton?«

»Aus einem Bergwerk. Oder vielmehr aus der Kneipe neben der Zeche. Dann mit ›Lebenden Wachspuppen‹ quer durch Neuengland. Nachdem die Polizei dem ein Ende gemacht hatte, lebte sie, wie man hört –« Diesmal war es an Jackson, auf Janey zu blikken, deren Augen unter den vorstehenden Lidern fast herausquollen. Es gab für sie noch einige Lücken in Mrs. Struthers' Vergangenheit.

»Dann«, fuhr Mr. Jackson fort – und Archer sah ihm an, daß er sich fragte, warum denn niemand dem Butler gesagt hatte, daß man Gurken nie mit einem Stahlmesser schnitt –, »dann lief ihr Lemuel Struthers über den Weg. Sein Reklamechef soll den Kopf des Mädchens für Schuhkremplakate verwendet haben. Sie wissen ja, ihr Haar ist tiefschwarz – ägyptischer Stil. Na, jedenfalls hat er sie – am Ende – geheiratet.« Wie er das »am Ende« hinzog und betonte, das sprach Bände.

»Nun – wir sind ja heute schon so weit, daß so etwas nichts mehr ausmacht«, sagte Mrs. Archer obenhin. Die Damen zeigten im Augenblick für Mrs. Struthers kein besonderes Interesse; das Thema Ellen Olenska schien ihnen viel akuter und nahm ihre Gedanken allzu sehr in Anspruch. Und Mrs. Archer hatte Mrs. Struthers' Namen auch nur genannt, um weiterfragen zu können: »Und Newlands neue Kusine – Gräfin Olenska? War sie auch auf dem Ball?«

Es lag ein leiser Anflug von Spott in der Erwähnung ihres Sohnes, und Archer wußte das und hatte es erwartet. Sogar Mrs. Archer, die an menschlichen Ereignissen nur selten übermäßiges Gefallen fand, war über die Verlobung ihres Sohnes sehr glücklich. (»Besonders nach dieser dummen Geschichte mit Mrs. Rushworth«, hatte sie Janey gegenüber bemerkt, womit sie auf Newlands Erlebnis anspielte, das ihm einmal als Tragödie erschienen war, die seiner Seele ewige Narben zugefügt habe.) Es gab keine bessere Wahl in New York als May Welland, von welchem Standpunkt man die Frage auch ansehen mochte. Natürlich war so eine Heirat durchaus das, was Newland zukam; aber junge Männer sind so töricht und unberechenbar – und manche Frauen so gewissenlose Verführerinnen –, daß es immerhin ein Wunder war, den einzigen Sohn jenseits der Sireneninsel und im Hafen einer untadeligen Häuslichkeit sicher gelandet zu sehen.

Dies alles empfand Mrs. Archer, und ihr Sohn wußte es; aber er wußte auch, daß die vorzeitige Bekanntgabe seiner Verlobung, oder vielmehr ihre Ursache, sie beunruhigt hatte; und darum war er als ein sonst milder und rücksichtsvoller Hausherr an diesem Abend daheim geblieben. »Ich habe durchaus nichts gegen den *esprit de corps* der Mingotts; aber ich kann nicht verstehen, warum Newlands Verlobung gerade mit der Ankunft dieser Person in einen Topf geworfen werden mußte«, hatte Mrs. Archer unmutig vor Janey geäußert, der einzigen Zeugin, vor der sie manchmal ihre Sanftmut ein wenig fallen ließ.

Während ihres Besuchs bei Mrs. Welland hatte sie sich – wie das ihre Stärke war – glänzend benommen; aber Newland wußte – und seine Braut ahnte es –, daß sie und Janey die ganze Zeit unruhig Madame Olenskas mögliches Erscheinen befürchtet hatten, und beim Verlassen des Hauses hatte sie sogar zu ihrem Sohn gesagt: »Ich bin froh, daß uns Augusta Welland allein empfangen hat.«

Diese Anzeichen innerer Unruhe bewegten Archer um so mehr, als auch er meinte, die Mingotts seien ein wenig zu weit gegangen. Da es aber gegen alle Regeln ihres Kodex verstoßen haben würde, wenn Mutter und Sohn auf das, was sie dachten, auch nur leise angespielt hätten, antwortete er einfach: »Ach, wenn man sich verlobt, muß man eben durch diese Familienbesuche hindurch, und je eher es vorüber ist, um so besser.« Worauf seine Mutter unter dem Spitzenschleier, der von ihrer grausamtenen und mit Glastrauben geschmückten Haube herunterhing, lediglich die Lippen spitzte.

Ihre Rache – und er fühlte: ihre gerechte Rache – würde nun darin bestehen, Mr. Jackson über die Gräfin Olenska auszufragen; und da der junge Mann öffentlich seine Pflicht als zukünftiges Mitglied der Mingottschen Sippe erfüllt hatte, hatte er nichts dagegen, daß sich die anderen privat über die Dame aussprachen – abgesehen davon, daß das Thema ihn bereits zu langweilen begann.

Mr. Jackson nahm eine Scheibe des halbwarmen Filets, das der bekümmerte Butler ihm mit einer Miene hinhielt, die ebenso mißtrauisch wie seine eigene war, und lehnte die Pilzsoße nach einem kaum merklichen Schnuppern ab. Er sah verwirrt und hungrig aus, und Archer dachte, daß er nun, um satt zu werden, wohl Ellen Olenska verspeisen werde.

Mr. Jackson lehnte sich im Stuhl zurück und blickte hinauf zu den Archers, Newlands und van der Luydens, die kerzenbeleuchtet in dunklen Rahmen an den dunklen Wänden hingen.

»Ach, mein lieber Newland, Ihr Großvater Archer schätzte ein gutes Abendessen!« sagte er, die Augen auf dem Bildnis eines dicken starkbrüstigen jungen Mannes mit Halstuch und blauem Rock vor dem Hintergrund eines von weißen Säulen getragenen Landhauses. »Ja, ja, ja – was hätte er wohl zu all diesen ausländischen Eheschließungen gesagt!«

Mrs. Archer überhörte die Anspielung auf die *cuisine* des Ahnherrn, und Mr. Jackson fuhr bedächtig fort: »Nein, auf dem Ball war sie nicht.«

»Aha –«, murmelte Mrs. Archer, und ihr Ton besagte: »Soviel Anstand hatte sie wenigstens.«

»Vielleicht kennen die Beauforts sie nicht«, meinte Janey. Ihre Bosheit war ohne Schliche und Umwege.

Mr. Jackson zog leise die Luft ein, als koste er einen unsichtbaren Madeira. »Mrs. Beaufort vielleicht nicht – aber bestimmt Beaufort selbst, denn ganz New York hat sie heute nachmittag mit ihm über die Fifth Avenue spazieren sehen.«

»Barmherzigkeit –«, stöhnte Mrs. Archer, die offenbar bemerkte, wie zwecklos jede Bemühung war, in dem, was Ausländer sich leisteten, auch nur den leisesten Takt zu suchen.

»Ob sie nachmittags wohl einen runden Hut oder eine Haube trägt?« grübelte Janey. »Ich weiß, in der Oper trug sie dunkelblauen Samt, ganz einfach und flach – wie ein Nachthemd.«

»Janey!« rief ihre Mutter, und Miss Archer errötete und versuchte, eine kühne Miene aufzusetzen.

»Jedenfalls war sie so taktvoll, nicht auf den Ball zu gehen«, fuhr Mrs. Archer fort.

In ihrem Sohn regte es sich böse: »Ich glaube, das war bei ihr keine Frage des Takts. May sagte, sie habe mitgehen wollen, dann aber gefunden, daß ihr Kleid nicht elegant genug sei.«

Mrs. Archer lächelte bei dieser Bestätigung ihrer eigenen Vermutung. »Arme Ellen«, meinte sie und setzte mitleidig hinzu: »Wir dürfen nie vergessen, was für eine überspannte Erziehung sie bei Medora Manson genossen hat. Was soll man von einem Mädchen erwarten, das zu seinem ersten Ball schwarzen Satin tragen durfte?«

»Ach – wie ich mich daran erinnere!« sagte Mr. Jackson. »Armes Kind!« Sein Ton verriet die Freude an dieser Erinnerung, gab aber zugleich zu verstehen, daß er damals schon gewußt habe, wohin das alles führen müsse.

»Es ist sonderbar«, bemerkte Janey, »daß sie einen so häßlichen Namen wie Ellen behalten hat. Ich hätte Elaine daraus gemacht.« Sie blickte auf, um die Wirkung ihrer Worte festzustellen.

Ihr Bruder lachte. »Elaine? Warum denn?«

»Ich weiß nicht; es klingt – hm – viel polnischer«, sagte Janey errötend.

»Es klingt auffallender; und das wird sie wohl kaum wünschen«, sagte Mrs. Archer kühl.

»Warum nicht?« fiel ihr Sohn ein, der plötzlich streitsüchtig wurde. »Warum soll sie nicht auffallen dürfen, wenn sie es möchte? Warum soll sie herumschleichen, als habe sie sich selber in Schande gebracht? Sie ist doch wohl die ›arme Ellen‹, weil sie Pech mit dieser Ehe hatte; aber ich kann nicht einsehen, daß das ein Grund sein soll, sich zu verkriechen, als sei sie die Schuldige.«

»Ich glaube«, sagte Mr. Jackson grübelnd, »so wollen es die Mingotts ansehen.«

Der junge Mann errötete. »Ich brauche mir nicht das Stichwort von den Mingotts geben zu lassen – falls Sie das damit sagen wollen, Sir. Madame Olenska hat ein unglückliches Leben hinter sich; deswegen brauchen wir sie doch nicht auszustoßen.«

»Man munkelt so allerlei«, begann Mr. Jackson

»Ach, ich weiß: der Sekretär«, ging der junge Mann sofort darauf ein. »Unsinn, Mutter, Janey ist erwachsen. Man sagt doch wohl«, fuhr er fort, »der Sekretär habe ihr geholfen, von dem Scheusal von Gatten wegzukommen, der sie wie eine Gefangene eingesperrt hielt? Na, und wenn? Ich hoffe, jeder von uns hätte in so einem Fall das gleiche getan.«

Mr. Jackson warf einen Blick über die Schulter und sagte zu dem trübselig dreinblickenden Butler: »Na...

ich nehme doch ein bißchen... von der Soße.« – Nachdem er sich bedient hatte, bemerkte er: »Ich habe gehört, daß sie sich nach einem Haus umsieht. Sie will sich hier niederlassen.«

»Ich habe gehört, sie will sich scheiden lassen«, sagte Janey kühn.

»Ich hoffe, sie tut es!« rief Archer.

Das Wort war wie eine Bombe in der reinen, ruhigen Atmosphäre des Archerschen Speisezimmers geplatzt. Mrs. Archer zog die feinen Augenbrauen hoch, um anzudeuten: »Der Butler –«, und der junge Mann, dem es selbst gegen den guten Geschmack ging, solche intimen Dinge öffentlich zu besprechen, bog eilig ab, um über seinen Besuch bei Mrs. Mingott zu berichten.

Nach dem Essen schleppten Mrs. Archer und Janey einem uralten Brauche folgend ihre langen Seidengewänder ins Wohnzimmer hinauf, und während die Herren unten rauchten, setzten sie sich bei einer Carcellampe mit verziertem Glasschirm einander gegenüber, ein Arbeitstischchen aus Rosenholz mit grünseidenem Beutel zwischen sich, und stickten Feldblumen auf die beiden Enden eines Bandes, das irgendeinen Stuhl im Wohnzimmer der jungen Mrs. Newland Archer zieren sollte.

In der gotischen Bibliothek brachte Archer unterdessen Mr. Jackson in einem Sessel neben dem Kamin unter und bot ihm eine Zigarre an. Mr. Jackson lehnte sich befriedigt zurück, zündete sich die Zigarre vertrauensvoll an – Newland kaufte sie stets selbst –, streckte seine dünnen alten Knöchel gegen die Kohlen aus und sagte: »Sie meinten eben, der Sekretär habe ihr nur geholfen wegzukommen, mein Lieber? Aber er hat ihr noch nach einem Jahr geholfen; es hat sie nämlich jemand gesehen, wie sie in Lausanne zusammenlebten.«

Newland errötete. »Zusammenlebten? Warum denn nicht? Wer hätte wohl mehr als sie das Recht, ihr Leben noch einmal von vorn zu beginnen? Mich ekelt die Heuchelei, die eine Frau in ihrem Alter lebendig begraben möchte, wenn ihr Gatte sein Leben lieber mit Dirnen verbringt.«

Er hielt inne und wandte sich ärgerlich ab, um seine Zigarre anzuzünden. »Die Frauen sollten frei sein – genauso frei wie wir«, erklärte er und machte damit eine Entdeckung, deren furchtbare Tragweite er in seiner Erregung nicht ermessen konnte.

Mr. Sillerton Jackson streckte seine Knöchel näher an die Kohlen heran und ließ einen boshaften Pfiff hören.

»Na«, sagte er nach einer Pause, »offenbar ist auch Graf Olenski Ihrer Ansicht; denn ich habe nicht gehört, daß er auch nur einen Finger gerührt hätte, um seine Frau zurückzuholen.«

6

Nachdem Mr. Jackson sich an diesem Abend empfohlen hatte und die Damen sich in ihr Schlafzimmer mit den Chintzvorhängen zurückgezogen hatten, stieg Newland Archer gedankenvoll in sein Arbeitszimmer hinauf. Eine wachsame Hand hatte wie immer das Feuer in Gang gehalten und die Lampe geputzt, und der Raum sah mit den vielen Bücherreihen, den Bronze- und Stahlstatuetten der »Fechter« auf dem Kaminsims und den vielen Photographien berühmter Gemälde außerordentlich wohnlich und gemütlich aus.

Als er in den Sessel am Kamin sank, fiel sein Blick auf eine große Photographie May Wellands, die das junge Mädchen ihm in den ersten Tagen ihrer Liebe geschenkt und die nun alle anderen Bildnisse auf dem Tisch verdrängt hatte. Mit einem neuen Gefühl der Ehrfurcht sah er auf die freie Stirn, die ernsten Augen und den fröhlichen, unschuldigen Mund des jungen Mädchens, über dessen Seele er fortan wachen sollte. Er erschrak, wie dies Geschöpf eines gesellschaftlichen Systems, dem auch er unterworfen war und an dessen Unfehlbarkeit er glaubte – wie dieses junge

Mädchen, das noch nichts wußte und alles erwartete, ihn durch die vertrauten Züge May Wellands hindurch wie eine Frau anblickte; und wieder zwang sich ihm der Gedanke auf, daß die Ehe kein sicherer Ankerplatz sei, wie man ihm gesagt hatte, sondern eine Fahrt auf unbekannten Meeren.

Der Fall der Gräfin Olenska hatte an alte, feststehende Überzeugungen in ihm gerührt und sie gefährlich ins Wanken gebracht. Sein eigener Ausruf: »Die Frauen sollten frei sein —genauso frei wie wir« – traf ins Innerste eines Problems, das in seiner Welt einstimmig als nicht vorhanden geleugnet wurde. »Anständige« Frauen beanspruchten niemals, auch wenn ihnen noch so viel Unrecht geschehen war, die Art Freiheit, die er meinte, und edeldenkende Männer wie er waren deshalb – in der Hitze des Gefechts – um so eher ritterlich bereit, sie ihnen zuzugestehen. Solch verbaler Edelmut war im Grunde nur eine verlogene Verkleidung der unerbittlichen Konventionen, die alles zusammenhielten und die Menschen an die alten Schablonen fesselten. Aber hier war er verpflichtet, bei der Kusine seiner Verlobten ein Verhalten zu verteidigen, das ihm, wenn es sich um seine eigene Frau gehandelt hätte, das Recht gäbe, alle Bannstrahlen der Kirche und des Staates auf sie herabzubeschwören. Natürlich war solch ein Fall rein hypothetisch. Da er kein Schurke von polnischem Edelmann war, schien es unsinnig, sich auszumalen, welches Recht seine Frau hätte, falls er es wäre. Newland Archer aber besaß zu viel Phantasie, um nicht zu fühlen, daß die Bindung in seinem und Mays Falle aus weniger groben und fühlbaren Gründen später einmal lästig werden könnte. Was konnten er und sie wirklich voneinander wissen, da es seine Pflicht als »anständiger« Mensch war, seine Vergangenheit vor ihr zu verbergen, und ihre Pflicht als heiratsfähiges Mädchen, daß sie keine Vergangenheit zu verbergen hatte? Was sollte werden, wenn sie aus unwägbaren Ursachen, die auf beide einwirken mußten, einander leid würden, sich mißverständen oder reizten? Er führte sich die Ehen seiner Freunde vor Augen, soweit sie als glücklich galten, und fand keine, die auch nur entfernt der leidenschaftlichen und zärtlichen Kameradschaft glich, als die er sich seine dauernde Verbindung mit May Welland vorstellte. Er erkannte, daß solch ein Zustand bei ihr gerade die Erfahrung, Geschmeidigkeit und Urteilsfreiheit voraussetzte, die man ihr in sorgfältiger Erziehung vorenthalten hatte, und mit einem ahnenden Schauder sah er seine Ehe so werden wie die der meisten um ihn herum: eine auf die Dauer reizlose Vereinigung auf Grund materieller und gesellschaftlicher Interessen, die von Unwissenheit auf der einen und Heuchelei auf der anderen Seite zusammengehalten wurde. Lawrence Lefferts fiel ihm als der Gatte ein, der dieses beneidenswerte Ideal am vollkommensten verwirklicht hatte. Wie es dem Hohenpriester der »Form« geziemte, hatte er sich seine Gattin so vollkommen nach seinen Bedürfnissen zurechtgemodelt, daß sie auch bei den auffälligsten seiner zahlreichen Liebesgeschichten mit anderen Ehefrauen ahnungslos lächelnd umherlief und erzählte, daß »Lawrence in solchen Dingen so furchtbar streng« sei; ja man hatte sie unwillig erröten und den Blick abwenden sehen, als jemand in ihrer Gegenwart auf die Tatsache anspielte, daß Julius Beaufort – wie es zu einem »Ausländer« von zweifelhafter Herkunft paßte – einen in New York so genannten »zweiten Haushalt« hatte.

Archer versuchte sich mit dem Gedanken zu trösten, daß er doch nicht so ein Esel wie Larry Lefferts und May nicht so eine Gans wie die arme Gertrude sei; aber der Unterschied lag schließlich nur in der Intelligenz und nicht im moralischen Standpunkt. Eigentlich lebten sie alle in einer Art Hieroglyphenwelt, in der man das Wirkliche nie sagte, tat oder auch nur dachte, sondern nur durch eine Reihe willkürlicher Zeichen darstellte – wie wenn etwa Mrs. Welland, die genau wußte, warum Archer sie zur Bekanntgabe der Verlobung ihrer Tochter auf dem Beaufortschen Ball gedrängt hatte, und die auch nichts anderes von ihm erwartete, sich dennoch verpflichtet fühlte, so zu tun, als sträube sie sich und als habe man sie gezwungen – genau wie in den Büchern über Primitive, die die Gebildeten eben zu lesen begannen, bei denen die Braut unter lautem Geschrei aus dem elterlichen Zelt geschleppt wird.

Das Ergebnis war natürlich, daß das junge Mädchen, das im Mittelpunkt dieses komplizierten Täuschungssystems stand, gerade wegen ihrer Offenheit und ihres Vertrauens nur um so undurchdringlicher blieb. Sie war offen, die Ärmste, weil sie nichts zu verbergen hatte, und voll Vertrauen, weil sie nicht wußte, wogegen sie sich zu schützen hatte; und so kärglich vorbereitet sollte sie über Nacht in das gestürzt werden, was man umschreibend »die Tatsachen des Lebens« nannte.

Der junge Mann war aufrichtig verliebt, ohne leidenschaftlich erregt zu sein. Ihn entzückte das strahlende Aussehen seiner Braut, ihre Gesundheit, ihre Reitkunst, ihre Anmut und Schnelligkeit im Sport und das scheue Interesse an Büchern und Ideen, das sie unter seiner Führung zu entwickeln begann. (Sie war schon weit genug, um mit ihm über Tennysons »Königsidyllen« zu lächeln, empfand aber noch nicht die Schönheit seines »Odysseus« und seiner »Lotosesser«.) Sie war gradsinnig, zuverlässig und mutig; sie hatte Sinn für Humor – jedenfalls lachte sie über seine Witze; auch vermutete er in den Tiefen ihrer unschuldig-staunenden Seele eine Glut, die zu wecken eine Freude sein mußte. Doch wenn er mit dieser Aufzählung fertig war, entmutigte ihn der Gedanke, daß diese ganze Offenheit und Unschuld nur künstlich erzeugt worden war. Ein unentwickeltes Wesen war nicht frei und unschuldig; es besaß alle Angriffs- und Schutzwaffen angeborener Verschlagenheit. Und er fühlte sich bedrückt von diesem Produkt unechter Reinheit, das eine Verschwörung von Müttern, Tanten, Großmüttern und längst verstorbenen Ahnen heimlich zustande gebracht hatte, weil man glaubte, es sei das, was er wünsche und worauf er ein Anrecht habe, damit er dann als Herr und Gebieter das Vergnügen genieße, es wie ein Bildwerk aus Schnee zu zerschlagen. Es lag etwas Fades in solchen Erwägungen; jeder junge Mann stellte sie wohl vor dem herannahenden Hochzeitstage an. Meistens aber waren sie von Gewissensbissen und einem Gefühl des eigenen Unwerts begleitet, wovon Newland Archer keine Spur empfand. Er konnte es nicht – wie das zu seiner Verzweiflung die Helden bei Thackeray so oft taten – beklagen, daß er für seine Braut nicht wie sie für ihn ein untadeliges, unbeschriebenes Blatt war. Er mußte sich immer wieder sagen: Wenn man auch ihn so wie sie erzogen hätte, dann wären sie nicht besser vorbereitet, ihren Weg zu finden, als Kinder, die sich im Wald verlaufen haben. Auch konnte er trotz eifrigsten Nachdenkens keinen ernstlichen Grund entdecken – abgesehen natürlich von dem Vergnügen eines flüchtigen Augenblicks und dem Gefühl männlicher Eitelkeit –, warum seine Braut nicht das gleiche Maß an Freiheit und Erfahrung hätte haben sollen wie er.

Es war nur natürlich, daß ihn in diesem Augenblick solche Fragen beschäftigten, aber er merkte wohl, daß nur die ungelegene Ankunft der Gräfin Olenska schuld daran war, daß sie ihn mit solcher Hartnäckigkeit und Schärfe verfolgten. Gerade im Augenblick seiner Verlobung – einem Augenblick reiner Gedanken und heiterer Hoffnungen – sah er sich in den Wirrwarr eines Skandals gestürzt, der alle die Probleme aufrührte, die er am liebsten hätte schlummern lassen. »Zum Teufel mit Ellen Olenska!« brummte er, als er das Feuer zudeckte und sich entkleidete. Er konnte nicht einsehen, warum ihr Schicksal den geringsten Einfluß auf seines haben sollte; dennoch fühlte er dunkel, daß er eben erst begonnen hatte, die Gefahren abzuschätzen, die seine Verlobung mit sich brachte.

Ein paar Tage später fiel der Schlag.

Die Lovell Mingotts hatten Karten für ein sogenanntes »offizielles Festessen« – das heißt mit drei Extralakaien, zwei Gerichten bei jedem Gang und einer römischen Bowle in der Mitte – ausgeschickt und über die Einladung geschrieben »Zu Ehren der Gräfin Olenska«, ganz in der gastlichen amerikanischen Art, Ausländer wie Königliche Hoheiten oder wenigstens wie deren Gesandte zu behandeln.

Die Gäste waren mit einer Kühnheit und kritischen Kenntnis gewählt, in der die Eingeweihten die energische Hand der Großen Catherine erkannten. Neben so uralten festen Stützen wie den Selfridge Merrys, die überall eingeladen wurden, weil das immer so gewesen war, den Beauforts, die als Verwandte galten, und Mr. Sillerton Jackson und seiner Schwester Sophy – die überall hinging, wohin ihr Bruder sie schickte –, waren es einige der vornehmsten und untadeligsten unter den tonangebenden »jüngeren Eheleuten«: Die Lawrence Leffertses; Mrs. Lefferts Rushworth, die schöne Witwe; die Harry Thorleys; die Reggie Chiverses und der junge Morris Dagonet mit seiner Frau, einer geborenen van der Luyden. Die Gesellschaft war äußerst geschickt zusammengestellt, da sie alle dem kleinen inneren Kreis angehörten, der sich während der langen

New Yorker Saison mit anscheinend unvermindertem Vergnügen Tag und Nacht traf.

Achtundvierzig Stunden später war das Unerhörte eingetreten: Jeder außer den Beauforts, dem alten Mr. Jackson und seiner Schwester hatte abgesagt. Die beabsichtigte Beleidigung wurde noch dadurch verstärkt, daß sich sogar die Reggie Chiverses, die zum Mingott-Clan gehörten, unter den Absagenden befanden, und daß die Briefe einheitlich lauteten: Sie »bedauerten, der Einladung nicht Folge leisten zu können«, ohne den mildernden Vorwand einer »anderweitigen Verpflichtung«, den die einfachste Höflichkeit vorschrieb.

Die New Yorker Gesellschaft war in jenen Tagen so klein, und es gab so wenige Zerstreuungen und Einladungen, daß alle – einschließlich der Droschkenverleiher, Diener und Köche – genau wußten, an welchen Abenden jeder frei war; so war es also den Empfängern der Einladungen ein leichtes, ihren Willen, die Gräfin Olenska nicht zu sehen, unbarmherzig klarzumachen.

Der Schlag kam unerwartet; die Mingotts aber traten ihm nach ihrer Art tapfer entgegen. Mrs. Lovell Mingott vertraute den Fall Mrs. Welland an, die ihn ihrerseits Newland Archer anvertraute. Dieser wandte sich, empört über den Schimpf, heftig und mit Nachdruck an seine Mutter, die nach bitteren Augenblicken inneren Widerstands und äußeren Zauderns seinen dringenden Bitten wie immer nachgab, ja sie trat gleich darauf mit einer durch ihr anfängliches Zögern verdoppelten Energie für ihn ein, setzte sich die graue Samthaube auf und sagte: »Ich werde Louisa van der Luyden aufsuchen.«

Zur Zeit Newland Archers war New Yorks Gesellschaft eine kleine glattwandige Pyramide, an der bislang kaum jemand einen Riß geschlagen oder einen Halt gefunden hatte, um emporzusteigen. Die feste Grundfläche nahmen die »einfachen Leute« ein, wie Mrs. Archer sie nannte: eine ehrbare, aber unbekannte Menge geachteter Familien, die sich – wie die Spicers oder die Leffertses oder die Jacksons – durch Heirat mit den herrschenden Familien über ihresgleichen erhoben hatten. Man sei, meinte Mrs. Archer, heute nicht mehr so eigen wie früher, und wenn die alte Catherine Spicer das eine Ende der Fifth Avenue und Julius Beaufort das andere Ende beherrsche, könne man nicht erwarten, daß die alten Traditionen noch lange gültig blieben.

Diese wohlhabende, aber unauffällige Schicht verengte sich nach oben zu der festgeschlossenen, beherrschenden Gruppe, die die Mingotts, Newlands, Chiverses und Mansons so wirksam verkörperten. Die meisten Leute sahen in ihnen die eigentliche Spitze der Pyramide; sie selbst aber – jedenfalls die aus Mrs. Archers Generation – wußten, daß in den Augen des professionellen Genealogen nur eine noch kleinere Zahl von Familien auf diesen Rang Anspruch erheben konnte.

»Erzählt mir nichts«, pflegte Mrs. Archer zu ihren Kindern zu sagen, »von all dem moderen Zeitungsgewäsch über die New Yorker Aristokratie. Wenn es so etwas gibt, gehören weder die Mingotts noch die Mansons dazu; und auch die Newlands oder die Chiverses nicht. Unsere Großväter und Urgroßväter waren nichts als angesehene englische oder holländische Kaufleute, die in die Kolonien kamen, um ihr Glück zu suchen, und hier blieben, weil sie es fanden. Einer eurer Urgroßväter hat die Unabhängigkeitserklärung mit unterzeichnet, und ein anderer war General in Washingtons Stab und nahm nach der Schlacht bei Saratoga General Burgoynes Degen entgegen. Auf diese Dinge kann man stolz sein, aber sie haben nichts mit Rang oder Stand zu tun. New York war immer eine Gesellschaft von Kaufleuten, und es gibt hier höchstens drei Familien, die aristokratische Herkunft in des Wortes wahrer Bedeutung beanspruchen können.«

Mrs. Archer, ihr Sohn und ihre Tochter wußten genausogut wie jeder andere in New York, wer diese Bevorzugten waren: die Dagonets vom Washington Square, die aus altem, mit den Pitts und Foxes verwandtem englischem Landadel stammten; die Lannings, die durch Heirat mit den Nachkommen des Grafen de Grasse verbunden waren, und die van der Luydens, direkte Nachkommen des ersten holländischen Gouverneurs von Manhattan und durch vorrevolutionäre Ehen mit mehreren Mitgliedern der französischen und englischen Aristokratie verwandt.

Die Lannings existierten nur noch in Gestalt zweier sehr alter, doch munterer Miss Lannings, die fröhlich und erinnerungsbeladen zwischen Ahnenbildern und Chippendalemöbeln lebten; die Dagonets waren eine mächtige Sippe und mit den besten Namen in Baltimore und Philadelphia verbunden; die van der Luydens aber, die alle anderen überragten, waren in ein fast überirdisches Dämmerlicht entrückt, aus dem nur zwei Gestalten eindrucksvoll hervortraten: Henry van der Luyden und seine Frau.

Mrs. Henry van der Luyden war eine geborene Louisa Dagonet, und ihre Mutter war die Enkelin des Obersten du Lac aus einer alten, von den Kanalinseln stammenden Familie gewesen, der unter Cornwallis gekämpft und sich nach dem Krieg mit seiner jungen Frau, der Lady Angelica Trevenna, der fünften Tochter des Grafen von St. Austrey, in Maryland niedergelassen hatte. Die Beziehung zwischen den Dagonets, den du Lacs aus Maryland und ihren adligen Verwandten in Cornwall, den Trevennas, war immer eng und herzlich geblieben. Mr. und Mrs. van der Luyden hatten sich bei dem gegenwärtigen Haupt des Hauses Trevenna, dem Herzog von St. Austrey, mehr als einmal zu langen Besuchen auf dessen Landsitz in Cornwall und auch in St. Austrey in Gloucestershire aufgehalten, und Seine Hoheit hatte mehrmals die Absicht kundgetan, eines Tages den Besuch zu erwidern – allerdings ohne die Herzogin, die den Atlantik fürchtete.

Mr. und Mrs. van der Luyden teilten ihre Zeit zwischen Trevenna, ihrem Haus in Maryland, und Skuytercliff, ihrem großen Gut am Hudson, das eines der Geschenke der holländischen Regierung an ihren berühmten ersten Gouverneur gewesen und von dem

Mr. van der Luyden noch immer der »Patroon« war. Ihr geräumiges ernstes Haus in der Madison Avenue blieb meist geschlossen, und wenn sie in die Stadt kamen, empfingen sie nur ihre engsten Freunde.

»Ich sähe es gern, wenn du mitkämst, Newland«, sagte seine Mutter, die plötzlich vor dem Schlag der Droschke stehengeblieben war. »Louisa mag dich; und natürlich tue ich diesen Schritt May zuliebe – und auch, weil es bald überhaupt keine ›Gesellschaft‹ mehr gibt, wenn wir nicht alle zusammenhalten.«

7

Mrs. Henry van der Luyden lauschte schweigend dem Bericht ihrer Kusine, Mrs. Archer.

Es half einem nicht viel, sich vorher zu sagen, daß Mrs. van der Luyden bei aller Schweigsamkeit und einer von Natur und durch Erziehung stets gepflegten Zurückhaltung es mit den Leuten, die sie wirklich gern hatte, sehr gut meinte. Auch wenn man das persönlich erfahren hatte, schützte es nicht immer gegen ein Frösteln, das einen in dem hohen, weißen Wohnzimmer in der Madison Avenue überkam, wo für den Empfang so offensichtlich eben erst die Bezüge von den blaßbrokatenen Sesseln genommen worden waren und Gazeschleier noch die Ornamente des goldbronzenen Kaminsimses und den herrlichen alten geschnitzten Rahmen um Gainsboroughs »Lady Angelica du Lac« verhüllten. Mrs. van der Luydens Bildnis von Huntington – in schwarzem Samt mit venezianischer Spitze – hing dem ihrer schönen Ahnherrin gegenüber. Es galt allgemein als »ebenso gut wie ein Canabel«, und trotz der seit damals verflossenen zwanzig Jahre war es immer noch »völlig ähnlich«. Mrs. van der Luyden, die darunter saß und Mrs. Archer zuhörte, hätte wirklich die Zwillingsschwester der blonden, noch ziemlich jungen Frau sein können, die das Bild vor einem grünen Ripsvorhang neben einem vergoldeten Sessel zeigte. Mrs. van der Luyden trug immer noch schwarzen Samt mit venezianischen Spitzen, wenn sie in Gesellschaft war oder vielmehr – da sie nie ausging – das eigene Haus zu Empfängen öffnete. Ihr blondes, verblichenes, doch nicht ergrautes Haar war über der Stirn noch immer in zwei flache, übereinanderliegende Wellen gescheitelt, und die gerade Nase zwischen den blaßblauen Augen trat an den Nasenflügeln nur um weniges schärfer hervor als zu der Zeit, da das Bild gemalt worden war. Newland Archer hatte bei ihrem Anblick stets das Gefühl, man habe sie in der luftdichten Abgeschlossenheit eines völlig untadeligen Daseins auf schauerliche Weise konserviert, so wie Leichen in Gletschern jahrelang die frische Lebensfarbe behalten.

Wie alle übrigen Verwandten schätzte und bewunderte er Mrs. van der Luyden; aber er fand ihr sanftes, liebenswürdiges Entgegenkommen unnahbarer als den finsteren Blick einiger alter Tanten seiner Mutter, grimmiger Jungfern, die grundsätzlich erst einmal »Nein« sagten, ehe sie wußten, was man von ihnen wollte.

Mrs. van der Luydens Haltung sagte weder ja noch nein, schien aber immer zu Milde zu neigen, bis ihre dünnen Lippen mit einem schwach flackernden Lächeln fast stets die gleiche Antwort gaben: »Ich werde das wohl erst mit meinem Mann besprechen müssen.«

Sie und Mr. van der Luyden glichen einander so sehr, daß Archer sich oft fragte, wie nach vierzig Jahren engster ehelicher Gemeinschaft zwei so zu einer Einheit verschmolzene Wesen sich überhaupt wieder so weit trennen konnten, um etwas so Zweiheitliches wie eine Besprechung abzuhalten. Da aber keiner von beiden je einen Entschluß gefaßt hatte, ohne erst dieses geheimnisvolle Konklave stattfinden zu lassen, warteten Mrs. Archer und ihr Sohn nach Darlegung ihres Falles ergeben auf den bekannten Ausspruch.

Mrs. van der Luyden jedoch, die selten jemanden überrascht hatte, tat dies jetzt, indem sie ihre schmale Hand zur Klingelschnur ausstreckte.

»Ich möchte doch gern«, sagte sie, »daß Henry hört, was ihr mir berichtet habt.«

Ein Lakai erschien, dem sie feierlich den Auftrag gab: »Wenn Mr. van der Luyden mit seiner Zeitung fertig ist, bitten Sie ihn, er möge doch so freundlich sein und kommen.«

Sie sagte »mit seiner Zeitung« im gleichen Ton, in dem etwa die Gattin eines Ministers gesagt haben könnte: »Mit dem Vorsitz im Kabinett« – und zwar nicht aus Anmaßung, sondern weil sie in lebenslanger Gewöhnung und infolge der Haltung ihrer Freunde und Verwandten dahin gekommen war, noch der geringsten Geste Mr. van der Luydens eine beinahe priesterliche Bedeutung beizumessen.

Die Schnelligkeit ihres Handelns bewies, daß sie den Fall für ebenso dringend wie Mrs. Archer hielt; damit man aber nicht meinen sollte, sie habe sich voreilig festgelegt, fügte sie liebenswürdig hinzu: »Henry freut sich immer, dich zu sehen, liebe Adeline; und er möchte gewiß auch Newland gratulieren.«

Die Doppeltüren hatten sich feierlich wieder geöffnet, und Mr. van der Luyden erschien, groß, mager, im Gehrock, das blonde Haar verblichen, die Nase gerade wie die seiner Frau, und denselben Blick erstarrter Milde in den Augen, die lediglich blaßgrau statt blaßblau waren.

Mr. van der Luyden begrüßte Mrs. Archer mit vetternhafter Freundlichkeit, sprach Newland leise – und zwar mit den gleichen Worten wie seine Frau – Glückwünsche aus und ließ sich mit der Lässigkeit eines regierenden Fürsten in einen der Brokatsessel nieder.

»Ich war gerade mit der 'Times' fertig«, sagte er und legte die langen Fingerspitzen aneinander. »In der Stadt bin ich morgens so beschäftigt, daß es mir besser paßt, die Zeitung nach dem Mittagessen zu lesen.«

»Ja, das hat sehr viel für sich«, ging Mrs. Archer gleich darauf ein, »Onkel Egmont sagte sogar, er finde es weniger aufregend, die Morgenzeitung erst nach dem Abendessen zu lesen.«

»Ja, mein guter Vater verabscheute die Hast. Heute aber leben wir in ständiger Hetze«, antwortete Mr. van der Luyden gemessen und blickte dabei voll heiterer Ruhe in dem großen verhängten Zimmer umher, in dem sich für Archer das Wesen seiner Bewohner so restlos spiegelte.

»Hoffentlich warst du mit der Zeitung wirklich fertig, Henry?« warf seine Frau ein.

»Doch, doch«, beruhigte er sie.

»Dann möchte ich gern, daß Adeline dir erzählt –«

»Ach, es ist eigentlich Newlands Geschichte«, sagte dessen Mutter lächelnd und wiederholte dann den unerhörten Bericht von der Mrs. Lovell Mingott zugefügten Beleidigung.

»Natürlich«, schloß sie, »meinten Mary Mingott und Augusta Welland, daß ihr beide, besonders in Anbetracht der Verlobung Newlands, das alles erfahren müßtet.«

»Ach«, sagte Mr. van der Luyden mit einem tiefen Atemzug.

Eine Stille trat ein, in der das Ticken der riesigen Goldbronzeuhr auf dem weißen Marmorsims wie Kanonenschläge dröhnte. Ehrfurchtsvoll betrachtete Archer die beiden schlanken, dürren Gestalten, die in ägyptischer Strenge nebeneinander saßen, Sprachrohre einer verschollenen Ahnenmacht, die das Schicksal ihnen übertragen hatte, während sie soviel lieber bescheiden und verborgen in Skuytercliff ihre Zeit damit hingebracht hätten, unsichtbares Unkraut aus dem tadellosen Rasen zu jäten und abends Patiencen zu legen.

Als erster sprach Mr. van der Luyden.

»Du glaubst wirklich, das alles wäre – mit Absicht von Lawrence Lefferts angezettelt worden?« fragte er, zu Archer gewandt.

»Ich bin davon überzeugt. Larry hat es in der letzten Zeit etwas zu arg getrieben – wenn ich das hier erwähnen darf –, denn er hat eine dicke Affäre mit der

Frau des Polizeidirektors in seinem Dorf oder sonst jemandem dort; und immer, wenn die arme Gertrude Lefferts etwas zu ahnen beginnt und er Unannehmlichkeiten befürchtet, dann macht er irgendein Theater, um zu zeigen, wie streng er in allen Fragen der Moral denkt, und redet, so laut er kann, über die Unverschämtheit, die darin liege, seine Frau einzuladen, damit sie ihm unerwünschte Leute kennenlerne. Er benutzte Madame Olenska schlicht als Blitzableiter; ich habe schon oft gemerkt, daß er so etwas versucht.«

»Die Leffertses!« sagte Mrs. van der Luyden.

»Die Leffertses!« echote Mrs. Archer. »Was hätte Onkel Egmont dazu gesagt, daß Lawrence Lefferts sich erlaubt, über jemandes gesellschaftliche Stellung zu urteilen? Das zeigt, wohin es mit der Gesellschaft gekommen ist.«

»Wir wollen hoffen, daß es noch nicht so weit gekommen ist«, sagte Mr. van der Luyden entschlossen.

»Ach, wenn ihr, du und Louisa, euch doch nur mehr sehen ließet!« seufzte Mrs. Archer.

Sofort aber erkannte sie ihren Fehler. Die van der Luydens waren gegen jede Kritik über ihr zurückgezogenes Leben krankhaft empfindlich. Sie entschieden als letzte Instanz in allen Gesellschaftsfragen, es war ihr Amt, und sie beugten sich ihm. Da sie jedoch scheu waren und sich, ohne natürliche Neigung für ihre Rolle, gern abschlossen, lebten sie soviel wie möglich in der Waldeinsamkeit Skuytercliffs und lehnten, wenn sie in die Stadt kamen, alle Einladungen unter dem Vorwand der Unpäßlichkeit Mrs. van der Luydens ab.

Newland Archer kam seiner Mutter zu Hilfe. »Jeder in New York weiß, was ihr beide hier bedeutet. Darum meinte Mrs. Mingott, sie dürfe diesen Schimpf nicht auf Gräfin Olenska sitzen lassen, ohne euch zu befragen.«

Mrs. van der Luyden sah ihren Gatten und er sie an.

»Es handelt sich hier um Grundsätzliches«, sagte Mr. van der Luyden. »Solange ein Angehöriger einer der besten Familien von dieser Familie verteidigt wird, sollte das allein ausschlaggebend sein.«

»Das scheint mir auch so«, sagte seine Frau, als bringe sie einen neuen Gedanken vor.

»Ich hatte keine Ahnung«, fuhr Mr. van der Luyden fort, »daß es dahin gekommen war.« Er hielt inne und sah wieder seine Frau an. »Mir fällt eben ein, meine Liebe, daß die Gräfin Olenska schon sozusagen mit uns verwandt ist – durch Medora Mansons ersten Gatten. Jedenfalls wird sie es nach Newlands Hochzeit sein.« Er wandte sich an den jungen Mann. »Hast du die heutige 'Times' schon gelesen, Newland?«

»Ja, gewiß«, sagte Archer, der beim Morgenkaffee gewöhnlich ein halbes Dutzend Zeitungen durchflog.

Wieder sahen die Ehegatten einander an. Eine Zeitlang hingen ihre blassen Augen in ernster Beratung aneinander; dann huschte ein schwaches Lächeln über Mrs. van der Luydens Gesicht. Sie hatte offenbar erraten und war einverstanden.

Mr. van der Luyden wandte sich an Mrs. Archer. »Wenn Louisas Gesundheitszustand es ihr gestattete, zu Empfängen zu gehen – dann würde ich Mrs. Lovell

Mingott sagen lassen, wir beide würden uns glücklich schätzen, die – äh – die Plätze der Lawrence Leffertses bei ihrem Empfang einzunehmen.« Er hielt inne, um die Ironie, die in diesem Gedanken lag, wirken zu lassen. »Wie ihr wißt, ist das unmöglich.« Mrs. Archer äußerte mitfühlende Zustimmung. »Doch Newland sagt mir, er habe die heutige ›Times‹ gelesen; dann hat er wohl auch gesehen, daß Louisas Verwandter, der Herzog von St. Austrey, nächste Woche auf der ›Rußland‹ hier eintrifft. Er will seine neue Schaluppe, die ›Guinevere‹, für nächsten Sommer zur Teilnahme am Internationalen Cup-Rennen anmelden und nebenbei in Trevenna ein bißchen auf Entenjagd gehen.« Mr. van der Luyden hielt wieder inne und setzte mit wachsendem Wohlwollen hinzu: »Bevor wir ihn nach Maryland begleiten, laden wir ihm zu Ehren ein paar Freunde ein – nur ein kleines Essen – mit anschließendem Empfang. Louisa wird sich gewiß ebenso freuen wie ich, wenn wir Gräfin Olenska zu unseren Gästen zählen dürfen.« Er erhob sich, neigte den langen Körper steif, aber freundlich vor seiner Kusine und setzte hinzu: »Ich denke, ich spreche in Louisas Namen, wenn ich sage, daß sie selbst die Einladung zum Essen überbringt, wenn sie nachher ausfährt – mit unseren Karten – natürlich mit unseren Karten.«

Mrs. Archer, die das als Hinweis erkannte, daß die mächtigen Füchse, die man nie warten ließ, schon vor dem Hause standen, erhob sich mit hastig gemurmelten Dankesworten. Mrs. van der Luyden strahlte auf sie herab mit einem Lächeln wie Esther, als sie bei

Ahasver Fürsprache einlegte; ihr Gatte aber hob abwehrend die Hand.

»Du hast mir für nichts zu danken, liebe Adeline – für überhaupt nichts. So etwas darf es in New York nicht geben. Jedenfalls nicht, solange ich es hindern kann«, sagte er mit der Leutseligkeit eines Herrschers, während er seine Verwandten zur Tür geleitete.

Zwei Stunden später wußte jeder, daß der große, elastisch gefederte Landauer, in dem Mrs. van der Luyden zu allen Jahreszeiten spazierenfuhr, vor dem Hause der alten Mrs. Mingott gehalten hatte, wo ein großer viereckiger Umschlag abgegeben worden war, und am selben Abend konnte Sillerton Jackson in der Oper die Mitteilung machen, daß der Umschlag eine Einladungskarte für die Gräfin Olenska zu dem Essen enthalten habe, das van der Luydens nächste Woche zu Ehren ihres Vetters, des Herzogs von St. Austrey, geben wollten.

Einige jüngere Männer in der Klubloge tauschten bei dieser Ankündigung ein Lächeln und warfen einen Seitenblick auf Lawrence Letterts, der unbekümmert vorn in der Loge saß, an seinem langen blonden Schnurrbart zupfte und nach der Arie des Soprans das vernichtende Urteil fällte: »Niemand als die Patti sollte die Sonnambula versuchen«.

8

Jeder in New York war der Meinung, die Gräfin Olenska sei nicht mehr so schön, wie sie es früher gewesen war.

In Newland Archers Knabenzeit war sie dort zum erstenmal erschienen, ein strahlend hübsches Mädchen von neun oder zehn Jahren, von dem die Leute sagten, sie sei »zum Malen schön«. Sie hatte beide Eltern, die ganz Europa bereist hatten, nach den ruhelosen ersten Lebensjahren verloren und war in die Pflege ihrer Tante Medora Manson gekommen, die ebenfalls viel gereist und nun nach New York zurückgekehrt war, um »hierzubleiben«.

Die arme Medora, mehrmals verwitwet, kam immer wieder heim, um hierzubleiben – jedesmal in einem weniger kostspieligen Haus –, und brachte stets einen neuen Gatten oder ein adoptiertes Kind mit; aber nach wenigen Monaten trennte sie sich regelmäßig von ihrem Gatten oder zankte mit ihrem Mündel, veräußerte das Haus mit Verlust und ging von neuem auf Reisen. Da ihre Mutter eine Rushworth gewesen war und ihre letzte unglückliche Ehe sie mit einem von den verrückten Chiverses verbunden hatte, überging New

York nachsichtig ihre Überspanntheiten; als sie aber mit ihrer kleinen verwaisten Nichte zurückkehrte, deren Eltern trotz ihres bedauerlichen Hangs zum Reisen beliebt gewesen waren, hielt man es für einen Jammer, daß das hübsche Kind in solchen Händen war.

Jeder mußte der kleinen Ellen Mingott gut sein, obgleich ihr die rotbraunen Wangen und die dichten Locken eine Fröhlichkeit verliehen, die für ein Kind unziemlich erschien, das wegen der Eltern noch Schwarz hätte tragen müssen. Es gehörte zu den vielen Eigenheiten der irregeleiteten Medora, sich über die unabänderlichen amerikanischen Trauervorschriften hinwegzusetzen, und als sie vom Dampfer kam, sahen ihre Angehörigen mit Entsetzen, daß der schwarze Schleier, den sie für den eigenen Bruder trug, sieben Zoll kürzer war als der ihrer Schwägerinnen, während die kleine Ellen wie ein Zigeunerkind ein rotes Wollkleid und Bernsteinperlen trug.

Aber New York hatte sich längst mit Medora abgefunden, so daß nur ein paar alte Damen über Ellens bunte Kleider den Kopf schüttelten, während die anderen Verwandten dem Zauber ihres blühenden Aussehens und ihrer Fröhlichkeit erlagen. Die Kleine war furchtlos und anhänglich, stellte verfängliche Fragen, machte frühreife Bemerkungen und hatte einige Fertigkeiten aus Europa mitgebracht: Beispielsweise tanzte sie einen spanischen Schaltanz oder sang zur Gitarre neapolitanische Liebeslieder. Ihre Tante – die eigentlich Mrs. Thorley Chivers hieß, aber nach Empfang eines päpstlichen Titels den Namen ihres ersten

Gatten angenommen hatte und sich Marquise Manson nannte, weil sie in Italien ›Manzoni‹ daraus machen konnte – ließ ihr eine kostspielige, aber willkürliche Erziehung zuteil werden, zu der auch »Zeichnen nach dem Modell«, etwas bisher ganz Unerhörtes, und Klavierspielen in Quintetten mit Berufsmusikern gehörte.

Natürlich konnte daraus nichts Gutes erwachsen, und als ein paar Jahre später der arme Chivers endlich in einem Irrenhaus starb, brach seine Witwe, in seltsame Trauerkleider gehüllt, wieder auf und nahm Ellen mit, die inzwischen ein großes, eckiges Mädchen mit auffallenden Augen geworden war. Eine Zeitlang hörte man nichts von ihnen; dann kam die Nachricht von Ellens Heirat mit einem steinreichen, legendenumsponnenen polnischen Adligen, den sie auf einem Ball in den Tuilerien kennengelernt hatte und der angeblich Schlösser in Paris, Nizza und Florenz, eine Jacht in Cowes und eine ausgedehnte Jagd in Transsylvanien besaß. Sie entschwebte in einer Art schwefliger Apotheose den Blicken der Irdischen, und als nach einigen Jahren Medora wieder nach New York zurückkam, kleinlaut, verarmt, in Trauer um einen dritten Gatten und auf der Suche nach einem noch kleineren Haus, wunderte sich jeder, daß ihre reiche Nichte für sie nichts hatte tun können. Dann kam die Nachricht, daß auch Ellens Ehe unglücklich verlaufen sei und auch sie heimkehren wolle, um bei den Ihren Ruhe und Vergessen zu suchen.

Diese Dinge gingen Newland Archer eine Woche später durch den Kopf, als er am Abend des bedeutungsvollen Festessens die Gräfin Olenska bei van der Luydens in das Empfangszimmer treten sah. Es war eine feierliche Angelegenheit, und er fragte sich etwas besorgt, wie sie wohl damit fertig würde. Sie kam ziemlich spät und befestigte eben ein Armband um ihre Linke, die noch ohne Handschuh war; dennoch betrat sie ohne jeden Anschein von Eile oder Verlegenheit den Salon, in dem New Yorks erlesenste Gesellschaft einigermaßen furchteinflößend versammelt war.

Mitten im Raum blieb sie stehen und sah sich mit ernstem Gesicht, doch lächelnden Augen um, und im selben Augenblick lehnte Newland Archer das allgemeine Urteil über ihr Aussehen ab. Er gab zu, daß der strahlende Glanz von einst dahin war. Die roten Wangen waren gebleicht; sie war mager, sah abgespannt aus und wirkte, obwohl sie unter dreißig sein mußte, etwas älter. Dennoch umgab sie die geheimnisvolle Macht der Schönheit, bemerkte er eine Sicherheit in der Haltung des Kopfes und im Blick der Augen, die ihm, ohne theatralisch zu wirken, äußerst beherrscht und selbstbewußt zu sein schien. Zugleich war ihr Benehmen einfacher als das der meisten anwesenden Damen, und viele waren – wie er nachher von Janey hörte – enttäuscht, daß ihr Äußeres nicht »eleganter« war, denn das Elegante wurde in New York am höchsten geschätzt. Archer meinte, der Grund sei vielleicht, daß ihre frühere Lebendigkeit geschwunden, ja daß sie so ruhig geworden war – ruhig in den Bewegungen, im Sprechen, im Ton der tiefen Stimme. New

York hatte bei einer jungen Frau mit einer solchen Vergangenheit etwas viel Lauteres erwartet.

Das Essen war eine einigermaßen gefürchtete Angelegenheit. Schon an sich war ein Essen bei den van der Luydens keine leichte Sache; mit einem Herzog aber, der ihr Vetter war, wurde es fast zu einer religiösen Handlung. Mit Vergnügen dachte Archer, daß nur ein alter New Yorker bemerken könne, welch feiner Unterschied (für New York) zwischen einem beliebigen Herzog und dem van der Luydenschen Herzog bestand. New York empfing gelegentlich anwesende Aristokraten ohne Aufregung und sogar – ausgenommen die Struthers – mit einem gewissen Mißtrauen und Hochmut; hatten sie aber so einwandfreie Fürsprecher, dann wurden sie mit einer altmodischen Herzlichkeit empfangen, die man keineswegs nur ihrer beglaubigten Würde im Adelskalender zuschreiben durfte. Gerade wegen solcher Unterscheidungen liebte der junge Mann sein altes New York, wenn er auch darüber lächelte.

Die van der Luydens hatten ihr Bestes getan, um die Bedeutung dieses Abends hervorzuheben. Sie hatten das Sèvres der du Lacs und das Silber der Trevennas aus der Zeit Georgs II. hervorgeholt, dazu das »Lowestoft« (East India Company) der van der Luydens und das Derbyporzellan der Dagonets. Mrs. van der Luyden sah mehr denn je wie ein Cabanel aus, und Mrs. Archer erinnerte ihren Sohn mit den Staubperlen und Smaragden ihrer Großmutter an eine Miniatur von Isabey. Alle Damen trugen ihre schönsten Juwelen, aber es war für Familie und Anlaß bezeichnend, daß man fast nur solche in schwerer altmodischer Fassung sah. Die alte Miss Lanning, die zu kommen sich hatte überreden lassen, trug sogar die Kameen und den spanischen Spitzenschal ihrer Mutter.

Gräfin Olenska war die einzige junge Frau bei dem Essen; dennoch erschienen Archer die glatten, runden, ältlichen Gesichter zwischen den diamantenen Halsketten und den ragenden Straußenfedern im Vergleich zu ihrem merkwürdig unreif. Mit Entsetzen fragte er sich, was ihren Augen diesen Ausdruck verliehen haben mochte. Der Herzog von St. Austrey, der zur Rechten der Gastgeberin saß, war natürlich die Hauptfigur des Abends. Wenn aber die Gräfin Olenska weniger auffiel, als man erhofft hatte, so war der Herzog fast unsichtbar. Als Mann von Erziehung war er nicht – wie kürzlich ein herzöglicher Besucher – im Jagdrock zum Essen erschienen; aber sein Frack war so sackig und faltig, und er trug ihn so sehr wie einen Hausrock, daß er – in der gebeugten Haltung und mit dem Urwaldbart vor der Brust – kaum den Anschein erweckte, als trage er Festkleidung. Er war klein, rundschultrig, sonnengebräunt, hatte eine dicke Nase, kleine Augen und ein freundliches Lächeln; aber er sprach selten und dann auch nur so leise, daß oft trotz des eintretenden erwartungsvollen Schweigens an der Tafel seine Bemerkungen nur den Nächstsitzenden verständlich waren.

Als die Herren nach dem Essen zu den Damen hinübergingen, steuerte der Herzog sogleich auf Gräfin

Olenska zu, und beide ließen sich lebhaft plaudernd in einer Ecke nieder. Sie schienen nicht zu wissen, daß der Herzog zunächst Mrs. Lovell Mingott und Mrs. Headly Chivers seine Aufmerksamkeit hätte erweisen und daß die Gräfin sich mit dem liebenswürdigen Hypochonder, Mr. Urban Dagonet vom Washington Place, hätte unterhalten müssen, der seine feste Gewohnheit, zwischen Januar und April in keine Gesellschaft zu gehen, nur durchbrochen hatte, weil er sie gern kennenlernen wollte. Fast zwanzig Minuten lang schwatzten die beiden; dann erhob sich die Gräfin, durchschritt allein den Saal und setzte sich neben Newland Archer.

Es war in New York nicht Sitte, daß eine Dame im Salon aufstand und von dem einen Herrn fortging, um die Gesellschaft eines anderen zu suchen. Die Etikette forderte, daß sie unbeweglich wie ein Götzenbild sitzenblieb, während die Männer, die mit ihr sprechen wollten, sich neben ihr ablösten. Die Gräfin aber merkte offenbar nicht, daß sie eine Vorschrift verletzt hatte; völlig zwanglos saß sie in der Sofaecke neben Archer und schaute ihn freundlich an.

»Bitte erzählen Sie mir doch etwas von May«, sagte sie.

Anstatt ihr zu antworten, fragte er: »Kannten Sie den Herzog schon?«

»O ja – wir haben ihn jeden Winter in Nizza getroffen. Er sitzt sehr gern am Spieltisch – er hat uns oft besucht.« Sie sagte das so einfach, als hätte sie gesagt: »Er hat Blumen gern«; und nach einem Augenblick setzte sie offen hinzu: »Ich glaube, er ist der dümmste Mann, der mir je begegnet ist.«

Dies gefiel ihm so sehr, daß er den leichten Schreck, den ihre vorangehende Bemerkung hervorgerufen hatte, vergaß. Es war zweifellos interessant, eine Dame zu sprechen, die den van der Luydenschen Herzog dumm fand und es wagte, diese Meinung zu äußern. Gern hätte er sie ausgefragt, um mehr über das Leben zu hören, von dem ihre sorglosen Worte ihm einen so blitzartigen Eindruck gegeben hatten; er fürchtete jedoch, an schmerzliche Erinnerungen zu rühren, und bevor er etwas anderes sagen konnte, war sie auf ihr erstes Thema zurückgekommen.

»May ist sehr lieb; ich habe in New York kein anderes Mädchen gesehen, das so hübsch und so klug ist. Sind Sie sehr verliebt in sie?«

Newland Archer errötete und lachte. »So sehr es nur jemand sein kann.«

Sie sah ihn noch immer nachdenklich an, als solle ihr keine leise Nebenbedeutung in seinen Worten entgehen: »Glauben Sie denn, daß es eine Grenze gibt?«

»Für die Liebe? Wenn es eine gibt, dann habe ich sie noch nicht entdeckt.«

Ihre Augen leuchteten voll Mitgefühl. »Ach, es ist wirklich und wahrhaftig eine Liebesromanze?«

»Die romantischste aller Romanzen!«

»Wie herrlich! Und das habt ihr ganz allein gemacht – es wurde nicht arrangiert?«

Archer sah sie ungläubig an. »Haben Sie vergessen«, fragte er lächelnd, »daß wir uns in unserem Land die

Hochzeiten nicht arrangieren lassen?« Ein tiefes Rot stieg in ihre Wangen, und er bereute sofort seine Worte.

»Ja«, antwortete sie, »ich hatte es vergessen. Sie müssen verzeihen, daß ich manchmal diese Fehler mache. Ich denke nicht immer daran, daß alles hier gut ist, was dort – was dort schlecht war, wo ich gewesen bin.« Sie senkte den Blick auf die Adlerfedern ihres Wiener Fächers, und er sah, daß ihre Lippen zitterten.

»Verzeihen Sie«, sagte er bewegt; »aber glauben Sie mir, daß Sie hier wirklich unter Freunden sind.«

»Ja, ich weiß. Überall habe ich hier das Gefühl. Darum bin ich nach Hause gekommen. Ich möchte alles andere vergessen, wieder eine richtige Amerikanerin werden wie die Mingotts und Wellands, wie Sie und Ihre entzückende Mutter und all die anderen guten Menschen hier. Ah, da kommt May gerade, und Sie möchten sicher eilig zu ihr«, setzte sie hinzu, doch ohne sich zu rühren, und ihre Augen wandten sich von der Tür zurück auf das Gesicht des jungen Mannes.

Die Räume füllten sich allmählich mit den Gästen, die nach dem Essen kamen, und Madame Olenskas Blick folgend sah Archer May Welland mit ihrer Mutter eintreten. In Weiß und Silber gekleidet, mit einem Kranz silberner Blüten im Haar, sah das schlanke Mädchen wie eine eben von der Jagd kommende Diana aus.

»Ach«, sagte Archer, »ich habe so viele Nebenbuhler – Sie sehen, sie ist schon umlagert. Gerade wird ihr der Herzog vorgestellt.«

»Dann bleiben Sie noch ein wenig bei mir«, sagte Madame Olenska leise und berührte sein Knie mit dem Federfächer. Es war kaum eine Berührung, aber er erbebte wie unter einer Liebkosung.

»Ja, lassen Sie mich bleiben«, antwortete er ebenso leise, fast ohne zu wissen, was er sagte, doch im selben Augenblick kam Mr. van der Luyden heran und hinter ihm der alte Urban Dagonet. Die Gräfin begrüßte sie mit ihrem ernsten Lächeln; Archer fühlte den mahnenden Blick des Gastgebers, erhob sich und trat seinen Platz ab.

Madame Olenska streckte die Hand aus, wie um ihn zu verabschieden.

»Also morgen, nach fünf – ich erwarte Sie«, sagte sie; dann wandte sie sich ab und machte Mr. Dagonet Platz.

»Morgen –«. Archer hörte, wie er es wiederholte, obgleich sie sich nicht verabredet hatten und sie ihm während des Gesprächs keine Andeutung gemacht hatte, daß sie ihn wiedersehen wolle.

Im Fortgehen sah er, wie Lawrence Lefferts, schlank und schneidig, mit seiner Frau herankam, um sich vorstellen zu lassen, und hörte Gertrude Lefferts, die ihr breites, einfältiges Lächeln ausstrahlte, zur Gräfin sagen: »Ich glaube, wir sind als Kinder zusammen zur Tanzstunde gegangen –«. Hinter ihr sah Archer einige der starrköpfigen Paare, die die Gräfin bei Mrs. Lovell Mingott nicht hatten treffen wollen und jetzt darauf warteten, sich ihr vorzustellen. Wenn die van der Luydens nur wollten, dann verstanden sie sehr wohl, jemandem eine Lektion zu erteilen – wie Mrs. Archer gesagt hatte. Das Erstaunliche war, daß sie es so selten wollten.

Der junge Mann spürte eine Berührung an seinem Arm und sah, daß Mrs. van der Luyden aus der reinen Höhe ihres schwarzen Samtkleides und ihres Familienschmucks auf ihn herabschaute. »Es war nett von dir, lieber Newland, dich so selbstlos Madame Olenska zu widmen. Ich habe meinen Mann geschickt, dich zu erlösen.«

Er fühlte, daß er ihr vage zulächelte, und sie setzte hinzu, als steige sie leutselig aus ihrer Höhe herab: »Ich habe May noch nie so schön gesehen. Der Herzog meint, sie sei das hübscheste Mädchen hier.«

9

Gräfin Olenska hatte gesagt: »Nach fünf«, und so klingelte Newton Archer um halb sechs an dem Haus mit dem abblätternden Verputz und der riesigen Glyzinie, die den schwächlichen Eisenbalkon umklammerte. Ganz am westlichen Ende der Dreiundzwanzigsten Straße hatte sie das Haus von der wieder ziellos umherreisenden Medora gemietet.

Es war allerdings ein seltsames Viertel zum Wohnen. Kleine Schneiderateliers, Tierpräparatoren und »Leute, die schreiben« waren ihre nächsten Nachbarn, und etwas weiter die verwahrloste Straße hinunter erkannte Archer am Ende eines gepflasterten Fußwegs ein verfallenes Holzhaus, in dem ein Schriftsteller und Zeitungsschreiber namens Winsett wohnte, den er dann und wann traf. Winsett lud niemanden ein, aber er hatte einmal bei einem nächtlichen Bummel Archer das Haus gezeigt, und dieser hatte sich mit leisem Schauer gefragt, ob die Literatur auch in anderen Hauptstädten so ärmlich untergebracht sei.

Madame Olenskas Haus wurde nur durch etwas mehr Farbe an den Fensterrahmen vor dem gleichen Aussehen bewahrt, und als Archer die bescheidene

Fassade musterte, sagte er sich, der polnische Graf müsse seiner Gemahlin außer ihren Illusionen auch ihr Vermögen geraubt haben.

Der junge Mann hatte einen unbefriedigenden Tag hinter sich. Er hatte bei den Wellands zu Mittag gegessen und danach gehofft, mit May einen Spaziergang durch den Central Park machen zu können. Er wollte sie allein für sich haben, um ihr zu sagen, wie bezaubernd sie am Abend zuvor ausgesehen habe, wie stolz er auf sie sei, und um sie zur Beschleunigung ihrer Hochzeit zu drängen. Mrs. Welland aber hatte ihn entschlossen daran erinnert, daß die Runde der Familienbesuche noch nicht zur Hälfte erledigt sei, und bei seiner Anspielung auf eine Vorverlegung des Hochzeitstages hatte sie vorwurfsvoll die Augenbrauen hochgezogen und geseufzt: »Zwölf Dutzend von allem – handgestickt –«.

Im Familienlandauer zusammengedrängt rollten sie von einer Sippe zur anderen, und als die Nachmittagsrunde vorüber war, trennte Archer sich von seiner Braut mit dem Gefühl, er sei wie ein schlau in die Falle gelocktes wildes Tier vorgeführt worden. Auf diese derbe Charakterisierung einer schließlich doch ganz natürlichen Bekundung von Familiengefühl kam er, wie er vermutete, vielleicht nur, weil er gerade viel Anthropologisches las; wenn er aber daran dachte, daß die Wellands seine Hochzeit erst für den nächsten Herbst angesetzt hatten, und sich sein Leben in der Zwischenzeit vorstellte, überfiel ihn dumpfe Mutlosigkeit.

»Morgen«, rief Mrs. Welland ihm nach, »erledigen wir die Chiverses und die Dallases«; und er merkte, daß sie ihre ganze Verwandtschaft alphabetisch durchging und sie noch ziemlich am Anfang waren.

Er hatte May erzählen wollen, daß die Gräfin Olenska ihn für heute nachmittag zu einem Besuch gebeten – vielmehr bestellt habe; doch in den kurzen Augenblicken, die sie allein waren, hatte er ihr Dringenderes sagen müssen. Außerdem kam es ihm etwas lächerlich vor, die Sache zu erwähnen. Er wußte, daß May ganz ausdrücklich wünschte, er möge freundlich zu ihrer Kusine sein; war es nicht dieser Wunsch, der die Bekanntgabe ihrer Verlobung beschleunigt hatte? Es war seltsam zu denken, daß, wäre die Gräfin nicht gekommen, er zwar kein freier, aber doch ein weniger fest gebundener Mann sein könnte. May hatte es jedoch so gewollt, und er fühlte irgendwie, daß er weiterer Verantwortung enthoben sei – und daher frei, ihre Kusine zu besuchen, ohne es May zu sagen.

Als er vor Madame Olenskas Haustür stand, verspürte er vor allem Neugier. Er war von dem Ton verwirrt, in dem sie ihn aufgefordert hatte, und kam zu dem Schluß, daß sie weniger einfach sei als sie erschien.

Die Tür wurde von einer brünetten, fremdländisch aussehenden Dienerin mit mächtigem Busen und buntem Halstuch geöffnet, die er vage als Sizilianerin einschätzte. Sie zeigte ihm grinsend ihre weißen Zähne, beantwortete seine Fragen mit verständnislosem Kopfschütteln und führte ihn durch die enge Diele in ein niedriges Wohnzimmer, das von einem Kaminfeuer erleuchtet war. Das Zimmer war leer, und sie ließ ihn recht lange allein, so daß er sich fragte, ob sie ihre Herrin hole oder ob sie vielleicht nicht verstanden habe, warum er da sei, und ihn für den Uhrmacher halte – denn er bemerkte, daß die einzige sichtbare Uhr stehengeblieben war. Er wußte, daß die südlichen Völker sich in der Gebärdensprache verständigten, und es ärgerte ihn, daß ihm ihr Achselzucken und Lächeln so unverständlich blieben.

Endlich kam sie mit einer Lampe wieder, und Archer, der sich unterdessen aus Dante und Petrarca einen Satz zurechtgelegt hatte, entlockte ihr die Antwort: *»La signora è fuori; ma verrà subito«*, was er sich mit »Sie ist ausgegangen – aber Sie werden gleich sehen« übersetzte.

Was er indessen mit Hilfe der Lampe sah, war der blasse, dämmerige Zauber eines Zimmers, wie er nie eines gesehen hatte. Er wußte, daß die Gräfin Olenska einige ihrer Sachen mitgebracht hatte – Wrackgut, wie sie sie nannte –, und er vermutete, daß mehrere kleine schlanke Tische aus dunklem Holz, eine zierliche griechische Bronzestatue auf dem Kaminsims und ein Streifen roten Damasts, der hinter ein paar italienisch anmutenden Bildern in alten Rahmen an die verblaßte Tapete genagelt war, dazu gehörten.

Newland Archer war stolz auf seine Kenntnis der italienischen Kunst. Als Knabe war er an Ruskin gebildet worden, und er hatte alle neuesten Bücher gelesen: John Addington Symonds, Vernon Lees »Euphorion«, die Aufsätze P. G. Hamertons und ein wunderbares neues Buch, »Die Renaissance«, von Walter Pater. Er wußte über Botticelli Bescheid und sprach ein wenig herablassend über Fra Angelico. Diese Bilder aber machten ihn unsicher, denn sie waren völlig anders als alles, was er in Italien gesehen hatte und daher beurteilen konnte. Vielleicht auch wurde seine Auffassungsgabe im Augenblick durch das wunderliche Gefühl gehemmt, sich in diesem fremden leeren Haus zu befinden, wo ihn anscheinend niemand erwartete. Er bedauerte, May Welland nichts von der Bitte der Gräfin Olenska gesagt zu haben, und der Gedanke, seine Braut könne hereinkommen, um ihre Kusine zu besuchen, war ihm ein wenig unbehaglich. Was mußte sie denken, wenn sie ihn hier vorfand, wie er im Halbdunkel gemütlich wartend allein am Kamin einer Dame saß?

Da er aber einmal hier war, wollte er auch warten, und er ließ sich in einen Sessel sinken und streckte die Füße gegen die Scheite aus.

Es war sonderbar, daß sie ihn herbestellt und dann vergessen hatte; aber Archer war eher neugierig als gekränkt. Die Stimmung dieses Raumes war ihm etwas so Neues, daß alle Befangenheit vor dem Gefühl des Abenteuerlichen schwand. Er war schon früher in Wohnzimmern mit rotem Damast und mit Bildern der »Italienischen Schule« gewesen; was ihn hier fesselte, war die Art, wie Medora Mansons schäbiges Mietshaus mit der toten Dekoration aus Pampasgras und Rogers-Statuetten durch ein paar Handgriffe und die geschickte Verwendung weniger Gegenstände in etwas Intimes, »Fremdländisches« verwandelt worden war, das entfernt an alte romantische Szenen und Gefühle erinnerte. Er versuchte, dem Trick auf den Grund zu kommen, Aufschluß aus der Art zu erhalten, wie die Tische und Stühle angeordnet waren, und aus der Tatsache, daß nur zwei Jaqueminotrosen – von denen sonst niemand weniger als ein Dutzend kaufte – in der schlanken Vase neben ihm standen, ja aus dem undeutlichen, durchdringenden Parfum, das nicht dem ähnelte, das man auf Taschentücher goß, sondern mehr dem Duft eines fernen Basars, den Geruch von türkischem Kaffee, Ambra und trockenen Rosen.

Seine Gedanken schweiften zu der Überlegung ab, wie wohl Mays Wohnzimmer einst aussehen werde. Er wußte, daß Mr. Welland, der sich »sehr anständig« benahm, bereits ein Auge auf ein neuerbautes Haus im Osten der Neununddreißigsten Straße geworfen hatte. Es war wohl eine entlegene Gegend, und das Haus war in dem scheußlichen grünlichgelben Stein erbaut, den die jüngeren Architekten jetzt aus Protest gegen den braunen Sandstein verwandten, dessen eintönige Farbe New York wie eine kalte Schokoladensoße überzog. Die hygienische Einrichtung aber war tadellos. Archer wäre lieber gereist, um die Hausfrage aufzuschieben; aber die Wellands, die zwar mit einer langen europäischen Hochzeitsreise, vielleicht sogar mit einem Winter in Ägypten einverstanden waren, bestanden darauf, daß das zurückkehrende Paar ein Haus haben müsse. Der junge Mann fühlte, daß sein

Schicksal besiegelt war: für den Rest seines Lebens würde er jeden Nachmittag zwischen den Eisengeländern die grünlichgelbe Haustreppe hinauf und durch eine pompejanische Halle in die Diele mit der lackierten gelben Holztäfelung gehen. Doch weiter kam seine Phantasie nicht. Er wußte, daß das oben gelegene Wohnzimmer ein Erkerfenster hatte, aber er konnte sich nicht vorstellen, was May daraus machen würde. Sie fühlte sich wohl in dem lila Satin und den gelben Quasten des Wellandschen Wohnzimmers unter den imitierten Stilmöbeln und vergoldeten Glasschränkchen voller modernen Meißener Porzellans. Er sah keinen Grund zu der Annahme, daß sie in ihrem eigenen Hause irgend etwas anders haben wolle, und der einzige tröstliche Gedanke war, daß sie ihn seine Bibliothek wohl nach seinem Wunsch einrichten ließe, mit echten Eastlake-Möbeln nämlich und den schlichten neuen Bücherschränken ohne Glastüren.

Die vollbusige Dienerin trat ein, zog die Vorhänge zu, stieß ein Holzscheit zurück und sagte tröstend: »*Verrà – verrà.*« Als sie fort war, stand Archer auf und begann umherzugehen. Sollte er noch länger warten? Seine Lage wurde allmählich ziemlich lächerlich. Vielleicht hatte er Madame Olenska mißverstanden – vielleicht hatte sie ihn gar nicht eingeladen.

Über die Kopfsteine der ruhigen Straße hallten Pferdehufe. Sie hielten vor dem Hause, und er vernahm das Öffnen eines Wagenschlags. Durch einen Vorhangspalt spähte er in die frühe Dämmerung hinaus. Im Schein der Straßenlaterne sah er Julius Beauforts kleinen geschlossenen Wagen, einen großen Rotschimmel davor, und den Bankier selbst, der eben ausstieg und Madame Olenska heraushalf.

Beaufort stand da, den Hut in der Hand, und sagte etwas, was sie zu verneinen schien; dann reichten sie sich die Hand, und er sprang auf den Wagen, während sie die Treppe hinaufstieg.

Als sie ins Zimmer trat, schien sie nicht verwundert, Archer dort zu sehen. Verwunderung war ihr wohl überhaupt ganz fremd.

»Wie gefällt Ihnen mein ulkiges Häuschen?« fragte sie. »Für mich ist's wie im Himmel.«

Während sie sprach, löste sie ihre kleine Samthaube, warf sie mit dem langen Mantel in eine Ecke und sah ihn versonnen an.

»Sie haben es sich entzückend eingerichtet«, erwiderte er, sich der Plattheit dieser Worte bewußt, aber im Konventionellen befangen durch den brennenden Wunsch, einfach und deutlich zu sein.

»Ach, es ist ein ärmliches Häuschen. Meine Verwandten verachten es. Jedenfalls aber ist es nicht so düster wie das der van der Luydens.«

Die Worte trafen ihn wie ein Schlag, denn nur wenige rebellische Gemüter hätten es gewagt, das stattliche Haus der van der Luydens düster zu nennen. Die Bevorzugten, die dort eintreten durften, erschauerten zwar, aber nannten es »hübsch«. Auf einmal aber freute es ihn, daß sie dem allgemeinen Schauder Ausdruck verliehen hatte. »Es ist wundervoll – was Sie hier gemacht haben«, wiederholte er.

»Ich liebe das Häuschen«, gestand sie, »aber ich glaube, ich liebe eigentlich das Glück, daß es hier steht, in meiner Heimat und in meiner Stadt, und daß ich allein darin lebe.« Sie sprach so leise, daß er den letzten Satz kaum hörte; aber in seiner Verlegenheit ging er darauf ein. »Sind Sie so gern allein?«

»Ja, solange meine Freunde dafür sorgen, daß ich mich nicht einsam fühle.« Dann ließ sie sich mit den Worten »Nastasia wird den Tee sofort bringen« am Feuer nieder und winkte ihm, seinen Platz wieder einzunehmen: »Ich sehe, Sie haben sich schon eine Ecke ausgesucht.«

Sich zurücklehnend verschränkte sie die Arme hinter dem Kopf und blickte unter gesenkten Lidern in das Feuer.

»Diese Stunde ist mir die liebste – Ihnen auch?«

Ein Gefühl seiner Würde ließ ihn erwidern: »Ich fürchtete schon, Sie hätten die verabredete Stunde vergessen. Beaufort hat Sie wohl sehr in Anspruch genommen.«

Sie sah belustigt aus. »Warum? Haben Sie schon lange gewartet? Beaufort hat mir ein paar Häuser gezeigt – denn man will mir anscheinend nicht erlauben, in diesem zu bleiben.« Als hätte sie Beaufort und ihn vergessen, fuhr sie fort: »Ich bin nie in einer Stadt gewesen, wo man so sehr gegen das Wohnen in den *quartiers excentriques* zu sein scheint wie hier. Was macht es schon aus, wo man wohnt? Mir wurde gesagt, das hier sei eine anständige Straße.«

»Sie ist nicht vornehm.«

»Vornehm! Haltet ihr alle so viel davon? Warum soll man nicht seine eigene Vornehmheit haben? Aber ich bin wohl zu unabhängig gewesen; jedenfalls möchte ich tun, was ihr alle tut – möchte mich sicher und umhegt fühlen.«

Er war bewegt wie am Abend zuvor, als sie gesagt hatte, sie brauche Führung.

»Dieses Gefühl möchten Ihnen alle Ihre Freunde geben.« Mit aufblitzender Ironie fügte er hinzu: »New York ist ein furchtbar sicherer Ort.«

»Ja, nicht wahr? Man fühlt das«, rief sie, ohne seinen Spott zu bemerken. »Hier zu sein – das ist wie – wie wenn man mit ausgehen darf, weil man artig gewesen ist und alle Schulaufgaben gemacht hat.«

Der Vergleich war gut gemeint, gefiel ihm aber nicht ganz. Er nahm für sich in Anspruch, frech über New York zu reden, hörte aber den Ton nicht gern bei jemand anderem. Sah sie denn noch immer nicht, was für eine mächtige Maschine es war, die sie beinahe zermalmt hatte? Das Empfangsessen der Lovell Mingotts, *in extremis* aus allen Ecken und Enden der Gesellschaft zusammengestückt, hätte sie lehren sollen, wie nahe sie dem Unheil war; entweder aber hatte sie es die ganze Zeit überhaupt nicht bemerkt oder es im Triumph des van der Luydenschen Festes vergessen. Archer glaubte eher an das erstere; in ihrem New York gab es wahrscheinlich noch immer überhaupt keine Unterschiede, und die Vermutung ärgerte ihn.

»Gestern abend«, sagte er, »hat sich New York für Sie angestrengt. Die van der Luydens tun nichts halb.«

»Nein: wie freundlich sie sind! Es war eine so nette Gesellschaft. Jeder scheint sie sehr zu achten.«

Auch das waren wohl kaum die rechten Worte; so hätte sie von einer Teegesellschaft bei der lieben alten Miss Lanning sprechen können.

»Die van der Luydens«, sagte Archer und kam sich dabei sehr wichtig vor, »haben in der New Yorker Gesellschaft den größten Einfluß. Mrs. van der Luydens Gesundheitszustand zwingt sie leider, nur selten zu empfangen.«

Sie löste die Hände hinter ihrem Kopf und sah ihn nachdenklich an. »Ist vielleicht der Grund?«

»Der Grund?«

»Für ihren großen Einfluß; daß sie sich so rar machen.«

Er wurde ein wenig rot, starrte sie an – und erkannte plötzlich das Treffende ihrer Bemerkung. Nur einen Stich hatte sie den van der Luydens versetzt, und schon sanken sie in sich zusammen. Er lachte und gab sie preis.

Nastasia brachte den Tee mit henkellosen Tassen und kleinen zugedeckten Schüsseln herein und stellte das Tablett auf einen niedrigen Tisch.

»Aber Sie müssen es mir erklären – Sie müssen mir alles erklären, was ich wissen wollte«, fuhr Madame Olenska fort und beugte sich vor, um ihm seine Tasse zu reichen.

»Sie sind es doch, die mir alles sagt und mir die Augen öffnet, die so an die Dinge gewöhnt sind, daß sie sie nicht mehr wahrnehmen.«

Sie löste ein kleines goldenes Zigarettenetui von einem ihrer Armbänder, hielt es ihm hin und nahm selbst eine Zigarette. Auf dem Kamin standen lange Fidibusse zum Anzünden.

»Ach, dann können wir beide einander helfen. Aber ich brauche so viel mehr Hilfe. Sie müssen mir einfach sagen, was ich tun soll.«

Es lag ihm auf der Zunge zu antworten: »Fahren Sie nicht mit Beaufort umher, so daß Sie jeder sieht –«, aber die Atmosphäre des Zimmers, die doch ihre Atmosphäre war, zog ihn zu mächtig an, und so einen Rat zu geben, wäre ihm vorgekommen, als hätte er jemandem, der in Samarkand Rosenessenz verlangte, gesagt, man solle sich für einen New Yorker Winter stets mit Überschuhen versehen. New York schien hier viel weiter entfernt als Samarkand, und wenn sie wirklich einander helfen sollten, dann mochte sie den Anfang damit machen und ihm helfen, seine Heimatstadt objektiv zu sehen. So betrachtet wie durch ein umgekehrtes Fernglas, sah New York bestürzend klein und fern aus – doch von Samarkand aus war das wohl so.

Eine Flamme züngelte aus den Scheiten, sie beugte sich über das Feuer, und ihre schlanken Hände kamen der Glut so nahe, daß ein Lichtschein sich um ihre ovalen Nägel legte. Das Licht färbte ein paar dunkle Locken, die sich aus den Flechten lösten, rotbraun und ließ ihr bleiches Gesicht noch bleicher erscheinen.

»Es gibt eine Menge Leute, die Ihnen sagen können, was Sie tun sollen«, antwortete Archer mit unklarem Neidgefühl.

»Ach, alle meine Tanten? Und meine liebe alte Großmama?« Sie prüfte den Gedanken unbefangen. »Sie sind mir alle ein bißchen böse, weil ich mich selbständig gemacht habe – besonders die arme Großmama. Sie wollte mich bei sich behalten – aber ich mußte frei sein –« Er bewunderte ihre leichte Art, von der gefürchteten Catherine zu sprechen, und war bewegt von der Überlegung, was sie so sehr sogar nach der allereinsamsten Freiheit hatte dürsten lassen. Aber der Gedanke an Beaufort quälte ihn.

»Ich glaube, ich kann es Ihnen nachfühlen«, sagte er. »Trotzdem – Ihre Familie kann Ihnen manchen Rat geben, Sie auf Unterschiede aufmerksam machen und Ihnen den rechten Weg weisen.«

Sie hob die dünnen schwarzen Augenbrauen. »Ist New York so ein Labyrinth? Ich hielt es für so klar und gradlinig – wie die Fifth Avenue. Und alle Seitenstraßen numeriert!« Sie erriet wohl, daß er das nicht gern hörte, und setzte mit dem Lächeln, das ihr ganzes Gesicht verzauberte, hinzu: »Wenn Sie wüßten, wie sehr ich es gerade darum liebe – diese Gradlinigkeit und diese großen ehrlichen Schilder an allem!«

Er sah seine Chance. »Vielleicht hat alles ein Schild – aber nicht jeder hat eines!«

»Mag sein. Ich vereinfache vielleicht zu sehr – aber dann müssen Sie mich warnen.« Sie richtete den Blick vom Feuer weg auf ihn. »Ich kenne hier nur zwei Menschen, bei denen ich das Gefühl habe, sie verstehen, was ich meine, und können mir alles erklären: Sie und Mr. Beaufort.«

Archer zuckte zusammen, als sie die beiden Namen derart zusammen nannte, doch erkannte er sofort, wie sie es meinte, und war voll Mitgefühl. So nahe den Mächten des Bösen mußte sie gelebt haben, daß sie noch jetzt in deren Luft freier atmete. Da sie aber wußte, daß auch er sie verstand, war es nun seine Aufgabe, ihr Beaufort so zu zeigen, wie er wirklich war – mit allem, was er verkörperte –, damit sie sich schaudernd abwende.

Er antwortete freundlich: »Ich verstehe. Aber lassen Sie für den Anfang die Hände der alten Freunde noch nicht ganz los – ich denke dabei an die älteren Damen, Ihre Großmama Mingott, Mrs. Welland, Mrs. van der Luyden. Sie lieben Sie – und wollen Ihnen helfen.«

Sie schüttelte den Kopf und seufzte. »Ja, ich weiß – ich weiß! Aber nur unter der Bedingung, daß ich alles Unangenehme von ihnen fernhalte. Tante Welland hat es genau mit diesen Worten gesagt, als ich versuchte... Will denn niemand hier die Wahrheit hören, Archer? Die wahre Einsamkeit ist, hier unter all diesen freundlichen Menschen zu leben, die einen bloß bitten, mitzuheucheln!« Sie schlug die Hände vors Gesicht, und er sah, wie ihre zarten Schultern von einem Schluchzen geschüttelt wurden.

»Madame Olenska – o Ellen, nicht doch!« rief er, sprang auf und beugte sich über sie. Er zog eine ihrer Hände herab, umklammerte und streichelte sie wie die Hand eines Kindes und murmelte beruhigende Worte; im nächsten Augenblick aber hatte sie sie ihm entzogen und sah mit nassen Wimpern zu ihm auf.

»Weint denn niemand hier? Ihr habt es wahrscheinlich nicht nötig – in eurem Himmel«, sagte sie mit einem Lachen, brachte ihre gelösten Flechten in Ordnung und beugte sich über die Teekanne. Es wurde ihm jäh bewußt, daß er sie »Ellen« genannt hatte – zweimal; und daß sie es nicht beachtet hatte. Durch das umgekehrte Fernrohr sah er weit hinten die undeutliche weiße Gestalt May Wellands – in New York.

Plötzlich steckte Nastasia den Kopf herein, um in ihrem sprühenden Italienisch etwas zu sagen.

Madame Olenska legte wieder eine Hand an ihr Haar, stieß einen Ausruf der Zustimmung aus – ein aufloderndes *»Già – già –«*, und der Herzog von St. Austrey trat ein und steuerte eine gewaltige schwarzperückte, rotgefiederte Dame in wallenden Pelzen herein. »Meine liebe Gräfin, ich habe Ihnen eine alte Freundin mitgebracht – Mrs. Struthers. Sie war gestern abend zu der Gesellschaft nicht geladen und möchte Sie so gern kennenlernen.«

Der Herzog strahlte auf die Gruppe herab, und Madame Olenska schritt mit einem Begrüßungsgemurmel auf das merkwürdige Paar zu. Sie schien gar nicht zu empfinden, wie komisch es wirkte, und wie unschlicklich es für den Herzog war, seine Begleiterin hierherzubringen – doch um ihm Gerechtigkeit widerfahren zu lassen, schien der Herzog es selber nicht zu bemerken, wie Archer feststellte.

»Natürlich möchte ich Sie gern kennenlernen, mein Liebe«, schrie Mrs. Struthers mit einer rollenden, vollen Stimme, die den kühnen Federn und der frechen

Perücke entsprach. »Ich möchte jeden kennenlernen, der jung und interessant und reizend ist. Der Herzog hat mir gesagt, Sie lieben die Musik – nicht wahr, Herzog? Sie spielen selbst sogar Klavier, nicht wahr? Nun, möchten Sie morgen abend bei mir Sarasate spielen hören? Sie wissen, bei mir ist Sonntag abends immer etwas los – das ist der Tag, an dem New York nichts mit sich anzufangen weiß, darum sage ich zu allen: 'Kommt und amüsiert euch!' Der Herzog meinte, Sarasate würde Sie locken. Sie werden viele Freunde antreffen.«

Madame Olenskas Gesicht strahlte freudig auf. »Wie nett! Wie lieb vom Herzog, an mich zu denken!« Sie schob einen Stuhl an den Teetisch, und Mrs. Struthers ließ sich anmutig darauf nieder. »Natürlich werde ich gern kommen.«

»Das ist schön, meine Liebe. Und bringen Sie Ihren jungen Freund mit.« Mrs. Struthers streckte Archer burschikos die Hand hin. »Ich kann Sie im Augenblick nicht unterbringen – aber sicher sind wir uns schon irgendwo begegnet – ich bin jedem begegnet, hier oder in Paris oder London. Sind Sie nicht in der Diplomatie? Alle Diplomaten kommen zu mir. Hören Sie auch gern Musik? Herzog, Sie müssen ihn unbedingt mitbringen.«

Der Herzog brummte aus den Tiefen seines Bartes: »Natürlich«, und Archer zog sich mit einer steifen Verbeugung in die Runde zurück, wobei er sich so verkrampft vorkam wie ein befangener Schuljunge unter heiter plaudernden Älteren.

Er bedauerte nicht den *dénouement* seines Besuchs; er wünschte nur, er wäre schon eher geschehen und hätte ihm einen gewissen unnötigen Gefühlsaufwand erspart. Während er in den Winterabend hinausschritt, wurde New York ihm wieder groß und nah und May Welland zur allerschönsten Frau darin. Er ging in den Blumenladen, um ihr wie jeden Tag den Maiglöckchenstrauß zu senden, den er zu seinem Schrecken am Morgen vergessen hatte.

Während er ein paar Worte auf seine Karte schrieb und auf einen Umschlag wartete, lief sein Blick über die Blumenpracht des Ladens und blieb an einem Strauß gelber Rosen hängen. Noch nie hatte er so sonnengoldene gesehen, und seine erste Regung war, sie May statt der Maiglöckchen zu schicken. Aber sie paßten nicht zu ihr – es lag etwas zu Üppiges, zu Starkes in ihrer wilden Schönheit. In einem plötzlichen Gefühlsumschwung und ohne recht zu wissen, was er tat, gab er dem Blumenhändler die Anweisung, die Rosen in einen Karton zu legen, und steckte seine Karte in einen Umschlag, auf den er den Namen der Gräfin Olenska schrieb; als er sich eben abwandte, zog er die Karte wieder heraus und ließ den leeren Umschlag bei den Rosen.

»Werden sie gleich zugestellt?« fragte er und zeigte auf die Rosen.

Der Blumenhändler bejahte.

10

Am nächsten Tag beredete er May, gleich nach dem Essen mit ihm zu einem Spaziergang in den Central Park zu entfliehen. Es war sonst Brauch im alten episkopalen New York, daß Töchter sonntags nachmittags mit ihren Eltern in die Kirche gingen; aber Mrs. Welland verzieh diesmal nachsichtig Mays Fernbleiben, da sie sie am Morgen von der Notwendigkeit einer langen Verlobungszeit überzeugt hatte, so daß genügend Zeit für die handgestickte Aussteuer blieb, in der jedes Stück in der richtigen Dutzendzahl vorhanden war.

Der Tag war herrlich. Das kahle Gewölbe der Bäume die Mall entlang war mit Lapislazuli überspannt und erhob sich über dem Schnee, der wie zersplitterte Kristalle funkelte. Solches Wetter weckte allen in May schlummernden Glanz, und sie strahlte wie ein junger Ahorn im Frost. Archer war stolz auf die Blicke, die sie auf sich zog, und einfache Besitzerfreude verdrängte alle tieferliegenden Verwirrungen.

»Es ist so wundervoll – jeden Morgen beim Duft von Maiglöckchen im Zimmer zu erwachen!« sagte sie.

»Gestern kamen sie zu spät. Ich hatte am Morgen keine Zeit –«

»Daß du jeden Tag daran denkst, sie mir zu schikken, macht sie mir so viel lieber, als wenn du eine Dauerbestellung aufgegeben hättest und sie kämen jeden Morgen pünktlich auf die Minute wie der Klavierlehrer – oder wie zum Beispiel früher bei Gertrude Lefferts, als sie und Lawrence verlobt waren.«

»Ach – das sieht ihm ähnlich!« lachte Archer, amüsiert über ihre Begeisterung. Er sah von der Seite auf die zarte Frische ihrer Wangen und fühlte sich so beglückt und voll Vertrauen, daß er fortfuhr: »Als ich dir gestern nachmittag die Maiglöckchen schickte, sah ich recht wundervolle gelbe Rosen, die ich Madame Olenska schickte. War das richtig?«

»Wie lieb von dir! Solche Aufmerksamkeiten erfreuen sie. Seltsam, daß sie nichts davon erwähnt hat: Sie war heute zum Essen bei uns und erzählte, Mr. Beaufort habe ihr wunderschöne Orchideen geschickt und Henry van der Luyten einen ganzen Korb Nelken aus Skuytercliff. Anscheinend überrascht es sie, Blumen zu erhalten. Schickt man denn in Europa keine? Sie sagt, es sei so eine hübsche Sitte.«

»Oh, na, kein Wunder, daß Beauforts Blumen meine in den Schatten stellten«, sagte Archer gereizt. Dann fiel ihm ein, daß er keine Karte zu den Rosen gelegt hatte, und ärgerte sich, davon gesprochen zu haben. Er wollte sagen: »Ich habe gestern deine Kusine besucht«, zögerte aber. Wenn Madame Olenska seinen Besuch nicht erwähnt hatte, könnte es unpassend erscheinen, davon zu sprechen. Das Verschweigen jedoch gab der Angelegenheit etwas Geheimnisvolles, das ihm mißfiel. Um der Frage auszuweichen, sprach er von ihren gemeinsamen Plänen, ihrer Zukunft und Mrs. Wellands Beharren auf einer langen Verlobungszeit.

»Das nennst du lange? Isabel Chivers und Reggie waren zwei Jahre verlobt; Grace und Thorley beinahe anderthalb. Sind wir nicht gut dran, so wie es ist?«

Das war der stehende Satz aller Mädchen, und er fühlte beschämt, daß er ihn schrecklich kindisch fand. Zweifellos wiederholte sie einfach, was man ihr vorsagte; doch sie näherte sich ihrem zweiundzwanzigsten Geburtstag, und er fragte sich, in welchem Alter »anständige« Mädchen denn anfingen, selbst zu urteilen.

»Wohl nie, wenn wir sie nicht dazu kommen lassen«, sann er und mußte daran denken, wie er vor Mr. Sillerton Jackson laut verkündet hatte: »Die Frauen sollten ebenso frei sein wie wir –«

Die Aufgabe stand ihm nahe bevor, dieser jungen Frau die Binde von den Augen zu nehmen und ihr die wirkliche Welt zu zeigen. Aber wieviele Generationen von Frauen, an deren Ende sie stand, waren verbundenen Auges in die Familiengruft hinabgestiegen? Ihn schauderte ein wenig, als ihm einige neue Erkenntnisse aus seinen wissenschaftlichen Büchern einfielen, etwa das vielgenannte Beispiel der Höhlenfische in Kentucky, die keine Augen mehr ausbildeten, weil sie ihnen nutzlos geworden waren. Wenn er nun May Welland aufforderte, die ihren zu öffnen, und sie nur blind ins Leere starren konnte?

»Wir könnten viel besser dran sein. Wir könnten ständig zusammen sein – wir könnten reisen.«

Ihr Gesicht leuchtete auf. »Das wäre herrlich«, gestand sie: Reisen würde ihr gefallen. Aber ihre Mutter würde es nicht verstehen, wenn die jungen Leute alles ganz anders machen wollten.

»Als ob das bloße ›Anderssein‹ es nicht schon rechtfertigte!« beharrte er.

»Newland! Du bist so originell!« jubelte sie.

Sein Herz verzagte, denn er erkannte, daß er all das sagte, was man von jungen Männern in der nämlichen Situation erwartete, und daß sie die Antworten gab, die Instinkt und Tradition sie zu geben gelehrt hatten – selbst so weit, daß sie ihn originell nannte.

»Originell! Wir alle sind einander gleich wie Puppen, die man aus demselben gefalteten Papier ausschneidet. Wir sind wie Schablonen, die man an die Wand malt. Können wir beide nicht etwas Eigenes tun, May?«

In der Erregung des Gesprächs war er stehengeblieben und sah sie an, und ihre Augen ruhten voll ungetrübter Bewunderung auf ihm.

»Um Gottes willen – sollen wir durchbrennen?« lachte sie.

»Wenn du willst –«

»Du liebst mich wirklich, Newland! Ich bin so glücklich.«

»Aber dann – warum nicht noch glücklicher sein?«

»Wir können uns doch wohl nicht wie die Leute in Romanen benehmen?«

»Warum nicht – warum nicht – warum nicht?«

Es langweilte sie ein wenig, daß er so hartnäckig blieb. Sie wußte ganz genau, daß sie es nicht tun konnten, aber es war lästig, einen Grund nennen zu müssen. »Ich bin nicht klug genug, alles zu begründen. Aber so etwas ist doch – gewöhnlich, meinst du nicht?« sagte sie, erleichtert, ein Wort gefunden zu haben, das die ganze Frage erledigen mußte.

»Hast du denn solche Angst davor, gewöhnlich zu sein?«

Das brachte sie offenbar aus der Fassung. »Natürlich wäre es mir schrecklich – und dir doch wohl auch«, gab sie ein bißchen gereizt zurück.

Er schwieg und schlug mit dem Stock nervös gegen seine Stiefelspitze. Im Gefühl, tatsächlich den richtigen Weg zur Beendigung der Diskussion gefunden zu haben, fuhr sie fröhlich fort: »Ach, hab' ich dir gesagt, daß ich Ellen meinen Ring gezeigt habe? Sie meint, er habe die schönste Fassung, die sie je gesehen hat. Selbst in der Rue de la Paix bekäme man so etwas nicht. O, ich liebe dich so, Newland, weil du so viel Geschmack hast.«

Als Archer am Nachmittag des folgenden Tages vor dem Abendessen mit verdrossener Miene in seinem Arbeitszimmer saß und rauchte, trat Janey ein. Vom Büro aus, wo er wie viele wohlhabende New Yorker seines Standes, ohne sich zu überanstrengen, den Beruf eines Rechtsanwalts ausübte, war er nicht im Klub gewesen, sondern gleich heimgegangen. Er war gedrückter Stimmung und leicht gereizt, denn der schreckliche Gedanke, jeden Tag zur selben Stunde das gleiche zu tun, saß ihm bohrend im Hirn.

»Dasselbe – immer dasselbe!« murmelte er, und dieses Wort ging ihm durch den Kopf wie eine Melodie, die man nicht los wird, als er hinter dem Spiegelglas die bekannten Gestalten in ihren Zylinderhüten herumstehen sah; und weil er sonst täglich zu dieser Stunde im Klub saß, war er heute gleich nach Hause gegangen. Er wußte nicht nur, worüber sie wahrscheinlich redeten, sondern sogar, welche Rolle in der Diskussion ein jeder übernehmen werde. Der Herzog wäre natürlich ihr Hauptthema, obschon man zweifellos auch das Ereignis durchhechelte, daß eine goldhaarige Dame in einer kleinen kanariengelben Kutsche mit zwei kräftigen Rappen – als deren Spender allgemein Beaufort galt – auf der Fifth Avenue erschienen war. In New York gab es nur wenige solcher »Weiber« – wie man sie nannte –, noch weniger solche mit eigener Kutsche, und das Erscheinen von Miss Fanny Ring zur Promenadenstunde auf der Fifth Avenue hatte die Gesellschaft aufs tiefste erregt. Erst am Tag zuvor war ihr Wagen an dem von Mrs. Lovell Mingott vorübergefahren, und diese hatte sofort dem Kutscher befohlen, sie heimzufahren. »Wenn das nun Mrs. van der Luyden passiert wäre?« fragten sich alle mit einem Schauder. Archer hatte es im Ohr, wie Lawrence Lefferts jetzt im Klub über die Zersetzung der Gesellschaft wetterte.

Gereizt blickte er auf, als seine Schwester Janey eintrat, und beugte sich schnell wieder über sein Buch – Swinburnes eben erschienen »Chastelard« –, als hätte er sie nicht gesehen. Sie warf einen Blick auf den mit Büchern beladenen Schreibtisch, öffnete einen Band der »Contes Drolantiques«, schnitt ein Gesicht beim Anblick des altertümlichen Französisch und seufzte: »Was für gelehrtes Zeug du liest!«

»Nun?« fragte er, während sie mit einer wahren Kassandramiene zögernd stehenblieb.

»Mutter ist sehr böse.«

»Böse? Auf wen? Worüber?«

»Miss Sophy Jackson ist gerade hier gewesen. Sie ließ durchblicken, ihr Bruder werde nach dem Essen vorbeikommen. Sie konnte nicht viel sagen, weil er es ihr verboten hat; die Einzelheiten will er uns selbst mitteilen. Jetzt ist er bei Louisa van der Luyden.«

»Um Himmels willen, liebes Mädchen, fang noch mal von vorn an. Man müßte ja ein allwissender Gott sein, um zu verstehen, wovon du redest.«

»Spotte nicht, Newland, dazu ist die Sache zu ernst... Mutter ärgert sich schon, daß du nicht mit zur Kirche gegangen bist...«

Seufzend beugte er sich wieder über sein Buch.

»*Newland*! Hör mir zu. Deine Freundin, Madame Olenska, war gestern abend auf der Gesellschaft von Mrs. Lemuel Struthers; begleitet wurde sie vom Herzog und Mr. Beaufort.«

Beim letzten Satz dieser Mitteilung stieg eine maßlose Wut in ihm auf. Um sie niederzuhalten, lachte er.

»Na und? Ich weiß, daß sie das vorhatte.«

Janey erblaßte und machte große Augen. »Du hast es gewußt – und nicht versucht, sie daran zu hindern? Sie zu warnen?«

»Zu hindern? Zu warnen?« Er lachte wieder. »Ich heirate doch nicht die Gräfin Olenska!« Die Worte klangen ihm selber recht sonderbar.

»Aber du heiratest in ihre Familie.«

»Ach, Familie, Familie!« sagte er wegwerfend.

»Newland – gibst du denn gar nichts auf Familie?«

»Keinen Pfifferling.«

»Und auch nicht darauf, was Louisa van der Luyden denkt?«

»Keinen halben – wenn sie solchen altjüngferlichen Unsinn denkt.«

»Mutter ist keine alte Jungfer«, sagte seine altjüngferliche Schwester mit plötzlich sehr zusammengekniffenen Lippen.

Am liebsten hätte er geschrien: »Doch, das ist sie, und die van der Luydens auch, und wir alle, wenn uns die rauhe Wirklichkeit nur mal ein bißchen anhaucht.« Aber er sah, wie sich ihr langes, sanftes Gesicht zum Weinen verzog, und schämte sich wegen des unnützen Schmerzes, den er ihr zufügte.

»Zum Teufel mit der Gräfin Olenska! Sei keine Gans, Janey – ich bin nicht ihr Aufseher.«

»Nein – aber du hast doch die Wellands gedrängt, deine Verlobung früher bekanntzugeben, damit wir alle für sie einträten; sonst hätte Louisa sie niemals zu dem Essen zu Ehren des Herzogs eingeladen.«

»Warum hätte sie sie nicht einladen sollen? Sie war die schönste Frau im Saal; durch ihre Anwesenheit verlor das Essen etwas von der Friedhofsstimmung, die sonst immer im Haus von van der Luydens herrscht.«

»Du weißt, daß Onkel Henry sie dir zu Gefallen eingeladen hat; er hat Tante Louisa dazu überredet. Und jetzt hat die Sache sie so aufgeregt, daß sie morgen nach Skuytercliff zurückfahren. Es wäre wohl am besten, Newland, wenn du mal hinuntergingest. Du scheinst nicht zu begreifen, wie Mutter zumute ist.«

Newland fand seine Mutter im Wohnzimmer. Sie hob bekümmert den Kopf von ihrer Näharbeit und fragte: »Hat Janey es dir gesagt?«

»Ja.« Er versuchte, so ruhig zu sprechen wie sie. »Aber ich kann es nicht sehr ernst nehmen.«

»Wie? Daß sie Louisa und Henry beleidigt hat?«

»Daß die beiden durch so eine Kleinigkeit beleidigt sein können wie den Besuch der Gräfin Olenska bei einer Frau, die sie für etwas gewöhlich halten.«

»*Halten*, sagst du?«

»Meinetwegen – die es ist; die aber gute Musik bietet und Sonntag abends die Leute unterhält, wenn ganz New York vor Langeweile umkommt.«

»Gute Musik? Ich weiß bloß, daß eine Frau da war, die auf einen Tisch stieg und Sachen sang, wie man sie in gewissen Pariser Lokalen zu hören bekommt.«

»Nun ja – sowas kommt auch an anderen Orten vor, und die Welt geht trotzdem weiter.«

»Ich will nicht hoffen, mein Lieber, daß du die Pariser Sonntage wirklich verteidigst?«

»Ich habe dich oft genug über den englischen Sonntag murren hören, Mutter, als wir in London waren.«

»New York ist weder Paris noch London.«

»Nein – wahrhaftig nicht«, stöhnte ihr Sohn.

»Du willst damit wohl sagen, daß die Gesellschaft hier nicht so glänzend ist? Da magst du recht haben; aber wir gehören hierher, und wer zu uns kommt, sollte Achtung haben vor unserer Lebensart. Besonders Ellen Olenska: sie ist zurückgekehrt, um dem Leben zu entfliehen, das man in den glänzenden Gesellschaften führt.«

Newland antwortete nicht, und nach kurzer Pause meinte seine Mutter vorsichtig: »Ich wollte mich eben ankleiden und dich bitten, mich vor dem Essen für einen Augenblick zu Louisa zu begleiten.« Er runzelte die Stirn, und sie fuhr fort: »Ich dachte, du könntest ihr vielleicht erklären, was du eben gesagt hast: Daß das gesellschaftliche Leben im Ausland anders ist... daß man drüben nicht so eigen ist, und daß Madame Olenska sich wohl nicht klargemacht hat, wie wir in solchen Dingen empfinden. Du weißt, mein Lieber«, fügte sie mit unschuldiger Schläue hinzu, »daß es in Madame Olenskas Interesse wäre, wenn du es tätest.«

»Liebste Mutter, ich kann wirklich nicht erkennen, was wir mit der Sache zu tun haben. Der Herzog hat Madame Olenska zu Mrs. Struthers begleitet – das heißt, eigentlich brachte er Mrs. Struthers zuerst zu ihr. Ich war gerade dort, als sie kamen. Wenn van der Luydens mit jemandem streiten wollen, so befindet sich der wahre Schuldige unter ihrem eigenen Dach.«

»Streiten? Newland, hast du Vetter Henry sich jemals mit jemandem streiten sehen? Außerdem ist der Herzog sein Gast und obendrein hier fremd. Fremde kennen keine Unterschiede – wie sollten sie auch? Gräfin Olenska aber ist New Yorkerin und hätte die Gefühle New Yorks achten sollen.«

»Wenn sie also unbedingt ein Opfer haben müssen, kannst du ihnen meinetwegen Madame Olenska vorwerfen«, rief der Sohn verzweifelt. »Aber ich sehe nicht ein, warum ich oder du uns opfern sollten, um ihre Verbrechen zu sühnen.«

»Du siehst natürlich alles mit den Augen der Mingotts«, antwortete seine Mutter in gekränktem Ton – noch näher ließ sie sich zu Zornesäußerungen nie herbei.

Der schwermütig dreinblickende Butler zog den Türvorhang zurück und meldete: »Mr. Henry van der Luyden.«

Mrs. Archer ließ die Nadel fallen und schob aufgeregt den Stuhl zurück.

»Noch eine Lampe«, rief sie dem Butler nach, während Janey sich herüberbeugte und ihrer Mutter die Haube zurechtrückte.

Auf der Schwelle erschien Mr. van der Luyden, und Newland Archer schritt seinem Onkel zur Begrüßung entgegen.

»Gerade haben wir von dir gesprochen«, sagte er.

Mr. van der Luyden schien von diesen Worten überwältigt. Er zog den Handschuh aus, um den Damen die Hand zu schütteln, und strich vorsichtig über seinen Zylinder, während Janey einen Sessel heranschob. Archer fuhr fort: »Und von der Gräfin Olenska.«

Mrs. Archer erbleichte.

»Ah – eine reizende Frau. Ich komme eben von ihr«, sagte Mr. van der Luyden, dessen Gesicht sich weiter aufhellte. Er sank in den Sessel, legte Hut und Handschuhe in altmodischer Manier neben sich auf den Boden und fuhr fort: »Sie hat eine wunderbare Gabe, Blumen zu arrangieren. Ich hatte ihr aus Skuytercliff ein paar Nelken geschickt, und ich muß sagen, ich war recht erstaunt. Anstatt sie wie unser Obergärtner in einem dicken Strauß zusammenzustellen, hatte sie sie lose hierhin und dorthin verteilt – ich kann nicht sagen, wie. Der Herzog hatte mich schon vorbereitet und gesagt: ›Sieh dir nur mal an, wie geschickt sie ihr Wohnzimmer eingerichtet hat.‹ Und das hat sie. Ich würde wirklich Louisa gern einmal zu ihr bringen, wenn die Gegend nicht so – unerfreulich wäre.«

Eine Totenstille folgte diesem ungewöhnlichen Wortschwall van der Luydens. Mrs. Archer zog ihre Handarbeit aus dem Korb, in den sie sie nervös hatte verschwinden lassen, und Newland lehnte am Kamin, drehte einen Fächer aus Kolibrifedern in der Hand und sah, wie das Licht der hereingebrachten zweiten Lampe auf Janey fiel, die mit offenem Mund dasaß.

»Tatsache ist«, fuhr Mr. van der Luyden fort und strich über sein langes graues Hosenbein mit der blutleeren Hand, die von dem gewichtigen Siegelring des »Patroons« beschwert wurde, »Tatsache ist, ich bin kurz bei ihr gewesen, um ihr für das reizende Briefchen zu danken, das sie mir auf die Blumen hin geschrieben hat; und dann – aber das bleibt natürlich unter uns – um sie in aller Freundschaft davor zu warnen, sich vom Herzog auf Gesellschaften herumführen zu lassen. Ich weiß nicht, ob ihr gehört habt...«

Mrs. Archer zeigte ein nachsichtiges Lächeln. »Oh, hat der Herzog sie auf Gesellschaften geführt?«

»Ihr wißt ja, wie diese englischen Aristokraten sind. Einer wie der andere. Louisa und ich haben unsern Vetter sehr gern – aber man kann von jemandem, der an die Höfe Europas gewöhnt ist, unmöglich erwarten, daß er sich um unsere kleinen republikanischen Unterschiede kümmert. Der Herzog geht dort hin, wo er sich amüsiert.« Mr. van der Luyden hielt inne, aber keiner sagte ein Wort. »Ja – er hat sie wohl gestern abend zu Mrs. Lemuel Struthers mitgenommen. Sillerton Jackson war eben bei uns und hat uns diese dumme Geschichte erzählt, und Louisa ist ganz aufgeregt. Darum hielt ich es für das einfachste, sofort zu Gräfin Olenska zu gehen und ihr – natürlich nur andeutungsweise – zu erklären, wie wir hier in New York in gewissen Dingen empfinden. Ich hatte das Gefühl, daß ich das tun durfte, ohne sie zu verletzen; denn an dem Abend bei uns hat sie selbst gemeint — mir zu verstehen gegeben, daß sie für Ratschläge dankbar wäre. Und das war sie auch.«

In Mr. van der Luydens Blicken hätte man Selbstzufriedenheit lesen können, wären seine Züge nicht so von allen niederen Regungen frei gewesen. Bei ihm konnte man nur von einem milden Wohlwollen reden, dessen Strahlen Mrs. Archers Gesicht pflichtschuldig zurückwarf.

»Wie gütig ihr beide stets seid, lieber Henry! Newland wird dir ganz besonders dankbar sein wegen der lieben May und seiner neuen Verwandtschaft.«

Sie warf ihrem Sohn einen aufmunternden Blick zu, und der sagte: »Ja, von Herzen, Onkel. Aber ich wußte ja, daß Madame Olenska dir besonders gefallen würde.«

Mr. van der Luyden sah ihn voller Güte an. »Mein lieber Newland«, sagte er, »ich lade nie jemanden ein, der mir nicht gefällt. Und das habe ich soeben auch Sillerton Jackson gesagt.« Mit einem Blick auf die Uhr erhob er sich und setzte hinzu: »Aber Louisa wartet sicher schon. Wir essen heute zeitig, um mit dem Herzog in die Oper zu fahren.«

Als sich die Vorhänge feierlich hinter dem Besucher geschlossen hatten, senkte sich ein Schweigen auf die Familie Archer herab.

»Gott, wie romantisch!« platzte endlich Janey heraus. Niemand wußte recht, aus welchen Tiefen ihre fragmentarischen Kommentare jeweils kamen, und ihre Angehörigen hatten längst den Versuch aufgegeben, sie zu verstehen.

Mrs. Archer schüttelte seufzend den Kopf. »Wenn das alles nur gut ausgeht!« sagte sie im Tonfall von jemandem, der vom Gegenteil überzeugt ist. »Newland, du mußt hierbleiben, wenn Sillerton Jackson heute abend kommt. Ich weiß wirklich nicht, was ich mit ihm reden soll.«

»Arme Mutter! Er wird schon nicht kommen«, lachte der Sohn und beugte sich herab, um ihr die Sorgenfalte wegzuküssen.

11

Als Newland Archer etwa zwei Wochen später in gedankenverlorener Untätigkeit in seinem Privatzimmer in der Anwaltskanzlei Letterblair, Lamson und Low saß, ließ ihn der Chef der Firma zu sich bitten.

Der alte Mr. Letterblair, anerkannter Rechtsberater dreier Generationen der New Yorker Oberschicht, thronte in offenbarer Ratlosigkeit hinter seinem Mahagonipult. Als er seinen kurzgestutzten weißen Backenbart streichelte und die Hand durch die wirren grauen Locken über den vorstehenden Brauen gleiten ließ, mußte sein respektloser Juniorpartner daran denken, wie sehr er doch dem Hausarzt ähnelte, wenn dieser peinlich berührt vor einem Patienten stand, dessen Krankheitssymptome er nirgendwo einordnen konnte.

»Mein lieber Sir«, – er redete ihn stets mit »Sir« an –, »ich möchte Sie bitten, sich mit einer kleinen Angelegenheit zu beschäftigen, die ich im Augenblick weder Mr. Skipworth noch Mr. Redwood gegenüber erwähnen möchte.« Die genannten Herren waren die Seniorpartner der Firma; denn wie stets bei alteingesessenen New Yorker Anwaltskanzleien waren alle auf dem

Briefkopf des Büros verzeichneten Teilhaber längst tot, und Mr. Letterblair war zum Beispiel, genau genommen, sein eigener Enkel.

Mit gefurchter Stirn lehnte er sich in seinem Sessel zurück. »Aus Familiengründen –«, fuhr er fort.

Archer blickte auf.

»Ich meine die Familie Mingott«, sagte Mr. Letterblair mit erklärendem Lächeln und verbeugte sich. »Mrs. Manson Mingott ließ mich gestern kommen. Ihre Enkelin, die Gräfin Olenska, möchte sich scheiden lassen. Es sind mir gewisse Papiere übergeben worden.« Er hielt inne und trommelte auf das Pult. »Angesichts Ihrer bevorstehenden Einheirat in die Familie möchte ich gern Ihre Meinung hören – den Fall mit Ihnen beraten –, ehe ich weitere Schritte unternehme.«

Archer fühlte das Blut in seinen Schläfen klopfen. Er hatte die Gräfin Olenska seit seinem Besuch nur noch einmal gesehen, und zwar in der Oper, in der Mingottschen Loge. In dieser Zwischenzeit war ihr Bild verblaßt und in den Hintergrund gerückt, während May Welland wieder ihren rechtmäßigen Platz eingenommen hatte. Er hatte seit Janeys beiläufiger Anspielung nicht mehr von der Scheidung sprechen hören und die Geschichte als ein grundloses Geschwätz wieder vergessen. Theoretisch war ihm die Idee der Ehescheidung fast ebenso zuwider wie seiner Mutter, und es ärgerte ihn, daß Letterblair – zweifellos von der alten Catherine Mingott vorgeschoben – offenbar beabsichtigte, ihn in die Sache hineinzuziehen. Schließlich gab es für solche Angelegenheiten genügend Männer bei den Mingotts, und vorläufig war er noch nicht einmal durch Heirat ein Mingott.

Er wartete auf weitere Erklärungen des Seniorpartners. Mr. Letterblair schloß eine Schublade auf und entnahm ihr ein Päckchen. »Wenn Sie sich diese Papiere einmal durchsehen wollten –«

Archer runzelte die Stirn. »Verzeihung, Sir, aber gerade wegen der bevorstehenden verwandtschaftlichen Verbindung wäre es mir lieber, wenn Sie Mr. Skipworth oder Mr. Redwood heranzögen.«

Mr. Letterblair sah überrascht und leicht gekränkt aus. Es war nicht üblich, daß ein jüngerer Teilhaber so ein Anerbieten ausschlug.

Er verbeugte sich. »Ich achte Ihre Bedenken, Sir; in diesem Falle jedoch glaube ich, daß wahres Feingefühl gerade das von Ihnen erfordert, worum ich Sie bitte. Der Vorschlag geht auch nicht von mir aus, sondern von Mrs. Manson Mingott und ihrem Sohn. Ich habe mit Lovell Mingott und Mr. Welland gesprochen. Alle wiesen mich auf Sie hin.«

Archer fühlte, wie sein Zorn wuchs. Er hatte sich die letzten vierzehn Tage ziemlich teilnahmslos von den Ereignissen treiben lassen und angesichts von Mays Schönheit und strahlendem Wesen den lästigen Druck der Mingottschen Ansprüche an ihn vergessen. Dieses Verlangen der alten Mrs. Mingott aber gab ihm ein Gefühl davon, was die Familie rechtens von einem künftigen Schwiegersohn fordern zu können meinte, und gegen eine solche Rolle sträubte er sich.

»Damit sollten sich ihre Onkel beschäftigen«, sagte er.

»Das haben sie schon. Die Familie hat die Angelegenheit besprochen. Alle sind gegen die Absicht der Gräfin; sie ist aber fest entschlossen und will unbedingt die Ansicht eines Juristen hören.«

Der junge Mann schwieg; er hatte das Päckchen in seiner Hand noch immer nicht geöffnet.

»Möchte sie denn wieder heiraten?«

»So sagt man wohl, aber sie bestreitet es.«

»Dann –«

»Wollen Sie mir nicht den Gefallen tun, Mr. Archer, erst einmal die Papiere durchzusehen? Später, wenn wir den Fall besprechen, werde ich Ihnen meine Ansicht mitteilen.«

Archer zog sich zögernd mit den unerwünschten Dokumenten zurück. Seit der letzten Begegnung mit Madame Olenska hatte er halb unbewußt sich neuen Eindrücken hingegeben, um die lastende Erinnerung an sie loszuwerden. Die Stunde allein mit ihr am Kaminfeuer hatte zu einer vorübergehenden Vertrautheit geführt, die durch das Erscheinen des Herzogs von St. Austrey und Mrs. Lemuel Struthers' sowie durch deren freudigen Empfang von seiten der Gräfin recht schicksalhaft beendet worden war. Zwei Tage darauf hatte Archer der Komödie beigewohnt, wie sie wieder in die Gunst der van der Luydens aufgenommen wurde, und sich ein wenig bitter gesagt, daß eine Dame, die einem allmächtigen älteren Herrn so wirkungsvoll für ein paar Blumen zu danken verstand, weder den privaten Trost noch das öffentliche Für-sie-Eintreten eines jungen Mannes bedürfe, der so wenig Einfluß besaß wie er. Sah er die Sache so an, dann lag sein Fall ganz einfach und rief in überraschender Weise alle vagen häuslichen Tugenden wach. Er konnte sich nicht vorstellen, daß May Welland, selbst in der schlimmsten Lage, mit ihren persönlichen Schwierigkeiten hausieren ginge oder ihr Vertrauen an Fremde verschwendete; und nie war sie ihm schöner und lieblicher erschienen als in der folgenden Woche. Sogar ihrem Wunsch nach einer langen Verlobungszeit hatte er nachgegeben, da sie auf sein Drängen die einzige entwaffnende Antwort gefunden hatte.

»Weißt du, eigentlich haben deine Eltern dir ja schon als kleinem Mädchen immer deinen Willen gelassen«, hatte er gemeint, und sie hatte ihm ins Gesicht gesehen und geantwortet: »Ja, und eben darum wird es mir so schwer, ihnen das letzte nicht zu erfüllen, was sie von mir als kleinem Mädchen erbitten.«

Das war ganz das alte New York; das war die Art Antwort, die er stets zu hören hoffte, um von den Anlagen seiner Frau überzeugt zu sein. Denn für den, der an die New Yorker Luft gewöhnt war, gab es immer wieder Augenblicke, da ihm alles weniger Klare stickig erschien.

Die Papiere, die zu lesen er sich zurückgezogen hatte, sagten ihm im Grunde nicht viel; aber sie stürzten ihn in eine Atmosphäre, in der er zu ersticken drohte. Im wesentlichen bestanden sie aus einem Briefwechsel zwischen den Rechtsanwälten des Grafen Olenski und einem französischen Anwaltsbüro, an das die Gräfin sich zur Klärung ihrer finanziellen Lage gewandt hatte. Darunter befand sich ein kurzer Brief des Grafen an seine Frau; nachdem Newland Archer ihn gelesen hatte, erhob er sich, schob die Papiere wieder in den Umschlag und ging in Mr. Letterblairs Büro zurück. »Hier sind die Briefe, Mr. Letterblair. Wenn Sie Wert darauf legen, werde ich Madame Olenska aufsuchen«, sagte er mit gepreßter Stimme.

»Danke, vielen Dank, Mr. Archer. Kommen Sie doch zum Abendessen zu mir, wenn Sie heute abend frei sind; wir können dann die Sache besprechen – falls Sie unsere Mandantin morgen besuchen wollen.«

An diesem Nachmittag kehrte Newland Archer wiederum unverzüglich nach Hause zurück. Es war ein Winterabend von durchsichtiger Klarheit, und über den Dächern stand keusch die junge Sichel des Mondes; in diesem reinen Glanz wollte er seine Seele baden und bis zu der Beratung nach dem Abendessen bei Mr. Letterblair mit niemandem ein Wort wechseln. Es war ihm unmöglich, den einmal gefaßten Entschluß wieder zu ändern: er selbst mußte Madame Olenska aufsuchen, statt ihre Geheimnisse fremden Blicken preiszugeben. Eine Woge heißen Mitgefühls hatte seine Gleichgültigkeit und Ungeduld hinweggeschwemmt: Ungeschützt und erbarmenswert stand die Gräfin vor ihm, und um jeden Preis mußte er ihr bei ihrem verzweifelten Kampf gegen das Schicksal weitere Wunden ersparen.

Er erinnerte sich, was sie ihm von Mrs. Wellands Bitte erzählt hatte, alles »Peinliche« ihrer Vergangenheit mit Stillschweigen zu übergehen, und er zuckte bei dem Gedanken zusammen, daß es vielleicht diese Geisteshaltung sei, die die New Yorker Luft so rein erhielt. »Sind wir New Yorker doch bloß Pharisäer?« fragte er sich, als er mühsam versuchte, seinen instinktiven Ekel vor der Niedrigkeit der Menschen mit seinem ebenso instinktiven Mitleid mit der menschlichen Schwäche in Übereinstimmung zu bringen.

Zum erstenmal bemerkte er, wie simpel seine Anschauungen seit jeher gewesen waren. Er galt als ein junger Mann, der Gefahren nicht ausgewichen war, und er wußte, daß seine heimliche Liebschaft mit der armen, einfältigen Mrs. Thorley Rushworth nicht gänzlich verborgen geblieben war und seine Gestalt mit dem Glanz des Abenteuerlichen umgeben hatte. Mrs. Rushworth aber war eben auch nur »so ein Weib«: von Natur aus töricht, eitel und geheimniskrämerisch, lockten sie das Verbotene und die Gefahr dieses Verhältnisses weit mehr als die Vorzüge und Eigenschaften Archers. Als ihm das klar wurde, brach es ihm fast das Herz; jetzt hingegen erschien ihm gerade dies als versöhnend. Kurz und gut, dies Verhältnis war so gewesen, wie es die meisten jungen Männer seiner Zeit hinter sich gebracht hatten, und aus dem sie hervorgegangen waren mit dem ruhigen Gewissen und dem unerschütterten Glauben an den abgrundtiefen Gegensatz zwischen der Frau, die man liebte und achtete, und der anderen, die man sich zum Vergnügen nahm – und bedauerte. In dieser Haltung wurden sie eifrigst unterstützt von ihren Müttern, Tanten und allen älteren weiblichen Verwandten, die Mrs. Archers Überzeugung teilten: die Männer handelten, wenn »so etwas passierte«, zweifellos dumm, die Frauen aber stets irgendwie verbrecherisch. Alle älteren Frauen, die Archer kannte, glaubten, jede unvorsichtig liebende Frau sei notwendig gewissenlos und ränkevoll, während der harmlose Mann in ihren Fängen völlig machtlos sei. Man könne nichts anderes tun als ihm zureden, so schnell wie möglich ein anständiges Mädchen zu heiraten, und es dann ihr zu überlassen, ihn im Zaum zu halten.

In den komplizierten alten Gesellschaften Europas, das ahnte Archer, waren Liebesprobleme vielleicht nicht so einfach und nicht so leicht einzuordnen. In reichen, mußevollen, dem Luxus hingegebenen Gesellschaften entstanden sicherlich viel mehr solcher Situationen; und vielleicht konnte dort eine Frau, auch wenn sie von Natur empfindsam und zurückhaltend war, durch die Macht der Umstände, bloß weil sie wehrlos und einsam war, in eine vom konventionellen Standpunkt aus unentschuldbare Bindung gedrängt werden.

Zu Hause schrieb er der Gräfin Olenska ein paar Zeilen, in denen er anfragte, wann sie ihn am nächsten Tag empfangen könne, und schickte sie mit einem Boten ab, der wenig später mit der Mitteilung zurückkam, sie fahre am nächsten Morgen über Sonntag zu den van der Luydens nach Skuytercliff; er werde sie aber heute abend nach dem Essen allein zu Hause antreffen. Die Antwort war auf einen ziemlich unordentlichen halben Bogen ohne Datum und Adresse geschrieben, doch ihre Handschrift war sicher und gelöst. Die Vorstellung amüsierte ihn, daß sie das Wochenende in der vornehmen Einsamkeit von Skuytercliff verbringen wollte, doch gleich darauf empfand er, daß sie dort stärker als irgendwo sonst die Kälte von Menschen zu spüren bekommen mußte, die alles »Peinliche« streng von sich fernhielten.

Pünktlich um sieben Uhr war er bei Mr. Letterblair, froh über die Ausflucht, mit der er sich bald nach dem Abendessen wieder entschuldigen konnte. Aus den ihm anvertrauten Papieren hatte er sich eine eigene Meinung gebildet und verspürte nicht groß das Bedürfnis, die Sache mit seinem Seniorpartner zu erörtern. Mr. Letterblair war Witwer, und sie speisten allein, reichlich und langsam in einem düsteren häßlichen Zimmer unter vergilbten Reproduktionen von »Chathams Tod« und »Napoleons Krönung«. Zwischen gerillten Sheraton-Messerkästen standen auf einer Anrichte eine Karaffe mit Haut Brion und eine zweite mit dem alten Lanning-Port (das Geschenk eines Mandanten), den der alte Nichtsnutz Tom Lanning losgeschlagen hatte, kurz bevor ihn in San Francisco sein mysteriöser und schimpflicher Tod ereilte: ein Ereignis, das dem Ansehen der Familie indes nicht so geschadet hatte wie der Verkauf des Weinkellers.

Nach einer samtenen Austernsuppe gab es Maifisch mit Gurken, dann gerösteten jungen Puter und gebratene Maisbrotscheiben, darauf Entenrücken, Johannisbeergelee und Seleriemayonnaise. Mr. Letterblair, der mittags nur Tee und Schnittchen zu sich nahm, speiste genießerisch und reichlich und verlangte das gleiche von seinem Gast. Als endlich die Schlußzeremonien vorüber waren, wurde das Tischtuch abgenommen, man zündete sich Zigarren an, und Mr. Letterblair lehnte sich im Stuhl zurück, schob den Portwein hinüber, dehnte den Rücken behaglich gegen das Kaminfeuer hinter sich und sagte: »Die ganze Familie ist gegen eine Scheidung. Und ich denke, mit Recht.«

Das reizte Archer sofort zum Widerspruch: »Aber warum, Sir? Wenn eine Scheidung je Sinn gehabt hat –«

»Wozu denn? Sie ist hier, er drüben: Der Atlantik liegt zwischen ihnen. Niemals wird sie von ihrem Geld einen Dollar mehr bekommen, als er ihr freiwillig gibt; ihr verfluchter unchristlicher Heiratsvertrag sorgt ganz ausgezeichnet dafür. Nach dem, was drüben gilt, hat Olenski noch großmütig gehandelt – er hätte sie ebensogut ohne einen Pfennig hinauswerfen können.«

Der junge Mann wußte das und schwieg.

»Auf das Geld aber«, fuhr Mr. Letterblair fort, »legt sie wohl keinen Wert. Warum soll man also, wie es die Familie ausdrückt, die Angelegenheit nicht auf sich beruhen lassen?«

Vor einer Stunde war Archer in voller Übereinstimmung mit Mr. Letterblairs Ansicht hergekommen; jetzt aber, da sie dieser selbstsüchtige, wohlgenährte alte Mann so ganz ohne Anteilnahme aussprach, wurde sie plötzlich zur Pharisäerstimme einer Gesellschaft, der es nur darum ging, sich gegen alles »Peinliche« zu verschanzen.

»Ich glaube, darüber hat sie ganz allein zu entscheiden.«

»Hm – haben Sie auch die Folgen bedacht, wenn sie sich zur Scheidung entschließt?«

»Sie meinen die Drohung in dem Brief ihres Gatten? Was hätte das schon zu bedeuten! Es ist nichts als das leere Geschrei eines erbosten Lumpen.«

»Ganz recht. Aber es könnte ein peinliches Gerede entstehen, wenn er Gegenklage erhebt.«

»Peinlich –!« entfuhr es Archer.

Mr. Letterblair sah ihn unter fragenden Augenbrauen hervor an, und der junge Mann, der erkannte, welch verschwendete Mühe es wäre, seine Gedanken erläutern zu wollen, fügte sich ergeben, während sein Gegenüber fortfuhr: »Eine Scheidung ist immer peinlich.«

»Sie sind also einverstanden?« begann Mr. Letterblair nach einem abwartenden Schweigen von neuem.

»Natürlich«, sagte Archer.

»Gut also – ich kann auf Sie rechnen? Die Mingotts können darauf rechnen, daß Sie der Gräfin den Plan auszureden versuchen?«

Archer zögerte. »Ich kann mich nicht dafür verbürgen, bevor ich nicht die Gräfin Olenska gesehen habe«, sagte er endlich.

»Mr. Archer, ich verstehe Sie nicht. Wollen Sie denn in eine Familie heiraten, über der der Skandal eines Scheidungsprozesses schwebt?«

»Das hat doch wohl nichts mit der Sache zu tun.«

Mr. Letterblair stellte sein Glas Portwein hin und heftete einen vorsichtigen und besorgten Blick auf seinen jungen Partner.

Archer erkannte, daß er Gefahr lief, daß ihm der Auftrag wieder entzogen werde, und diese Möglichkeit mißfiel ihm aus einem unbestimmten Grunde. Nun, da die Aufgabe ihm einmal aufgedrängt war, gedachte er nicht, sie wieder fallenzulassen. Und um sich gegen diese Möglichkeit zu schützen, mußte er den phantasielosen Alten, der das gesetzliche Gewissen der Mingotts darstellte, unbedingt wieder beruhigen.

»Sie können sich darauf verlassen, Sir, daß ich mich nicht festlegen werde, ehe ich Ihnen Bericht erstattet habe. Ich meinte nur, daß ich doch lieber erst hören möchte, was Madame Olenska zu sagen hat, bevor ich mir eine Meinung bilde.«

Mr. Letterblair nickte beifällig zu diesem Übermaß an Vorsicht, das der besten New Yorker Tradition würdig war, und der junge Mann, der einen Blick auf seine Uhr warf, schützte eine Verabredung vor und empfahl sich.

12

Im alten New York aß man um sieben Uhr zu Abend, und die Sitte, nach dem Essen Besuche zu machen, herrschte, obwohl in Archers Bekanntenkreis bereits bespöttelt, noch allgemein. Als der junge Mann vom Waverley Place her die Fifth Avenue hinaufschlenderte, lag die lange Hauptverkehrsstraße verlassen da, nur eine Gruppe Wagen stand vor dem Haus der Reggie Chiverses – wo man dem Herzog zu Ehren ein Essen gab –, und hier und da stieg ein älterer Herr in schwerem Mantel und Schal eine dunkle Sandsteintreppe hinauf und verschwand im gaserleuchteten Vestibül. So bemerkte Archer, als er den Washington Square überquerte, den alten Mr. du Lac, der seine Vettern Dagonet besuchte, und an der Ecke der Zehnten Straße West sah er seinen Kollegen, Mr. Skipworth, offenbar auf dem Wege zu den beiden Schwestern Lanning. Etwas weiter die Fifth Avenue hinauf erschien Beaufort auf seiner Treppe, dunkel vor dem hellerleuchteten Inneren, stieg in seine Kutsche und rollte zu einem geheimnisvollen und wahrscheinlich intimen Ziel davon. Es war weder ein Opernabend, noch gab jemand eine Gesellschaft, und so war Beauforts Ausfahrt sicher von verschwiegener Natur. Archer brachte sie in Gedanken mit einem Häuschen hinter der Lexington Avenue in Verbindung, an dem seit kurzem bebänderte Fenstervorhänge und Blumenkästen zu sehen waren und vor dessen frisch gestrichener Tür man häufig die kanariengelbe Kutsche von Miss Fanny Ring warten sah.

Hinter der kleinen, glatten Pyramide, aus der Mrs. Archers Welt bestand, lag die kaum irgendwo verzeichnete Gegend, in der die Künstler, Musiker und »Leute, die schreiben« zu Hause waren. Dieser versprengte Teil der Menschheit hatte nie irgendein Verlangen gezeigt, sich mit der Gesellschaft zu vermischen. Trotz ihres seltsamen Benehmens waren die meisten dieser Leute angeblich ganz respektabel; sie blieben aber lieber unter sich. Medora Manson hatte in glücklicheren Tagen einen »literarischen Salon« eröffnet; bald jedoch war er wieder eingegangen, da die Literaten ihn nur widerstrebend besuchten.

Andere hatten den gleichen Versuch gemacht, und so gab es zum Beispiel die Familie Blenkers – eine überspannte, geschwätzige Mutter und drei schlampige Töchter, die ihr nacheiferten –, wo man Edwin Booth, Patti und William Winter, auch wohl dem neuen Shakespeare-Schauspieler George Rignold, einigen Herausgebern von Zeitschriften, sowie Musik- und Literaturkritikern begegnete.

Mrs. Archer und ihr Kreis empfanden diesen Menschen gegenüber eine gewisse Scheu. Sie waren seltsam und unstet, und hinter ihrem Leben und Denken lauerte viel Unbekanntes. Literatur und Kunst standen bei den Archers in hohem Ansehen, und Mrs. Archer war stets bemüht, ihren Kindern zu erzählen, wieviel angenehmer und gebildeter die Gesellschaft gewesen war, als noch Gestalten wie Washington Irving, Fitz-Greene Halleck und der Dichter der »Schuldigen Fee« zu ihr gehörten. Die gefeiertsten Dichter jener Generation waren »Gentlemen« gewesen. Vielleicht hatten die Unbekannten, die nach ihnen gekommen waren, noch die Gefühle eines Gentleman; aber angesichts ihrer Herkunft, ihres Äußeren, ihrer langen Haare und ihres Umgangs mit Theater und Oper ließen sich die alten New Yorker Maßstäbe nicht auf sie anwenden.

»Als junges Mädchen«, sagte Mrs. Archer oft, »kannten wir jeden zwischen Battery und Canal Street; und nur die Leute, die wir kannten, besaßen Kutschen. Damals wußte man über die Stellung jedes einzelnen genau Bescheid; heute kann man nichts sagen, und ich möchte es auch nicht versuchen.«

Nur die alte Catherine Mingott, die keine moralischen Vorurteile besaß, hätte mit ihrer geradezu parvenühaften Unempfindlichkeit gegen feinere Unterschiede die Kluft überbrücken können, doch sie hatte nie ein Buch geöffnet oder ein Bild betrachtet, und an Musik lag ihr nur deshalb etwas, weil sie sich dabei der Galaabende in den *Italiens* erinnerte, wo sie in den Tuilerien Triumphe gefeiert hatte. Vielleicht hätte Beaufort, der ebensoviel wie sie wagte, eine Verbindung zustande bringen können; doch sein vornehmes Haus mit seinen seidenbestrumpften Lakaien ließ keine rechte Geselligkeit aufkommen. Außerdem war er ebenso unbelesen wie die alte Mrs. Mingott und meinte, daß »Leute, die schreiben« schließlich doch nur gegen Bezahlung für das Vergnügen der Reichen sorgten; und bisher hatte noch niemand, der reich genug war, um seine Meinung zu beeinflussen, ihn darin wankend gemacht.

Newland Archer hatte das alles nie anders gekannt und als einen Teil der ihm vertrauten Welt hingenommen. Er wußte, daß es Gesellschaften gab, in denen Maler, Dichter, Schriftsteller, Gelehrte und selbst bedeutende Schauspieler ebenso gesucht waren wie Herzöge. Oft hatte er sich vorgestellt, wie das zwanglose Leben in Salons wohl wäre, die von Gesprächen über Mérimée – dessen *Lettres à une Inconnue* ihn stets begleiteten –, über Thackeray, Browning und William Morris beherrscht wurden. Doch so etwas war in New York unvorstellbar, und der bloße Gedanke daran beunruhigte ihn. Archer kannte die meisten der »Leute, die schreiben«, die Musiker und Maler: er traf sie im »Century« oder in den kleinen Musik- und Theaterklubs, die eben in New York aufkamen. Dort gefielen sie ihm; dagegen langweilten sie ihn bei den Blenkers', wo die aufgeregten Blaustrümpfe sie wie eingefangene Wundertiere herumreichten; und selbst nach den fesselndsten Gesprächen mit Ned Winsett hatte er zuletzt immer das Gefühl, daß, wenn seine Welt klein war, es auf ihre ebenso zutraf, und daß sie beide ihre Welt nur erweitern konnten, wenn sie sich eine Lebensweise zu eigen machten, in der sie wie von selbst ineinander aufgingen. Daran mußte er denken, als er versuchte, sich die Gesellschaft vorzustellen, in der die Gräfin Olenska gelebt und gelitten und – vielleicht – auch geheimnisvolle Freuden genossen hatte. Es fiel ihm ein, mit welchem Vergnügen sie ihm erzählt hatte, daß ihre Großmutter Mingott und die Wellands gegen das Wohnen in einem »Bohème«-Viertel unter »Leuten, die schreiben« seien. Nicht das Gewagte daran, sondern die Armut der Umgebung mißfiel ihrer Familie; doch diesen Unterschied übersah sie und meinte, man halte die Literatur an sich für kompromittierend.

Sie kannte in dieser Beziehung keine Furcht, und die Bücher, die in ihrem Wohnzimmer herumlagen, einem Teil des Hauses, in dem Frauen normalerweise keine Bücher duldeten, hatten, obwohl es hauptsächlich Romane waren, Archers Interesse an so neuen Namen wie Paul Bourget, Huysmans und den Brüdern Goncourt erregt. Während er sich ihrem Hause näherte, sann er über all das nach und empfand wieder, auf wic seltsame Weise sie alle seine festen Anschauungen über den Haufen warf, daß er sich aber in so unerhört fremde Verhältnisse hineindenken mußte, wenn er ihr in ihrer schwierigen Lage überhaupt von Nutzen sein wollte.

Nastasia öffnete ihm mit geheimnisvollem Lächeln die Tür. Auf der Bank in der Diele lag ein mit Zobel gefütterter Mantel, ein zusammengeklappter, mattseidener Zylinder mit den Goldbuchstaben J. B. im Futter und ein weißer Seidenschal – kein Zweifel, daß diese kostbaren Gegenstände das Eigentum Julius Beauforts waren.

Archer war zornig: so zornig, daß er beinahe einige Worte auf seine Karte gekritzelt hätte und wieder gegangen wäre; doch dann fiel ihm ein, daß er in seinem Brief an Madame Olenska aus übergroßer Zurückhaltung verschwiegen hatte, daß er sie allein sprechen wolle. Es war also seine eigene Schuld, wenn sie auch andere Besucher eingelassen hatte, und er betrat das Wohnzimmer mit dem festen Vorsatz, Beaufort das Gefühl zu geben, daß er überflüssig sei und gehen könne.

Der Bankier stand an den Kaminsims gelehnt, den eine alte Stickerei schmückte, die an zwei bronzenen Armleuchtern befestigt war, in denen gelbliche Wachskerzen steckten. Er hatte die Brust herausgestreckt und die Schultern gegen den Sims gelehnt; sein Körpergewicht ruhte auf einem seiner großen, in Lackschuhen steckenden Füße. Als Archer eintrat, lächelte er gerade auf die Dame des Hauses herab, die auf einem im rechten Winkel zum Kamin aufgestellten Sofa saß. Ein Tisch voller Blumen bildete den Hintergrund, und gegen die Orchideen und Azaleen, die Archer als Tribut aus den Treibhäusern Beauforts erkannte, saß halb zurückgelehnt Madame Olenska, den Kopf auf die Hand gestützt, während der weite Ärmel ihren Arm bis zum Ellbogen entblößte.

Gewöhnlich trugen die Damen, wenn sie Abendbesuche empfingen, ein sogenanntes »einfaches

Abendkleid«: ein enganliegendes Seidengewand mit Fischbein, das im Nacken ein wenig offen war und eine Spitzenkrause und enge Ärmel mit Faltenbesatz hatte, die gerade soviel vom Handgelenk frei ließen, um einen etruskischen Goldreifen oder ein Samtband zu zeigen. Madame Olenska aber trug, unbekümmert um den allgemeinen Brauch, ein langes rotes Samtkleid, das um den Hals und vorn bis zum Boden von glänzendem schwarzem Pelz eingefaßt war. Archer erinnerte sich, während seiner letzten Reise in Paris ein Bildnis des modernen Malers Carolus Duran gesehen zu haben, dessen Gemälde die Sensation des Salons waren; auf jenem Bild trug die Dame ein solch kühnes kelchförmiges Kleid, das ihr Kinn mit Pelz umschmeichelte. Es lag etwas Perverses und Provozierendes in der Vorstellung, abends im geheizten Wohnzimmer Pelz zu tragen, wie auch in der Kombination aus verhülltem Hals und bloßen Armen; doch reizvoll war es.

»Der Himmel bewahre uns – drei ganze Tage in Skuytercliff!« rief Beaufort eben mit seiner lauten, spöttischen Stimme, als Archer eintrat. »Am besten nehmen Sie alle ihre Pelze und eine Wärmflasche mit.«

»Warum? Ist das Haus so kalt?« fragte sie und hielt Archer ihre linke Hand so eigentümlich hin, als erwarte sie, daß er sie ihr küsse.

»Nein, aber die Herrin«, sagte Beaufort und nickte nachlässig zu dem jungen Mann hinüber.

»Ich hatte den Eindruck, daß sie sehr freundlich ist. Sie kam persönlich, um mich einzuladen. Großmama sagt, daß ich unbedingt hinfahren müsse.«

»Großmama muß das natürlich sagen. Und *ich* sage, es ist eine Schande, daß Sie nicht zu dem kleinen Austernessen kommen wollen, das ich nächsten Sonntag für Sie bei Delmonico geben wollte – mit Campanini und Scalchi und vielen lustigen Leuten.«

Unschlüssig blickte sie von dem Banker zu Archer.

»Oh – das ist wirklich verlockend. Außer an dem Abend bei Mrs. Struthers habe ich noch keinen einzigen Künstler gesehen, seit ich hier bin.«

»Was für Künstler? Ich kenne ein paar Maler, sehr nette Menschen, die ich Ihnen gern vorstellen würde, wenn Sie es erlauben«, sagte Archer kühn.

»Maler? Gibt es denn Maler in New York?« fragte Beaufort, und sein Ton besagte, daß es keine geben könne, da er ihre Bilder nicht kaufe. Madame Olenska aber sagte mit ihrem ernsten Lächeln zu Archer: »Das wäre reizend. Ich dachte allerdings an Theaterkünstler, Schauspieler, Sänger und Musiker. Das Haus meines Mannes war immer voll davon.«

Sie sprach die Worte »meines Mannes« aus, als sei keinerlei unheilvollvoller Hintergedanke damit verbunden, und beinahe in einem Ton, als beklage sie die verlorenen Freuden ihres Ehelebens. Bestürzt sah Archer sie an und fragte sich, ob es Oberflächlichkeit oder Verstellung sei, wenn sie die Vergangenheit so leicht zu berühren vermochte, und zwar im gleichen Augenblick, da sie ihren Ruf aufs Spiel setzte, um mit dieser Vergangenheit zu brechen.

»Ich glaube wirklich«, fuhr sie, zu beiden Männern gewandt, fort, »daß alles *imprévu* mehr Freude ins

Leben bringt. Vielleicht ist es ein Fehler, täglich dieselben Menschen zu sehen.«

»Jedenfalls ist es verteufelt langweilig. New York stirbt vor Langeweile«, knurrte Beaufort. »Und wenn ich versuche, es für Sie ein wenig in Schwung zu bringen, dann lassen Sie mich im Stich. Na – überlegen Sie es sich noch mal! Sonntag ist Ihre letzte Chance, denn Campanini fährt nächste Woche nach Baltimore und Philadelphia. Ich habe einen Extrasaal und einen Steinway, und sie werden den ganzen Abend für mich singen.«

»Wie herrlich! Darf ich es mir überlegen und Ihnen morgen vormittag schreiben?«

Sie sagte es liebenswürdig, doch mit einer ganz leisen Andeutung, als wolle sie ihn verabschieden. Beaufort merkte es offenbar, war aber dergleichen nicht gewöhnt, blieb stehen und sah sie mit einer trotzigen Falte zwischen den Augen an.

»Warum nicht jetzt?«

»Die Frage ist zu wichtig, als daß man sie so spät noch entscheiden könnte.«

»Nennen Sie das spät?«

Sie erwiderte seinen Blick kühl. »Ja, weil ich mit Mr. Archer noch eine Weile Geschäftliches zu besprechen habe.«

Ein scharfes »Aha« entfuhr Beaufort. Ihr Ton ließ nichts weiter erhoffen, und er faßte sich mit leichtem Achselzucken, ergriff ihre Hand, drückte galant einen Kuß darauf und rief von der Tür zurück: »Hören Sie, Newland, wenn Sie die Gräfin überreden können, in der Stadt zu bleiben, sind Sie natürlich mit eingeladen«, und verließ mit schweren, gewichtigen Schritten das Zimmer.

Einen Augenblick dachte Archer, Mr. Letterblair habe ihr seinen Besuch sicher angekündigt, aber ihre nächsten Worte waren so belanglos, daß er den Gedanken fallen ließ.

»Sie kennen also Maler? Verkehren Sie in ihrem *milieu*?« fragte sie voll Interesse.

»Ach, eigentlich nicht. Die Künste haben hier wohl kein *milieu*, keine von ihnen; sie sind mehr wie ein dünn besiedelter Außenbezirk.«

»Aber Sie interessieren sich für so etwas?«

»Sehr. Wenn ich in Paris oder London bin, versäume ich keine Ausstellung, um möglichst auf dem laufenden zu bleiben.«

Sie sah auf die Spitze des kleinen Satinschuhs hinab, der unter ihrem langen Gewand hervorschaute.

»Bei mir war es genauso – mein Leben war voll davon. Jetzt aber möchte ich nicht mehr.«

»Sie möchten nicht mehr?«

»Nein. Ich möchte mein ganzes altes Leben abwerfen und genauso wie alle anderen hier werden.«

Archer steig das Blut ins Gesicht. »Sie werden nie wie alle anderen sein«, sagte er.

Ihre geraden Augenbrauen hoben sich ein wenig. »Ach, sagen Sie das nicht. Wenn Sie wüßten, wie ich es hasse, anders zu sein!«

Ihr Gesicht war düster wie eine tragische Maske geworden. Sie beugte sich vor, legte die schlanken

Hände um ihr Knie und blickte von ihm weg in ferne dunkle Weiten.

»Ich will unbedingt fort von all dem«, wiederholte sie.

Er wartete einen Augenblick und räusperte sich. »Ich weiß. Mr. Letterblair hat es mir gesagt.«

»So?«

»Darum bin ich gekommen. Er bat mich darum – ich bin nämlich Mitinhaber der Kanzlei.«

Sie wirkte leicht überrascht, dann hellten sich ihre Augen auf. »Sie meinen, Sie können das für mich übernehmen? Ich könnte also mit Ihnen statt mit Mr. Letterblair sprechen? Ach, das erleichtert mir die Sache sehr.«

Ihr Ton rührte ihn, und sein Zutrauen wuchs mit der Genugtuung, die er empfand. Er erkannte, daß sie von den »Geschäften« nur gesprochen hatte, um Beaufort loszuwerden; Beaufort verdrängt zu haben, das war schon ein kleiner Triumph.

»Ich bin hier, um mit Ihnen darüber zu sprechen«, wiederholte er.

Stumm saß sie da, den Kopf noch immer auf den Arm gestützt, der auf der Rückenlehne des Sofas ruhte. Sie sah bleich und erschöpft aus, gleichsam verblaßt neben dem üppigen Rot ihres Kleides. Auf einmal empfand Archer, wie ergreifend, ja mitleiderregend sie wirkte.

»Jetzt kommen wir zu den harten Tatsachen«, dachte er und fühlte dasselbe instinktive Zurückschrecken, das er an seiner Mutter und Menschen ihrer

Generation so oft kritisiert hatte. Wie wenig Erfahrung besaß er, mit so außergewöhnlichen Situationen fertigzuwerden! Nicht einmal die erforderlichen Ausdrücke waren ihm geläufig und schienen ihm eher in einen Roman und auf die Bühne zu passen. Er fühlte sich vor dem Kommenden so linkisch und verlegen wie ein Schuljunge.

Nach einer Pause rief Madame Olenska mit unerwarteter Heftigkeit: »Ich will frei sein – will die ganze Vergangenheit auslöschen.«

»Das verstehe ich.«

Ihr Gesicht glühte auf: »Und Sie werden mir helfen?«

»Zunächst –«, er zögerte, »zunächst müßte ich vielleicht noch etwas mehr wissen.«

Sie schien verwundert. »Sie wissen von meinem Mann – von meinem Leben mit ihm?«

Er nickte bejahend.

»Nun also – genügt das nicht? Duldet man so etwas in diesem Lande? Ich bin Protestantin – unsere Kirche verbietet in solchen Fällen die Ehescheidung nicht.«

»Gewiß nicht.«

Wieder schwiegen beide, und Archer hatte das Gefühl, als stehe der Schatten des Briefes von Graf Olenski fratzenhaft grinsend zwischen ihnen. Dieser Brief füllte nur eine halbe Seite und war genau das, als was er ihn Mr. Letterblair gegenüber bezeichnet hatte: die vage Anschuldigung eines erbosten Lumpen. Doch wieviel Wahrheit steckte dahinter? Nur Graf Olenskis Frau konnte das wissen.

»Ich habe die Papiere durchgesehen«, sagte er endlich.

»Nun – kann es etwas Abscheulicheres geben?«

»Nein.«

Sie legte die Hand über die Augen.

»Natürlich wissen Sie«, fuhr Archer fort, »daß, wenn Ihr Gatte Gegenklage erheben sollte – wie er droht –«

»Ja –?«

»Er Dinge sagen könnte – Dinge, die vielleicht pein – vielleicht unangenehm sind. Er könnte sie öffentlich sagen, so daß sie herumgetragen würden und Ihnen schaden könnten, selbst wenn –«

»Wenn –?«

»Ich meine: ganz gleich, wie unbegründet sie wären.«

Eine lange Pause entstand, so lang, daß er, da er den Blick nicht länger auf die Hand vor ihrem Gesicht richten wollte, Zeit hatte, sich die genaue Form der anderen Hand, die auf dem Knie ruhte, und jedes Detail der drei Ringe am kleinen und am Ringfinger einzuprägen, unter denen er keinen Trauring entdeckte.

»Wie könnten mir solche Anschuldigungen, selbst wenn er sie öffentlich ausspräche, hier schaden?«

Beinahe hätte er ausgerufen: »Mein armes Kind – hier viel mehr als irgendwo sonst!« Statt dessen antwortete er mit einer Stimme, die ihm wie die von Mr. Letterblair in den Ohren klang: »Die New Yorker Gesellschaft ist eine sehr kleine Welt im Vergleich zu der, in welcher Sie gelebt haben. Und sie wird, auch wenn es nicht so aussieht, von wenigen Leuten beherrscht, die – nun, die ziemlich altmodische Ansichten haben.«

Sie sagte nichts, und er fuhr fort: »Unsere Ansichten über Ehe und Scheidung sind besonders altmodisch. Unsere Gesetze begünstigen die Scheidung – unsere gesellschaftlichen Anschauungen nicht.«

»Nie?«

»Jedenfalls nicht, wenn die Frau, mag sie noch so verletzt, mag sie noch so untadelig sein, auch nur den leisesten Schein gegen sich hat – wenn sie sich durch irgendeine unkonventionelle Handlung der Kritik ausgesetzt hat – wenn man beleidigende Andeutungen über sie hört –«

Sie senkte den Kopf ein wenig tiefer, und wieder wartete er, inständig darauf hoffend, daß sie entrüstet auffahren, daß sie wenigstens mit einem kurzen Aufschrei alles von sich weisen möge. Nichts erfolgte.

Neben ihr tickte schnurrend ein kleiner Reisewekker, und ein Holzscheit brach funkensprühend entzwei. Das ganze Zimmer verharrte in dumpfem Brüten, als warte es mit Archer.

»Ja«, murmelte sie endlich, »dasselbe sagt mir meine Familie.«

Er zuckte leicht zusammen. »Es ist nicht ungewöhnlich –«

»*Unsere* Familie«, verbesserte sie sich, und Archer errötete. »Sie werden ja bald mein Vetter sein«, setzte sie freundlich hinzu.

»Ich hoffe es.«

»Und Sie teilen die Ansicht der Familie?«

Er stand auf, wanderte durch das Zimmer, starrte mit leerem Blick auf eines der Bilder vor dem alten roten Damast und trat unschlüssig wieder neben sie. Wie konnte er sagen: »Ja, wenn die Andeutungen Ihres Gatten auf Wahrheit beruhen, oder wenn Sie sie nicht entkräften können?«

»Sagen Sie es mir offen –«, rief sie, als er gerade sprechen wollte.

Er blickte ins Feuer. »Na, dann ganz offen: Was könnten Sie dabei gewinnen, das Sie einigermaßen entschädigen könnte gegenüber der Möglichkeit, nein, der höchst wahrscheinlichen Unabwendbarkeit all des gemeinen Geredes?«

»Aber meine Freiheit – ist das gar nichts?«

In diesem Augenblick durchzuckte ihn der Gedanke, die Beschuldigung in dem Brief sei wahr, und sie wolle ihren Mitschuldigen heiraten. Wie sollte er ihr sagen, daß die Gesetze des Landes in diesem Falle unerbittlich gegen ihren Plan waren? Der bloße Verdacht, sie könne an so etwas denken, ließ ihn streng und unduldsam ihr gegenüber werden. »Aber sind Sie denn nicht frei wie der Wind?« erwiderte er. »Wer kann Ihnen denn etwas anhaben? Mr. Letterblair sagt, die Geldfrage sei geregelt –«

»Ja, ja«, sagte sie teilnahmslos.

»Nun also – ist es der Mühe wert zu riskieren, was unendlich widerwärtig und peinlich werden könnte? Denken Sie an die Zeitungen mit all ihrem Schmutz!

All das ist dumm und kleinlich und ungerecht – aber wir können die Gesellschaft nicht ändern.«

»Nein«, gab sie mit so leiser und trostloser Stimme zu, daß er seine Härte plötzlich bereute.

»Der einzelne wird in solchen Fällen fast immer dem sogenannten allgemeinen Interesse geopfert. Die Menschen klammern sich an alle Sitten und Gesetze, die die Familie zusammenhalten und die Kinder schützen, falls welche da sind...« Er redete drauflos und brachte alle abgegriffenen Phrasen vor, die ihm auf die Zunge kamen, bloß um die häßliche Wirklichkeit wieder zuzudecken, die ihr Schweigen ihm aufgedeckt zu haben schien. Da sie das eine Wort, das die Atmosphäre gereinigt hätte, nicht aussprechen wollte oder konnte, war sein einziger Wunsch, ihr nicht das Gefühl zu geben, daß er versucht habe, ihr Geheimnis zu ergründen. Lieber wollte er nach der vorsichtigen alten Art New Yorks an der Oberfläche bleiben als vielleicht eine Wunde bloßzulegen, die er nicht heilen konnte.

»Verstehen Sie«, fuhr er fort, »es ist meine Aufgabe, Ihnen die Dinge so zu zeigen, wie die Menschen, die nur Ihr Bestes wollen, sie sehen. Die Mingotts, die Wellands, die van der Luydens, alle Ihre Freunde und Verwandten: Wenn ich Ihnen nicht ehrlich zeigte, wie sie in solchen Fragen urteilen, würde ich nicht recht handeln, nicht wahr?« Er sprach eindringlich, fast flehentlich in dem Bestreben, die gähnende Stille zu übertäuben.

Langsam antwortete sie: »Nein, das wäre nicht recht gehandelt.«

Das Feuer war zu einem grauen Aschenhaufen zusammengesunken, und eine Lampe bat röchelnd um Aufmerksamkeit. Madame Olenska erhob sich, schraubte sie hoch und kehrte an den Kamin zurück, ohne jedoch ihren Platz wieder einzunehmen.

Ihr Stehenbleiben schien anzudeuten, daß es für sie beide nichts mehr zu sagen gebe, und Archer erhob sich ebenfalls.

»Gut – ich werde tun, was Sie wünschen«, sagte sie unerwartet. Das Blut schoß ihm in die Schläfen, und durch die Plötzlichkeit ihres Nachgebens verblüfft, ergriff er ungeschickt ihre Hände.

»Ich – ich möchte Ihnen doch helfen«, sagte er.

»Sie helfen mir ja. Gute Nacht, lieber Vetter.«

Er beugte sich herab und legte seine Lippen auf ihre Hände, die kalt und leblos waren. Sie entzog sie ihm, und er wandte sich zur Tür, fand im trüben Gaslicht der Diele Mantel und Hut und stürzte in die Winternacht hinaus. Sein Herz strömte über von den Worten, die nicht gesagt worden waren.

13

Es war ein stark besuchter Abend in Wallacks Theater.

Das Stück hieß »The Shaughraun«, Dion Boucicault spielte die Titelrolle, und Harry Montague und Ada Dyas waren das Liebespaar. Die Beliebtheit der wunderbaren englichen Truppe hatte ihren Höhepunkt erreicht, und »The Shaughraun« füllte Abend für Abend das Haus. Auf der Galerie kannte die Begeisterung keine Grenzen; im Parterre und in den Logen belächelte man ein wenig die billigen Sentimentalitäten und Effekthaschereien – und fand doch ebensoviel Gefallen an dem Stück wie die Galerie.

Es war besonders eine Szene, die das ganze Haus vom Parkett bis unters Dach packte, und zwar jene, in der Harry Montague nach einem schwermütigen, fast einsilbigen Abschied Miss Dyas Lebewohl sagte und sich zum Gehen wandte. Die Schauspielerin, die am Kamin stand und ins Feuer blickte, trug ein graues Kaschmirkleid ohne die modernen Schleifen und Bänder, das sich ihrer hohen Gestalt anschmiegte und ihre Füße in langem Faltenwurf umfloß. Um den Hals hatte sie ein schmales schwarzes Samtband, dessen Enden über den Rücken herabfielen.

Als sich ihr Anbeter von ihr abwandte, stützte sie die Arme auf den Kaminsims und vergrub das Gesicht in den Händen. Er blieb an der Tür stehen und sah zu ihr hin; dann kam er leise zurück, hob das eine Ende des Samtbands, küßte es und verließ das Zimmer, ohne daß sie ihn hörte oder sich rührte. Nach diesem stummen Abschied fiel der Vorhang.

Nur wegen dieser Szene ging Newland Archer immer wieder in »The Shaughraun«. Ihm gefiel der Abschied Montagues von Ada Dyas so sehr wie nur das Beste, das er von Croisette und Bressant in Paris oder von Madge Robertson und Kendal in London gesehen hatte; das Schweigen, das stumme Leid ergriffen ihn stärker als die berühmtesten theatralischen Ausbrüche.

An diesem Abend nun erhielt die kleine Szene für ihn noch dadurch ein besonderes Gewicht, daß sie ihn – er wußte nicht, warum – an seinen Abschied von Madame Olenska nach der vertraulichen Unterhaltung mit ihr vor etwa zehn Tagen erinnerte.

Es wäre schwierig gewesen, zwischen den beiden Situationen und dem Äußeren der betreffenden Personen eine Ähnlichkeit zu entdecken. Newland Archer hätte auf nichts Anspruch erheben können, was der romantischen Schönheit des jungen englischen Schauspielers nahegekommen wäre, und Miss Dyas war groß, von mächtigem Wuchs und rothaarig, und ihr bleiches Gesicht von anziehender Häßlichkeit und völlig verschieden von Ellen Olenskas beseelten Zügen. Auch waren Archer und Madame Olenska durchaus nicht zwei Liebende, die in herzzerreißendem Schweigen Abschied voneinander nahmen; sie waren Mandantin und Anwalt, die sich nach einer Unterredung getrennt hatten, die ihm ihren Fall im ungüstigsten Licht gezeigt hatte. Worin lag denn dann die Ähnlichkeit, die das Herz des jungen Mannes in einer Art rückgewandten Erregung so heftig schlagen ließ? Ihm schien, sie lag in Madame Olenskas geheimnisvoller Fähigkeit, den Eindruck zu erwecken, als schlummere in ihr etwas ungewöhnlich Tragisches und Erschütterndes. Sie hatte wohl kaum mit Worten diesen Eindruck hervorgerufen; er gehörte vielmehr zu ihrem Wesen, entweder als Spiegelung der geheimnisvollen, fremdländischen Vergangenheit oder als etwas Dramatisches, Leidenschaftliches, Außergewöhnliches in ihrem Inneren selbst. Archer war schon immer geneigt gewesen zu glauben, daß bei der Gestaltung des Einzelschicksals äußere Zufälle und Verhältnisse eine geringere Rolle spielten als die angeborene Kraft, gewisse Ereignisse auf sich zu ziehen. Diese Eigentümlichkeit hatte er von Anfang an in Madame Olenska verspürt. Er erkannte sogleich, daß diese ruhige, fast passive junge Frau genau die Art Mensch war, der die Dinge unweigerlich zustießen, mochte sie auch noch so sehr vor ihnen zurückschrecken und Umwege machen, um ihnen auszuweichen. Bisher hatte sie in einer von dramatischen Möglichkeiten so geladenen Atmosphäre gelebt, daß ihre Kraft, das Tragische anzuziehen, offenbar nicht bemerkt worden war. Gerade ihre sonderbare Art, sich über nichts zu wundern, gab ihm das Gefühl, sie sei geradezu aus einem tödlichen Mahlstrom herausgerissen worden: Die Dinge, die sie hier gelassen hinnahm, lieferten den Maßstab für jene, gegen die sie sich aufgelehnt hatte.

Archer war mit der Überzeugung von ihr weggegangen, daß die Beschuldigung des Grafen Olenski nicht unbegründet sei. Die rätselhafte Figur, die in der Vergangenheit der Gräfin als »der Sekretär« eine Rolle spielte, war für seine Hilfe bei der Flucht wohl nicht unbelohnt geblieben. Die Verhältnisse, denen sie entflohen war, waren unerträglich, unaussprechlich, unglaublich; sie war jung, sie war voller Angst, sie war verzweifelt – was war da natürlicher, als daß sie ihrem Retter dankbar war? Leider aber stellte ihre Dankbarkeit sie in den Augen des Gesetzes und der Gesellschaft auf eine Stufe mit ihrem abscheulichen Gatten. Das hatte Archer ihr klargemacht, wie es seine Pflicht war; und er hatte ihr zugleich dargelegt, daß das gradherzige, gutmütige New York, auf dessen Großmut sie anscheinend gezählt hatte, genau der Ort war, wo sie am allerwenigsten auf Nachsicht hoffen durfte.

Ihr diese Tatsache klarzumachen und mit anzusehen, wie resigniert sie sie aufnahm, war ihm ein unerträglicher Schmerz gewesen. Er fühle sich dunkel von von Eifersucht und Mitleid zu ihr hingezogen, als habe ihre schweigend eingestandene Schuld sie ihm ausgeliefert, sie zwar gedemütigt, aber auch liebenswerter gemacht. Er war froh, daß sie ihr Geheimnis ihm und nicht der kalt forschenden Wißbegier Mr. Letterblairs oder dem peinlich berührten Blick ihrer Familie enthüllt hatte. Sofort übernahm er es, beiden Seiten zu versichern, sie habe den Gedanken an eine Scheidung aufgegeben, wobei er ihren Entschluß damit begründete, sie habe die Nutzlosigkeit des Verfahrens eingesehen. Unendlich erleichtert hatten alle den Blick von den »Peinlichkeiten« abgewandt, die sie ihnen erspart hatte.

»Ich wußte, daß es Newland gelingen würde«, hatte Mrs. Welland stolz von ihrem zukünftigen Schwiegersohn gesagt, und die alte Mrs. Mingott hatte ihn um eine vertrauliche Unterredung gebeten, ihm zu seiner Geschicklichkeit gratuliert und voll Erbitterung hinzugefügt: »Die dumme Gans! Ich selbst hab' ihr gesagt, was für ein Unsinn das wäre. Wie kann sie als Ellen Mingott leben und eine alte Jungfer werden wollen, wo sie das Glück hat, verheiratet zu sein!«

Diese Dinge hatten dem jungen Mann die Erinnerung an sein letztes Gespräch mit Madame Olenska so lebendig erhalten, daß beim Fallen des Vorhangs über der Abschiedsszene sich seine Augen mit Tränen füllten und er sich erhob, um das Theater zu verlassen.

Als er sich umdrehte, sah er die Dame, an die er dachte, in Beauforts Loge neben Lawrence Lefferts und zwei anderen Männern sitzen. Seit ihrem Abend zusammen hatte er nicht mehr mit ihr allein gesprochen und jedes Zusammensein mit ihr zu vermeiden gesucht; jetzt aber trafen sich ihre Blicke, und da Mrs. Beaufort ihn im selben Augenblick erkannte und ihre müde, einladende Handbewegung machte, war es unmöglich, nicht in die Loge zu gehen.

Beaufort und Lefferts machten ihm Platz, und nach ein paar Worten mit Mrs. Beaufort, die stets nur den Wunsch hatte, hübsch auszusehen und nichts zu sagen, ließ sich Archer hinter Madame Olenska nieder. Sonst war niemand in der Loge außer Mr. Sillerton Jackson, der Mrs. Beaufort mit leiser Verschwörerstimme von dem Empfang bei Mrs. Lemuel Struthers am letzten Sonntag berichtete – es sollte dort, wie einige Leute erzählten, getanzt worden sein. Im Schutz dieser eingehenden Schilderung, der Mrs. Beaufort mit ihrem untadeligen Lächeln lauschte, während sie den Kopf gerade im richtigen Winkel hielt, um vom Parterre aus im Profil gesehen zu werden, wandte sich Madame Olenska an Archer und sprach leise mit ihm.

»Glauben Sie«, fragte sie mit dem Blick auf die Bühne, »er wird ihr morgen früh einen Strauß gelber Rosen schicken?«

Archer wurde rot, und sein Herz tat vor Überraschung einen Sprung. Er hatte Madame Olenska nur zweimal besucht und ihr beide Male einen Karton gelber Rosen geschickt, jedesmal ohne seine Karte. Sie hatte die Blumen bisher nie erwähnt, und er vermutete, sie sei nie auf den Gedanken gekommen, daß sie von ihm sein könnten. Daß sie jetzt plötzlich von der Gabe sprach und sie mit dem zärtlichen Abschied auf der Bühne in Verbindung brachte, erfüllte ihn mit heftiger Freude.

»Auch ich habe daran gedacht – ich wollte eben fortgehen, um dieses Bild mit hinauszunehmen«, sagte er.

Zu seiner Überraschung färbten sich ihre Wangen langsam dunkelrot. Sie senkte den Blick auf das perlmutterne Opernglas, das sie zwischen den glatten Handschuhen hielt, und sagte nach kurzem Schweigen: »Was tun Sie, solange May fort ist?«

»Ich halte mich an meine Arbeit«, erwiderte er, durch die Frage leicht verstimmt.

Einer lange gepflegten Gewohnheit gehorchend, waren die Wellands letzte Woche nach St. Augustine gereist, wo sie mit Rücksicht auf die angeblich angegriffenen Bronchien Mr. Wellands jedes Jahr den letzten Teil des Winters verbrachten. Mr. Welland war ein freundlicher, schweigsamer Mensch, der keine eigene Meinung, aber viele Gewohnheiten hatte. Niemand durfte ihn in diesen Gewohnheiten stören; und eine von ihnen verlangte, daß Frau und Tochter ihn stets auf der alljährlichen Reise in den Süden begleiteten. Sein Seelenfrieden duldete keine Unterbrechung des häuslichen Lebens; er hätte nicht gewußt, wo seine Haarbürsten liegen oder wo er die Briefmarken suchen sollte, wenn Mrs. Welland nicht um ihn gewesen wäre.

Da alle Familienmitglieder einander vergötterten und Mr. Welland der Mittelpunkt der allgemeinen Verehrung war, kam es seiner Frau und May nie in den Sinn, ihn allein nach St. Augustine fahren zu lassen; und seine Söhne, die beide Rechtsanwälte waren und New York im Winter nicht verlassen konnten, fuhren stets zu Ostern nach und reisten dann mit ihm zurück.

Auch Archer konnte unmöglich die Frage aufwerfen, ob May denn unbedingt ihren Vater begleiten müsse. Die Autorität des Mingottschen Hauarztes gründete sich hauptsächlich auf eine Lungenentzündung, die Mr. Welland nie gehabt hatte; unerbittlich bestand er darum auf der Kur in St. Augustine. Ursprünglich hatte man beabsichtigt, Mays Verlobung erst nach der Rückkehr aus Florida bekanntzugeben; und nur weil die Veröffentlichung früher erfolgt war, konnte man Mr. Welland nicht gut zumuten, seine Pläne zu ändern. Gern wäre Archer mitgereist, um mit seiner Braut ein paar Wochen Sonne und Bootfahren zu genießen; auch ihn aber banden Gewohnheit und Konvention. So wenig anstrengend seine beruflichen Pflichten auch waren, so würde doch die ganze Familie Mingott ihn für leichtfertig gehalten haben, wenn er mitten im Winter von Ferien gesprochen hätte, und er nahm Mays Abreise mit der Resignation hin, die, wie er fühlte, einer der Hauptpfeiler seines Ehelebens sein werde.

Er wurde gewahr, daß Madame Olenska ihn unter gesenkten Lidern anblickte. »Ich habe getan, was Sie wünschten – was Sie mir rieten«, sagte sie unvermittelt.

»Oh – das freut mich«, erwiderte er, verlegen, daß sie dieses Thema in so einem Moment anschnitt.

»Ich sehe ein, daß Sie recht haben«, fuhr sie ein wenig atemlos fort; »doch manchmal ist das Leben schwer... und verwirrend...«

»Ich weiß.«

»Und ich wollte Ihnen sagen, daß ich wirklich fühle, Sie hatten recht, und daß ich Ihnen dankbar bin«, schloß sie und hob das Opernglas schnell an die Augen, als sich die Logentür öffnete und Beauforts schallende Stimme über sie hereinbrach.

Archer stand auf und verließ die Loge und das Theater.

Erst am Tag zuvor hatte er einen Brief von May Welland erhalten, in dem sie ihn mit der ihr eigentümlichen Offenheit gebeten hatte, während ihrer Abwesenheit »freundlich zu Ellen zu sein«. »Sie hat Dich gern und bewundert Dich so sehr – und Du weißt, sie ist immer noch sehr einsam und unglücklich, wenn sie es auch nicht zeigt. Ich glaube, daß Großmama sie nicht versteht – und Onkel Lovell Mingott auch nicht; alle halten sie für viel geselliger und vergnügungssüchtiger, als sie es wirklich ist. Ich kann gut verstehen, daß New York ihr langweilig erscheinen muß, obwohl die Familie es nicht zugeben will. Sie ist gewiß an vieles gewöhnt, was wir nicht haben: wundervolle Musik, Gemäldeausstellungen, Berühmtheiten – Künstler und Schriftsteller und all die klugen Leute, die Du bewunderst. Großmama kann nicht verstehen, daß sie etwas anderes sucht als Gesellschaften und Kleider – aber ich glaube, Du bist fast der einzige Mensch in New York, der mit ihr über das sprechen kann, was sie wirklich interessiert.«

Seine kluge May – wie liebte er sie wegen dieses Briefes! Er hatte aber nicht vor, ihren Wink zu befolgen: Einmal war er zu sehr beschäftigt, und dann wollte er als Verlobter nicht zu auffällig bei Madame Olenska die Rolle des Ritters spielen. Er war der Meinung, sie verstünde es viel besser, für sich zu sorgen, als die unbefangene May ahnte. Beaufort lag ihr zu Füßen, van der Luyden umschwebte sie wie eine Schutzgottheit, und in der Nähe warteten zahlreiche Bewerber, darunter Lawrence Lefferts, auf eine passende Gelegenheit. Dennoch sah oder sprach er sie nie, ohne das Gefühl zu haben, daß Mays unbefangener Blick sich hier fast zu prophetischer Ahnung erhob. Ellen Olenska war einsam und unglücklich.

14

Als Archer in das Foyer hinaustrat, stieß er auf seinen Freund Ned Winsett, den einzigen unter den »klugen Leuten« – wie Janey sie nannte –, mit dem er sich gern über tiefere Fragen unterhielt.

Er hatte Winsetts gebeugten, abgetragen Frackrükken auf der anderen Seite des Zuschauerraums entdeckt und einmal sogar bemerkt, wie er die Augen auf die Beaufortsche Loge gerichtet hatte. Die beiden reichten sich die Hand, und Winsett schlug vor, in der kleinen deutschen Kneipe an der Ecke ein Glas Bier zu trinken. Archer, der sich nicht in der Stimmung zu einem Gespräch fühlte, wie es dort üblich war, lehnte unter dem Vorwand ab, er müsse zu Hause arbeiten; und Winsett sagte: »Ach, das müßte ich eigentlich auch. Na, dann wollen wir mal fleißig sein.«

Sie schlenderten nebeneinander her, und plötzlich sagte Winsett: »Hören Sie – was ich Sie fragen wollte: Wer war eigentlich die dunkelhaarige Dame in der vornehmen Loge – ich glaube bei den Beauforts? Die, hinter der Ihr Freund Lefferts so her ist?«

Das verstimmte Archer – er wußte nicht recht, warum. Was zum Teufel wollte Ned Winsett mit Ellen

Olenskas Namen? Und vor allem: Warum brachte er ihn mit Lefferts in Verbindung? Es sah Winsett nicht ähnlich, solche Neugier an den Tag zu legen; schließlich aber, fand Archer, war er eben ein Zeitungsmensch.

»Es ist hoffentlich nicht wegen eines Interviews?« lachte er.

»Nun – nicht für die Presse; bloß für mich«, gab Winsett zurück. »Sie wohnt nämlich in meiner Nachbarschaft – komische Gegend für so eine Schönheit – und sie war furchtbar nett zu meinem kleinen Jungen. Er lief hinter seinem Kätzchen her, fiel gerade vor ihrem Haus hin und schlug sich das Bein auf. Sie kam ohne Hut bei uns hereingestürzt und trug den Jungen auf dem Arm; das Knie hatte sie nach allen Regeln der Kunst verbunden, und sie sah besorgt und zugleich so schön aus, daß meine Frau zu verwirrt war, um sie nach ihrem Namen zu fragen.«

Eine erfreute Wärme weitete Archer das Herz. Es war nichts Ungewöhnliches an der Geschichte: Jede Frau hätte dem Kind ihres Nachbarn geholfen. Aber es sah Ellen ganz ähnlich, fand er, ohne Kopfbedeckung hereinzustürzen, den Jungen auf dem Arm, und die arme Mrs. Winsett so in Verwirrung zu bringen, daß sie zu fragen vergaß, wer sie sei.

»Es ist die Gräfin Olenska – eine Enkelin der alten Mrs. Mingott.«

»Oh – eine Gräfin!« pfiff Ned Winsett. »Ich wußte gar nicht, daß Gräfinnen so leutselig sind. Die Mingott sind's nicht.«

»Sie sind es, wenn Sie ihnen Gelegenheit geben.«

»Na – lassen wir das.« Es war ihr alter, endloser Streit über die hartnäckige Abneigung der »klugen Leute«, sich in der vornehmen Welt sehen zu lassen, und beide wußten, daß weiteres Reden darüber zwecklos war.

»Ich frage mich«, begann Winsett von neuen, »wie eine Gräfin dazu kommt, in unserem Armenviertel zu wohnen.«

»Weil sie sich nicht die Spur darum kümmert, wo sie wohnt – und wohin die kleinen Wegweiser der Gesellschaft zeigen«, sagte Archer, insgeheim stolz auf das Bild, das er von ihr entwarf.

»Hm – sie hat bestimmt in größeren Städten gewohnt«, bemerkte der andere. »Ja, hier muß ich abbiegen.«

Er schlenderte über den Broadway davon, und Archer sah hinter ihm her und sann über seine letzten Worte nach.

Oft hatte Ned Winsett solche blitzartigen Erkenntnisse; sie waren für Archer das Interessanteste an ihm, und er konnte nicht begreifen, warum Winsett seinen Mißerfolg so resigniert hinnahm, wo die meisten Menschen in seinem Alter noch den Kampf aufgenommen hätten.

Archer wußte, daß Winsett Frau und Kind hatte, aber er hatte sie nie gesehen. Die beiden Männer trafen sich immer im »Century« oder in einem Lokal, wo Zeitungsleute und Schauspieler verkehrten, etwa in dem Gasthaus, in dem Winsett ein Bier hatte trinken wollen. Er hatte Archer angedeutet, daß seine Frau kränkele; das konnte wahr sein, hieß aber vielleicht auch nur, daß der armen Frau die Gabe der Geselligkeit oder ein Abendkleid oder beides fehlte. Winsett hatte selbst einen unbändigen Widerwillen gegen gesellschaftliche Vorschriften: Archer, der sich abends umzog, weil er sich so sauberer und behaglicher fühlte, und nie darüber nachgedacht hatte, daß Sauberkeit und Behaglichkeit bei einem bescheidenen Einkommen die kostspieligsten Dinge darstellen, sah in Winsetts Haltung nur die langweilige Pose der »Bohemiens«, die die wahrhaft Vornehmen, die sich umkleideten, ohne viel zu reden, und nicht ewig die Zahl ihrer Diener herausstrichen, so viel einfacher und natürlicher als sie selbst erscheinen ließen. Dennoch fühlte er sich von Winsett immer angeregt, und wenn er das magere, bärtige Gesicht mit den schwermütigen Augen irgendwo erblickte, holte er ihn stets aus seiner Ecke und zog ihn in ein langes Gespräch.

Winsett war nicht aus freier Wahl Journalist geworden. Er war ein Schriftsteller, der zur Unzeit in eine Welt geboren war, die kein Bedürfnis nach seinen Gaben hatte; nachdem von ihm ein Band mit kurzen und hervorragenden literarischen Essays erschienen war, von dem hundertzwanzig Exemplare verkauft, dreißig verschenkt und der Rest schließlich – vertragsgemäß – vom Verleger eingestampft worden war, um verkäuflicherer Ware Platz zu machen, hatte er seine wahre Berufung aufgegeben und die Stelle eines Unterredakteurs an einer Frauenzeitschrift angenommen, in der modernes Tafelgeschirr und Tapetenmuster sich mit Liebesgeschichten aus Neuengland und Anzeigen von alkoholfreien Getränken abwechselten.

Über das Thema »Herdfeuer« – so hieß die Zeitschrift – konnte er sich stundenlang lustigmachen; doch unter seinen Witzen lauerte die fruchtlose Verbitterung eines noch jungen Mannes, der nach einem Mißerfolg resigniert hatte. Die Unterhaltungen mit ihm ließen Archer stets sein eigenes Leben kritisch einschätzen und gaben ihm ein Gefühl davon, wie wenig es enthielt; aber Winsett war schließlich noch ärmer, und obgleich bei der Gemeinsamkeit geistiger Interessen und ihres Wissensdrangs ihre Gespräche sehr lebendig waren, blieb ihr Gedankenaustausch meistens doch in den Grenzen eines nachdenklichen Dilettantismus befangen.

»Tatsache ist, daß wir eigentlich beide nicht so recht ins Leben passen«, hatte Winsett einmal gesagt. »Ich bin fertig und erledigt; nichts mehr zu machen. Ich kann nur die eine Ware produzieren, und die ist hier nicht abzusetzen, solange ich lebe. Sie aber sind frei und haben Geld. Warum suchen *Sie* denn keinen Anschluß? Es gibt nur einen Weg dahin: in die Politik gehen.«

Archer warf den Kopf zurück und lachte. Blitzartig tat sich der unüberbrückbare Gegensatz zwischen Leuten wie Winsett und jenen anderen auf, zu denen Archer gehörte. In der feinen Gesellschaft wußte jeder, daß in Amerika »ein Gentleman nicht in die Politik gehen kann«. Da er es aber mit diesen Worten kaum zu Winsett sagen konnte, antwortete er ausweichend: »Sehen Sie sich die Karriere des ehrlichen Mannes in der amerikanischen Politik an! Man will uns nicht.«

»Was heißt 'man'?« Warum schließt ihr euch nicht alle zusammen und seid selber dieser 'man'?»

Archers Lachen verflüchtigte sich zu einem etwas nachsichtigen Lächeln. Es war sinnlos, die Diskussion fortzusetzen; jeder kannte das traurige Schicksal der wenigen Gentlemen, die sich in New York in die Gemeinde- oder Staatspolitik hineingewagt hatten. Die Tage waren vorbei, wo so etwas noch möglich war. Das Land war im Besitz der Bosse und Eingewanderten, und für anständige Leute blieben nur Sport und Kultur.

»Kultur! Ja, wenn wir welche hätten! Aber davon gibt es nur noch ein paar kleine lokale Fleckchen, die hier und da vor sich hindorren aus Mangel an – ja an Düngung und wechselseitiger Befruchtung: die letzten Überbleibsel der alten europäischen Tradition, die eure Vorfahren mitbrachten. Aber ihr seid in einer armseligen Minderheit; ihr habt keinen Mittelpunkt, kein Konkurrenzdenken, kein Publikum. Ihr seid wie die Bilder an den Wänden eines menschenleeren Hauses: ›Das Portrait eines Gentleman‹. Ihr werdet es nie zu etwas bringen – wenn ihr nicht die Hemdsärmel aufkrempelt und richtig in den Dreck steigt. Das oder auswandern... Gott! Wenn ich doch auswandern könnte!«

Archer zuckte im Geist die Achseln und lenkte das Gespräch zurück auf Bücher, wo Winsett zwar seine

Launen, aber immerhin auch etwas zu sagen hatte. Auswandern! Als ob ein Gentleman sein Heimatland verlassen könnte! Man konnte das ebensowenig wie die Ärmel aufkrempeln und in den Dreck steigen. Ein Gentleman blieb einfach zu Hause und hielt sich abseits. Aber davon konnte man einen Menschen wie Winsett nicht überzeugen; und darum blieb das New York der Literaturklubs und der ausländischen Gaststätten, obgleich es auf den ersten Blick so bunt wirkte, letzten Endes doch beschränkter, schablonenhafter und eintöniger als die Summe all der Atome der Fifth Avenue.

Am nächsten Morgen suchte Archer in der Stadt vergeblich nach gelben Rosen. Infolgedessen kam er erst spät ins Büro, bemerkte, daß seine Abwesenheit niemanden auch nur im geringsten interessiert hatte, und war plötzlich voller Verzweiflung über die so komplizierte Nutzlosigkeit seines Daseins. Warum sollte er jetzt nicht mit May Welland am Strand von St. Augustine sein? Niemand ließ sich von ihm durch den äußeren Schein beruflicher Tätigkeit täuschen. In alteingeführten Anwaltskanzleien wie der, deren Chef Mr. Letterblair war, und die hauptsächlich mit der Verwaltung großer Vermögen und »konservativer« Kapitalanlagen betraut wurden, gab es immer zwei bis drei jüngere Herren aus wohlhabenden Kreisen und ohne beruflichen Ehrgeiz, die täglich eine gewisse Stundenzahl an ihrem Pult absaßen und unwichtige Dinge erledigten oder ganz einfach die Zeitung lasen. Zwar hielt man es für richtig, daß sie eine Beschäftigung hatten, zugleich aber dachte man nur geringschätzig über die rauhe Wirklichkeit des Geldverdienens, und da Jura ein Beruf war, sah man hier eine passendere Tätigkeit für einen Gentleman als im Kaufmännischen. Keiner jedoch von diesen jungen Herren hatte viel Hoffnung, wirklich vorwärtszukommen, oder wünschte es sich ernstlich; und über viele legte sich bereits deutlich wahrnehmbar der Schimmel stumpfer Gleichgültigkeit.

Archer schauderte es bei dem Gedanken, daß er sich auch über ihn ausbreiten könne. Er hatte allerdings andere Interessen, andere Neigungen. Er verbrachte seine Ferien auf Reisen in Europa, pflegte Umgang mit den »klugen Leuten«, von denen May sprach, und versuchte überhaupt »auf dem laufenden zu bleiben«, wie er sich nicht ohne eine gewisse Nachdenklichkeit Madame Olenska gegenüber geäußert hatte. War er aber erst einmal verheiratet, was sollte dann aus diesem kleinen Fleckchen werden, auf dem sich sein eigentliches Leben abspielte? Er hatte oft beobachtet, wie reiche junge Männer, die seinen Traum geträumt hatten – wenn auch vielleicht nicht so leidenschaftlich –, allmählich in den gemütlichen Schlendrian ihrer Eltern geraten waren.

Vom Büro schickte er einen Boten mit ein paar Zeilen zu Madame Olenska, in denen er anfragte, ob er sie am Nachmittag besuchen dürfe, und bat, ihm ihre Antwort in den Klub zu senden; im Klub aber fand er nichts vor, und auch am folgenden Tag erhielt er keinen

Brief. Dieses unerwartete Schweigen quälte ihn wahnsinnig, und obwohl er am nächsten Morgen einen herrlichen Strauß gelber Rosen im Schaufenster eines Blumenhändlers sah, ließ er ihn stehen. Erst am dritten Morgen brachte ihm die Post eine Antwort der Gräfin Olenska: Sie kam zu seiner Überraschung aus Skuytercliff, wohin sich die van der Luydens sofort zurückgezogen hatten, nachdem sie den Herzog an Bord seines Dampfers gebracht hatten.

»Ich bin davongelaufen«, begann die Schreiberin (ohne die übliche Einleitung), »gleich am Tage, nachdem wir uns im Theater begegnet waren, und diese guten Freunde hier haben mich aufgenommen. Ich suchte Ruhe, um zum Nachdenken zu kommen. Sie hatten recht, als Sie mir sagten, sie meinten es gut; ich fühle mich geborgen hier. Ich wünschte nur, Sie wären hier bei uns.« Sie schloß mit dem üblichen »herzlichen Gruß«, ohne den Tag ihrer Rückkehr zu nennen.

Der Ton der Mitteilung überraschte den jungen Mann. Wovor lief Madame Olenska davon, und warum fühlte sie das Bedürfnis nach Geborgenheit? Sein erster Gedanke galt einer dunklen Drohung aus Europa; aber dann sagte er sich, er kenne ihren Briefstil nicht, und es sei vielleicht nur eine malerische Übertreibung. Alle Frauen übertrieben; außerdem fiel ihr das Englische noch nicht so ganz leicht, das sie oft so sprach, als übersetze sie aus dem Französischen. »*Je me suis évadée* –: Wenn man es so ausdrückte, ließ der erste Satz sofort vermuten, sie habe sich lediglich einer langweiligen Reihe von Verpflichtungen entziehen wollen. Gewiß – so mußte es sein; denn er vermutete, sie sei launisch und der Vergnügungen des Augenblicks schnell überdrüssig.

Schmunzelnd stellte er sich vor, wie die van der Luydens sie zu diesem zweiten Besuch nach Skuytercliff geholt hatten, und diesmal auf unbestimmte Zeit. Die Türen von Skuytercliff wurden Besuchern nur selten und widerwillig geöffnet, und ein eisiges Wochenende war das höchste, was sie den so Bevorzugten je anboten. Aber Archer hatte auf seiner letzten Reise nach Paris das köstliche Stück von Labiche »Le Voyage de M. Perichon« gesehen, und er mußte jetzt daran denken, wie Monsieur Perrichon zäh und unentwegt an dem jungen Mann festhielt, den er aus dem Gletscher gerettet hatte. Die van der Luydens hatten Madame Olenska einem fast ebenso eisigen Schicksal entrissen; und obgleich sie noch andere Gründe haben mochten, zu ihr zu halten, wußte Archer doch, daß hinter allem der sanfte, aber unerschütterliche Entschluß stand, sie weiterhin zu erretten.

Er empfand deutlich, wie ihn die Nachricht von ihrer Abwesenheit enttäuschte; und fast gleichzeitig fiel ihm ein, daß er erst gestern eine Einladung abgelehnt hatte, den folgenden Sonntag bei den Reggie Chiverses in ihrem Haus am Hudson, ein paar Meilen unterhalb Skuytercliffs, zu verbringen.

Schon längst hatte er genug von den lärmenden netten Gesellschaften in der Villa Highbank mit ihren Strandfahrten, dem Eissegeln, den Schlittenfahrten, den langen Schneewanderungen und der allgemeinen

Stimmung sanften Getändels und noch sanfterer Streiche. Er hatte eben erst eine Kiste neuer Bücher von seinem Londoner Buchhändler erhalten und sich auf einen ruhigen Sonntag mit seinen Schätzen gefreut. Jetzt aber ging er ins Schreibzimmer des Klubs, verfaßte eilig ein Telegramm und ließ es sogleich vom Diener besorgen. Er wußte, daß Mrs. Reggie nicht böse war, wenn ihre Besucher plötzlich ihre Entschlüsse änderten, und daß man in ihrem geräumigen Haus stets ein Unterkommen fand.

15

Newland Archer kam Freitag abend bei den Chiverses an und machte am Sonnabend gewissenhaft all die üblichen Wochenendzeremonien in Highbank mit.

Am Vormittag fuhr er mit seiner Gastgeberin und ein paar von den sportlicheren Gästen im Segelschlitten über das Eis; am Nachmittag ging er mit Reggie »über die Farm« und lauschte in den mit peinlicher Sorgfalt eingerichteten Ställen seinem gründlichen, eindrucksvollen Vortrag über Pferdezucht; nach dem Tee saß er in der Diele am Kaminfeuer neben einer jungen Dame, der seine Verlobung damals das Herz gebrochen hatte, die ihm aber jetzt begeistert von ihren eigenen Ehehoffnungen berichtete; endlich mußte er gegen Mitternacht dabei helfen, einem der Gäste einen Goldfisch ins Bett zu legen und im Badezimmer einer ängstlichen Tante eine Puppe als »Einbrecher« zu drapieren, und gegen Morgen gab es noch eine Kissenschlacht vom Dachgeschoß bis in den Keller. Am Sonntag aber lieh er sich nach dem Mittagessen einen leichten Schlitten aus und fuhr nach Skuytercliff hinüber.

Es hatte immer geheißen, das Haus in Skuytercliff sei ein italienisches Landhaus. Diejenigen, die niemals in Italien gewesen waren, glaubten das, und die anderen glaubten es auch. Mr. van der Luyden hatte das Haus als junger Mensch gleich nach seiner »großen Reise« und vor der Hochzeit mit Miss Louisa Dagonet erbauen lassen. Es war ein großes, viereckiges Holzgebäude mit in Nut und Feder gearbeiteten Wänden, die hellgrün und weiß gestrichen waren, einer korinthischen Säulenhalle und kannelierten Pilastern zwischen den Fenstern. Von der Anhöhe, auf der das Haus stand, führte eine Reihe von Terrassen, die wie auf Stahlstichen von Balustraden und Urnen eingefaßt waren, hinab zu einem kleinen gewundenen Teich mit asphaltiertem Rand, über den sich seltene Trauertannen neigten. Gruppen von Musterbäumen (jeder von einer anderen Art) sah man rechts und links auf dem berühmten unkrautlosen Rasen, der in weite, sanft gewellte, von kunstvollen schmiedeeisernen Ornamenten überragte Wiesen überging, und unten, in einer Mulde, lag das vierzimmrige Steinhaus, das der erste Patroon 1612 auf dem ihm geschenkten Boden errichtet hatte.

Vor der eintönigen Schneefläche und dem grauen Winterhimmel ragte das italienische Landhaus ziemlich düster auf; selbst im Sommer hielt es alles drohend von sich fern, und auch das kühnste Coleusbeet hatte sich nie näher als auf zehn Meter herangewagt. Als Archer jetzt klingelte, tönte es lang und hallend wie durch ein Grabgewölbe, und der Butler, der endlich an der Tür erschien, war so erstaunt, als habe man ihn aus dem ewigen Schlaf geweckt.

Glücklicherweise gehörte Archer ganz zur Familie und hatte somit trotz seiner wenig vorschriftsmäßigen Ankunft das Recht zu erfahren, daß Gräfin Olenska vor genau dreiviertel Stunden mit Mrs. van der Luyden zum Nachmittagsgottesdienst ausgefahren sei.

»Mr. van der Luyden«, fuhr der Butler fort, »ist zu Hause, Sir; aber ich habe den Eindruck, daß er entweder gerade seinen Mittagsschlaf beendet oder die gestrige *Evening Post* liest. Als er heute morgen aus der Kirche kam, habe ich ihn sagen hören, Sir, daß er nach dem Essen die *Evening Post* durchsehen möchte; wenn Sie es wünschen, Sir, könnte ich vielleicht mal an der Tür zur Bibliothek horchen –«

Aber Archer dankte ihm und sagte, er wolle den Damen entgegengehen, und sichtlich erleichtert schloß der Butler majestätisch die Tür vor ihm.

Ein Pferdejunge brachte den Schlitten in den Stall, und Archer ging quer durch den Park zur Landstraße. Das Dorf Skuytercliff lag nur ein paar Kilometer entfernt, aber er wußte, daß Mrs. van der Luyden nie zu Fuß ging, so daß er auf der Straße bleiben mußte, um den Wagen nicht zu verpassen. Wenig später jedoch, als er den Feldweg zur Landstraße hinabging, erblickte er plötzlich eine schmächtige Gestalt in einem roten Mantel, der ein großer Hund vorauslief. Archer beschleunigte seinen Schritt, und Madame Olenska sah ihn, blieb stehen und lächelte ihm entgegen.

»Ah – Sie sind also gekommen«, sagte sie und zog zur Begrüßung die Hand aus dem Muff.

In dem roten Mantel sah sie so frisch und lebendig aus wie die Ellen Mingott von einst, und lachend ergriff er ihre Hand und antwortete: »Ich wollte einfach wissen, wovor Sie weggelaufen sind.«

Ihr Gesicht verdunkelte sich, doch sie antwortete: »Nun, das werden Sie bald sehen.«

Die Antwort machte ihn stutzig. »Wieso? Wollen Sie damit sagen, daß man Sie verfolgt?«

Sie zuckte in einer Bewegung, die Nastasia sehr ähnlich sah, leicht die Schultern und erwiderte obenhin: »Wollen wir weitergehen? Mir ist nach der Predigt so kalt. Und was macht es jetzt aus, da Sie hier sind, um mich zu beschützen?«

Das Blut schoß ihm in die Schläfen, und er hielt sie am Mantel fest: »Ellen – was ist los? Sie müssen es mir sagen.«

»Ja, gleich – kommen Sie, machen wir einen kleinen Dauerlauf, sonst frieren mir die Füße am Boden fest«, rief sie, raffte den Mantel und eilte über den Schnee, während der Hund sie mit herausforderndem Gebell umsprang. Einen Augenblick blieb Archer stehen und sah mit leuchtenden Augen zu, wie der Blitz des roten Meteors über den Schnee zuckte; dann rannte er ihr nach, bis sie beide keuchend und lachend an einer Pforte standen, die in den Park führte.

Sie sah zu ihm auf und lächelte. »Ich wußte, daß Sie kommen würden!«

»Das heißt, daß Sie es wünschten«, erwiderte er und freute sich über die Maßen über ihre Albernheit. Das weiße Glitzern der Bäume erfüllte die Luft mit geheimnisvoller Helligkeit, und als sie über den Schnee weitergingen, war es, als singe der Boden unter ihren Füßen. »Woher sind Sie gekommen?« fragte Madame Olenska.

Er sagte es ihr und setzte hinzu: »Ihr Brief hat mich hierhergetrieben.«

Nach einer Pause meinte sie mit kaum spürbarer Kühle im Ton: »May hat sie gebeten, sich um mich zu kümmern.«

»Sie brauchte mich nicht zu bitten.«

»Sie meinen – ich bin so offensichtlich hilflos und wehrlos? Für was für ein armes Ding müßt ihr mich alle halten! Aber Frauen scheinen hier nicht – scheinen nie das Bedürfnis zu spüren – ebensowenig wie die Seligen im Himmel!«

Er senkte die Stimme und fragte: »Was für ein Bedürfnis?«

»Ach, fragen Sie mich nicht! Wir sprechen nicht dieselbe Sprache«, gab sie verdrießlich zurück.

Ihre Antwort traf ihn wie ein Schlag, und er blieb stehen und starrte sie an.

»Warum bin ich gekommen, wenn ich nicht Ihre Sprache spreche?«

»Oh, mein Freund –!« Sie legte die Hände leicht auf seinen Arm, und er drängte ernst: »Ellen – warum wollen Sie mir nicht sagen, was passiert ist?«

Wieder zuckte sie die Achseln. »Passiert im Himmel je etwas?«

Er schwieg, und sie gingen stumm ein paar Schritte weiter. Endlich sagte sie: »Ich will es Ihnen sagen –

aber wo, wo, wo? Man kann ja keine Minute allein sein in diesem großen Internat, wo alle Türen immer offen stehen und die Diener einem ewig Tee bringen oder Holz für das Feuer oder die Zeitung! Gibt es denn kein Fleckchen in einem amerikanischen Haus, wo man für sich sein kann? Ihr seid so scheu, und dennoch seid ihr so öffentlich. Ich habe immer das Gefühl, als sei ich wieder im Kloster – oder auf der Bühne, vor einem schrecklich höflichen Publikum, das nie applaudiert.«

»Ach, Sie mögen uns nicht!« rief Archer.

Sie gingen an dem Haus des alten Patroons mit seinen niedrigen Mauern und viereckigen Fensterchen vorbei, die sich in der Mitte um einen Kamin drängten. Die Läden standen weit offen, und durch eine der geputzten Fensterscheiben erblickte Archer den Schein eines Feuers.

»Nanu – das Haus ist ja offen!« sagte er.

Sie blieb stehen. »Nein; oder jedenfalls nur heute. Ich wollte es sehen; deshalb ließ Mr. van der Luyden ein Feuer machen und die Fensterläden öffnen, so daß wir es heute morgen auf dem Rückweg von der Kirche besuchen konnten.« Sie sprang die Stufen hinauf und ergriff die Klinke. »Es ist noch offen – welch Glück! Kommen Sie herein, dann können wir in Ruhe miteinander reden. Mrs. van der Luyden ist zu ihren alten Tanten nach Rhinebeck hinübergefahren, da haben wir noch eine Stunde, ehe man uns im Haus vermißt.« Er folgte ihr in den engen Flur. Seine Stimmung, die nach ihren letzten Worten so tief gesunken war, stieg wieder mit ungeahnter Plötzlichkeit. Das gemütliche kleine

Haus stand da mit den im Feuerschein blinkenden Täfelungen und Messinggerätschaften, als sei es hingezaubert worden, um sie aufzunehmen. Im Küchenkamin glühte noch unter einem Eisentopf, der an einem altmodischen Arm hing, ein großer Aschenhaufen. Armsessel aus Binsengeflecht standen an dem gekachelten Kamin einander gegenüber, und Reihen von Delfter Tellern lehnten auf Gestellen an der Wand. Archer bückte sich und legte ein Scheit auf die Asche.

Madame Olenska ließ den Mantel fallen und setzte sich in einen Sessel. Archer stellte sich an den Kamin und blickte sie an. »Jetzt lachen Sie, aber als Sie mir schrieben, waren Sie unglücklich«, sagte er.

»Ja.« Sie zögerte. »Aber ich kann mich nicht unglücklich fühlen, wenn Sie hier sind.«

»Ich werde nicht lange hier sein«, erwiderte er, während ihm die Lippen zuckten vor Anstrengung, nicht mehr als dies zu sagen.

»Nein, ich weiß. Aber ich will nicht in die Zukunft schauen: ich lebe ganz im Augenblick, wenn ich glücklich bin.«

Die Worte durchbebten ihn wie eine Versuchung, und um sich dagegen zu verschließen, trat er vom Kamin zurück und starrte hinaus auf die sich schwarz gegen den Schnee abhebenden Baumstämme. Aber es war, als habe auch sie ihren Platz gewechselt, und er sah sie immer noch zwischen sich und den Bäumen, wie sie sich lässig lächelnd über das Feuer beugte. Sein Herz schlug unbeherrscht. Was wäre, wenn sie vor ihm davongelaufen wäre und nur so lange gewartet hätte, es ihm zu gestehen, bis sie beide allein hier in diesem verborgenen Zimmer waren?

»Ellen, wenn ich Ihnen wirklich helfen soll – wenn Sie wirklich wollten, daß ich herkam – dann sagen Sie mir, was los ist, sagen Sie mir, wovor Sie davonlaufen«, drängte er.

Er sprach, ohne seine Stellung zu verändern, ja, ohne sich ihr zuzuwenden: Wenn es geschehen sollte, dann sollte es wenigstens so sein, daß die ganze Breite des Zimmers zwischen ihnen lag und er die Augen da draußen auf den Schnee geheftet hielt.

Einen langen Augenblick blieb sie stumm, und Archer meinte in dem Moment zu fühlen, ja fast zu hören, wie sie ganz leise hinter ihn trat, um ihm die Arme um den Hals zu werfen. Während er wartete und Leib und Seele vor dem kommenden Wunder erzitterten, nahmen seine Augen automatisch das Bild eines Mannes in schwerem, hochgeschlagenem Pelzmantel auf, der den Weg zum Haus entlangkam. Der Mann war Julius Beaufort.

»Aha! rief Archer und brach in Lachen aus.

Madame Olenska war aufgesprungen, neben ihn getreten und hatte ihre Hand in seine geschoben; nach einem Blick durch das Fenster erbleichte sie und fuhr zurück.

»Das war es also?« fragte Archer höhnisch.

»Ich wußte nicht, daß er hier ist«, murmelte Madame Olenska. Noch immer hielt sie Archers Hand fest; er aber entzog sie ihr, ging in den Flur hinaus und stieß die Haustür auf.

»Hallo, Beaufort – hierher! Madame Olenska hat sie schon erwartet!« sagte er.

Am nächsten Morgen durchlebte Archer während seiner Rückfahrt nach New York mit quälender Deutlichkeit noch einmal die letzten Augenblicke in Skuytercliff.

Beaufort hatte aus seinem Ärger, ihn bei Madame Olenska anzutreffen, kein Hehl gemacht, die Lage aber wie immer schnell gemeistert. Seine Art, Menschen zu ignorieren, deren Gegenwart ihn belästigte, gab ihnen, wenn sie sensibel dafür waren, wirklich das Gefühl, unsichtbar, einfach nicht vorhanden zu sein. Während die drei durch den Park zurückschlenderten, überkam Archer dieses seltsame Gefühl der Körperlosigkeit; so sehr es ihn in seiner Eitelkeit auch kränkte, gab es ihm doch den geisterhaften Vorteil, unbeobachtet zu beobachten.

Beaufort hatte das Häuschen mit seiner üblichen Selbstsicherheit betreten, aber die senkrechte Falte zwischen seinen Augen konnte er nicht weglächeln. Es war ziemlich klar, daß Madame Olenska von seinem Besuch nichts gewußt hatte, obgleich ihre Worte zu Archer diese Möglichkeit angedeutet hatten; jedenfalls hatte sie Beaufort bei ihrer Abreise aus New York nicht gesagt, wohin sie führe, und ihr unerklärliches Verschwinden hatte ihn aufgebracht. Der vorgebliche Grund seines Kommens war, daß er am Abend vorher ein nicht am Immobilienmarkt angezeigtes »großartiges kleines Haus« entdeckt habe, das genau das Richtige für sie sei, ihr aber vor der Nase weggeschnappt werde, wenn sie es nicht sofort nehme; und er überhäufte sie mit Scheinvorwürfen wegen der Verlegenheiten, in die sie ihn durch ihr Davonlaufen gerade in so einem Moment gestürzt habe.

»Wenn bloß diese neu entdeckte Möglichkeit, durch einen Draht zu sprechen, ein bißchen besser funktionierte, hätte ich Ihnen das auch von der Stadt aus mitteilen können und würde mir jetzt am warmen Feuer im Klub die Zehen wärmen, anstatt durch den Schnee hinter Ihnen herzustampfen«, knurrte er, wobei er seinen wirklichen Ärger unter dem gespielten verbarg, und Madame Olenska lenkte auf diese Eröffnung hin das Gespräch geschickt auf die phantastische Möglichkeit, daß sie sich eines Tages vielleicht tatsächlich von einer Straße zur anderen unterhalten könnten, oder vielleicht sogar – welch unerhörter Traum! – von einer Stadt zur anderen. Darauf wurden von allen dreien die Namen Edgar Allan Poe und Jules Verne sowie die üblichen Plattheiten zitiert, wie sie sich auch den Klügsten auf die Lippen drängen, wenn sie nur plaudern, um die Zeit auszufüllen, und von einer neuen Erfindung reden, an die man vorsichtigerweise noch nicht recht glauben mag. So gelangten sie, das Problem des Telephons erörternd, sicher vor das große Haus.

Mrs. van der Luyden war noch nicht zurück, und Archer verabschiedete sich und holte den Schlitten, während Beaufort der Gräfin Olenska ins Haus folgte. So wenig angenehm den van der Luydens unangemeldete Besucher auch waren, konnte Beaufort wahrscheinlich mit einer Einladung zum Abendessen rechnen, um dann zum Neun-Uhr-Zug an den Bahnhof gebracht zu werden; mehr aber durfte er sicher nicht erwarten, denn für seine Gastgeber wäre es unvorstellbar, daß jemand, der ohne Gepäck reiste, den Wunsch haben könnte, die Nacht dazubleiben, und unangenehm, es einem Menschen vorzuschlagen, zu dem sie so wenig herzliche Beziehungen hatten wie zu Beaufort.

Dieser wußte all das und mußte es vorausgesehen haben; daß er aber die lange Reise für eine so geringe Belohnung auf sich genommen hatte, ließ das Maß seiner Ungeduld erkennen. Ganz zweifellos war er hinter der Gräfin Olenska her, und er kannte nur ein Ziel, wenn er hübschen Frauen nachstellte. Sein ödes, kinderloses Heim war ihm schon seit langem zuwider; und neben den eher ständigen Tröstungen war er stets auf Liebesabenteuer innerhalb seiner eigenen Kreise aus. Dies war der Mann, vor dem Madame Olenska eingestandenermaßen floh: Die Frage war nur, ob sie floh, weil seine Zudringlichkeiten ihr lästig waren, oder weil sie sich selber nicht genügend Widerstand zutraute – vorausgesetzt, daß nicht all ihr Reden von Flucht nur Blendwerk und ihre Abreise aus New York nur ein Manöver war.

Archer glaubte das eigentlich nicht. Zwar hatte er Madame Olenska wenig gesehen, dennoch meinte er, die Wahrheit in ihren Augen lesen oder wenigstens aus ihrer Stimme heraushören zu können – und beide hatten bei Beauforts plötzlichem Erscheinen Verdruß, ja Bestürzung verraten. Wenn das aber der Fall war, war es dann nicht noch schlimmer, als wenn sie New York mit dem ausdrücklichen Vorsatz verlassen hätte, ihn hier zu treffen? Wenn sie das wirklich getan hatte, hörte sie auf, ihn zu interessieren, und war nichts als eine niederträchtige Heuchlerin: Eine Frau, die eine Liebesaffäre mit Beaufort hatte, sprach sich selbst das endgültige Urteil.

Nein, es war tausendmal schlimmer, wenn sie Beaufort richtig einschätzte, wahrscheinlich verachtete, und sich dennoch von allem angezogen fühlte, was ihm einen Vorteil gegenüber den anderen Männern ihrer Umgebung verschaffte: Daß er auf zwei Kontinenten und in deren besten Kreisen heimisch war – daß er mit Künstlern, Schauspielern und Tagesberühmtheiten verkehrte – daß er sich großzügig über gesellschaftliche Vorurteile hinwegsetzte. Beaufort war gewöhnlich, er war ungebildet, er war stolz auf sein Geld; aber seine Lebensumstände und eine gewisse angeborene Schläue hoben ihn in der Unterhaltung über viele Männer hinaus, die moralisch und gesellschaftlich über ihm standen, deren Horizont aber von Battery und Central Park begrenzt war. Wie sollte ein Mensch, der aus einer größeren Welt kam, nicht diesen Unterschied empfinden und sich davon angezogen fühlen?

Madame Olenska hatte in plötzlicher Gereiztheit zu Archer gesagt, er und sie sprächen nicht dieselbe Sprache, und er wußte, daß das in mancher Hinsicht stimmte. Beaufort aber verstand jede Wendung ihrer

Sprache und bediente sich ihrer in der gewandtesten Weise: Seine Ansichten vom Leben, sein Ton, seine ganze Einstellung waren nur eine vergröberte Spiegelung dessen, was aus Graf Olenskis Brief hervorging. Man hätte glauben können, daß dies eher ein Nachteil in den Augen von Olenskis Gattin sei; doch Archer war zu klug, um anzunehmen, daß eine junge Frau wie Ellen Olenska unbedingt vor allem zurückschrecken müsse, was sie an ihre Vergangenheit erinnerte. Wohl mochte sie glauben, unerbittlich dagegen anzukämpfen; doch das Verlockende jener Welt mußte sie weiter locken, auch gegen ihren Willen.

So sah der junge Mann mit quälender Objektivität Beaufort und sein Opfer. Der Drang, sie darüber aufzuklären, war stark in ihm, und es gab Augenblicke, wo er glaubte, sie erwarte nichts anderes von ihm als solche Aufklärung.

An diesem Abend packte er seine Bücher aus London aus. Die Kiste war voll von ungeduldig erwarteten Dingen: ein neuer Band von Herbert Spencer, eine weitere Sammlung der glänzenden Erzählungen des überaus produktiven Alphonse Daudet und ein Roman mit dem Titel »Middlemarch«, über den kürzlich viel Interessantes in den Buchkritiken gestanden hatte. Er hatte um dieses Genusses willen drei Einladungen ausgeschlagen. Nun blätterte er die Seiten mit der ästhetischen Erregung des Buchliebhabers um, aber er wußte nicht recht, was er las, und eines nach dem anderen glitten ihm die Bücher aus der Hand. Plötzlich stieß er auf ein Bändchen mit Versen, das er wegen des verlockenden Titels »Das Haus des Lebens« bestellt hatte. Er nahm es in die Hand und befand sich bald in einer Stimmung, die ihm andere Bücher noch nie vermittelt hatten: So warm, so mächtig und doch so unaussprechlich zart war diese Stimmung, daß die einfachsten menschlichen Gefühle durch sie in neuer, unvergeßlicher Schönheit erstrahlten. Die ganze Nacht hindurch folgte er auf diesen zauberhaften Seiten dem Bild einer Frau, die die Züge Ellen Olenskas trug; aber als er am nächsten Morgen erwachte und durchs Fenster die dunklen Sandsteinhäuser auf der anderen Straßenseite erblickte und an sein Pult in Mr. Letterblairs Büro und an die Kirchenbank seiner Familie in der Grace Church dachte, da kam ihm die Stunde im Park von Skuytercliff ebenso entrückt und unwirklich vor wie die Visionen der Nacht.

»Mein Gott, wie blaß du aussiehst, Newland!« rief Janey beim Morgenkaffee, und Mrs. Archer setzte hinzu: »Newland, mein Junge, ich habe bemerkt, daß du neuerdings hustest. Ich will doch hoffen, daß du dir nicht zu viel Arbeit aufhalsen läßt!« Die beiden Damen waren fest davon überzeugt, daß das Leben des jungen Mannes unter der eisernen Tyrannei seiner Seniorpartner mit den anstrengendsten beruflichen Pflichten ausgefüllt war – und er hatte es nie für notwendig erachtet, ihnen diese Illusion zu nehmen.

Die nächsten zwei, drei Tage schleppten sich träge dahin. Wie Asche lag ihm der Geschmack des ewigen Einerlei auf der Zunge, und manchmal hatte er das Gefühl, als werde er lebendig unter seiner Zukunft begraben. Er hörte nichts von der Gräfin Olenska oder dem »großartigen kleinen Haus«, und obwohl er Beaufort im Klub sah, nickten sie sich nur über die Whisttische hinweg zu. Erst am vierten Abend fand er zu Hause eine Nachricht vor. »Kommen Sie morgen abend spät. Ich muß Ihnen erklären. Ellen.« Das waren die einzigen Worte, die das Briefchen enthielt.

Archer, der gerade zum Essen ausgehen wollte, schob den Brief in seine Tasche und mußte ein wenig über die französische Konstruktion des letzten Satzes lächeln. Nach dem Essen ging er ins Theater, und erst nach Mitternacht, nach seiner Rückkehr nach Haus, zog er Madame Olenska Zeilen wieder hervor und las sie mehrere Male langsam durch. Es gab verschiedene Möglichkeiten, darauf zu antworten, und jeder widmete er in dieser ruhelosen Nacht ein langes Nachdenken. Die, zu der er sich entschloß, als der Morgen nahte, war, ein paar Kleider in einen Handkoffer zu werfen und sich an Bord eines Schiffes zu begeben, das noch am selben Nachmittag nach St. Augustine abfuhr.

16

Als Archer in St. Augustine die sandige Hauptstraße entlangging und vor dem Haus, das man ihm bezeichnet hatte, May Welland unter einem Magnolienbaum mit der vollen Sonne im Haar erblickte, konnte er nicht begreifen, warum er so lange gezögert hatte, herzukommen.

Hier war die Wahrheit, hier war die Wirklichkeit, hier war das Leben, dem er angehörte; und er, der sich über willkürliche Bindungen so erhaben fühlte, hatte Scheu gehabt, sich von seinem Pult loszureißen, nur weil man vielleicht meinen konnte, er stehle sich ein paar Ferientage!

Ihr erster Ausruf war: »Newland – ist etwas passiert?«, und ihm kam der Gedanke, es wäre »weiblicher« gewesen, wenn sie sofort in seinen Augen gelesen hätte, warum er gekommen war. Als er aber antwortete: »Ja – ich hatte das Bedürfnis, dich zu sehen«, wich ihre kühle Überraschung einem glücklichen Erröten, und er erkannte, wie leicht man ihm vergeben, und wie schnell sogar Mr. Letterblairs sanfte Mißbilligung von einer nachsichtigen Familie mit Lächeln übergangen würde.

Trotz der frühen Morgenstunde war die Hauptstraße nicht der Ort für eine anders als formelle Begrüßung, und Archer sehnte sich danach, mit May allein zu sein und ihr seine ganze Sehnsucht und Ungeduld zu zeigen. Es war noch eine Stunde Zeit bis zum späten Frühstück der Wellands, und anstatt ihn ins Haus zu bitten, schlug sie einen Spaziergang zu dem alten Orangenhain außerhalb der Stadt vor. Sie hatte eben auf dem Fluß gerudert, und die Sonne, die ein Goldnetz über die kleinen Wellen warf, schien sie darin eingefangen zu haben. Über dem warmen Braun ihrer Wangen glitzerte ihr verwehtes Haar wie Silber, und auch ihre Augen sahen heller aus, beinahe blaß in ihrer jugendlichen Reinheit. Als sie mit ihren weiten, schwingenden Schritten neben Archer einherging, lag auf ihrem Gesicht die leere, heitere Gelassenheit eines jungen marmornen Athleten.

Für Archers angespannte Nerven war dies Bild so beruhigend wie der Anblick des blauen Himmels und des trägen Flusses. Sie setzten sich unter den Orangenbäumen auf eine Bank, und er legte den Arm um sie und küßte sie. Es war ihm, als tränke er von einer kühlen, besonnten Quelle; doch mochte sein Druck heftiger gewesen sein als er beabsichtigte, denn das Blut stieg ihr ins Gesicht, und sie entzog sich ihm, als habe er sie erschreckt.

»Was ist?« fragte er lächelnd, und sie sah ihn erstaunt an und antwortete: »Nichts.«

Eine leichte Verlegenheit überkam beide, und ihre Hand schlüpfte aus der seinen. Es war das erstemal, daß er sie auf die Lippen geküßt hatte, abgesehen von ihrer flüchtigen Umarmung im Beaufortschen Wintergarten, und er merkte, daß sie irritiert war.

»Erzähl mir, was du hier den ganzen Tag tust«, sagte er, kreuzte die Arme hinter dem zurückgelehnten Kopf und schob den Hut in die Stirn, um nicht von der Sonne geblendet zu werden. Sie von vertrauten, einfachen Dingen reden zu hören, war die bequemste Art, seinen eigenen Gedankenfaden weiterzuspinnen, und so lauschte er ihrem Geplauder über das Schwimmen, Segeln und Reiten, wohinein nur gelegentlich ein Tanz im primitiven Gasthof Abwechslung brachte, wenn ein Kriegsschiff eingelaufen war. Ein paar nette Leute aus Philadelphia und Baltimore kamen manchmal, um im Gasthof zu essen, und die Selfridge Merrys waren für drei Wochen hergekommen, weil Kate Merry Bronchitis gehabt hatte. Sie planten die Anlage eines Tennisplatzes am Strand; aber niemand außer Kate und May besaß einen Schläger, und die meisten Leute hatten noch nicht einmal von dem Spiel gehört.

Das alles hielt sie vollauf beschäftigt, und so hatte sie noch keine Zeit gehabt, einen Blick in das Pergamentbüchlein zu werfen, das Archer ihr vorige Woche geschickt hatte – die »Sonette aus dem Portugiesischen«. Aber »Wie man die gute Nachricht von Gent nach Aix brachte« lernte sie gerade auswendig, weil es eines der ersten Gedichte war, die er ihr vorgelesen hatte; und es freute sie, ihm sagen zu können, daß Kate Merry noch nie auch nur von einem Dichter namens Robert Browning gehört hatte.

Auf einmal fuhr sie hoch und rief, sie würden zu spät zum Frühstück kommen; und sie eilten zurück zu dem baufälligen Haus mit der seit langem nicht gestrichenen Vorhalle und der unbeschnittenen Hecke von Bleiwurz und rosa Geranien, wo die Wellands sich für den Winter eingerichtet hatten. In seinem Bedürfnis nach Häuslichkeit hatte Mr. Welland Scheu vor den unbehaglichen, schmutzigen Hotels des Südens; darum mußte Mrs. Welland mit ungeheuren Kosten und unter fast unüberwindlichen Schwierigkeiten Jahr für Jahr einen Haushalt improvisieren, der zum Teil aus unzufriedenen New Yorker Dienern und zum Teil aus ortsansässigen Schwarzen bestand.

»Die Ärzte wünschen, daß mein Mann sich hier wie zu Hause fühlt; sonst wäre er so unglücklich, daß das Klima ihm nicht helfen würde«, erklärte sie Winter für Winter den sie bedauernden Freunden aus Philadelphia und Baltimore. Mr. Welland dagegen strahlte über den wunderbarerweise mit auserlesenen Leckerbissen beladenen Frühstückstisch zu Archer hinüber und meinte: »Sie sehen, mein Lieber, wir leben hier buchstäblich wie im Zelt. Ich sage meiner Frau und May immer, daß ich ihnen beibringen möchte, wie man sich auch mal behelfen können muß.«

Mr. und Mrs. Welland waren von der plötzlichen Ankunft des jungen Mannes ebenso überrascht gewesen wie ihre Tochter; er hatte aber schlagfertig erklärt, er habe eine böse Erkältung kommen fühlen, und dies schien Mr. Welland ein durchaus zureichender Grund, jede Pflicht ruhen zu lassen.

»Man kann sich nie genug in acht nehmen, besonders vor dem Frühjahr«, sagte er, lud sich die gelben Pfannkuchen auf den Teller und überschwemmte sie mit goldenem Sirup. »Wenn ich in Ihrem Alter nur auch so vorsichtig gewesen wäre, dann könnte May jetzt in New York zum Ball gehen, anstatt den Winter stets mit einem alten kranken Mann in der Wildnis zu verbringen.«

»Ach, Papa, ich finde es hier herrlich, das weißt du doch. Wenn bloß Newland hierbleiben könnte, dann wäre ich tausendmal lieber hier als in New York.«

»Newland muß so lange bleiben, bis er seine Erkältung ganz los ist«, sagte Mrs. Welland nachsichtig, und der junge Mann meinte lachend, man habe doch schließlich auch noch so etwas wie einen Beruf.

Er richtete es mit Telegrammen ans Büro schließlich so ein, daß seine Erkältung eine Woche anhielt; und es fiel ein ironisches Licht auf die Situation dadurch, daß er Mr. Letterblairs Entgegenkommen zum Teil der befriedigenden Art und Weise verdankte, in der »dieser glänzende jüngere Kollege« den peinlichen Scheidungsfall Olenski gelöst hatte. Mr. Letterblair hatte nämlich Mrs. Welland wissen lassen, daß Mr. Archer der ganzen Familie »einen unschätzbaren Dienst erwiesen« habe und die alte Mrs. Manson Mingott besonders erfreut gewesen sei; und als May eines Tages mit ihrem Vater in dem einzigen Wagen, der sich im Ort auftreiben ließ, spazierengefahren war, ergriff Mrs. Welland die Gelegenheit, ein Thema zu streifen, dem sie in Gegenwart ihrer Tochter stets auswich.

»Ich fürchte, Ellens Anschauungen sind ganz und gar nicht unsere. Sie war kaum achtzehn, als Medora Manson sie wieder mit nach Europa nahm – Sie erinnern sich der Aufregung, als sie auf ihrem ersten Ball in Schwarz erschien? Eine dieser Verrücktheiten von Medora – es war wirklich wie ein böses Omen. Das muß wenigstens zwölf Jahre her sein. Seit damals ist Ellen nie mehr in Amerika gewesen. Kein Wunder, daß sie vollständig europäisiert ist.«

»Aber die europäische Gesellschaft neigt durchaus nicht zu Scheidungen. Gräfin Olenska war der Ansicht, es entspräche eher den amerikanischen Anschauungen, wenn sie ihre Freiheit wiederzuerlangen suche.« Seit seiner Abreise aus Skuytercliff hatte er den Namen nicht mehr ausgesprochen, und er fühlte, wie ihm das Blut in die Wangen stieg.

Mrs. Welland lächelte mitleidig. »Das ist dasselbe wie die merkwürdigen Geschichten, die die Ausländer über uns erfinden. Sie glauben, wir äßen zu den unmöglichsten Zeiten und seien immer für Ehescheidungen zu haben! Darum erscheint es mir so falsch, wenn man ihnen hier in New York etwas bietet. Unsere Gastfreundschaft nehmen sie gern an, und dann fahren sie nach Hause und wiederholen genau dieselben albernen Märchen.«

Archer schwieg dazu, und Mrs. Welland fuhr fort: »Aber wir wissen es durchaus zu schätzen, daß Sie Ellen dazu überredet haben, ihre Absicht aufzugeben. Ihre Großmutter und ihr Onkel Lovell konnten nichts bei ihr ausrichten; beide schrieben mir, ihr Gesinnungswandel gehe allein auf Sie zurück – sie hat es ihrer Großmutter selbst versichert. Sie hegt eine unbegrenzte Bewunderung für Sie. Die arme Ellen – sie war immer ein eigensinniges Kind. Was mag wohl noch aus ihr werden?«

»Das, was wir alle für sie aushecken«, hätte er am liebsten geantwortet. »Wenn ihr alle unbedingt wünscht, daß sie Beauforts Geliebte wird, statt einen anständigen Menschen zu heiraten, dann habt ihr's bestimmt richtig angefangen.«

Was würde Mrs. Welland wohl gesagt haben, wenn er das ausgesprochen und nicht bloß gedacht hätte? Er konnte sich vorstellen, wie sich die Festigkeit und Ruhe ihrer Gesichtszüge, die in lebenslanger Herrschaft über die kleinen Widerwärtigkeiten des Lebens den trügerischen Schein von Autorität angenommen hatten, plötzlich auflösen würden. Noch immer hafteten an diesem Gesicht Spuren einer jugendfrischen Schönheit ähnlich der ihrer Tochter; und er fragte sich, ob auch Mays Gesicht dazu verdammt sei, im vorgerückten Alter die gröberen Züge dieser durch nichts zu erschütternden Unschuld zu tragen.

Nein, nein, er wollte nicht, daß May diese Art Unschuld behielt, die den Geist gegen Ideen und das Herz gegen Erfahrungen verschloß!

»Ich glaube wirklich«, fuhr Mrs. Welland fort, »wenn die furchtbare Geschichte in die Zeitungen gekommen wäre, dann wäre das der Todesstoß für meinen Mann gewesen. Ich weiß nichts von den Einzelheiten; und ich möchte davon verschont bleiben, wie ich es bereits der armen Ellen gegenüber betont habe, als sie mir davon erzählen wollte. Ich habe für einen Kranken zu sorgen und darf mir meine frohe Laune nicht nehmen lassen. Mr. Welland hat sich schrecklich aufgeregt; er hatte jeden Morgen etwas Temperatur, solange wir nicht wußten, wie die Sache ausginge. May war entsetzt, daß so etwas möglich ist – aber, mein lieber Newland, Sie haben das natürlich auch empfunden. Wir alle wußten es ja, daß Sie dabei an May dachten.«

»Ich denke stets an May«, gab der junge Mann zurück und erhob sich, um die Unterhaltung abzubrechen.

Er hatte die Absicht gehabt, die Gelegenheit eines Gesprächs unter vier Augen mit Mrs. Welland zu nutzen, sie dazu zu drängen, die Heirat zu beschleunigen. Es fielen ihm aber keine Gründe ein, die sie vielleicht hätten umstimmen können, und mit dem Gefühl der Erleichterung sah er Mr. Welland und May vor dem Haus halten.

Er setzte nun seine ganze Hoffnung auf eine nochmalige Aussprache mit May, und so ging er am Tage vor seiner Abreise mit ihr zu dem verwilderten Park der spanischen Mission, dessen Anblick ihn an gewisse Landschaftsbilder Europas erinnerte, und May, die ihm schön wie nie zuvor erschien mit ihrem breitrandigen Hut, der einen geheimnisvollen Schatten über ihre allzu klaren Augen legte, lauschte begierig seinen Worten über Granada und die Alhambra.

»Noch diesen Frühling könnten wir all das sehen – sogar das Osterfest in Sevilla«, drängte er und übertrieb dabei in der Hoffnung, dadurch mehr zu erreichen.

»Ostern in Sevilla? Nächste Woche beginnt doch schon die Fastenzeit!« lachte sie.

»Warum sollten wir nicht in der Fastenzeit heiraten?« entgegnete er, aber sie sah so erschreckt drein, daß er seinen Fehler einsah.

»Das meinte ich natürlich nicht, Liebste, aber bald nach Ostern, so daß wir Ende April reisen könnten. Ich könnte es bestimmt im Büro so einrichten.«

Verträumt lächelte sie bei dieser Vorstellung; aber er erkannte, daß der Traum ihr schon genügte. Es war für sie, wie wenn er ihr aus seinen Geschichtsbüchern von allerhand Schönem vorlas, das sich im wirklichen Leben nie ereignete.

»Sprich weiter, Newland, ich liebe es, wie du dir alles ausmalst.«

»Aber warum soll es nur beim Ausmalen bleiben? Warum soll es nicht Wirklichkeit werden?«

»Das wird es natürlich, Liebster – nächstes Jahr.« Sie zog die Worte hin.

»Möchtest du nicht, daß es sich schon früher verwirklicht? Kann ich dich nicht überreden, dich jetzt schon loszureißen?«

Sie senkte den Kopf, so daß der Hutrand ihr Gesicht seinem Blick entzog.

»Warum sollen wir noch ein ganzes Jahr verträumen? Sieh mich an, Liebste! Verstehst du nicht, wie sehr ich mir wünsche, daß du endlich meine Frau wirst?«

Einen Augenblick blieb sie regungslos; dann hob sie die Augen zu ihm auf, aus denen plötzlich so eine verzweifelte Klarheit sprach, daß er langsam ihre Taille losließ. Plötzlich aber wechselte der Ausdruck ihres Blicks und wurde undurchdringlich tief. »Ich weiß nicht, ob ich dich wirklich verstehe«, sagte sie. »Bist du – bist du vielleicht nicht ganz sicher, ob du mich noch weiter lieben wirst?«

Archer sprang auf. »Mein Gott – vielleicht – ich weiß nicht«, stieß er zornig hervor.

Auch May Welland erhob sich. Wie sie ihm so aufgerichtet gegenüberstand, schien sie ihm plötzlich in weiblicher Haltung und Würde zu wachsen. Beide schwiegen einen Augenblick, bestürzt über die unerwartete Wendung ihres Gesprächs, dann sagte sie mit leiser beherrschter Stimme: »Wenn es so ist – gibt es jemand anderen?«

»Jemand anderen – zwischen dir und mir?« Er sprach ihre Worte langsam nach, als seien sie nur halb verständlich und als brauche er Zeit, sich die Frage zu wiederholen. Sie schien die Unsicherheit in seiner Stimme zu bemerken, denn sie fuhr heftiger fort: »Laß uns offen reden, Newland. Manchmal hatte ich das Gefühl, du seiest anders geworden – besonders seit der Bekanntgabe unserer Verlobung.«

»Liebste – was für ein Wahnsinn!« rief er laut.

Sie setzte seinem Protest ein mattes Lächeln entgegen. »Dann kann es uns ja nichts schaden, wenn wir darüber reden.« Sie hielt inne, hob mit stolzer Bewegung den Kopf und setzte hinzu: »Ja, warum sollten wir nicht darüber reden, selbst wenn es wahr wäre? Du könntest dich doch geirrt haben?«

Er senkte den Kopf und starrte auf das schwarze Blattmuster des besonnten Pfades zu ihren Füßen. »Gewiß, jeder kann sich irren. Doch wenn ich mich so geirrt hätte, wie du meinst, würde ich dich dann wohl so inständig bitten, unsere Heirat zu beschleunigen?«

Auch sie blickte zu Boden und stocherte mit der Spitze ihres Sonnenschirms in dem Schattenmuster der Blätter, während sie nach Worten rang. »Ja«, brachte sie endlich zögernd heraus. »Denn vielleicht möchtest du – ein für allemal – die Sache zur Entscheidung bringen – das ist *ein* Weg.«

Ihre klare Ruhe machte ihn stutzig; er ließ sich aber nicht verleiten, sie darum für gefühllos zu halten. Unter dem Hutrand sah er von der Seite die Blässe ihres Gesichts und ein leises Zittern der Nasenflügel über den mühsam beherrschten Lippen.

»Und?« fragte er, setzte sich auf die Bank und blickte zu ihr auf mit einem Stirnrunzeln, dem er einen scherzhaften Ausdruck zu geben suchte.

Sie setzte sich wieder und fuhr fort: »Du darfst nicht denken, ein Mädchen wisse nur so viel, wie ihre Eltern sich einbilden. Man hört und beobachtet – man hat seine Gefühle und Vorstellungen. Und lange bevor du mir sagtest, du habest mich gern, wußte ich natürlich schon, daß du dich für eine andere Frau interessiertest; vor zwei Jahren sprach in Newport jeder davon. Und einmal sah ich euch bei einem Tanz beide auf der Veranda zusammensitzen – und als sie wieder in den Saal kam, war ihr Gesicht traurig, und da tat sie mir leid. Später, als wir uns verlobten, mußte ich daran denken.«

Ihre letzten Worte waren beinahe zu einem Flüstern geworden; sie saß da, und ihre Hände öffneten und schlossen sich um den Knauf ihres Sonnenschirms. Mit sanftem Druck legte er seine Hände auf ihre; das Herz schwoll ihm vor unaussprechlicher Erleichterung.

»Mein liebes Kind – war es *das*? Wenn du nur die Wahrheit wüßtest!«

Rasch hob sie den Kopf. »Es gibt also noch etwas, was ich nicht weiß?«

Er ließ seine Hände auf ihren liegen. »Ich meinte, die Wahrheit über die alte Geschichte, von der du sprichst.«

»Aber das ist es ja, was ich wissen möchte, Newland – was ich wissen sollte. Ich möchte nicht glücklich werden durch ein Unrecht – eine Unehrlichkeit – gegenüber einem anderen Menschen. Und ich möchte gern, daß du es für dich auch nicht willst. Was für ein Leben würden wir uns auf so einer Grundlage aufbauen?«

Aus ihrem Blick sprach so viel Mut vor dem Unglück, daß er das Gefühl hatte, er müsse vor ihr niederknien. »Ich habe dir das schon lange sagen wollen«, fuhr sie fort. »Wenn zwei Menschen sich wirklich lieben, kann es wohl Situationen geben, in denen sie mit Recht gegen – gegen die öffentliche Meinung handeln sollten. Und wenn du dich in irgendeiner Weise gebunden fühlst – gebunden an die Frau, von der wir gesprochen haben – und wenn es – wenn es eine Möglichkeit gibt, dein Versprechen zu erfüllen – sei es gar durch ihre Scheidung – Newland, dann gib sie nicht um meinetwillen auf!«

Als er sah, daß ihre Befürchtungen einer so fernen, so gänzlich vergangenen Episode wie seiner Affäre mit Mrs. Thorley Rushworth galten, wich seine Überraschung dem Staunen über die Großmut ihrer Ansichten. Es lag etwas Übermenschliches in einer so rücksichtslos freien Haltung, und hätten ihn nicht drängendere Fragen bewegt, hätte er sich dem Staunen vor dem Wunder hingegeben, daß die Tochter der Wellands ihn bat, seine frühere Geliebte zu heiraten. Aber ihn schwindelte noch von dem Blick in den Abgrund, an dessen Rand sie sich bewegt hatten, und ein neues ehrfürchtiges Gefühl vor dem Geheimnis einer Mädchenseele hielt ihn gefangen.

Er fand nicht gleich Worte; dann sagte er: »Es gibt kein Versprechen – keine Verpflichtung – von der Art, wie du denkst. Solche Fälle erweisen sich oft nicht – als ganz so einfach –, aber das spielt keine Rolle. Ich liebe deine Großmut, weil ich in diesen Dingen genauso fühle wie du – ich meine, daß jeder Fall individuell beurteilt werden muß, aus sich selbst heraus – ungeachtet der dummen Konventionen... Ich glaube, daß jede Frau ein Recht auf ihre Freiheit hat –« Er unterbrach sich erschrocken, als er bemerkte, welche Wendung seine Gedanken nahmen; dann lächelte er ihr zu und sprach weiter: »Da du so vieles verstehst, Liebste, kannst du nicht noch ein bißchen weiter gehen und einsehen, wie sinnlos es wäre, uns einer dieser dummen Konventionen zu fügen? Wenn nichts und niemand zwischen uns steht, ist das nicht ein Grund, gleich zu heiraten und nicht länger zu warten?«

Sie erglühte vor Freude und hob das Gesicht zu ihm auf; als er sich über sie beugte, sah er, daß ihre Augen voll Freudentränen waren. Im nächsten Moment jedoch schien sie vom Gipfel ihrer Weiblichkeit wieder zu der Hilflosigkeit und Scheu eines kleinen Mädchens herabgesunken zu sein, und er erkannte, daß sie Mut und Tatkraft nur für andere, nicht aber für sich selbst besaß. Offensichtlich hatte sie das Sprechen viel mehr Anstrengung gekostet, als ihre erzwungene Fassung verriet, und bei seinen ersten sie beruhigenden Worten war sie wieder ganz zu der May geworden, die er kannte, so wie ein waghalsiges Kind sich in die Arme der Mutter flüchtet.

Archer hatte nicht den Mut, weiter in sie zu dringen. Er war zu enttäuscht über das plötzliche Entschwinden dieses neuen Geschöpfes, das ihm aus den durchsichtigen Augen den einen tiefen Blick zugeworfen hatte. May schien seine Enttäuschung zu bemerken, ohne zu wissen, wie sie ihm helfen sollte. So erhoben sie sich und kehrten schweigend heim.

17

»Deine Kusine, die Gräfin, hat Mutter besucht, als du fort warst«, meldete Janey Archer ihrem Bruder bei dessen Rückkehr.

Der junge Mann, der mit Mutter und Schwester allein speiste, blickte erstaunt auf und bemerkte, daß Mrs. Archer den Blick stumm auf den Teller geheftet hielt. Sie war der Meinung, daß ihre Zurückgezogenheit von der Welt kein Grund sei, von ihr vergessen zu werden, und Newland ahnte, daß sie etwas verstimmt war, weil er sich über Madame Olenskas Besuch wunderte.

»Sie trug einen schwarzen Samtpelzrock mit Jettknöpfen und einen winzigen Muff aus grüner Meerkatze; ich habe sie noch nie so elegant gesehen«, fuhr Janey fort. »Sie kam allein am frühen Sonntagnachmittag; zum Glück brannte das Feuer im Wohnzimmer. Sie hatte so ein neues Visitenkartentäschchen. Sie sagte, sie wolle uns gern kennenlernen, weil du so gut zu ihr gewesen seist.«

Newland lachte. »So spricht Madame Olenska immer von ihren Freunden. Sie ist sehr glücklich, wieder hier bei ihrer Familie zu sein.«

»Ja, das sagte sie uns auch«, meinte Mrs. Archer. »Ich muß gestehen, sie schien dankbar, hier zu sein.«

»Ich hoffe, sie hat dir gefallen, Mutter.«

Mrs. Archer kniff die Lippen zusammen. »Sie legt es jedenfalls darauf an, zu gefallen, selbst wenn sie eine alte Dame besucht.«

»Mutter hält sie nicht für so naiv«, warf Janey ein, die Augen fest auf ihren Bruder gerichtet.

»Es ist nur mein altmodisches Gefühl; die liebe May steht meinem Herzen näher«, sagte Mrs. Archer.

»Ach«, sagte ihr Sohn, »sie sind so verschieden.«

Archer hatte St. Augustine verlassen, versehen mit vielen Grüßen an die alte Mrs. Mingott, und so suchte er sie zwei Tage nach seiner Rückkehr in die Stadt auf.

Die alte Dame empfing ihn mit ungewöhnlicher Wärme; sie war ihm dankbar, daß er die Gräfin Olenska überredet hatte, den Gedanken an eine Scheidung aufzugeben. Und als er ihr erzählte, daß er die Kanzlei ohne Urlaub verlassen habe und nach St. Augustine geeilt sei, bloß um May wiederzusehen, da ließ sie ein feistes Kichern hören und tätschelte ihm mit ihrer runden Patschhand die Knie.

»Ach, ach – dann haben Sie also über die Stränge geschlagen, wie? Augusta und Welland haben sicher lange Gesichter gemacht und so getan, als sei das Ende der Welt da? Aber die kleine May – sie wußte es sicher besser, möchte ich wetten.«

»Ich hoffe es, aber sie wollte mir doch nicht die Bitte erfüllen, derentwegen ich hingefahren war.«

»Wollte sie das wirklich nicht? Und worum ging es?«

»Ich wollte ihr Versprechen, daß wir im April heiraten. Was hat es denn für einen Sinn, wenn wir noch ein Jahr vergeuden?«

Mrs. Manson Mingott verzog ihren kleinen Mund zu einer Grimasse aufgesetzter Prüderie und zwinkerte ihm boshaft zu. »›Frag Mama‹ – nicht wahr? Die übliche Geschichte. Ach, diese Mingotts – einer wie der andere! Von Geburt an im selben Gleis, und nicht da herauszukriegen. Als ich dieses Haus hier baute, taten sie, als zöge ich nach Kalifornien! Noch niemand habe hinter der Vierzigsten Straße gebaut – nein, antwortete ich, auch nicht hinter der Battery, bevor Columbus Amerika entdeckte. Nein, nein, nicht einer von ihnen will anders sein – sie haben Angst davor wie vor den Blattern. Ach, mein lieber Mr. Archer, ich danke meinem Schicksal, daß ich nichts als eine gewöhnliche Spicer bin; aber es ist nicht eines unter meinen Kindern, das mir nachschlägt – außer meiner kleinen Ellen.« Sie schwieg, während sie ihm noch immer zuzwinkerte, dann fragte sie mit der unvermittelten Beiläufigkeit alter Menschen: »Warum haben Sie eigentlich nicht meine kleine Ellen geheiratet?«

Archer lachte: »Zunächst einmal, weil sie nicht da war.«

»Nein, natürlich nicht; um so schlimmer. Und jetzt ist's zu spät; ihr Leben ist vorbei.« Sie sagte das mit der kaltblütigen Gelassenheit alter Leute, wenn sie Erde auf das Grab junger Hoffnungen werfen. Das Herz des jungen Mannes überlief ein Frösteln, und er sagte schnell: »Darf ich Sie bitten, Ihren Einfluß bei den Wellands für mich zu verwenden, Mrs. Mingott? Für eine lange Verlobungszeit bin ich nicht geschaffen.«

Die alte Catherine strahlte ihn beifällig an. »Nein, das sehe ich. Sie machen keinen langen Hokuspokus. Als kleiner Junge haben Sie sich sicher immer zuerst bedient.« Sie warf den Kopf zurück und lachte, daß es wie Wellen über ihre Doppelkinne lief. »Ach, da kommt ja meine Ellen!« rief sie, als sich der Vorhang hinter ihr teilte.

Madame Olenska trat lächelnd näher. Sie sah munter und glücklich aus und streckte Archer fröhlich die Hand hin, während sie sich zum Kuß ihrer Großmutter hinunterbeugte.

»Gerade habe ich ihn gefragt, meine Liebe: ›Warum haben Sie eigentlich nicht meine kleine Ellen geheiratet?‹ «

Madame Olenska blickte Archer noch immer lächelnd an. »Und was hat er geantwortet?«

»Oh, mein Liebling, das finde du selbst heraus! Er ist unten in Florida bei seinem Schatz gewesen.«

»Ja, ich weiß.« Sie sah ihn immer noch an. »Ich habe Ihre Mutter besucht, um sie zu fragen, wo Sie sind. Ich hatte Ihnen ein paar Zeilen geschrieben, die Sie nicht beantworteten, und ich fürchtete, Sie seien plötzlich erkrankt.«

Er murmelte etwas von unerwarteter Abreise und Überstürzung und daß er ihr von St. Augustine aus habe schreiben wollen.

»Und als Sie erst einmal dort waren, haben Sie natürlich nicht mehr an mich gedacht!« Sie strahlte ihn immer noch mit einer Fröhlichkeit an, die vielleicht auch nur erkünstelte Gleichmut war.

»Wenn sie mich noch braucht«, dachte er, von ihrem Benehmen gereizt, »ist sie jedenfalls entschlossen, es mir nicht zu zeigen.« Er wollte ihr für den Besuch bei seiner Mutter danken, doch unter den schalkhaften Augen der alten Dame fühlte er sich gehemmt.

»Denk mal an – so eilig hat er es mit dem Heiraten, daß er einfach losstürmte und das dumme Mädel auf den Knien darum anflehte! Das nenne ich mir einen Liebhaber; so hat der schöne Bob Spicer mal meine arme Mutter entführt – und dann war er sie leid, noch ehe ich entwöhnt war – obwohl sie nur acht Monate auf mich zu warten brauchten! Na, aber Sie, Sie sind ja kein Spicer, junger Mann – zum Glück für Sie und May. Nur meine arme Ellen hat noch was von ihrem bösen Blut. Die anderen sind alle vorbildliche Mingotts«, schrie die alte Dame verächtlich.

Archer merkte, daß Madame Olenska, die neben ihrer Großmutter Platz genommen hatte, ihn immer noch forschend anblickte. Die Fröhlichkeit in ihren Augen war erloschen, und sie sagte mit großer Freundlichkeit: »Großmama, wir zwei können sie gewiß dazu überreden, ihm den Wunsch zu erfüllen.«

Archer erhob sich, um zu gehen, und als er Madame Olenska die Hand reichte, fühlte er, daß sie von ihm eine Bemerkung über den unbeantworteten Brief erwartete.

»Wann kann ich Sie sehen?« fragte er, als sie ihn zur Tür begleitete.

»Wann Sie wollen; aber es muß bald sein, wenn Sie das kleine Haus noch einmal sehen möchten. Nächste Woche ziehe ich um.«

Sein Herz krampfte sich zusammen beim Gedanken an das geschmackvoll geschmückte niedrige Wohnzimmer im Lampenschein; die wenigen Stunden dort waren schwer von Erinnerungen.

»Morgen abend?«

Sie nickte. »Morgen, ja; aber zeitig. Ich gehe aus.«

Der nächste Tag war ein Sonntag, und wenn sie Sonntag abends ausging, konnte sie natürlich nur zu Mrs. Struthers gehen. Er verspürte leisen Ärger, nicht so sehr darüber, daß sie dorthin ging – es gefiel ihm sogar, daß sie van der Luydens zum Trotz dort hinging, wohin sie wollte –; sondern weil sie dort bestimmt Beaufort treffen würde, ja sie mußte es vorher gewußt haben und ging wahrscheinlich nur zu diesem Zwecke hin.

»Gut, also morgen abend«, wiederholte er, innerlich entschlossen, nicht zeitig zu ihr zu gehen, und träfe er spät bei ihr ein, würde er sie entweder an dem Besuch bei Mrs. Struthers hindern, oder aber er käme gar erst nach ihrem Fortgehen an – was alles in allem zweifellos die einfachste Lösung wäre.

Es war dann doch erst halb neun, als er an dem Haus mit der Glyzinie die Klingel zog – eine halbe Stunde früher als beabsichtigt; doch eine sonderbare Ratlosigkeit hatte ihn zu ihrer Tür getrieben. Er sagte sich aber, daß Mrs. Struthers' Sonntagabende nicht wie ein Ball seien und ihre Gäste, wie um ihre Schuld dadurch zu verringern, früh hingingen.

Nur hatte er nicht damit gerechnet, beim Betreten der Diele der Gräfin Hüte und Mäntel vorzufinden. Warum hatte sie ihn gebeten, recht früh zu kommen, wenn sie Gäste zum Abendessen hatte? Bei näherer Besichtigung der Kleidungsstücke, neben die Nastasia auch seine legte, wich sein Unwille einer Neugier. Die Mäntel waren wirklich die merkwürdigsten, die er je unter einem anständigen Dach gesehen hatte, und ein einziger Blick überzeugte ihn, daß keiner Julius Beaufort gehörte. Der eine war ein struppiger gelber Ulster »von der Stange«, der andere ein sehr alter, verschossener Havelock, ähnlich denen, die die Franzosen »Macfarlane« nennen. Dieses Kleidungsstück, das für einen Mann von Riesenmaßen angefertigt zu sein schien, hatte offenbar schon manchen Sturm erlebt, und seinen grünlichen Falten entströmte ein feuchter, sägemehlartiger Geruch, der an lange Sitzungen in Wirtshäusern denken ließ. Obenauf lagen ein zerrissener grauer Schal und ein komischer Filzhut von geradezu klerikalem Format.

Archer hob fragend die Augenbrauen, und Nastasia hob ihre als Antwort, äußerte ein fatalistisches »*Già*!« und stieß die Tür zum Wohnzimmer auf.

Der junge Mann bemerkte sofort, daß die Dame des Hauses nicht im Zimmer war. Dann entdeckte er mit Erstaunen eine andere Dame, die am Kaminfeuer stand. Diese Dame, die lang und hager war und schlenkernde Bewegungen hatte, war in ein Gewand gehüllt, an dem Schleifen und Fransen neben einfarbigen Borten, Streifen und Bändern in so planloser Anordnung saßen, daß kein Mensch daraus klug werden konnte. Auf ihrem Haar, das weiß zu werden versucht hatte, dem aber nur auszubleichen gelungen war, thronte ein spanischer Kamm mit schwarzem Spitzenschleier, und seidene Handschuhe, die, wie man deutlich sah, gestopft waren, bedeckten ihre gichtigen Hände.

Neben ihr standen in einer Wolke von Zigarrenrauch die Eigentümer der zwei Mäntel, beide in Vormittagskleidung, die sie offenbar seit dem Vormittag nicht abgelegt hatten. In dem einen erkannte Archer zu seiner Überraschung Ned Winsett; der andere, ältere, der ihm unbekannt war und seinem riesigen Wuchs nach der Träger des »Macfarlane« sein mußte, besaß ein beinahe löwenhaftes Haupt mit wirrem grauem Haar, und er bewegte die Arme mit weiten, fuchtelnden Gebärden, als erteile er einer knienden Menge den Segen.

Diese drei Personen standen zusammen auf dem Kaminvorleger und richteten die Blicke auf ein ungewöhnlich großes Bukett karmesinroter Rosen mit einem Büschel violetter Stiefmütterchen, die auf dem Sofa lagen, auf dem Madame Olenska gewöhnlich saß.

»Was müssen die zu dieser Jahreszeit gekostet haben – aber schließlich kommt es ja nur auf den Gefühlswert an«, sagte die Dame gerade in einem seufzenden Stakkato, als Archer eintrat.

Die drei wandten sich ihm überrascht zu, und die Dame kam ihm mit ausgestreckter Hand entgegen.

»Lieber Mr. Archer – beinahe mein Neffe Newland!« rief sie. »Ich bin die Marquise Manson.«

Archer verbeugte sich, und sie fuhr fort: »Meine Ellen hat mich für ein paar Tage aufgenommen. Ich komme gerade aus Kuba, wo ich den Winter bei spanischen Freunden verbracht habe – so entzückende, vornehme Menschen – der älteste Adel Altkastiliens – ach, wenn Sie sie doch kennenlernen könnten! Aber ich wurde abgerufen von unserem lieben teuren Freund hier, Dr. Carver. Sie kennen Dr. Agathon Carver nicht, den Gründer der Liebestal-Gemeinde?«

Dr. Carver neigte das Löwenhaupt, und die Marquise fuhr fort: »Ach, New York – wie wenig hat New York mit dem geistigen Leben Bekanntschaft gemacht! Doch ich sehe, Sie kennen Mr. Winsett.«

»O ja – *ich* habe mit ihm Bekanntschaft gemacht – schon vor längerer Zeit. Aber nicht auf *dem* Wege«, sagte Winsett mit seinem trockenen Lächeln.

Die Marquise schüttelte den Kopf. »Woher wissen Sie das? Der Geist wehet, wo er will.«

»Höret – o hört!« warf Dr. Carver mit Stentorstimme dazwischen.

»Aber setzen Sie sich doch, Mr. Archer. Wir vier haben zusammen ein köstliches kleines Abendbrot genossen, und meine Kleine ist nach oben gegangen, um sich umzuziehen. Sie hat Sie erwartet – gleich wird sie unten sein. Wir haben gerade diese herrlichen Blumen bewundert – na, sie wird staunen, wenn sie sie sieht.«

Winsett blieb stehen. »Ich muß leider gehen. Bitte sagen Sie Madame Olenska, wir werden alle untröstlich sein, wenn sie unsere Straße verläßt. Dieses Haus ist eine Oase gewesen.«

»Aber sie wird *Sie* nicht verlassen. Dichtung und Kunst sind für sie der Atem des Lebens. Sie schreiben doch Gedichte, Mr. Winsett?«

»Nein. Aber ich lese manchmal welche«, sagte Winsett, nickte der Gruppe kurz zu und glitt aus dem Zimmer.

»Ein ätzender Geist – *un peu sauvage*. Aber sehr witzig. Dr. Carver, Sie halten ihn doch auch für witzig?«

»Ich denke nie an Witz«, antwortete Dr. Carver streng.

»Ach, Sie denken nie an Witz! Wie unbarmherzig er mit uns schwachen Sterblichen ist, Mr. Archer! Aber er führt nur ein Leben im Geiste, und heute abend bereitet er sich innerlich auf den Vortrag vor, den er gleich bei Mrs. Blenker halten wird. Dr. Carver, haben Sie noch Zeit, bevor Sie zu den Blenkers gehen, Mr. Archer Ihre großartige Entdeckung der ›Unmittelbaren Fühlung‹ zu erklären? Aber nein, ich sehe, es ist beinahe neun Uhr, und wir haben natürlich kein Recht, Sie zurückzuhalten, wo so viele auf Ihre Botschaft warten.«

Dr. Carver sah bei diesem Schluß ein wenig enttäuscht aus, doch als er seine gewichtige goldene Uhr mit Madame Olenskas kleiner Reiseuhr verglichen hatte, raffte er widerwillig seine mächtigen Gliedmaßen auf, um sich zu verabschieden.

»Ich sehe Sie doch nachher, liebe Freundin?« bat er, und die Marquise antwortete lächelnd: »Sobald Ellens Wagen da ist, komme ich nach; hoffentlich hat der Vortrag dann noch nicht begonnen.«

Dr. Carver sah Archer nachdenklich an. »Wenn dieser junge Mann an meinen Entdeckungen Interesse haben sollte, wird Ihnen Mrs. Blenker vielleicht gestatten, ihn mitzubringen?«

»Wenn das möglich wäre, lieber Freund – sie würde es bestimmt sehr gern gestatten. Ich fürchte nur, meine Ellen rechnet heute ihrerseits auf Mr. Archer.«

»Das«, sagte Dr. Carver, »ist schade. Aber hier ist meine Karte.« Er reichte sie Archer; in gotischen Lettern stand darauf:

Agathon Carver Liebestal-Gemeinde Kittasquattamy, N. Y.

Dr. Carver verschwand unter Verbeugungen, und mit einem Seufzer, der ebensowohl Bedauern wie Erleichterung ausdrücken konnte, lud Mrs. Manson Archer ein, sich wieder zu setzen.

»Ellen wird gleich unten sein, und bis sie kommt, freue ich mich über diesen ruhigen Augenblick mit Ihnen.«

Archer murmelte, er sei glücklich über ihre Bekanntschaft, und die Marquise fuhr seufzend mit ihrer tiefen Stimme fort: »Ich weiß alles, lieber Mr. Archer – meine Kleine hat mir alles erzählt, was Sie für sie getan haben. Ihr kluger Rat – Ihre couragierte Festigkeit – Gott sei Dank, es war noch nicht zu spät!«

Der junge Mann hörte ziemlich verlegen zu. Gab es irgend jemanden, überlegte er, dem Madame Olenska nicht von seiner Vermittlung in ihrer Privatangelegenheit erzählt haben mochte?

»Madame Olenska übertreibt: Ich habe ihr nur einen juristischen Rat erteilt, wie sie es wünschte.«

»Gewiß, aber indem Sie das taten – indem Sie das taten, waren Sie das unbewußte Werkzeug des – der – was für ein Wort haben wir Heutigen denn für die göttliche Vorsehung, Mr. Archer?« rief die alte Dame, wobei sie den Kopf schräg hielt und geheimnisvoll die Lider sinken ließ. »Sie konnten nicht ahnen, daß sich zur selben Stunde jemand an mich wandte – und zwar dringend – von der anderen Seite des Atlantik!«

Sie warf einen Blick über die Schultern, als fürchte sie, daß jemand sie höre, dann rückte sie den Stuhl näher, legte den zierlichen Elfenbeinfächer an die Lippen und flüsterte: »Der Graf selbst – mein armer, dummer, verrückter Olenski, der nun darum bittet, sie möge zurückkehren – er sei mit allen Bedingungen einverstanden.«

»Großer Gott!« rief Archer und sprang auf.

»Sie sind entsetzt? Natürlich, ich begreife das. Ich verteidige den armen Stanislaus nicht, obschon er mich stets seine beste Freundin genannt hat. Er verteidigt sich selber nicht – er wirft sich ihr zu Füßen – in meiner Person.« Sie tippte gegen ihren flachen Busen: »Ich habe seinen Brief hier.«

»Einen Brief – hat Madame Olenska ihn gesehen?« stammelte Archer: Ihn schwindelte vor Schreck.

Die Marquise Manson schüttelte leicht den Kopf. »Zeit – Zeit – ich brauche Zeit. Ich kenne meine Ellen – hochmütig, halsstarrig – vielleicht sogar ein klein bißchen unversöhnlich.«

»Aber Gott im Himmel, Verzeihen ist eine Sache; aber in diese Hölle zurückkehren –«

»Nun ja, gewiß«, räumte die Marquise ein, »so sieht *sie* die Sache – meine empfindsame Kleine! Doch materiell gesehen, Mr. Archer – falls man sich dazu herablassen darf, die Dinge so anzusehen – wissen Sie, was sie da aufgibt? Solche Rosen wie die auf dem Sofa – hektarweise unter Glas und im Freien, in seinen unvergleichlichen Terrassengärten in Nizza! Juwelen – uralte Perlen – die Sobieski-Smaragde – Pelze – ihr aber, ihr liegt nichts an alledem! Kunst und Schönheit, daran liegt ihr, dafür lebt sie – wie auch ich das stets getan habe; und auch die umgaben sie dort. Bilder, unschätzbare Möbel, Musik, glänzende Gespräche – ach, mein lieber junger Mann, entschuldigen Sie, daß ich das sage, aber davon haben Sie hier keine Vorstellung! Und sie hatte all das – und dazu die Huldigung der Größten. Sie sagt mir, man halte sie in New York nicht für schön – du lieber Himmel! Man hat sie neunmal gemalt – die größten Künstler Europas haben sie um diese Ehre gebeten. Ist das nichts? Und die Reue eines Gatten, der sie anbetet?«

Während die Marquise dem Höhepunkt ihrer Erinnerungen zustrebte, nahm ihr Gesicht einen Ausdruck von Verzückung an, der Archers Heiterkeit erregt hätte, wäre er nicht vor Staunen starr gewesen.

Er hätte gelacht, wenn man ihm vorausgesagt hätte, sein erster Eindruck der armen Medora Manson wäre der einer Botin Satans. Jetzt aber war er nicht in der Stimmung zu lachen, denn sie schien ihm gerade aus jener Hölle zu kommen, der Ellen Olenska entflohen war.

»Sie weiß noch nichts – von alledem?« fragte er unvermittelt.

Mrs. Manson legte einen rotgefärbten Finger an die Lippen. »Eigentlich nichts – aber vermutet sie etwas? Wer weiß? Die Wahrheit ist, Mr. Archer, ich habe nur darauf gewartet, Sie zu sprechen. Von dem Augenblick an, da ich von Ihrem festen Standpunkt und von Ihrem Einfluß auf sie erfuhr, hoffte ich, es sei vielleicht möglich, Ihre Unterstützung zu erhalten – sie zu überzeugen…«

»Daß sie zurückgehen sollte? Lieber würde ich sie tot sehen!« rief der junge Mann heftig.

»Ach«, murmelte die Marquise, ohne sich gekränkt zu zeigen. Eine Weile saß sie in ihrem Sessel und öffnete und schloß den geschmacklosen Elfenbeinfächer zwischen ihren behandschuhten Fingern; doch plötzlich hob sie lauschend den Kopf.

»Jetzt kommt sie«, sagte sie in raschem Flüsterton; dann wies sie auf das Bukett auf dem Sofa: »Soll ich annehmen, daß Sie *das* vorziehen, Mr. Archer? Schließlich ist Ehe Ehe… und meine Nichte ist immer noch eine verheiratete Frau…«

18

»Was heckt ihr beide denn da miteinander aus, Tante Medora?« rief Madame Olenska, als sie in das Zimmer trat.

Sie war wie zu einem Ball gekleidet. Alles an ihr schimmerte und glitzerte sanft, als sei ihr Kleid aus Kerzenschein gewebt; und sie trug den Kopf hoch erhoben wie eine schöne Frau, die einen Saal voller Nebenbuhlerinnen herausfordert.

»Wir stellten eben fest, meine Liebe, daß hier etwas Wundervolles auf dich wartet, um dich zu überraschen«, erwiderte Mrs. Manson, erhob sich und wies schelmisch auf die Blumen.

Die allgegenwärtige Dienerin erschien sofort, und Archer hörte Madame Olenska in einem Italienisch sagen, das sie absichtlich langsam zu sprechen schien, damit er folgen könne: »Hier – wirf das in den Mülleimer!«, und als Nastasia sich zu sträuben schien: »Doch nein – es ist nicht die Schuld der Blumen. Sag dem Jungen, er soll sie zu dem Haus drei Türen weiter bringen, zu Mr. Winsett, dem dunklen Herrn, der zum Essen hier war. Seine Frau ist krank – vielleicht machen sie ihr Freude... Der Junge hat Ausgang, sagst du? Dann lauf selbst, meine Liebe. Hier, nimm meinen Mantel und eile. Das Zeug soll mir sofort aus dem Haus! Und untersteh dich zu sagen, daß sie von mir sind!«

Sie warf dem Mädchen ihren samtenen Theatermantel über die Schultern, kehrte ins Zimmer zurück und schloß heftig die Tür. Ihr Busen hob und senkte sich unter dem Spitzenbesatz, und einen Augenblick befürchtete Archer, sie fange gleich an zu weinen; statt dessen brach sie in ein Lachen aus, blickte von der Marquise zu Archer und fragte kurz: »Und ihr beide – ihr habt euch angefreundet!«

»Das mußt du Mr. Archer fragen, Liebling; er hat geduldig hier gewartet, während du dich umzogst.«

»Ja – ich habe euch lange warten lassen – ich kam mit dem Haar nicht zurecht«, sagte Madame Olenska und hob die Hand an die hochgetürmten Locken ihres *chignon*. »Aber ich sehe, Dr. Carver ist schon gegangen: Du wirst zu spät zu Blenkers kommen – Mr. Archer, würden Sie meine Tante wohl an den Wagen bringen?«

Sie folgte der Marquise in die Diele, half ihr in ein Sammelsurium aus Überschuhen, Schals und Umhängen und rief ihr nach: »Denke daran, daß der Wagen um zehn für mich wieder hier ist!« Dann ging sie ins Wohnzimmer zurück, wo Archer sie, als er wieder eintrat, am Kamin stehen und sich im Spiegel betrachten sah. Es war in der New Yorker Gesellschaft nicht üblich, daß eine Dame ihr Zimmermädchen »meine Liebe« nannte und ihr zu einem Botengang den eigenen Theatermantel umlegte; doch hinter allen tieferen Empfindungen kostete Archer den angenehmen Reiz, sich hier in einer Welt zu befinden, in der die Tat mit so olympischer Schnelligkeit auf die erste Regung folgte.

Madame Olenska rührte sich nicht, als er hinter sie trat, und eine Sekunde lang trafen sich ihre Blicke in dem Spiegel. Dann drehte sie sich um, warf sich in ihre Sofaecke und seufzte: »Es ist gerade noch Zeit für eine Zigarette.«

Er reichte ihr die Schachtel und zündete ihr einen Fidibus an, und als die Flamme vor ihrem Gesicht aufglühte, sah sie ihn mit lachenden Augen an und sagte: »Wie gefalle ich Ihnen, wenn ich wütend bin?«

Archer schwieg einen Augenblick. Dann antwortete er mit plötzlichem Entschluß: »Ich begreife jetzt, was Ihre Tante eben über Sie gesagt hat.«

»Ich wußte, daß sie über mich reden würde. Also?«

»Sie sagte, Sie seien an so vieles gewöhnt – an Pracht und Vergnügungen und geistige Aufregungen –, die wir Ihnen hier niemals zu geben hoffen könnten.«

Madame Olenska lächelte leise in den Rauchkringel.

»Medora ist unverbesserlich romantisch. Sie hat darin ihren Trost für vieles gefunden.«

Archer zögerte, dann wagte er sich weiter vor: »Ist die Romantik Ihrer Tante immer mit der Wahrheit vereinbar?«

»Sie meinen, ob sie lügt?« Sie überlegte. »Nun, ich möchte sagen: In fast allem, was sie sagt, liegt etwas Wahres und etwas Unwahres. Aber weshalb fragen Sie? Was hat sie Ihnen erzählt?«

Er blickte von ihr weg ins Feuer und dann wieder auf ihre schimmernde Gestalt. Sein Herz krampfte sich zusammen bei dem Gedanken, daß dies ihr letzter Abend an diesem Kamin sei und der Wagen bald kommen werde, um sie abzuholen.

»Sie sagt – sie behauptet, Graf Olenski habe sie gebeten, Sie zu überreden, zu ihm zurückzukehren.«

Madame Olenska antwortete nicht. Regungslos saß sie da, die Zigarette in der halberhobenen Hand. Der Ausdruck ihres Gesichts blieb unverändert, und Archer fiel wieder ein, daß ihm ihre Unfähigkeit, Erstaunen zu zeigen, schon bei früheren Gelegenheiten aufgefallen war.

»Sie haben es also gewußt?« platzte er heraus.

Sie schwieg so lange, daß die Asche von ihrer Zigarette fiel. Sie wischte sie auf den Boden. »Sie hat Andeutungen über einen Brief gemacht. Die Ärmste! Medoras Andeutungen –«

»Ist sie auf Bitten Ihres Gatten so plötzlich hierhergekommen?«

Madame Olenska schien auch diese Frage zu überdenken. »Das ist wieder so: Man kann es nicht wissen. Sie erzählte mir, Dr. Carver habe sie ›geistig herbeigerufen‹ – was immer das heißen soll. Ich fürchte, sie wird Dr. Carver heiraten... die arme Medora, sie hat immer jemanden, den sie heiraten möchte. Vielleicht aber wollten die Leute in Kuba sie einfach loswerden. Ich glaube, sie war da so etwas wie eine bezahlte Gesellschafterin. Wirklich, ich weiß nicht, warum sie gekommen ist.«

»Aber Sie glauben, daß sie einen Brief von Ihrem Mann hat?«

Wieder dachte Madame Olenska schweigend nach. Dann sagte sie: »Schließlich war das zu erwarten.«

Der junge Mann stand auf und lehnte sich an den Kamin. Eine plötzliche Unruhe ergriff ihn, und die Zunge war ihm wie gelähmt durch das Gefühl, daß ihre Minuten gezählt waren und daß er jeden Augenblick die Räder des zurückkommenden Wagens hören werde.

»Sie wissen, daß Ihre Tante meint, Sie werden zurückkehren?«

Madame Olenska hob schnell den Kopf. Ein tiefes Rot stieg ihr ins Gesicht und lief ihr über Hals und Schultern. Sie errötete selten, und wenn es geschah, schien es sie zu quälen wie eine Brandwunde.

»Man hat schon manches Schlimme von mir geglaubt«, sagte sie.

»Oh, Ellen – verzeihen Sie mir! Ich bin ein Narr und ein Scheusal!«

Sie lächelte leicht. »Sie sind entsetzlich nervös. Sie haben Ihre eigenen Sorgen. Ich weiß, Sie halten die Wellands für unvernünftig in bezug auf Ihre Hochzeit, und ich gebe Ihnen natürlich recht. In Europa versteht man nicht, daß wir in Amerika so lange verlobt sind; man hat dort wohl nicht so viel Ruhe wie wir.« Sie legte einen schwachen Nachdruck auf das »wir«, so daß es einen ironischen Unterton bekam.

Archer empfand die Ironie, wagte aber nicht, darauf einzugehen. Wer weiß, vielleicht hatte sie das Gespräch mit voller Absicht von ihrer eigenen Angelegenheit abgelenkt, und nachdem er ihr mit seinen letzten Worten offensichtlich so weh getan hatte, empfand er, daß er nichts weiter tun könne, als sich ihrer Führung anzuvertrauen. Aber das Gefühl, daß diese Stunde dahinschwand, ließ ihn verzweifeln: Er konnte den Gedanken nicht ertragen, daß eine Mauer aus Worten sich wieder trennend zwischen sie gelegt haben sollte.

»Ja«, sagte er unvermittelt, »ich bin in den Süden gefahren, um May zu bitten, daß wir gleich nach Ostern heiraten; es gibt nichts, was dagegen spräche.«

»Und May betet Sie an – und dennoch konnten Sie sie nicht überzeugen? Ich dachte, sie wäre zu klug, um Sklavin so lächerlicher Vorurteile zu sein.«

»Dazu ist sie auch zu klug – sie ist nicht deren Sklavin.«

Madame Olenska lachte ihn an. »Nun – dann verstehe ich May nicht.«

Archer errötete und redete überstürzt weiter. »Wir hatten eine offene Aussprache – beinahe unsere erste. Sie hält meine Ungeduld für ein böses Zeichen.«

»Du meine Güte – für ein böses Zeichen?«

»Sie glaubt, es bedeutet, daß ich nicht ganz sicher bin, ob ich sie auch weiterhin lieben werde. Kurz, sie meint: Ich wolle sie nur deshalb sofort heiraten, um von jemandem loszukommen, den ich – mehr liebe.«

Interessiert dachte Madame Olenska darüber nach. »Aber wenn sie das glaubt – warum hat sie es dann nicht ebenso eilig?«

»Weil sie nicht so ist – sie ist so viel nobler. Sie besteht um so mehr auf einem Hinausschieben der Hochzeit, um mir Zeit zu geben –«

»Zeit, um sie einer anderen zuliebe zu verlassen?«

»Wenn ich das will.«

Madame Olenska beugte sich zum Feuer und blickte mit starren Augen hinein. Die stille Straße herauf vernahm Archer den nahenden Trott ihrer Pferde.

»Das ist wirklich edel«, sagte sie mit leisem Zittern.

»Ja, aber es ist lächerlich.«

»Lächerlich? Weil Sie keine andere lieben?«

»Weil ich nicht die Absicht habe, eine andere zu heiraten.«

»Ah.« Wieder trat eine lange Pause ein. Endlich sah sie zu ihm auf und fragte: »Und diese andere Frau – liebt Sie?«

»Ach, es gibt keine andere Frau – ich meine, die Frau, an die May dachte, ist – war nie –«

»Aber warum haben Sie es dann so eilig?«

»Da ist Ihr Wagen«, sagte Archer.

Sie erhob sich halb und sah sich mit leeren Blicken um. Ihr Fächer und ihre Handschuhe lagen auf dem Sofa neben ihr, und sie nahm sie mechanisch auf.

»Ja, ich glaube, ich muß gehen.«

»Sie gehen zu Mrs. Struthers?«

»Ja.« Sie lächelte und setzte hinzu: »Ich muß dorthin gehen, wohin ich eingeladen werde, sonst wäre ich zu einsam. Warum kommen Sie nicht mit?«

Archer hatte das Gefühl, er müsse sie um jeden Preis bei sich halten, er müsse sie dazu bringen, ihm den

Rest des Abends zu schenken. Er überhörte ihre Frage und blieb am Kamin stehen, die Augen fest auf die Hand mit dem Fächer und den Handschuhen geheftet, als wolle er sehen, ob er sie nicht dazu bringen könne, sie fallen zu lassen.

»May hat die Wahrheit erraten«, sagte er. »Es gibt eine andere Frau – aber nicht die, an die sie denkt.«

Ellen Olenska gab keine Antwort und rührte sich nicht. Nach einer Pause setzte er sich neben sie, ergriff ihre Hand und löste sanft ihre Finger, so daß der Fächer und die Handschuhe zwischen ihnen auf das Sofa fielen.

Sie fuhr auf, riß sich los und trat auf die andere Seite des Kamins. »Spielen Sie mir keine Liebe vor!« sagte sie finster. »Das haben schon zu viele getan.«

Archer erblaßte und stand ebenfalls auf: Sie hätte ihn nicht herber zurückweisen können. »Ich habe Ihnen niemals Liebe vorgespielt«, sagte er, »und ich werde es nie tun. Aber Sie sind die Frau, die ich hätte heiraten sollen, wenn es für uns beide möglich gewesen wäre.«

»Für uns beide möglich?« Sie sah ihn aufrichtig erstaunt an. »Und das sagen Sie, wo Sie es doch sind, der es unmöglich gemacht hat?«

Er starrte sie an, sich durch eine Finsternis tastend, die ein einziger Lichtstrahl blendend zerriß.

»Ich habe es unmöglich gemacht?«

»Sie, Sie, ja Sie!« schrie sie, und ihre Lippen zitterten wie die eines Kindes, ehe es in Tränen ausbricht. »Haben Sie mich nicht dazu gebracht, den Gedanken an die Scheidung aufzugeben – weil Sie mir zeigten, wie selbstsüchtig und böse das sei, daß man sich opfern müsse, um die Würde der Ehe zu retten... und seiner Familie die Öffentlichkeit und Schande zu ersparen? Und da meine Familie auch Ihre werden sollte – um Mays willen und um Ihretwillen – tat ich, was Sie mir rieten, was Sie mir als das Richtige bewiesen. Ach –«, brach es mit einem plötzlichen Lachen aus ihr hervor, »ich habe kein Hehl daraus gemacht, daß ich es für Sie tat!«

Sie sank auf das Sofa zurück, wo sie, umspült von den Wellen ihres Festkleides, wie eine hingeworfene Maskenpuppe hocken blieb; und er stand am Kamin und starrte sie noch immer reglos an.

»Mein Gott«, stöhnte er. »Als ich dachte –«

»Was?«

»Ach, fragen Sie mich nicht, was ich dachte!«

Da sah er, wie dasselbe brennende Rot über ihren Hals bis in ihr Gesicht flammte. Sie saß aufrecht da und blickte ihn mit starrer Würde an.

»Ich frage Sie aber.«

»Also gut. Es standen Dinge in dem Brief, den ich zu lesen bekam –«

»In dem Brief meines Mannes?«

»Ja.«

»Ich hatte von dem Brief nichts zu befürchten: absolut nichts! Befürchten mußte ich nur eins: Aufsehen zu erregen und Schande über die Familie zu bringen – über Sie und May!«

»Mein Gott!« stöhnte er wieder und vergrub das Gesicht in den Händen.

Ein Schweigen legte sich mit dem ganzen Gewicht des unwiderruflich Endgültigen auf sie. Archer hatte das Gefühl, als laste es auf ihm wie ein Grabstein; in der ganzen weiten Zukunft sah er nichts, was ihm je diese Last vom Herzen wälzen konnte. Er rührte sich nicht von der Stelle, hob den Kopf nicht aus den Händen; verborgen starrten seine Augen weiter in schwärzeste Finsternis.

»Zumindest liebte ich dich –«, stieß er mühsam hervor.

Von der anderen Seite des Kamins, aus der Sofaecke, wo sie immer noch kauern mußte, vernahm er ein leises unterdrücktes Weinen wie von einem Kind. Er fuhr auf und trat neben sie.

»Ellen! Was für ein Wahnsinn! Warum weinst du? Nichts ist geschehen, was sich nicht ändern ließe. Noch bin ich frei, und du wirst es bald sein.« Er hielt sie in den Armen, spürte ihr Gesicht wie eine betaute Blume an seinen Lippen, und alle ihre Ängste schwanden wie Gespenster vor der Sonne. Ihn wunderte jetzt einzig, daß er auch nur fünf Minuten lang über die ganze Breite des Zimmers hinweg mit ihr hatte streiten können, wenn nur dadurch, daß er sie berührte, alles so einfach wurde.

Sie erwiderte seinen Kuß, aber im nächsten Augenblick fühlte er, wie sie in seinen Armen erstarrte, und sie schob ihn fort, stand auf und zupfte ihre Haare zurecht.

»Ach, mein armer Newland – dies hat wohl so kommen müssen. Aber es ändert die Dinge nicht im geringsten«, sagte sie, nun ihrerseits vom Kamin auf ihn herabblickend.

»Es ändert das ganze Leben für mich.«

»Nein, nein – das darf es nicht, das kann es nicht. Du bist mit May Welland verlobt, und ich bin verheiratet.«

Auch er stand auf, glühend und fest entschlossen. »Unsinn! Dazu ist es jetzt zu spät. Wir haben kein Recht, anderen oder uns etwas vorzulügen. Wir brauchen nicht von deiner Ehe zu reden – aber kannst du dir vorstellen, daß ich May jetzt noch heirate?«

Sie stand schweigend da, die zarten Ellbogen auf den Kaminsims gestützt; der Spiegel hinter ihr zeigte ihr Profil. Eine Flechte ihres *chignon* hatte sich gelöst und hing über ihren Nacken herab; sie sah verhärmt und beinahe alt aus.

»Ich kann mir nicht vorstellen«, sagte sie endlich, »wie du May das sagen willst. Du vielleicht?«

Er zuckte gleichgültig die Achseln. »Es ist zu spät, etwas anderes zu tun.«

»Du sagst das, weil es im Augenblick das Einfachste ist, was man sagen kann – nicht weil es wahr ist. In Wirklichkeit ist es zu spät, etwas anderes zu tun als das, was wir beide beschlossen hatten.«

»Ach, ich verstehe dich nicht!«

Sie zwang sich ein mitleidiges Lächeln ab, das ihr Gesicht zusammenzog, statt es zu glätten. »Du verstehst nicht, weil du noch nicht ahnst, wie sehr du alles für mich verändert hast: Ach, vom ersten Tage an – lange bevor ich wußte, was du alles getan hast.«

»Was ich getan habe?«

»Ja. Ich hatte zunächst keine Ahnung, daß die Leute hier mir aus dem Weg gingen – daß sie mich für ein verwerfliches Geschöpf hielten. Sie haben sich wohl sogar geweigert, mir auf einem Abendempfang zu begegnen. Ich habe das erst später erfahren: wie du deine Mutter zu den van der Luydens mitnahmst, und wie du darauf drängtest, deine Verlobung auf dem Ball bei Beaufort bekanntzugeben, damit zwei Familien für mich eintreten könnten, anstatt einer –«

Er mußte bei den Worten laut lachen.

»Stell dir nur vor«, sagte sie, »wie dumm und unachtsam ich war! Ich wußte nichts von alledem, bis Großmama eines Tages damit herausplatzte. New York bedeutete für mich einfach Frieden und Freiheit – ich kam nach Hause zurück. Und ich war so glücklich, wieder bei meiner Familie zu sein, daß mir jeder gut und freundlich erschien und froh, mich kennenzulernen. Doch von Anfang an merkte ich«, fuhr sie fort, »daß niemand so freundlich war wie du; niemand, der mir das Notwendige, das zuerst so schwer und – unnötig schien, so begründete, daß ich es verstand. Die Menschen, die nichts als gut waren, überzeugten mich nicht; ich fühlte, daß sie nie in Versuchung geraten waren. Du aber kanntest und verstandest mich; du hattest gefühlt, wie die Welt an einem zerrt mit allen ihren goldenen Händen – und dennoch haßtest du das, was sie von einem verlangt. Du lehntest ein Glück ab, das durch Verrat und Grausamkeit und Gleichgültigkeit erkauft wird. Das hatte ich vorher nicht gewußt – und es ist besser als alles, was ich gewußt habe.«

Sie sprach mit leiser, gleichmäßiger Stimme, ohne Tränen oder sichtbare Erregung: jedes Wort fiel langsam von ihren Lippen und tropfte wie siedendes Blei in seine Brust.

Er saß vornüber gebeugt, den Kopf zwischen den Händen, und starrte auf den Kaminvorleger und auf die Spitze ihres Satinschuhs, der unter ihrem Kleid hervorschaute. Plötzlich kniete er nieder und küßte den Schuh.

»Ach, laß uns nicht zerstören, was du aufgerichtet hast!« rief sie. »Ich kann nicht mehr so denken, wie ich früher dachte. Ich kann dich nur lieben, wenn ich dich aufgebe.«

Er streckte verlangend die Arme zu ihr empor; aber sie wich zurück, und sie blieben so einander zugewandt, getrennt durch den Raum, den sie mit ihren Worten erschaffen hatten. Dann plötzlich lief sein Zorn über.

»Und Beaufort? Soll er meinen Platz einnehmen?«

Als ihm die Worte entfuhren, erwartete er, daß nun auch sie zornig aufbrausen würde; ja, es wäre ihm willkommen gewesen als Nahrung für seinen eigenen Zorn. Madame Olenska aber wurde nur um einen Schatten bleicher; sie stand mit hängenden Armen da und hielt den Kopf leicht geneigt, wie es ihre Art war, wenn sie über eine Frage nachdachte.

»Er wartet doch jetzt bei Mrs. Struthers auf dich. Warum gehst du nicht zu ihm?« höhnte Archer.

Sie drehte sich um und klingelte. »Ich werde heute abend nicht ausfahren. Sag dem Kutscher, er soll die Signora Marchesa abholen«, teilte sie dem Mädchen mit.

Als die Tür sich wieder geschlossen hatte, blickte Archer sie immer noch mit bitteren Augen an. »Warum dieses Opfer? Da du mir sagst, daß du einsam bist, habe ich kein Recht, dich deinen Freunden zu entziehen.«

Sie lächelte matt unter nassen Wimpern. »Ich werde nicht mehr einsam sein. Ich *war* einsam; ich *hatte* Angst. Aber die Leere und die Finsternis sind fort: Wenn ich jetzt bei mir Einkehr halte, bin ich wie ein Kind, das abends in ein Zimmer geht, in dem immer ein Licht brennt.«

Ihr Ton und ihr Blick hielten sie weiter in sanfter Unnahbarkeit, und Archer stöhnte wieder: »Ich verstehe dich nicht!«

»Aber May verstehst du!«

Er errötete bei ihrer Antwort, wandte aber den Blick nicht von ihr. »May ist bereit, mich freizugeben.

»Was! Drei Tage, nachdem du sie kniefällig angefleht hast, die Hochzeit zu beschleunigen?«

»Sie hat sich geweigert; das gibt mir das Recht –«

»Ach, du hast mich gelehrt, was für ein häßliches Wort das ist«, sagte sie.

Er wandte sich mit dem Gefühl äußerster Müdigkeit um: Ihm war, als habe er sich stundenlang eine steile Felswand hinaufgekämpft, und nun, da er eben mühsam die Höhe erreicht hatte, habe er den Halt verloren und stürze kopfüber in die Finsternis.

Hätte er sie nur wieder in seine Arme ziehen können, dann hätte er ihre Argumente vielleicht hinweggefegt; noch immer aber hielt sie ihn durch etwas rätselhaft Unerreichbares in Blick und Haltung und durch seine eigene Scheu vor ihrer Lauterkeit auf Distanz. Aber schließlich begann er wieder, auf sie einzureden.

»Wenn wir jetzt so handeln, wie du es möchtest, wird es später desto schlimmer – schlimmer für jeden – .«

»Nein – nein – nein!« schrie sie beinahe, als habe er sie erschreckt.

Im selben Moment tönte ein langes Klingeln durch das Haus. Sie hatten keinen Wagen vor der Tür halten hören und blieben regungslos und mit erschrockenen Augen voreinander stehen.

Draußen ging Nastasia durch die Diele, die Haustür wurde geöffnet, und im nächsten Augenblick trat das Mädchen mit einem Telegramm ein, das sie der Gräfin Olenska reichte.

»Die Dame hat sich über die Blumen sehr gefreut«, sagte Nastasia und strich sich über die Schürze. »Sie dachte, ihr *signor marito* hätte sie geschickt, und sie weinte ein bißchen und sagte, es wäre eine Verrücktheit.«

Ihre Herrin lächelte und nahm den gelben Umschlag. Sie riß ihn auf und trat mit ihm an die Lampe; als die Tür sich wieder geschlossen hatte, reichte sie Archer das Telegramm.

Es kam aus St. Augustine und war an die Gräfin Olenska gerichtet. Er las: »Großmamas Telegramm erfolgreich Papa und Mama einverstanden Heirat nach Ostern ich telegrafiere Newland bin überglücklich und liebe Dich sehr Deine dankbare May.«

Als Archer eine halbe Stunde später seine eigene Haustür aufschloß, fand er auf dem Dielentisch einen ähnlichen Umschlag oben auf einem Stoß von Briefen und Mitteilungen. Die Nachricht in dem Umschlag war gleichfalls von May Welland und lautete: »Eltern einwilligen Hochzeit Dienstag nach Ostern um zwölf Grace Church acht Brautjungfern bitte besuche Pfarrer Deine glückliche May.«

Archer zerknüllte den gelben Bogen, als könne er mit dieser Bewegung die Nachricht ungültig machen. Dann zog er einen kleinen Taschenkalender hervor und blätterte mit zitternden Fingern darin; aber er fand nicht, was er suchte, stopfte das Telegramm in die Tasche und stieg die Treppe hinauf.

Ein Lichtstrahl drang aus dem kleinen Dielenzimmer, das Janey als Ankleideraum und Boudoir diente, und ihr Bruder klopfte ungeduldig an. Die Tür öffnete sich, und seine Schwester stand vor ihm in ihrem uralten roten Flanellschlafrock; ihr Haar war aufgesteckt, und ihr Gesicht wirkte blaß und besorgt.

»Newland! Es steht doch nichts Schlimmes in dem Telegramm? Ich habe absichtlich noch gewartet für den Fall –« (Kein Stück seiner Korrespondenz war vor Janey sicher.)

Er beachtete die Frage nicht. »Sag mal – wann ist dieses Jahr Ostern?«

Sie war entsetzt über so viel unchristliches Nichtwissen. »Ostern? Newland! Natürlich in der ersten Aprilwoche. Warum?«

»In der ersten Woche?« Er blätterte wieder in seinem Notizkalender und rechnete hastig flüsternd nach. »In der ersten Woche, sagst du?« Mit einem langen Gelächter warf er den Kopf zurück.

»Um Gottes willen, was ist geschehen?«

»Nichts ist geschehen – außer daß ich in einem Monat heirate.«

Janey fiel ihm um den Hals und drückte ihn an ihre rotflanellene Brust. »Oh, Newland, wie herrlich! Ich bin ja so glücklich! Aber, Lieber, warum lachst du denn in einem fort? Sei still, sonst weckst du noch Mama!«

Zweites Buch

19

Der Tag war frisch, und ein lebhafter Frühlingswind wirbelte den Staub auf. Alle alten Damen der beiden Familien hatten ihre verblichenen Zobel und vergilbten Hermeline hervorgeholt, und der Kampfergeruch aus den vordersten Kirchenbänken erstickte fast den schwachen Frühlingsduft der Lilien am Altar.

Auf ein Zeichen des Küsters war Newland Archer aus der Sakristei der Grace Church getreten und hatte sich mit seinem Trauzeugen auf die Kanzelstufe gestellt.

Das Zeichen bedeutete, daß die Kutsche mit der Braut und ihrem Vater in Sicht war; gewiß aber verging noch eine beträchtliche Zeit mit den Anordnungen und Beratungen in der Vorhalle, wo die Brautjungfern bereits wie ein Tuff Frühlingsblüten umherschwebten. Während dieser unvermeidlichen Pause mußte sich der Bräutigam zum Beweis seiner Ungeduld allein den Blicken der Versammelten stellen, und Archer hatte diese Formalitäten ebenso resigniert über sich ergehen lassen wie alle anderen, die aus einer New Yorker Hochzeit im neunzehnten Jahrhundert einen Ritus machten, der dem Dunkel der Geschichte anzugehören schien. Alles war gleichermaßen einfach – oder gleichermaßen beschwerlich, wie man's nahm – an dem Weg, der ihm vorgeschrieben war; und er befolgte die aufgeregten Anweisungen seines Trauzeugen ebenso gehorsam, wie andere Bräutigame seine eigenen befolgt hatten, als er sie durch dasselbe Labyrinth geführt hatte.

Er war ziemlich sicher, bisher alle Pflichten erfüllt zu haben. Die acht Buketts aus weißem Flieder und Maiglöckchen für die Brautjungfern waren rechtzeitig eingetroffen, ebenso die saphirgeschmückten goldenen Manschettenknöpfe der acht Zeremonienmeister und die Krawattennadel des Trauzeugen mit dem Chrysoberyll. Die halbe Nacht war Archer aufgeblieben, um Freunden und Freundinnen für ihre Geschenke in möglichst abwechslungsreichen Worten zu danken. Die Honorare für Bischof und Pfarrer befanden sich in der Tasche des Trauzeugen; sein eigenes Gepäck war bereits bei Mrs. Manson Mingott, wo das Hochzeitsfrühstück stattfinden sollte und wo auch sein Reiseanzug zum Umziehen bereitlag; ein Privatabteil war in dem Zug bestellt, der das junge Paar an das unbekannte Ziel führen sollte – die Geheimhaltung des Ortes, wo die Brautnacht verbracht wurde, galt als eines der heiligsten Tabus in dem ganzen prähistorischen Ritual.

»Hast du auch den Ring?« flüsterte der junge van der Luyden-Newland, der in den Pflichten eines Trauzeugen noch unerfahren war und von der Wucht seiner Verantwortung fast erdrückt wurde.

Archer tat das gleiche, was er so manchen Bräutigam vor ihm hatte tun sehen: Er faßte mit der unbehandschuhten Rechten in die Tasche seiner dunkelgrauen Weste und versicherte sich, daß der kleine Goldreif (mit der Innengravierung *Newland seiner May, April 187-*) noch da war, dann nahm er die vorige Stellung wieder ein, den Zylinder und die perlgrauen, schwarzgesteppten Handschuhe in der Linken, und blickte zu der Kirchentür.

Über ihm schwoll majestätisch der Festmarsch Händels durch das imitierte Steingewölbe und trug auf seinen Wogen die blassen Schatten all der Trauungen mit sich, bei denen er mit heiterer Gleichgültigkeit von derselben Kanzelstufe aus andere Bräute das Kirchenschiff hinunter auf ihren Bräutigam hatte zuschweben sehen.

»Genau wie bei einer Opernpremiere!« dachte er, als er alle dieselben Gesichter in denselben Logen – vielmehr Kirchenbänken – erkannte und sich fragte, ob wohl auch am Jüngsten Tag beim Klang der Posaune des Gerichts Mrs. Selfridge Merry mit denselben riesigen Straußenfedern auf der Haube dasitzen würde, und Mrs. Beaufort mit denselben Diamantohrringen und demselben Lächeln, und ob wohl die besten Plätze im Jenseits auch schon für sie reserviert wären.

Danach war noch genügend Zeit, eines nach dem anderen die wohlbekannten Gesichter in der ersten Reihe zu betrachten: die Frauen, angespannt vor Neugier und Erregung, die Männer, mürrisch, weil sie schon vor dem Lunch im Gehrock dasitzen mußten und an das Gedränge und den Kampf um das Hochzeitsfrühstück dachten.

»Zu schade, daß das Frühstück bei der alten Catherine stattfindet«, sagte wahrscheinlich Reggie Chivers gerade. »Aber Lovell Mingott soll wenigstens darauf bestanden haben, daß sein eigener Koch es zubereitet; es sollte also gut sein – wenn man bloß herankommt.« Und Archer stellte sich vor, wie der allwissende Sillerton Jackson entgegnete: »Mein Lieber, haben Sie denn nicht gehört, daß wir nicht zu stehen brauchen? Es wird nach neuester englischer Mode an kleinen Tischen serviert.«

Archers Blick verharrte kurz bei der Bank ganz links, wo seine Mutter, die die Kirche an Henry van der Luydens Arm betreten hatte, leise weinend unter ihrem Chantillyschleier saß, die Hände in dem von ihrer Großmutter ererbten Hermelinmuff.

»Die arme Janey!« dachte er beim Anblick seiner Schwester, »selbst wenn sie den Kopf noch so sehr verdreht, kann sie doch nur die ersten paar Reihen sehen, und dort sitzen fast nur die uneleganten Newlands und Dagonets.«

Auf der anderen Seite des weißen Bandes, das die für die Familienmitglieder reservierten Plätze absperrte, sah er Beaufort, groß und mit rotem Gesicht, der anmaßend wie immer die Frauen anstarrte. Neben ihm, ganz silberweißer Chinchilla und Veilchen, thronte seine Gattin, und am anderen Ende des Bandes schien Lawrence Lefferts' glatter Scheitel Wache zu halten vor den »guten Formen« – jener unsichtbaren Gottheit, die bei der ganzen Zeremonie den Vorsitz führte.

Archer überlegte, wieviele Verstöße Lawrence Lefferts' scharfes Auge wohl in dem Ritual seiner Gottheit entdecken mochte; dann fiel ihm ein, daß auch ihm solche Fragen einmal wichtig waren. Alles, was seine Tage früher ausgefüllt hatte, erschien ihm jetzt wie eine alberne Parodie auf das eigentliche Leben oder wie die Streitereien mittelalterlicher Theologen über metaphysische Begriffe, die niemand je verstand. Eine stürmische Diskussion darüber, ob man die Hochzeitsgeschenke zur Schau stellen solle oder nicht, hatte die letzten Stunden vor der Trauung verdüstert; es schien Archer unbegreiflich, wie erwachsene Menschen über solche Kleinigkeiten sich so aufregen konnten, bis die Angelegenheit von Mrs. Welland, die dagegen war und vor Entrüstung weinte, endlich entschieden wurde: »Dann könnte ich mir ja ebensogut die Reporter ins Haus holen.« Dennoch hatte auch Archer einmal energische und aggressive Ansichten zu derartigen Problemen gehabt, und in allem, was die Sitten und Gebräuche seines kleinen Stammes anging, hatte er eine welterschütternde Bedeutung gesehen.

»Und die ganze Zeit«, so überlegte er, »lebten doch irgendwo wirkliche Menschen und hatten wirkliche Erlebnisse.«

»Da kommen sie!« hauchte aufgeregt der Trauzeuge, doch der Bräutigam wußte es besser.

Das vorsichtige Öffnen der Kirchentür bedeutete nur, daß Mr. Brown, der Fuhrhalter (in schwarzer

Tracht im Nebenberuf Küster), erst einen Blick über den Schauplatz warf, ehe er seine Streitkräfte ordnete. Die Tür wurde leise wieder geschlossen, und nach einer weiteren Pause schwang sie dann majestätisch auf, und durch die Kirche lief ein Gemurmel: »Die Familie!«

Mrs. Welland kam zuerst, am Arm ihres ältesten Sohnes. Ihr breites, rosiges Gesicht zeigte den geziemenden Grad von Feierlichkeit, und ihr pflaumenfarbenes Satinkleid mit den zartblauen Biesen und die blauen Straußenfedern auf der kleinen Satinhaube fanden allgemein Beifall. Doch bevor sie sich mit hoheitsvollem Rascheln in der Kirchenbank gegenüber der von Mrs. Archer niedergelassen hatte, verrenkten sich die Zuschauer den Hals, um zu sehen, wer hinter ihr folgte. Am Tage zuvor waren wilde Gerüchte im Umlauf gewesen, daß Mrs. Manson Mingott trotz ihrer körperlichen Behinderung beschlossen habe, bei der Trauungsfeier zugegen zu sein. Diese Idee entsprach so sehr ihrem unternehmungslustigen Wesen, daß man in den Klubs hohe Wetten darüber abschloß, ob sie imstande sei, zu Fuß durch das Kirchenschiff zu gehen und sich in einen der Sitze zu quetschen. Man wußte, daß sie darauf bestanden hatte, ihren Haustischler in die Kirche zu schicken, damit er nachsähe, ob das Seitenteil der vordersten Kirchenbank nicht herausgenommen werden könne, und den Zwischenraum zwischen Sitz und Bankvorderseite ausmesse; das Ergebnis war aber entmutigend gewesen, und einen ganzen Tag lang hatte die Familie voll Sorge zugesehen, wie sie mit dem Plan spielte, sich in ihrem mächtigen Rollstuhl in die Kirche schieben zu lassen, um am Fuße der Kanzel thronend Aufstellung zu nehmen.

Der Gedanke, sie könne ihre ungeheuren Körpermassen derart zur Schau stellen, war ihren Verwandten so peinlich, daß sie den findigen Menschen mit Gold hätten aufwiegen mögen, der plötzlich die Entdekkung machte, daß der Stuhl zu breit war, um zwischen den Eisenstangen hindurchzupassen, die den Zeltgang stützten, der vom Bordstein zum Kirchportal führte. Diesen Zeltgang fortzulassen und die Braut dem Pöbel der Schneiderinnen und Zeitungsreporter auszusetzen, die sich von außerhalb an die Leinwand heranzukämpfen suchten, das überstieg sogar den Wagemut der alten Catherine, obwohl sie die Möglichkeit einen Augenblick erwogen hatte. »Man könnte dann ja mein Kind photographieren und *das Bild in die Zeitungen bringen*!« hatte Mrs. Welland gerufen, als man ihr den letzten Plan ihrer Mutter hinterbracht hatte, und vor dieser unglaublichen Schamlosigkeit war die Sippe mit kollektivem Schauder zurückgewichen. Die Ahne hatte nachgeben müssen; ihr Zugeständnis war indes nur durch das Versprechen erkauft worden, daß das Hochzeitsfrühstück unter ihrem Dach stattfände, obschon, wie die Familie vom Washington Place meinte, das Wellandsche Haus so nahe liege und es Unsinn sei, Brown extra dafür zu bezahlen, daß er sie alle bis ans andere Ende der Welt kutschiere.

Dieses ganze Hin und Her war zwar von den Jacksons weiterverbreitet worden, eine sensationslüsterne

Minderheit aber hielt immer noch an dem Glauben fest, die alte Catherine werde doch in der Kirche erscheinen, und es war ein deutlicher Temperatursturz wahrzunehmen, als man sah, daß sie durch ihre Schwiegertochter vertreten wurde. Mrs. Lovell Mingott zeigte die erhöhte Farbe und den glasigen Blick aller Damen ihres Alters und ihrer Natur, wenn sie in ein neues Kleid hineingezwängt werden; sobald aber die durch das Ausbleiben ihrer Schwiegermutter verursachte Enttäuschung überwunden war, gab jeder zu, daß ihr schwarzer Chantilly über dem lila Satin mit der Haube aus Parmaveilchen den glücklichsten Gegensatz zu Mrs. Wellands Blau und Violett bildeten. Ganz anders war der Eindruck, den die an Mr. Mingotts Arm geziert einherschreitende hagere Dame hervorrief, die in ein wildes Durcheinander aus Streifen, Fransen und Tüchern gehüllt war; als diese Erscheinung in Archers Sichtfeld glitt, zog sich sein Herz zusammen und stockte.

Er hatte als sicher angenommen, daß die Marquise Manson noch in Washington sei, wohin sie vor etwa vier Wochen mit ihrer Nichte, Madame Olenska, gefahren war. Man glaubte allgemein, ihre plötzliche Abreise sei der Absicht Madame Olenskas entsprungen, ihre Tante der unheilvollen Beredsamkeit Dr. Agathon Carvers zu entziehen, dem es fast gelungen war, sie als Mitglied der Liebestal-Gemeinde zu gewinnen; unter diesen Umständen hatte niemand mit der Rückkehr der beiden Damen zur Hochzeit gerechnet. Einen Augenblick starrte Archer auf Medoras phantastische Erscheinung und suchte angestrengt zu erkennen, wer hinter ihr käme; aber der kleine Aufzug war durch, denn alle weniger vornehmen Familienmitglieder hatten ihre Plätze bereits eingenommen, und die acht hochgewachsenen Zeremonienmeister zogen sich wie Vögel oder Insekten vor einem weiten Flug zusammen und schlüpften durch die Seitentüren in die Vorhalle.

»Newland – *sieh doch, da ist sie!*« flüsterte der Trauzeuge.

Archer riß sich erschrocken zusammen.

Eine lange Zeit war offenbar vergangen, seit sein Herz zu schlagen aufgehört hatte, denn der Zug in Weiß und Rosa war schon halb das Kirchenschiff herunter, der Bischof, der Pfarrer und die zwei weißgekleideten Chorknaben umschwebten schon den blumengeschmückten Altar, und die Symphonie von Spohr streute ihre ersten Akkorde wie Blüten vor die Braut.

Archer öffnete die Augen – hatte er sie wirklich so lange geschlossen, wie er dachte? – und fühlte, wie sein Herz langsam wieder zu schlagen begann. Die Musik, der Lilienduft vom Altar her, der Anblick der näher und näher heranschwebenden Wolke aus Tüll und Orangenblüten, das Gesicht seiner Mutter, das sich plötzlich, vor Glück schluchzend, verkrampfte, das leise Segensgemurmel des Pfarrers, die geordnete Aufstellung der acht rosaroten Brautjungfern und acht schwarzen Zeremonienmeister – alle diese Geräusche, Bilder und Empfindungen, die ihm doch so wohlbekannt waren, erschienen ihm jetzt in ihrer neuen Beziehung zu ihm so unaussprechlich fremd und bedeutungslos, daß sie sich in seinem Hirn verwirrten.

»Mein Gott«, dachte er, »habe ich denn auch den Ring?«, und wieder vollführte er die Zwangsbewegung jedes Bräutigams.

Dann stand May auf einmal neben ihm, und es strahlte solch ein Glanz von ihr aus, daß eine leise Wärme durch seine tauben Glieder strömte. Er richtete sich auf und lächelte ihr in die Augen.

»Geliebte im Herrn! Wir sind hier versammelt...«, begann der Pfarrer.

Der Ring war an ihrer Hand, der Bischof hatte den Segen erteilt, die Brautjungfern machten Anstalten, ihren Platz im Zuge wieder einzunehmen, und die Orgel gab Anzeichen von sich, daß sie gleich in den Hochzeitsmarsch ausbrechen werde, ohne den kein neuvermähltes Paar die Kirche verlassen durfte.

»Deinen Arm – *reich ihr doch deinen Arm*!« zischte der junge Newland aufgeregt, und wieder wurde Archer gewahr, daß er sich irgendwohin weit ins Unbekannte hatte forttreiben lassen. Was war es, was ihn so abgelenkt hatte, fragte er sich. Vielleicht der flüchtige Blick auf einen Hut und dunklen Haarwulst mitten unter den fremden Zuschauern im Querschiff? Im nächsten Augenblick hatte er erkannt, daß es sich um eine unbekannte Dame mit langer Nase handelte, deren Gesicht dem, an das er hatte denken müssen, so lächerlich unähnlich war, daß er sich fragte, ob er unter Halluzinationen litte.

Jetzt schritt er mit seiner Frau langsam das Kirchenschiff entlang, dahingetragen auf den leichten Mendelssohnschen Wogen, der Frühling winkte ihnen durch das weit geöffnete Portal zu, und Mrs. Wellands Braune mit den großen weißen Seidenschleifen am Stirnband tänzelten stolz wiehernd am fernen Ende des Zeltgangs.

Der Lakai, der eine noch größere Seidenschleife am Rockaufschlag trug, legte May den weißen Mantel um die Schultern, und Archer sprang in die Kutsche neben sie. Mit strahlendem Lächeln wandte sie sich ihm zu, und er umschloß ihre Hände unter ihrem Schleier.

»Liebste!« sagte Archer – da gähnte plötzlich wieder der finstere Abgrund vor ihm, und er fühlte, wie er immer tiefer hineinsank, während seine Stimme glatt und fröhlich drauflos schnurrte: »Ja, natürlich dachte ich, ich hätte den Ring verloren; es würde ja etwas an der Hochzeit fehlen, wenn der arme Teufel von Bräutigam *die* Angst nicht ausstände. Aber du hast mich wirklich warten lassen, weißt du! Ich mußte immerfort daran denken, was für entsetzliche Dinge passiert sein könnten.«

Zu seiner Überraschung schlang sie ihm mitten auf der Fifth Avenue die Arme um den Hals. »Aber jetzt *kann* nichts mehr passieren, nicht wahr, Newland, solange wir beieinander sind?«

Jede Einzelheit des Tages war so sorgfältig bedacht worden, daß das junge Paar nach dem Hochzeitsfrühstück noch reichlich Zeit hatte, die Reisekleider anzulegen, die breite Mingottsche Freitreppe zwischen lachenden Brautjungfern und weinenden Eltern hinabzusteigen und unter dem traditionellen Hagel aus Reis und Satinpantoffeln ihren Platz in der Kutsche einzunehmen; und dann war noch eine halbe Stunde Zeit, um zum Bahnhof zu fahren, dort mit der Miene des Weltreisenden die neuesten Zeitschriften am Bücherstand zu kaufen und sich in dem bestellten Abteil niederzulassen, in dem die Zofe bereits Mays taubengrauen Reisemantel und den funkelnagelneuen Koffer aus London untergebracht hatte.

Die alten Tanten du Lac in Rhinebeck hatten dem Brautpaar ihr Haus zur Verfügung gestellt; diese Bereitwilligkeit entsprang allerdings ihrem eigenen heftigen Wunsch, eine Woche in New York bei Mrs. Archer zu verbringen, und Archer, der dadurch den üblichen »Hochzeitsgemächern« eines Hotels in Philadelphia oder Baltimore entgehen konnte, hatte das Angebot freudig begrüßt.

May war entzückt über die Idee, aufs Land zu fahren, und freute sich kindisch über die vergeblichen Bemühungen der acht Brautjungfern, ausfindig zu machen, wo sich der geheimnisvolle Zufluchtsort befinde. Man hielt es für »sehr englisch«, daß ihnen ein Haus auf dem Lande überlassen wurde, und diese Tatsache verlieh der nach allgemeiner Ansicht prächtigsten Hochzeit des Jahres erst den letzten Grad an Vollkommenheit. Wo aber das Haus war, das durfte niemand wissen außer den Eltern der Braut und des Bräutigams, die, in die Enge getrieben, mit gespitzten

Lippen geheimnisvoll erklärten: »Ach – das haben sie uns gar nicht gesagt –«, was auch wirklich stimmte, da es ja nicht nötig war.

Als sie sich in dem Abteil eingerichtet hatten und der Zug die endlosen Holzhäuser der Vororte hinter sich ließ und in die blasse Frühlingslandschaft vorstieß, fiel ihnen das Sprechen leichter, als Archer erwartet hatte. May war in Blick und Ton noch immer das einfache Mädchen von gestern, begierig, ihre Beobachtungen über die einzelnen Vorgänge bei der Trauung mit ihm auszutauschen und sie so unbefangen wie eine Brautjungfer mit einem Zeremonienmeister zu erörtern. Zunächst vermutete Archer, diese Distanziertheit sei die Verschleierung eines Angstgefühls; aber ihre klaren Augen offenbarten nichts als ungestörteste Ahnungslosigkeit. Zum erstenmal war sie mit ihrem Mann allein: Ihr Mann aber war ihr nur der nette Kamerad von gestern. Niemanden hatte sie so gern, niemandem vertraute sie so vollständig, und der »interessante« Höhepunkt war, mit ihm allein auf Reisen zu sein, genau wie ein Erwachsener, ja, genau wie eine »verheiratete Frau«.

Im Missionspark in St. Augustine hatte Archer erfahren, wie wundervoll es war, daß neben so einem Mangel an Phantasie dennoch solche Tiefen des Gefühls bestehen konnten. Er erinnerte sich aber, wie schnell sie auch da zu seiner Überraschung wieder in ihre unbeschwerte Mädchenhaftigkeit zurückgefallen war, sobald ihr Gewissen sich der Last entledigt hatte, und er erkannte, daß sie wahrscheinlich so durch das ganze Leben gehen und mit jedem Erlebnis, wie es kam, fertig werde würde, so gut sie konnte, ohne sich durch einen verstohlenenen Blick auf das Kommende dagegen zu wappnen.

Diese Ahnungslosigkeit war es vielleicht, die ihren Augen die durchsichtige Klarheit und ihrem Gesicht den Ausdruck gab, als stelle sie eher einen Typus als ein Individuum dar – als habe man sie dazu auserwählt, die Rolle einer allegorischen Figur oder einer griechischen Göttin zu spielen. Das Blut, das so dicht unter ihrer hellen Haut pulste, war vielleicht eher eine sie konservierende Flüssigkeit als ein zerstörerisches Element; dennoch ließ der Ausdruck unvergänglicher Jugend sie weder hart noch geistlos erscheinen, sondern nur ursprünglich und rein. Mitten in diesen Gedanken merkte Archer auf einmal, daß er sie mit dem erschreckten Blick eines Fremden anstarrte; und er stürzte sich Hals über Kopf in die Reminiszenzen an das Hochzeitsfrühstück, das ganz unter dem Eindruck der mächtigen Persönlichkeit Großmama Mingotts gestanden hatte.

May fiel mit ungehemmter Freude über das Thema her. »Aber daß Tante Medora doch noch kam, das hat mich am meisten überrascht – dich nicht auch? Ellen schrieb, daß sie sich beide nicht wohl genug fühlten, um die Reise zu machen. Schade, daß nicht sie es war, die zuerst wieder gesund wurde! Hast du die köstliche alte Spitze gesehen, die sie mir geschickt hat?«

Er hatte gewußt, daß dieser Augenblick früher oder später kommen mußte, hatte sich aber irgendwie vorgestellt, er könne ihn mit seiner Willenskraft fernhalten.

»Ja – ich – nein: doch, sie ist sehr schön«, sagte er, sah May mit leerem Blick an und fragte sich, ob denn immer, wenn er diese beiden Silben hörte, seine so sorgfältig aufgebaute Welt wie ein Kartenhaus um ihn zusammenbrechen werde.

»Bist du nicht müde? Ich freue mich schon auf den Tee, wenn wir ankommen – ich bin überzeugt, die Tanten haben alles wunderbar vorbereitet«, plauderte er weiter und nahm ihre Hand in seine; und sogleich war May mit den Gedanken bei dem herrlichen Tee- und Kaffeegeschirr aus Baltimore-Silber, das ihnen die Beauforts geschenkt hatten und das so ausgezeichnet zu den Platten und Schüsseln von Onkel Lovell Mingott paßte.

In der Frühlingsdämmerung hielt der Zug am Bahnhof Rhinebeck, und sie gingen den Bahnsteig entlang zu der wartenden Kutsche.

»Ach, wie aufmerksam von den van der Luydens – sie haben den Diener von Skuytercliff hergeschickt, um uns abzuholen«, rief Archer, als ein gesetzter Diener ohne Livree sich ihnen näherte und der Zofe die Koffer abnahm.

»Es tut mir furchtbar leid, Mr. Archer«, sagte der Bote, »aber im Hause der Damen du Lac ist ein kleines Unglück passiert: ein Leck im Wasserbehälter. Es ist gestern geschehen, und Mr. van der Luyden, der heute morgen davon erfuhr, schickte uns mit dem Frühzug ein Zimmermädchen, um das Haus des Patroons herrichten zu lassen. Es wird dort recht gemütlich sein, wie Sie sicher feststellen werden, Sir, und die Damen du Lac haben uns ihre Köchin gesandt, so daß es genauso sein wird, als wenn Sie in Rhinebeck wären.«

Archer starrte den Sprecher mit so leerem Blick an, daß dieser seine Entschuldigungen noch höflicher wiederholte: »Es wird genau das gleiche sein, Sir, ganz gewiß –« May aber platzte eifrig in das verlegene Schweigen hinein: »Genauso wie in Rhinebeck? Das Haus des Patroons? Nein, es ist hundertmal besser, nicht wahr, Newland? Es ist wirklich sehr nett und freundlich von Mr. van der Luyden, daß er daran gedacht hat.«

Als sie dann abfuhren, die Zofe neben dem Kutscher und die glänzenden Brautkoffer auf dem Sitz vor sich, da sprach sie erregt weiter: »Stell dir nur vor, ich bin noch nie drin gewesen – du? Die van der Luydens zeigen es so wenigen Leuten. Sie haben es wohl einmal Ellen geöffnet, und sie hat mir erzählt, wie hübsch es ist: sie sagt, es sei das einzige Haus in Amerika, in dem sie sich vielleicht vollkommen glücklich fühlen könnte.«

»Na – das werden wir beide doch auch, nicht wahr?« rief ihr Gatte fröhlich; und sie antwortete mit ihrem knabenhaften Lächeln: »Ach – da soll unser Glück ja erst anfangen – das wunderbare Glück, das wir immer zusammen haben werden!«

20

»Selbstverständlich müssen wir zu Mrs. Carfry zum Abendessen, Liebste«, sagte Archer, und seine Frau runzelte die Stirn und sah ihn über das pompöse Frühstücksgeschirr ihrer Pension hinweg besorgt an.

In der ganzen regnerischen Steinwüste des herbstlichen London gab es nur zwei Menschen, die die Newland Archers kannten, und diese beiden hatten sie, getreu der alten New Yorker Tradition, daß es nicht »würdig« sei, sich Bekannten in fremden Ländern bemerkbar zu machen, sorgfältig gemieden.

Mrs. Archer und Janey hatten im Laufe ihrer Reisen nach Europa diesen Grundsatz so unentwegt befolgt und den freundlichen Annäherungsversuchen ihrer Mitreisenden eine so unerschütterlich eisige Zurückhaltung entgegengesetzt, daß sie beinahe den Rekord erreicht hatten, nie ein Wort mit einem »Ausländer« gesprochen zu haben, von den Angestellten in Hotels und Eisenbahnen einmal abgesehen. Ihre eigenen Landsleute behandelten sie – alte Bekannte und solche, die ihnen besonders empfohlen worden waren, ausgenommen – mit noch deutlicherer Geringschätzung, so daß sie ihre Monate im Ausland in ungestörtem *tête-à-tête* verbracht hatten, außer wenn sie zufällig einmal einem Chivers, einem Dagonet oder einem Mingott begegnet waren. Aber auch die äußerste Vorsicht half mitunter nichts: Eines Abends hatte in Bozen eine der beiden Engländerinnen, deren Zimmer ihrem gegenüber lag – und deren Namen, Stand und Garderobe Janey bereits genauestens bekannt waren –, bei ihnen geklopft und gefragt, ob Mrs. Archer vielleicht ein Fläschchen Liniment da habe; die andere Dame, ihre Schwester, Mrs. Carfry, habe nämlich plötzlich eine starke Bronchitis bekommen, und Mrs. Archer, die nie ohne eine vollständige Hausapotheke auf Reisen ging, konnte ihr zum Glück die betreffende Medizin leihen.

Mrs. Carfry war sehr krank, und da sie mit ihrer Schwester, Miss Harle, allein reiste, waren beide den Damen Archer unendlich dankbar, die ihnen mit allerhand Mitteln halfen, und deren tüchtige Zofe die Kranke bald wieder gesund pflegte.

Als die Archers Bozen verließen, hatten sie keine Ahnung, daß sie Mrs. Carfry und Miss Harle je wiedersehen würden. Nichts wäre Mrs. Archer »unwürdiger« erschienen, als sich einem »Ausländer« wieder bemerkbar zu machen, dem man zufällig einmal einen Dienst erwiesen hatte. Mrs. Carfry aber und ihre Schwester, denen dieser Standpunkt unbekannt war und die ihn auch völlig unbegreiflich gefunden hätten, fühlten sich den »reizenden Amerikanerinnen«, die in Bozen so hilfsbereit gewesen waren, in ewiger Dankbarkeit verbunden. Mit rührender Treue ergriffen sie jede Gelegenheit, Mrs. Archer und Janey bei deren europäischen Reisen wiederzusehen, und fanden mit übernatürlichem Scharfsinn stets heraus, wann sie auf ihrem Weg nach oder von Amerika durch London kamen. Die Verbindung wurde unauflöslich, und immer wenn Mrs. Archer und Janey in Browns Hotel abstiegen, wurden sie von zwei anhänglichen Freundinnen erwartet, die ebenso wie sie Farne in Glaskästen züchteten, Makrameespitzen knüpften, die Erinnerungen der Baronin Bunsen lasen und besondere Ansichten über die führenden Londoner Kanzelredner hegten. Mrs. Archer meinte, London sei »etwas ganz anderes«, wenn man dort Mrs. Carfry und Miss Harle kenne, und als Newland sich verlobte, war die Bindung zwischen den zwei Familien schon so eng, daß es nur »recht und billig« schien, den beiden englischen Damen eine Einladung zur Hochzeit zu schicken, worauf sie ein hübsches Bukett getrockneter Alpenblumen unter Glas sandten. Und am Schiff, mit dem Newland und seine Frau nach England fuhren, waren Mrs. Archers letzte Worte gewesen: »Du mußt mit May bei Mrs. Carfry einen Besuch machen.«

Newland und seine Frau hatten nicht die Absicht, diesen Befehl zu befolgen; Mrs. Carfry aber hatte sie mit dem ihr eigenen Scharfsinn aufgespürt und ihnen eine Einladung zum Abendessen geschickt. Und diese Einladung war der Grund, weshalb May Archer über dem Tee und den Brötchen die Stirn runzelte.

»Das ist alles schön und gut für dich, Newland; du *kennst* sie. Ich aber werde nur verlegen sein unter so vielen Leuten, die ich nie gesehen habe. Und was soll ich anziehen?«

Newland lehnte sich auf seinem Stuhl zurück und lächelte sie an. Sie war schöner und dianenhafter denn je. Die feuchte Luft Englands schien den frischen Hauch auf ihren Wangen rosiger und die ein wenig harten jungfräulichen Züge weicher gemacht zu haben – oder es war vielleicht nur das innere Glühen eines Glücks, das wie Licht unter Eis durchschimmerte.

»Anziehen, Liebste? Ich dachte, letzte Woche ist ein Koffer mit Kleidern aus Paris gekommen.«

»Ja, natürlich. Ich meine, daß ich nicht weiß, *welches* ich anziehen soll.« Schmollend warf sie die Lippen auf. »Ich war noch nie in London in Gesellschaft – und ich möchte mich nicht lächerlich machen.«

Er machte einen Versuch, ihre Sorgen zu teilen. »Aber ziehen sich denn die Engländerinnen am Abend nicht genauso an wie andere Frauen?«

»Newland! Wie kannst du so komische Fragen stellen! Wenn sie in alten Ballkleidern und ohne Hut ins Theater gehen!«

»Na vielleicht tragen sie zu Hause neue Ballkleider; jedenfalls aber tun das Mrs. Carfry und Miss harle nicht. Sie tragen eine Haube wie meine Mutter – und einen Schal, einen sehr weichen Schal.«

»Ja, aber die anderen Damen, wie werden sie gekleidet sein?«

»Nicht so gut wie du, meine Liebe«, erwiderte er; er fragte sich, warum sich Janeys krankhaftes Interesse an Kleidern so plötzlich auch in ihr entwickelt habe.

Seufzend schob sie den Stuhl zurück. »Das ist lieb von dir, Newland. Aber es nutzt mir nicht viel.«

Er hatte eine Idee. »Warum ziehst du nicht dein Hochzeitskleid an? Das kann nicht falsch sein, oder?«

»Oh, Liebster, wenn ich es bloß hier hätte! Aber ich habe es nach Paris geschickt, um es für den nächsten Winter umarbeiten zu lassen, und Worth hat es noch nicht zurückgeschickt.«

»Na –«, sagte Archer und stand auf. »Sieh mal – der Nebel hebt sich. Wenn wir sofort zur National Gallery fahren, könnten wir noch schnell einen Blick auf die Bilder werfen.«

Nach einer dreimonatigen Hochzeitsreise, die May in den Briefen an ihre Freundinnen kurz als »einfach himmlisch« bezeichnete, befanden sich die Newland Archers wieder auf der Heimreise.

Sie waren nicht an den italienischen Seen gewesen: Archer hatte sich bei näherer Überlegung seine Frau gerade in jener Landschaft nicht vorstellen können. Ihre eigenen Wünsche lauteten (nach einem Monat bei den Pariser Schneidern): Bergsteigen im Juli und Schwimmen im August. An diesen Plan hatten sie sich genau gehalten und waren im Juli in Interlaken und Grindelwald und im August in Etretat, einem kleinen Ort an der normannischen Küste gewesen, den ihnen jemand als ruhigen, versponnenen Winkel empfohlen hatte. In den Bergen hatte Archer ein paarmal nach Süden gezeigt und gesagt: »Da liegt Italien«; und May, mit den Füßen zwischen Enzian, hatte ihm fröhlich zugelächelt und geantwortet: »Es wäre herrlich, nächsten Winter dorthin zu fahren, wenn du nur nicht in New York sein müßtest.«

Aber das Reisen interessierte sie eigentlich noch weniger, als er erwartet hatte. Sie sah darin – nachdem ihre Kleider bestellt waren – nur noch eine Gelegenheit, noch mehr als sonst zu wandern, zu reiten, zu schwimmen und sich an dem fesselnden neuen Spiel namens Tennis zu versuchen, und als sie endlich wieder in London waren, wo sie vierzehn Tage bleiben wollten, in denen er *seine* Kleidung bestellte, da verhehlte sie ihm nicht mehr, wie sehr sie sich auf die Rückreise freute.

In London galt ihr einziges Interesse Theatern und Läden, und die Theater fand sie weniger aufregend als die Pariser *cafés chantants*, wo sie unter den blühenden Kastanien der Champs Elysées zum erstenmal in ihrem Leben von einer Restaurantterrasse aus auf eine Anzahl »Kokotten« geblickt hatte, während ihr Gatte ihr so viel von den Liedern übersetzte, wie ihre bräutlichen Ohren hören durften.

Archer war zu allen seinen alten, ererbten Ansichten über die Ehe zurückgekehrt. Es war weniger mühsam, sich der Tradition zu fügen und May genauso zu behandeln, wie all seine Freunde ihre Frauen behandelten, als etwa zu versuchen, mit den Theorien Ernst zu machen, mit denen er als freier Junggeselle geliebäugelt hatte. Es war zwecklos, eine Frau emanzipieren zu wollen, die nicht die blasseste Ahnung davon hatte, daß sie nicht frei war; und längst schon hatte er erkannt, daß May von der Freiheit, die sie zu besitzen glaubte, nur den einen Gebrauch machen konnte: sie ihm auf dem Altar ihrer Liebe zu opfern. Ihr angeborener Stolz würde sie stets davor bewahren, diese Gabe kriechend darzubringen; ja es mochte – wie schon einmal – wieder ein Tag kommen, da sie die Kraft fände, sie ganz zurückzunehmen – falls sie der Meinung wäre, ihm damit zu nutzen. Doch mit einer Auffassung von der Ehe, die so unkompliziert, so wenig neugierig wie ihre war, konnte eine Krise nur dann entstehen, wenn er sich ihr gegenüber offensichtlich gemein betrug; die Lauterkeit ihres Empfindens für ihn machte das aber undenkbar. Was auch geschehen würde, ihm war klar, daß sie stets treu und tapfer sein und ihm nie etwas nachtragen werde: Darum fühlte er sich zu derselben Haltung ihr gegenüber verpflichtet.

Das alles trug dazu bei, ihn wieder zu seinen früheren Anschauungen zurückzuführen. Wäre ihre Einfachheit nur Einfalt gewesen, hätte er sich dagegen aufgelehnt; da aber die Züge ihres Wesens – so wenige es sein mochten – von der gleichen Schönheit waren wie die ihres Gesichts, wurde sie ihm zur Schutzgöttin aller Traditionen und altehrwürdigen Ansichten.

Solche Eigenschaften waren kaum dazu angetan, Auslandsreisen lebendig zu gestalten, obgleich sie aus May einen umgänglichen und angenehmen Gefährten machten, und es wurde ihm auch sehr bald klar, wie sie in einer ihr angemessenen Umgebung zur Wirkung kommen mußten. Er hatte keine Angst, daß sie ihn beengen würden; denn seinen künstlerischen und geistigen Interessen würde er, wie schon früher, außerhalb des häuslichen Lebens nachgehen; wie auch in seiner Ehe würde es nichts Kleinliches, Erstickendes geben: zu seiner Frau nach Haus zu kommen, würde nicht so sein, als wenn er nach einer Wanderung in frischer Luft in ein muffiges Zimmer träte. Und wenn sie erst Kinder hätten, wären die leeren Ecken in ihrer beider Leben ausgefüllt.

Über all das sann er während der langen, gemächlichen Fahrt von Mayfair nach South Kensington nach, wo Mrs. Carfry und ihre Schwester wohnten. Auch Archer wäre der Einladung lieber augewichen: in Übereinstimmung mit der Familientradition war ihm Reisen stets nur ein Anschauen und Zuschauen gewesen, wobei er die Anwesenheit irgendwelcher Mitmenschen stolz zu übersehen pflegte. Einmal nur, gleich nach dem Studium in Harvard, hatte er mit einer Schar merkwürdiger europäisierter Amerikaner ein paar lustige Wochen in Florenz verbracht, die Nächte durch in Palästen mit adligen Damen getanzt und den halben Tag über mit den Nichtstuern und Dandys des vornehmen Klubs gespielt; doch obwohl er sich mehr als jemals amüsiert hatte, war ihm all das so unwirklich wie ein Karneval erschienen. Diese sonderbaren Frauen, die in der ganzen Welt zu Hause und stets in heftige Liebesaffären verwickelt waren, die sie anscheinend unbedingt jedem x-beliebigen Menschen erzählen mußten, und die stattlichen jungen Offiziere und die geschminkten alten Zyniker, von denen die vertraulichen Mitteilungen handelten oder an die sie gerichtet waren – sie alle unterschieden sich zu sehr von den Menschen, unter denen Archer aufgewachsen war, glichen zu sehr exotischen und nicht gerade gut riechenden Treibhauspflanzen, als daß sie ihn lange hätten fesseln können. Seine Frau in so eine Gesellschaft einzuführen, kam nicht in Frage; doch keine andere hatte auf seinen Reisen je ein besonderes Verlangen nach seiner Bekanntschaft verraten.

Nicht lange nach ihrer Ankunft in London hatte er zufällig den Herzog von St. Austrey getroffen, und der Herzog, der ihn sofort erkannte, hatte ihn herzlich aufgefordert: »Besuchen Sie mich doch einmal!« Aber kein rechter Amerikaner hätte so eine Bemerkung ernst genommen, und so blieb es bei der einen Begegnung. Es war ihnen auch gelungen, Mays englischer Tante, der Bankiersgattin, auszuweichen, die noch in Yorkshire war; ja, sie hatten sogar mit Absicht ihre Reise nach London bis zum Herbst verschoben, um diesen unbekannten Verwandten nicht durch eine Ankunft mitten in der Saison aufdringlich und snobistisch zu erscheinen. »Es wird wahrscheinlich niemand bei Mrs. Carfry sein – London ist in dieser Jahreszeit wie ausgestorben, und du hast dich viel zu schön gemacht«, sagte Archer zu May, die neben ihm in der Droschke in dem himmelblauen Mantel mit dem Schwandaunenbesatz so makellos erstrahlte, daß es eine Sünde schien, sie dem Londoner Ruß auszusetzen.

»Ich möchte nicht, daß sie von uns denken, wir kleideten uns wie die Wilden«, entgegnete sie mit einer

Verachtung, über die Pocahontas sich geärgert hätte; und wieder fiel ihm die fast religiöse Ehrfurcht der ganz und gar nicht weltlich gesinnten Amerikanerinnen vor dem gesellschaftlichen Nutzen von Kleidung auf.

»Sie ist eine Rüstung«, dachte er, »eine Wehr gegen das Unbekannte und gleichzeitig dessen Herabsetzung.« Und er begriff zum erstenmal, warum May, die sich, um ihn zu bezaubern, nicht einmal ein Band hätte ins Haar binden können, mit solchem Ernst ihre zahlreiche Garderobe ausgewählt und bestellt hatte, als vollziehe sie einen feierlichen Ritus.

Er behielt recht mit seiner Vermutung, es werde nur eine kleine Gesellschaft bei Mrs. Carfry sein. Außer der Gastgeberin und ihrer Schwester befanden sich in dem langen eisigen Salon noch eine Dame mit Schal, ein liebenswürdiger Pfarrer, der ihr Gatte war, ein schweigsamer junger Mann, den Mrs. Carfry als ihren Neffen bezeichnete, und ein kleiner dunkler Herr mit lebhaften Augen, den sie als seinen Hauslehrer vorstellte, wobei sie einen kaum verständlichen französischen Namen nannte.

In diese trübe beleuchtete, trübselige Gesellschaft schwebte May Archer wie ein Schwan im Abendlicht: sie erschien voller, lieblicher, rauschender als ihr Gatte sie je gesehen hatte, und er wußte, daß das Rosige und Rauschende nur die Anzeichen einer riesigen und kindlichen Scheu waren.

»Worüber soll ich bloß mit ihnen reden?« flehten ihn ihre hilflosen Augen an, während ihre blendende

Erscheinung in den anderen genau die gleiche bange Frage wachrief. Die Schönheit aber, auch wo sie ohne Selbstvertrauen ist, erweckt im männlichen Herzen Mut, und so waren der Pfarrer und der französische Hauslehrer bald darum bemüht, May ihre Schüchternheit zu nehmen.

Trotz ihrer Anstrengungen schleppte sich jedoch das Abendessen träge hin. Archer bemerkte, daß Mays Art, sich Fremden gegenüber unbefangen zu geben, darin bestand, im Gespräch mit Anspielungen auf ihre heimischen Verhältnisse immer weniger zurückzuhalten, so daß ihre Schönheit zwar Bewunderung erregte, ihre Konversation aber ernüchternd wirkte. Der Pfarrer gab den Kampf bald auf; der Hauslehrer aber, der fließend ein vollendetes Englisch sprach, schüttete es unverzagt immer weiter über sie aus, bis die Damen zur sichtlichen Erleichterung aller Anwesenden die Tafel aufhoben und sich nach oben ins Wohnzimmer begaben.

Nach einem Glas Portwein mußte sich der Pfarrer eilig verabschieden, um zu einer Versammlung zu gehen, und der schüchterne Neffe, der leidend zu sein schien, wurde zu Bett geschickt. Archer aber und der Hauslehrer blieben bei ihrem Wein sitzen, und Archer befand sich plötzlich in einem Gespräch, wie er es seit seinem letzten Gelage mit Ned Winsett nicht mehr geführt hatte. Es stellte sich heraus, daß Mrs. Carfrys Neffe wegen eines drohenden Lungenleidens die Schule in Harrow hatte verlassen und in die Schweiz gehen müssen, wo er zwei Jahre in der milderen Luft des Genfer Sees verbracht hatte. Als versessener Bücherfreund war er in die Obhut Monsieur Rivières gekommen, der ihn nach England zurückgebracht hatte und bei ihm bleiben sollte, bis er im folgenden Frühling nach Oxford ginge, und unbefangen ließ Monsieur Rivière durchblicken, daß er sich dann nach einer anderen Stelle werde umsehen müssen.

Es sei doch unmöglich, dachte Archer, daß er bei der Vielfalt seiner Gaben und Interessen lange ohne eine Stellung sein werde. Er war etwa dreißig Jahre alt, hatte ein hageres, häßliches Gesicht – May hätte bestimmt gesagt, es sehe »gewöhnlich« aus –, dem, wenn er seine Gedanken spielen ließ, etwas Angespanntes, Ausdrucksvolles anhaftete und alles Oberflächliche und Niedrige vollkommen abging.

Sein Vater, der früh gestorben war, hatte einen kleinen Diplomatenposten innegehabt, und der Sohn sollte die gleiche Laufbahn einschlagen; aber ein unstillbarer Drang zur Literatur hatte den Jüngling zum Journalisten, dann zum (offenbar erfolglosen) Schriftsteller und schließlich nach weiteren Versuchen und Wechselfällen, die er seinem Zuhörer ersparte, zum Lehrer englischer Schüler in der Schweiz gemacht. Vorher aber hatte er lange in Paris gelebt und die Dachstube der Goncourts besucht, hatte von Maupassant den Rat bekommen, sich nicht als Schriftsteller zu versuchen – Archer erschien selbst das noch eine erstaunliche Ehre! –, und hatte oft mit Mérimee im Hause von dessen Mutter gesprochen. Er hatte offenbar immer in verzweifelter Armut und Unruhe gelebt (und für die Mutter und die unverheiratete Schwester sorgen müssen), auch stand fest, daß seine literarischen Hoffnungen gescheitert waren. Seine wirtschaftliche Lage erschien wirklich um nichts glänzender als die Ned Winsetts; aber er hatte in einer Welt gelebt, in der, wie er sagte, niemand, der Ideen liebte, geistig zu hungern brauchte. Es war genau die gleiche Liebe, an der der arme Winsett sich zu Tode hungerte, und Archer blickte mit einer Art stellvertretendem Neid auf diesen jungen, mittellosen Mann, der sich in seiner Armut dennoch so reich fühlte.

»Sehen Sie, Monsieur, es wiegt alles andere auf, nicht wahr, wenn man sich seine geistige Freiheit bewahrt und seine Urteilskraft und kritische Unabhängigkeit nicht versklaven läßt. Aus diesem Grund habe ich den Journalismus aufgegeben und eine so viel langweiligere Arbeit übernommen: als Lehrer und Privatsekretär. Natürlich gibt es da viel Plackerei, aber man behält seine moralische Freiheit, das, was wir französisch *quant à soi* nennen. Und wenn man einem guten Gespräch lauscht, kann man daran teilnehmen, ohne andere Ansichten als die eigenen einzubringen; oder man hört einfach zu und antwortet im stillen. Ach, eine gute Unterhaltung – es gibt doch nichts Besseres, nicht wahr? Nur in der Luft des Geistes lohnt es sich zu atmen. Darum habe ich es nie bedauert, die Diplomatie und den Journalismus aufgegeben zu haben – zwei verschiedene Formen des gleichen Verzichts auf das eigene Ich.« Er heftete seine lebhaften Augen auf Archer, während er sich eine neue Zigarette anzündete. »*Voyez-vous*, Monsieur, dem Leben ins Gesicht sehen können – das ist das Leben in einer Dachkammer wert, nicht wahr? Schließlich aber muß man genug verdienen, um die Dachkammer bezahlen zu können, und ich gestehe, daß der Gedanke, als Privatlehrer – oder sonst was ›Privates‹ – alt zu werden, fast ebenso ernüchternd ist wie die Aussicht auf den Posten eines Zweiten Botschaftssekretärs in Bukarest. Manchmal habe ich das Gefühl, daß ich etwas Entscheidendes unternehmen muß. Glauben Sie zum Beispiel, ich könnte in Amerika irgendwelche Aussichten haben – vielleicht in New York?«

Archer sah ihn erschrocken an. New York als Lebensraum für einen jungen Mann, der Flaubert und die Brüder Goncourt besucht hatte und das Leben im Geiste als das einzig Lebenswerte ansah! Verwirrt starrte er Monsieur Rivière an und fragte sich, wie er ihm klarmachen solle, daß gerade seine Überlegenheit und seine Vorzüge das sicherste Hindernis zum Erfolg wären.

»New York – New York – muß es denn ausgerechnet New York sein?« stotterte er, völlig außerstande, sich vorzustellen, was für eine einträgliche Beschäftigung seine Heimatstadt einem jungen Mann bieten sollte, dem eine gute Unterhaltung offenbar das einzig Notwendige war.

Ein plötzliches Erröten färbte Monsieur Rivières gelblich- blasse Haut. »Ich – ich dachte, es wäre Ihre Hauptstadt: ist dort das geistige Leben nicht viel aktiver?« versetzte er. Dann fuhr er hastig fort, als wolle er bei seinem Zuhörer ja nicht den Eindruck erwecken, als habe er ihn um einen Gefallen gebeten: »Man spricht halt mal aus, was einem durch den Kopf geht – mehr für sich als für andere. Vorläufig sehe ich sowieso keine Möglichkeit –«, und während er sich erhob, meinte er völlig ungezwungen: »Doch Mrs. Carfry wird erwarten, daß ich Sie nach oben bringe.«

Auf der Heimfahrt grübelte Archer über dieses Gespräch nach. Es hatte ihm gleichsam frische Luft zugeführt, und seine erste Regung war gewesen, Monsieur Rivière für den nächsten Abend zum Essen einzuladen; aber dann dämmerte ihm, warum verheiratete Männer nicht immer sofort ihren ersten Regungen nachgeben.

»Dieser junge Lehrer ist ein sehr interessanter Mensch: wir haben uns nach dem Essen ausgezeichnet über Bücher und dergleichen unterhalten«, ließ er in der Droschke versuchsweise fallen.

May löste sich aus ihrem üblichen verträumten Schweigen, das ihm früher so bedeutungsvoll erschienen war, ehe ihm sechs Monate Ehe den Schlüssel zu dem Geheimnis geliefert hatten.

»Der kleine Franzose? War er nicht schrecklich gewöhnlich?« fragte sie kalt, und er erriet ihre heimliche Enttäuschung darüber, daß sie in London eingeladen worden war, um einen Pfarrer und einen französischen Hauslehrer kennenzulernen. Diese Enttäuschung entsprang nicht der Einstellung, die man sonst als Snobismus bezeichnet, sondern dem traditionellen Gefühl des New Yorkers, daß man ihm schon etwas bieten müsse, wenn er seine Würde in fremden Ländern aufs Spiel setze. Wenn Mays Eltern in der Fifth Avenue die beiden Carfrys eingeladen hätten, dann würden sie ihnen auch etwas Besseres vorgeführt haben als einen Pfarrer und einen Schulmeister. Aber Archer war vorbereitet und nahm die Herausforderung an.

»Gewöhnlich – gewöhnlich – *wo* denn?« fragte er, und sie erwiderte unerwartet prompt: »Nun, ich möchte sagen: überall, außer in seiner Schulstube. Solche Leute sind in Gesellschaft immer unbeholfen. Allerdings«, setzte sie entwaffnend hinzu, »möchte ich mir kein Urteil darüber erlauben, ob er nicht doch klug ist.«

Archer hörte das Wort »klug« bei ihr fast ebenso ungern wie das Wort »gewöhnlich«, aber ihm graute bereits vor seinem Hang, die Dinge aufs Korn zu nehmen, die ihm an ihr mißfielen. Ihr Standpunkt war schließlich immer der gleiche geblieben. Es war der aller Menschen, unter denen er aufgewachsen war, und er hatte ihn immer als notwendig, aber nebensächlich betrachtet. Bis vor wenigen Monaten hatte er nicht eine »anständige« Frau gekannt, die das Leben anders ansah, und wenn man heiraten wollte, kam eben nur eine »anständige« Frau in Betracht.

»Na, dann werde ich ihn nicht zum Essen einladen«, schloß er lachend, und May wiederholte bestürzt: »Um Gottes willen – den Hauslehrer der Carfrys einladen?«

»Nicht zusammen mit den Carfrys, wenn du das nicht möchtest. Aber ich möchte mich doch noch einmal mit ihm unterhalten. Er sucht eine Stelle in New York.«

Ihr Staunen wuchs, je gleichgültiger ihr das alles wurde: Er meinte fast, sie dächte, daß er bereits dem Einfluß des »Ausländischen« zu unterliegen beginne.

»Eine Stelle in New York? Was denn für eine Stelle? Man hat dort keine französischen Hauslehrer. Was hat er da eigentlich vor?«

»Hauptsächlich, das gute Gespräch zu pflegen, soweit ich weiß«, sagte er ironisch. Sie brach daraufhin in ein verständnisvolles Lachen aus. »Oh, Newland, wie komisch! Ist das nicht ungeheuer *französisch*?«

Im Grunde war er froh, die Sache dadurch erledigt zu sehen, daß sie seinen Wunsch, Monsieur Rivière einzuladen, nicht ernst nehmen wollte. Ein zweites Gespräch nach dem Essen hätte es ihm schwer gemacht, der Frage nach einer Stelle in New York auszuweichen, und je mehr Archer darüber nachdachte, desto weniger konnte er sich Monsieur Rivière irgendwo in New Yorker Verhältnissen vorstellen.

Mit einem Frösteln überkam ihn blitzartig die Erkenntnis, daß in Zukunft viele Probleme auf diese für ihn negative Weise gelöst würden; aber als er dann die Droschke bezahlte und seiner Frau hinter der langen Schleppe her ins Haus folgte, suchte er sich mit der seichten Phrase zu trösten, die ersten sechs Monate seien in der Ehe immer die schwierigsten. »Danach werden wir uns wohl die Ecken und Kanten so ziemlich abgestoßen haben«, dachte er. Das Schlimme war nur, daß er Mays Druck ausgerechnet auf jenen Ecken und Kanten spürte, deren Schärfe er sich am liebsten erhalten hätte.

21

Die kleine schimmernde Rasenfläche erstreckte sich glatt und eben bis ans weite schimmernde Meer.

Das Gras war von scharlachroten Geranien und Coleus gesäumt, schokoladenbraun gestrichene Vasen aus Gußeisen standen in regelmäßigen Abständen längs des ganzen sich meerwärts windenden Pfades und schlangen ihre Girlanden aus Petunien und Efeu über den sauber geharkten Kies.

Mitten zwischen dem Klippenrand und dem quadratischen Holzhaus, das gleichfalls schokoladenbraun war (über der Veranda aber ein gelb und braun gestreiftes Blechdach hatte, das wie eine Markise aussehen sollte), hatte man vor einigen Sträuchern zwei große Zielscheiben aufgestellt. Auf der anderen Seite des Rasens, den Zielscheiben gegenüber, war ein richtiges Zelt aufgeschlagen, das von Bänken und Gartenstühlen umgeben war. Eine Anzahl Damen in Sommerkleidern und Herren in grauen Gehröcken und Zylindern standen auf dem Rasen und saßen auf den Bänken, und ab und zu kam ein schlankes Mädchen in gestärktem Musselin aus dem Zelt, einen Bogen in der Hand, und sandte ihren Pfeil gegen eine der Scheiben, während die Damen und Herren ihr Geplauder unterbrachen, um das Ergebnis zu beobachten.

Newland Archer stand auf der Veranda des Hauses und schaute neugierig auf diese Szene. Auf beiden Seiten der glänzend lackierten Treppe stand auf einem leuchtengelben Porzellanständer ein großer Blumentopf aus blauem Porzellan und einer stacheligen Grünpflanze. Unterhalb der Veranda zog sich ein breiter Streifen blauer Hortensien entlang, der wieder mit roten Geranien abgesetzt war. Archer war durch die Glastür aus dem Salon getreten, und hinter ihm blinkte zwischen den wehenden Spitzengardinen ein Parkettboden, auf dem wie Inseln Chintzhocker, Zwergsessel und Tische mit Samtdecken und Silberzeug standen. Der Newporter Bogenschützenklub hielt sein August-Treffen immer im Hause der Beauforts ab. Dieser Sport, dem bisher nur das Krocket Konkurrenz gemacht hatte, drohte nun vom Tennis verdrängt zu werden, doch dieses galt noch immer als zu rauh und unelegant für gesellschaftliche Veranstaltungen, und als Vorwand, hübsche Kleider und anmutige Körperhaltung zur Schau zu stellen, behaupteten immer noch Pfeil und Bogen das Feld.

Archer blickte mit Verwunderung auf das wohlbekannte Schauspiel. Es überraschte ihn, wie das Leben in der alten Weise weitergehen konnte, wenn sich seine Einstellung zum Leben so völlig geändert hatte. Hier in Newport war ihm das Ausmaß dieser Veränderung zum erstenmal klar geworden. In New York war er im vergangenen Winter, nachdem er und May sich in dem neuen grünlichgelben Haus mit den Bogenfenstern und der pompejanischen Vorhalle eingerichtet hatten, mit dem Gefühl der Erleichterung an seine altgewohnte Büroarbeit zurückgekehrt, und die Wiederaufnahme seiner täglichen Beschäftigung hatte ihm auch wieder den Kontakt zu seinem früheren Ich verschafft. Viel Freude hatte es ihm dann gemacht, für Mays Kutsche einen prachtvollen grauen Traber auszusuchen (der Wagen war ein Geschenk der Wellands), und besonders viel Zeit und Interesse hatte er auf die Einrichtung seiner neuen Bibliothek verwandt, die er trotz der Bedenken und der Mißbilligung seiner Familie so hatte ausführen lassen, wie er es sich erträumt hatte: mit dunkler, reliefartiger Tapete, Eastlake-Bücherschränken und »vernünftigen« Sesseln und Tischen. Im »Century« hatte er Winsett wiedergesehen und im »Knickerbocker« die vornehmen jungen Leute aus seinem Kreis, und was die Zeiten anging, in denen er in der Anwaltskanzlei saß oder in Gesellschaft weilte oder Freunde in seinem Hause empfing oder gelegentlich die Oper oder das Theater besuchte, so war ihm das Leben noch immer als eine Angelegenheit erschienen, die ihre Wirklichkeit und Unvermeidlichkeit besaß.

Newport aber bedeutete die Flucht aus der Pflicht in eine Atmosphäre ungetrübten Ferienglücks. Archer hatte May zu überreden versucht, mit ihm den Sommer auf einer abgelegenen Insel vor der Küste von Maine zu verbringen (die bezeichnenderweise Mount Desert – Ödberg – hieß), wo ein paar naturliebende

Leute aus Boston und Philadelphia in »urigen« Bauernhäusern wohnten und man in einer bezaubernden Landschaft, von Wald und Wasser umgeben, ein wildes, beinahe jägerhaftes Leben führte.

Aber die Wellands gingen immer nach Newport, wo ihnen eine der viereckigen Kisten auf den Klippen gehörte, und ihr Schwiegersohn konnte keinen zureichenden Grund anführen, warum er und May nicht dorthin zu ihnen kommen sollten. Ziemlich bissig hatte Mrs. Welland bemerkt, May hätte sich in Paris nicht so damit abzurackern brauchen, Sommerkleider anzuprobieren, wenn sie sie nicht sollte tragen dürfen, und dieses Argument war von der Art, auf die Archer bisher noch keine Antwort gefunden hatte.

May selbst konnte seinen sonderbaren Widerwillen gegen eine so vernünftige und angenehme Art, den Sommer zu verleben, nicht begreifen. Sie erinnerte ihn daran, daß ihm in seiner Junggesellenzeit Newport immer gefallen habe, und da dies unbestreitbar war, blieb ihm nichts übrig, als zu erklären, es werde ihm jetzt, wo sie beide zusammen da sein würden, ganz bestimmt noch viel besser gefallen. Als er aber auf der Beaufortschen Veranda stand und auf den fröhlich bevölkerten Rasen blickte, da ging ihm schaudernd auf, daß es ihm absolut nicht gefiele.

Es war gewiß nicht die Schuld der lieben May: Wenn sie auf Reisen ab und zu sich ein wenig gezankt hatten, war die Eintracht stets dadurch wiederhergestellt worden, daß sie zu den Bedingungen zurückgekehrt waren, die sie gewohnt war. Er hatte von Anfang an gewußt, daß sie ihn nicht enttäuschen werde – und er hatte recht gehabt. Er hatte (wie die meisten Männer) geheiratet, weil er in dem Augenblick, da eine Reihe ziemlich zielloser Gefühlsabenteuer in allzu frühem Ekel endeten, ein ganz reizendes Mädchen kennengelernt hatte, das ihm Frieden, Sicherheit, Kameradschaft und das beruhigende Gefühl einer unbedingten Ergebenheit gewährte. Er konnte nicht sagen, daß er sich in seiner Wahl geirrt hatte; denn sie hatte alle seine Erwartungen erfüllt. Es war zweifellos wohltuend, der Gatte einer der hübschesten und beliebtesten jungen Frauen in New York zu sein, zumal sie eine der sanftesten und vernünftigsten Ehefrauen war, und Archer hatte sich diesen Vorzügen gegenüber nie fühllos gezeigt. Was den Wahn betraf, der am Vorabend seiner Heirat plötzlich über ihn gekommen war, so hatte er sich angewöhnt, ihn als den letzten einer Reihe aufgegebener Versuche anzusehen. Der Gedanke, daß er jemals als vernünftiger Mensch auch nur von fern daran gedacht haben konnte, die Gräfin Olenska zu heiraten, war ihm geradezu unvorstellbar, und sie blieb in seinem Gedächtnis lediglich als klagendster und ergreifendster in einer Reihe von Schatten bestehen.

Alle diese Gedankenflüchte und Ausgrenzungen hatten indes ein recht leeres, hallendes Gehäuse aus seinem Inneren gemacht, und er vermutete, daß das einer der Gründe war, weshalb er sich von all den geschäftigen, lebhaften Menschen auf Beauforts Rasen nur abgestoßen fühlte, als seien sie Kinder, die auf einem Friedhof spielten.

Neben ihm raschelten Kleider, und die Marquise Manson kam durch die Glastür des Salons nach draußen geflattert. Sie war wie immer sehr bebändert und aufgetakelt, und ein schlaffer italienischer Strohhut saß ihr mithilfe eine mehrfach gewickelten alten Gazeschleiers fest verankert auf dem Kopf, während ein kleiner schwarzsamtener Sonnenschirm mit geschnitztem Elfenbeingriff absurderweise über ihrem viel breiteren Hutrand schwankte.

»Mein lieber Newland, ich hatte keine Ahnung, daß du und May hier seid! Wie, du bist erst gestern angekommen? Aha, Geschäfte, Geschäfte, berufliche Verpflichtungen... ich verstehe. Ich weiß, viele Männer können ihre Frauen nur zum Wochenende hier besuchen.« Sie warf den Kopf zur Seite und sah Archer von unten herauf schmachtend an. »Aber die Ehe ist ein einziger langer Opfergang, woran ich meine Ellen oft erinnert habe –«

Archers Herz stockte mit einem seltsamen Ruck wie früher schon einmal, und es war wieder, als schlüge eine Tür zwischen ihm und der Außenwelt zu. Die Unterbrechung konnte aber nur einen kurzen Augenblick gedauert haben, denn er hörte Medora gleich darauf eine Frage beantworten, die zu stellen er offenbar die Stimme gefunden hatte.

»Nein, ich wohne nicht hier, sondern bei den Blenkers in ihrer köstlichen Einsamkeit in Portsmouth. Beaufort war so freundlich, mich heute morgen mit seinen berühmten Trabern abholen zu lassen, damit ich wenigstens mal einen kurzen Blick auf Reginas

Gartenparty werfen kann; aber heute abend kehre ich in das ländliche Leben zurück. Die Blenkers, liebe, originelle Leute, haben ein schlichtes altes Bauernhaus in Portsmouth gemietet, wo sie bedeutende Menschen um sich versammeln...« Ihr Kopf unter dem schützenden Hutrand sank ein wenig tiefer, und sie fuhr mit leisem Erröten fort: »Diese Woche hält Dr. Agathon Carver dort eine Vortragsreihe über ›Geheime Gedanken‹. Wahrlich ein Gegensatz zu dieser fröhlichen Szenerie weltlicher Vergnügungen – aber ich habe ja immer von Gegensätzen gelebt! Der einzige Tod für mich ist die Eintönigkeit. Ich sage immer zu Ellen: Hüte dich vor der Eintönigkeit – sie ist die Mutter aller Todsünden. Aber mein armes Kind macht eine exaltierte Phase des Weltekels durch. Du weißt sicher, daß sie alle Einladungen ausgeschlagen hat, in Newport zu wohnen, sogar die ihrer Großmutter Mingott. Ich konnte sie kaum dazu überreden, zu den Blenkers mitzukommen – kannst du das glauben? Sie führt ein ungesundes, unnatürliches Leben. Ach, hätte sie doch nur auf mich gehört, als es noch nicht zu spät – als die Tür noch offen war... Aber wollen wir nicht hinuntergehen und uns diesen aufregenden Wettkampf ansehen? Ich habe gehört, deine May nimmt auch daran teil.»

Vom Zelt her kam ihnen Beaufort über den Rasen entgegengeschlendert: groß und schwer, in einen Londoner Gehrock gezwängt, eine seiner eigenen Orchideen im Knopfloch. Archer, der ihn seit zwei oder drei Monaten nicht mehr gesehen hatte, war von der Veränderung in seinem Äußeren betroffen. Im Licht des heißen Sommertags erschien sein sonst frisches Gesicht matt und aufgedunsen, und wäre er nicht so straff und breitschulterig dahergegangen, hätte er den Eindruck eines allzu wohlgenährten, allzu vornehm gekleideten alten Mannes gemacht.

Alle möglichen Gerüchte waren über Beaufort im Umlauf. Im Frühjahr hatte er mit seiner neuen Dampfjacht eine lange Kreuzfahrt zu den Westindischen Inseln unternommen, und man erzählte sich, daß an verschiedenen Anlegestellen in seiner Gesellschaft eine Dame gesehen worden sei, die Miss Fanny Ring ähnlich gesehen habe. Die Dampfjacht, in Glasgow erbaut und mit gekachelten Baderäumen und anderem unerhörtem Luxus ausgestattet, hatte ihn angeblich eine halbe Million gekostet; und das Perlenhalsband, das er seiner Frau von der Reise mitgebracht hatte, war so herrlich, wie es derartige Sühnegeschenke gewöhnlich sind.

Beauforts Vermögen war ansehnlich genug, um solche Kraftproben auszuhalten; dennoch hielten sich die beunruhigenden Gerüchte nicht nur in der Fifth Avenue, sondern auch in der Wall Street. Einige Leute sagten, er habe unglücklich in Eisenbahnen spekuliert, andere, er werde von einer der Unersättlichsten ihres Gewerbes ausgesogen. Aber jedes Gerede über den ihm drohenden Bankrott erwiderte Beaufort mit einer neuen Extravaganz: Er baute eine neue Reihe Orchideenhäuser, kaufte ein paar neue Rennpferde oder erwarb einen neuen Meissonier oder Cabanel für seine Gemäldegalerie.

Er kam auf die Marquise und Newland mit seinem üblichen etwas spöttischen Lächeln zu. »Hallo Medora! Haben die Traber ihre Sache gut gemacht? Wie, vierzig Minuten?… Na, das ist nicht so schlecht, wenn man bedenkt, daß Ihre Nerven geschont werden mußten.« Er schüttelte Archer die Hand, und als er mit ihnen umkehrte, trat er auf Mrs. Mansons andere Seite und sagte leise ein paar Worte, die Archer nicht verstand.

Die Marquise antwortete ihm mit einer ihrer seltsamen ruckartigen Bewegungen und einem »*Que voulez-vous*?«, worauf Beauforts Blick sich noch mehr verfinsterte; aber als er sich Archer zuwandte, sagte er mit einem gut gespielten Glückwunschlächeln: »May wird sich übrigens den ersten Preis holen.«

»Na, dann bleibt's ja in der Familie«, lachte Medora. Im selben Augenblick erreichten sie das Zelt, und Mrs. Beaufort trat ihnen in einer mädchenhaften Wolke malvenfarbenen Musselins und wehender Schleier entgegen.

May kam gerade aus dem Zelt. In dem weißen Kleid mit dem blaßgrünen Band um die Taille und dem Efeukranz auf dem Hut wirkte sie genauso dianenhaft kühl wie an dem Abend ihrer Verlobung beim Eintritt in den Beaufortschen Ballsaal. In der ganzen Zeit dazwischen schien kein Gedanke ihre Stirn und kein Gefühl ihr Herz gestreift zu haben; und obgleich ihr Gatte wußte, daß beides ihr nicht fremd war, staunte er doch von neuem über ihre Fähigkeit, alles Erlebte von sich abzuschütteln.

Sie hielt Pfeil und Bogen in der Hand, stellte sich an die über den Rasen gezogene Kreidelinie, hob den Bogen an die Schulter und zielte. Diese Haltung war so voll klassischer Anmut, daß ihrem Erscheinen ein beifälliges Murmeln folgte, und Archer verspürte den glühenden Besitzerstolz, der ihn so oft mit einem vorübergehenden Wohlbehagen betrog. Ihre Gegnerinnen – Mrs. Reggie Chivers, die Merry-Töchter und verschiedene rosige Thorleys, Dagonets und Mingotts – standen gespannt in lieblicher Gruppierung hinter ihr, braune und goldene Köpfe beugten sich über die Resultate, und blaßfarbene Musseline und bekränzte Hüte mischten sich zu einem zarten Regenbogen. Alle waren sie jung und hübsch, vom Rosenhauch des Sommers umfangen; keine aber besaß die nymphenhaft Leichtigkeit seiner Frau, wenn sie sich, wie eben jetzt, mit gestrafften Muskeln und glücklich gespannten Zügen an eine Aufgabe machte, die ihre ganze körperliche Gewandtheit erforderte.

»Toll«, hörte Archer Lawrence Lefferts sagen, »nicht eine hält den Bogen so wie sie.« Und Beaufort entgegnete: »Allerdings – das ist aber auch das einzige Ziel, das sie je treffen wird.«

Archer empfand eine seltsame Verärgerung. Die verächtliche Bemerkung, die sein Gastgeber über eine »anständige« Frau wie May gemacht hatte, war gerade das, was ein Gatte hätte gern über seine Frau hören sollen: Wenn ein ungeschliffener Mensch sie nicht anziehend fand, dann war das nur ein weiterer Beweis für ihre Vorzüge. Dennoch ließen die Worte sein Herz leicht erschauern. Was, wenn das »Anständige«, zu solch höchster Vollkommenheit gediehen, nur ein Nichts, der Vorhang vor einer Leere war? Während er auf May blickte, die, rosig überglüht, nach ihrem letzten Treffer gelassen zurückkam, hatte er das Gefühl, als habe er diesen Vorhang doch noch nie gelüftet.

Sie nahm die Glückwünsche ihrer Rivalinnen und der übrigen Gesellschaft mit einer Schlichtheit entgegen, die ihre wunderbarste Eigenschaft war. Es konnte einfach niemand neidisch auf ihre Triumphe sein, weil es ihr gelang, das Gefühl zu vermitteln, daß sie genauso heiter gewesen wäre, wenn sie verloren hätte. Als aber ihr Blick dem ihres Gatten begegnete, erstrahlte auch in ihrem Gesicht die Freude, die sie in seinem las.

Mrs. Wellands Pony-Korbwagen wartete auf sie, und May setzte sich neben Archer, ergriff die Zügel und lenkte die Ponys aus den übrigen sich zerstreuenden Wagen heraus.

Die Nachmittagssonne lag noch schimmernd auf Rasen und Büschen, und die Bellevue Avenue hinauf und hinunter rollte eine Doppelreihe von Dogcarts, Jagdwagen, Landauern und »Vis-à-vis« mit schön gekleideten Damen und Herren, die von Beauforts Gartenparty oder ihrer nachmittäglichen Fahrt ans Meer heimkehrten.

»Sollen wir bei Großmama vorbeifahren?« schlug May plötzlich vor. »Ich möchte ihr gern selber sagen, daß ich den Preis gewonnen habe. Wir haben noch viel Zeit bis zum Abendessen.«

Archer willigte ein, und sie lenkte die Ponys in die Narragansett Avenue, überquerte die Spring Street und fuhr hinaus in das jenseits gelegene felsige Moorland. In dieser wenig vornehmen Gegend hatte sich die Große Catherine in ihrer Jugend, unbekümmert um das Beispiel der anderen und sparsam mit ihrem Geld wie stets, auf billigem Grund und Boden ein vieltürmiges Fachwerkhäuschen über der Bucht errichten lassen. In einem Dickicht verkrüppelter Eichen erstreckten sich hier ihre Veranden hoch über dem inselgeschmückten Meer. Eine Anfahrtstraße schlängelte sich zwischen gußeisernen Hirschen und blauen Glaskugeln, die in Geranienbüschen standen, zu einer Haustür aus blankpoliertem Walnußholz unter einem gestreifen Verandadach; dahinter befand sich eine schmale Diele mit schwarz und gelb gemustertem Sternparkett, wovon vier kleine quadratische Zimmer abgingen, die mit schweren Velourstapeten und Dekken geschmückt waren, an denen ein italienischer Maler in verschwenderischer Fülle die Götter des Olymp dargestellt hatte. Aus einem der Räume hatte Mrs. Mingott ihr Schlafzimmer gemacht, als die Fleischesbürde über sie gekommen war, und im daneben liegenden verbrachte sie ihre Tage, wo sie, in einem riesigen Sessel zwischen dem offenen Fenster und der offenen Tür thronend, unentwegt einen Fächer aus Palmblättern schwenkte, den der gewaltig vorspringende Busen ihrer übrigen Person so fernhielt, daß der entstehende Luftzug nur die Fransen des Deckchens auf dem Sessel eben zum Zittern brachte.

Seitdem die alte Catherine die Beschleunigung von Archers Heirat vermittelt hatte, war sie ihm mit der Herzlichkeit begegnet, wie man sie für jemanden empfindet, dem man einen Dienst erwiesen hat. Sie war überzeugt, daß unbezähmbare Leidenschaft die Ursache seiner Ungeduld gewesen war; und da sie impulsives Handeln unbedingt bewunderte – wenn es nicht mit Geldausgaben verbunden war –, empfing sie ihn stets wie einen Komplizen mit freundlichem Augenzwinkern und Anspielungen, die May zum Glück völlig zu entgehen schienen.

Mit großem Interesse besah und lobte sie den Pfeil mit der Diamantspitze, den man May nach Beendigung des Wettkampfs an den Busen geheftet hatte, wobei sie bemerkte, in ihrer Jugend hätte man eine Filigranbrosche für genügend erachtet, doch sei nicht zu leugnen, daß Beaufort alles sehr hübsch mache.

»Ein wahres Erbstück, meine Liebe«, kicherte die alte Dame. »Du mußt es deiner ältesten Tochter vermachen.« Sie kniff May in den weißen Arm und sah, wie die Röte ihr Gesicht überzog. »Na, na, was hab ich denn gesagt, daß du die rote Fahne raussteckst? Soll es vielleicht keine Mädchen geben – bloß Jungs, he? Meine Güte, sieh doch nur, wie sie über der Röte nochmal rot wird! Was – darf ich das auch nicht sagen? Barmherziger Himmel! Wenn meine Kinder mich bitten, ich soll all die Götter und Göttinnen da oben übermalen lassen, sag ich immer, ich bin nur froh, daß ich jemanden um mich habe, den *nichts* schockieren kann!«

Archer lachte laut auf, und May tat es ihm nach, tiefrot bis an die Ohren.

»Nun erzählt mir alles von dem Gartenfest, meine Lieben, denn aus der albernen Medora kriege ich ja doch kein vernünftiges Wort heraus«, fuhr die Ahne fort, und als May ausrief: »Tante Medora? Aber ich dachte, sie wollte nach Portsmouth zurück?«, da antwortete sie ruhig: »Das will sie auch – aber erst muß sie herkommen und Ellen abholen. Ach, ihr wißt nicht, daß Ellen heute bei mir ist? So eine Kinderei, für den Sommer nicht herkommen zu wollen! Aber ich habe es schon vor fünfzig Jahren aufgegeben, mich mit jungen Leuten zu streiten. Ellen – *Ellen*!« rief sie mit ihrer schrillen, alten Stimme und versuchte, sich weit genug vorzubeugen, um einen Blick auf den Rasen hinter der Veranda zu werfen.

Es kam keine Antwort, und Mrs. Mingott pochte ungeduldig mit dem Stock auf den glänzenden Boden. Eine Mulattendienerin mit hellem Turban erschien auf das Gelärme und meldete ihrer Herrin, sie habe »Miss Ellen« den Weg zum Meer hinuntergehen sehen. Mrs. Mingott wandte sich an Archer.

»Lauf hinunter und hol' sie, sei ein guter Enkel. Die nette Dame hier wird mir inzwischen von dem Gartenfest erzählen«, sagte sie. Archer erhob sich wie im Traum.

Er hatte den Namen der Gräfin Olenska oft genug in den anderthalb Jahren, die sie sich nicht mehr gesehen hatten, nennen hören, und sogar die wichtigesten Ereignisse ihres Lebens in dieser Zwischenzeit waren ihm vertraut. Er wußte, daß sie den vorigen Sommer in Newport verbracht hatte, wo sie anscheinend viel in Gesellschaft gegangen war; dann aber hatte sie im Herbst das »großartige Haus«, das Beaufort mit so viel Mühe für sie gefunden hatte, plötzlich untervermietet und sich in Washington niedergelassen. Dort, so hatte er gehört (wie man immer von schönen Frauen in Washington hört), habe sie im Winter in den »glänzenden diplomatischen Kreisen«, die die gesellschaftliche Rückständigkeit der Verwaltungshauptstadt einigermaßen aufwiegen sollten, eine bedeutende Rolle gespielt. Diesen Erzählungen und verschiedenen anderen, einander widersprechenden Berichten über ihr Aussehen, ihre Gespräche, ihre Ansichten und Freunde hatte er so unbeteiligt zugehört, als handle es sich um Erinnerungen an einen lange Verstorbenen. Erst als Medora bei dem Bogenschützen-Wettkampf plötzlich ihren Namen aussprach, war Ellen Olenska ihm wieder lebendig und gegenwärtig geworden. Das Geschwätz der Marquise hatte in ihm den Anblick des kleinen Wohnzimmers mit dem Kaminfeuer und das Geräusch der auf der menschenleeren Straße heranrollenden Wagenräder wieder wachgerufen. Er mußte an eine früher gelesene Geschichte denken, in der toskanische Bauernkinder ein Strohbündel in einer Höhle an der Straße entzündeten und so alte stumme Bilder an den bemalten Grabwänden entdeckten...

Der Weg zur Küste fiel von der Anhöhe, auf der das Haus stand, zu einem Pfad ab, der über dem Meer entlangführte und mit Trauerweiden bepflanzt war.

Durch ihren Laubschleier glitzerte Lime Rock mit seinem weißgestrichenen Turm und dem niedrigen Haus zu Archer herüber, in dem die ehrwürdige Leuchtturmwärterin Ida Lewis ihre letzten heroischen Lebensjahre beschloß. Dahinter erstreckte sich das flache Gelände von Goat Island mit seinen häßlichen Schornsteinen, während sich die Bucht nordwärts in goldenem Schimmer bis nach Prudence Island mit seinem niedrigen Eichenbestand dehnte und die Küsten von Conanicut im Dunst des Sonnenuntergangs verdämmerten.

Der Weidenpfad endete in einem schmalen hölzernen Landungssteg, den ein pagodenähnlicher Pavillon abschloß; darin stand, gegen das Geländer gelehnt und mit dem Rücken zur Küste, eine Dame. Archer stockte bei ihrem Anblick, als sei er aus einem Schlaf erwacht. Dieses Bild der Vergangenheit war ein Traum, und die Wirklichkeit war das, was ihn oben in dem Haus auf der Anhöhe erwartete: Mrs. Wellands Ponywagen, der vor der Tür unermüdlich das ovale Rasenstück umfuhr, May, die unter den schamlosen Olympiern saß und von heimlichen Hoffnungen glühte, die Villa Welland am äußersten Ende der Bellevue Avenue und Mr. Welland, der, bereits zum Abendessen umgezogen, mit der Ungeduld des Magenkranken, die Uhr in der Hand, im Wohnzimmer auf und ab schritt – denn es war eines der Häuser, in denen man immer genau wußte, was zu jeder Stunde geschah.

»Was bin ich?« Ein Schwiegersohn –», dachte Archer.

Die Gestalt am Ende des Landungsstegs hatte sich nicht bewegt. Lange blieb Archer an dem Abhang stehen und starrte auf die Bucht, die vom Kommen und Gehen von Segelschiffen, Jachten, Fischerbooten und schwarzen Kohlenkähnen, die von lärmenden Schleppern gezogen wurden, zerfurcht war. Die Dame in der Laube schien vom selben Anblick gefesselt. Hinter den grauen Bollwerken von Fort Adams zerbarst ein bedächtiger Sonnenuntergang in tausend Feuer, und die Strahlen verfingen sich im Segel eines Kutters, der zwischen Lime Rock und der Küste ins offene Meer hinausglitt. Bei diesem Anblick erinnerte sich Archer der Szene in »The Shaughraun«, als Montague Ada Dyas' Samtband an seine Lippen hob, ohne daß sie seine Anwesenheit ahnte.

»Sie weiß es nicht – sie ahnt nichts. Würde ich es auch nicht merken, wenn sie hinter mich träte?« überlegte er, und plötzlich sagte er sich: »Wenn sie sich nicht umdreht, bevor das Segel am Lime Rock vorbei ist, gehe ich zurück.«

Das Schiff trieb mit der Ebbe hinaus. Es glitt vor Lime Rock, verdeckte Ida Lewis' kleines Haus und fuhr vor dem Turm vorbei, in dem schon das Licht brannte. Archer wartete, bis ein breiter Streifen Wasser zwischen dem äußersten Inselriff und dem Heck des Schiffes funkelte; aber immer noch rührte die Gestalt im Pavillon sich nicht.

Da kehrte er um und ging die Anhöhe hinauf.

»Schade, daß du Ellen nicht gefunden hast – ich hätte sie gern wiedergesehen«, sagte May, als sie durch die Dämmerung heimfuhren. »Aber vielleicht hätte sie sich auch nichts daraus gemacht – sie scheint sehr verändert zu sein.«

»Verändert?« wiederholte er mit tonloser Stimme, die Augen auf die Ohren der Ponys geheftet.

»Ich meine, so gleichgültig ihren Freunden gegenüber: New York und ihr Haus im Stich zu lassen und ihre Zeit mit so merkwürdigen Leuten zu verbringen! Stell dir vor, wie scheußlich ungemütlich es für sie bei den Blenkers sein muß. Sie sagt, sie tue es, um Tante Medora vor einem Unheil zu bewahren – um zu verhindern, daß sie irgend jemand Gräßlichen heiratet. Aber ich denke oft, wir sind ihr immer zu langweilig gewesen.«

Archer schwieg, und mit einer Härte, wie er sie bisher noch nie an ihrer freimütigen, frischen Stimme wahrgenommen hatte, fuhr sie fort: »Vielleicht würde sie sich bei ihrem Mann am Ende doch glücklicher fühlen.«

Er lachte auf. *»Sancta simplicitas!«* rief er aus, und als sie ihn mit gerunzelten Brauen fragend ansah, setzte er hinzu: »Ich glaube nicht, daß du schon einmal so was Grausames gesagt hast.«

»Grausam?«

»Ja – den Zuckungen der Verdammten zuzusehen, soll ja ein Lieblingssport der Engel sein; ich glaube aber, nicht einmal sie halten die Leute in der Hölle für glücklicher.«

»Dann ist es eben ein Jammer, daß sie einen Ausländer geheiratet hat«, sagte May mit derselben Gelassenheit, mit der Mrs. Welland auf die Verrücktheiten ihres Mannes antwortete, und Archer fühlte sich mit sanftem Tadel in die Kategorie der unvernünftigen Ehemänner verwiesen.

Sie fuhren die Bellevue Avenue hinunter und bogen zwischen die kannelierten hölzernen Torpfosten mit den sie krönenden gußeisernen Laternen ein, die die Zufahrt zu der Wellandschen Villa schmückten. Durch die Fenster schienen bereits die Lichter, und als der Wagen hielt, erblickte Archer seinen Schwiegervater genau so, wie er ihn sich vorgestellt hatte: Er ging mit der Uhr in der Hand im Wohnzimmer auf und ab, und in seinen Mienen lag der gequälte Ausdruck, der, wie er längst herausgefunden hatte, viel größeren Eindruck machte als jeder Wutausbruch.

Als Archer seiner Frau in die Diele folgte, wurde er gewahr, wie sich seine Stimmung merkwürdig umkehrte. Es lag etwas in dem Luxus des Wellandschen Hauses und der Schwere der ganzen Atmosphäre, die zu peinlich genauer Einhaltung vorgeschriebener Kleinigkeiten zwang, das sich stets wie ein Betäubungsmittel in seine Blutbahn stahl. Die schweren Teppiche, die aufmerksamen Diener, das ewig mahnende Ticken strenger Uhren, der ewig erneuerte Stoß Karten und Einladungen auf dem Dielentisch, die ganze Kette tyrannischer Läppereien, die eine Stunde an die andere und alle Mitglieder des Haushalts aneinander fesselte, ließen sonst jedes weniger geregelt dahinfließende

Dasein unwirklich und bedenklich erscheinen. Nun aber war es das Wellandsche Haus und das Leben, das er darin führen sollte, was unwirklich und bedeutungslos geworden war, während die kurze Szene an der Küste, wo er unschlüssig an dem Abhang gestanden hatte, ihm so nahe war wie das Blut in seinen Adern.

Die ganze Nacht lag er an Mays Seite wach in dem großen Chintz-Schlafzimmer, starrte auf das Mondlicht, das schräg über den Teppich wanderte, und dachte an Ellen Olenska, die hinter Beauforts Trabern die schimmernde Küste entlang nach Hause fuhr.

22

»Eine Einladung zu Ehren der Blenkers – der Blenkers?« Mr. Welland legte Messer und Gabel hin und blickte über den Mittagstisch hinweg besorgt zu seiner Frau hinüber, die, ihre goldene Lorgnette an die Augen hebend, in komischem Ton laut las:

»Professor Emerson Sillerton und Frau geben sich die Ehre, Mr. und Mrs. Welland am 25. August pünktlich um 3 Uhr zum Treffen des Mittwochnachmittags-Klubs zu Ehren von Mrs. Blenker und ihren Töchtern einzuladen.
Red Gables, Catherine Street. U.A.w.g.«

»Um Himmels willen!« stöhnte Mr. Welland, als sei ein zweites Vorlesen nötig gewesen, um ihm die ganze Ungeheuerlichkeit dieser Sache begreiflich zu machen.

»Die arme Amy Sillerton! Man kann nie wissen, mit welchen Überraschungen ihr Mann im nächsten Augenblick kommt«, seufzte Mrs. Welland. »Vermutlich hat er die Blenkers eben erst entdeckt.«

Professor Emerson Sillerton war der Gesellschaft Newports ein Dorn im Fleische, dazu ein Dorn, den man nicht herausziehen konnte, denn er wuchs gleichsam an einem ehrwürdigen und allgemein verehrten Familienstammbaum. Er war, wie man so sagt, ein Mann, der die »glänzendsten Aussichten« gehabt hatte. Sein Vater war Sillerton Jacksons Onkel, seine Mutter eine Pennilow aus Boston; beide Familien besaßen Rang und Vermögen und paßten zueinander. Nichts – wie Mrs. Welland oft bemerkt hatte – nichts auf der Welt zwang Emerson Sillerton, Archäologe zu werden oder überhaupt Professor oder im Winter in Newport zu wohnen oder all die anderen revolutionären Dinge zu tun, die er tat. Wenn er aber schon mit der Tradition brechen und sich über die Gesellschaft lustig machen wollte, dann hätte er wenigstens nicht die arme Amy Dagonet heiraten sollen, die das Recht hatte, »etwas anderes« zu erwarten, und reich genug war, sich einen eigenen Wagen zu halten.

Niemand von den Mingotts begriff, warum Amy sich so demütig den verrückten Launen eines Gatten unterwarf, der das Haus mit langhaarigen Männern und kurzhaarigen Frauen füllte und nur reiste, um mit ihr Gräber in Yucatan zu erforschen, anstatt nach Paris oder Italien zu fahren. Aber so war es mit ihnen nun einmal, und sie merkten anscheinend gar nicht, daß sie anders als alle anderen waren; und wenn sie, wie alljährlich, eine ihrer trostlosen Gartengesellschaften gaben, so ließ man aus Achtung vor der Sillerton-Pennilow-Dagonet-Verwandtschaft in allen Familien, die an den Cliffs wohnten, das Los entscheiden und schickte dann einen widerstrebenden Vertreter hin.

»Es ist ein Wunder«, bemerkte Mrs. Welland, »daß sie nicht den Tag der Cup-Regatta gewählt haben! Weißt du noch, wie sie vor zwei Jahren zu Ehren eines Schwarzen ihre Gesellschaft am selben Tag gaben, an dem Julia Mingotts *thé dansant* stattfand? Zum Glück ist diesmal nichts anderes los, soviel ich weiß – denn natürlich müssen einige von uns hin.«

Mr. Welland seufzte gereizt. »›Einige von uns‹, meine Liebe – mehr als *einer*? Drei Uhr ist so eine ungelegene Zeit. Um halb vier muß ich hier sein, um meine Tropfen einzunehmen; denn es hat überhaupt keinen Zweck, Bencombs neue Kur zu versuchen, wenn man es nicht systematisch tut. Und wenn ich später nachkomme, versäume ich natürlich meine Spazierfahrt.« Bei diesem Gedanken legte er Messer und Gabel von neuem hin, und eine nervöse Röte färbte seine feingerunzelten Wangen.

»Es gibt keinen Grund, weshalb du überhaupt hingehen solltest, mein Lieber«, antwortete seine Frau mit ihrem stereotypen Lächeln. »Ich muß sowieso am anderen Ende der Bellevue Avenue ein paar Karten abgeben und kann dann gegen halb vier dort vorbeifahren und wenigstens so lange bleiben, daß die arme Amy nicht sagen kann, wir hätten sie vernachlässigt.« Sie blickte zögernd auf ihre Tochter. »Und wenn Newland über seinen Nachmittag schon verfügt hat, kann May dich vielleicht mit den Ponys ausfahren und das neue Zaumzeug ausprobieren.«

Es war einer der Grundsätze von Mrs. Welland, daß jeder stets über seine Tage und Stunden »verfügte«, wie sie es nannte. Die düstere Möglichkeit, daß jemand – und vor allem jemand, dem nichts am Kartenspiel lag – seine Zeit »totschlagen« müsse, war ihr eine Vorstellung, die sie genauso verfolgte wie das Gespenst der Arbeitslosigkeit den Philanthropen. Ein anderer ihrer Grundsätze lautete, Eltern sollten sich nie – zumindest nicht erkennbar – in die Pläne ihrer verheirateten Kinder einmischen; und die Schwierigkeit, diese Achtung vor Mays Freiheit mit den dringenden Ansprüchen von Mr. Welland zu vereinen, ließ sich nur mit außerordentlichem Scharfsinn bewältigen, der Mrs. Welland selbst keine Sekunde Zeit ließ, über die sie nicht »verfügt« hätte.

»Natürlich werde ich mit Papa ausfahren – Newland wird schon etwas zu tun finden«, sagte May in einem Ton, der ihren Gatten sanft daran erinnerte, daß er sich noch nicht geäußert hatte. Für Mrs. Welland war es eine Quelle beständiger Sorge, daß ihr Schwiegersohn so wenig Interesse zeigte, seine Tage im voraus einzuteilen. Oft schon hatte er während der vierzehn Tage, die er unter ihrem Dache weilte, auf ihre Frage, wie er den Vormittag hinzubringen gedenke, die seltsame Antwort gegeben: »Ach, ich glaube, heute werde ich ihn zur Abwechslung sparen, statt hinzubringen –«, und einmal, als sie mit May eine schon lange aufgeschobene Reihe von Nachmittagsbesuchen machen mußte, hatte er nachher gestanden, er habe die ganze Zeit unten am Strand unter einem Felsen gelegen.

»Newland scheint nie nach vorn zu schauen«, wagte Mrs. Welland einmal vor ihrer Tochter Klage zu führen, und May antwortete ganz munter: »Nein. Aber weißt du, es macht nichts, denn wenn es nichts Besonderes zu tun gibt, liest er ein Buch.«

»Ach ja – wie sein Vater!« stimmte Mrs. Welland zu, als könne man einer ererbten Verrücktheit gegenüber nicht so streng sein, und danach ließ man das Problem von Newlands Tatenlosigkeit fallen.

Dennoch begann May, als der Empfang bei Sillertons näherrückte, ganz unbefangen ihre Sorge um sein Wohlergehen zu verraten und ihm ein Tennisspiel bei den Chiverses oder eine Segeltour mit Julius Beauforts Kutter vorzuschlagen, um ihn für ihre kurze Abwesenheit auf diese Weise zu entschädigen. »Gegen sechs bin ich wieder zurück, Lieber: Papa fährt niemals länger aus –«, und sie ließ sich erst beruhigen, als Archer ihr sagte, er wolle einen Wagen mieten und die Insel hinauf zu einem Gestüt fahren, um sich nach einem zweiten Pferd für ihre Kutsche umzusehen. Sie hatten schon seit einiger Zeit danach Ausschau gehalten, und sein Plan klang so vernünftig, daß May ihrer Mutter einen Blick zuwarf, als wolle sie sagen: »Du siehst, er versteht seine Zeit ebensogut einzuteilen wie wir alle.«

Auf diese Idee mit dem Gestüt und dem Pferd für die Kutsche war Archer an dem Tage gekommen, an dem er von der Einladung Emerson Sillertons zum erstenmal gehört hatte; aber er hatte den Gedanken für sich behalten, als sei etwas Heimliches daran und als könne sein Plan durch seine Mitteilung gefährdet werden. Vorsichtigerweise hatte er aber schon im voraus einen leichten Wagen mit zwei alten Trabern bestellt, die auf ebener Straße noch ihre dreißig Kilometer machen konnten, und um zwei Uhr sprang er hastig vom Mittagstisch auf und fuhr davon.

Es war ein wundervoller Tag. Von Norden her trieb eine Brise kleine Haufen weißer Wölkchen über den ultramarinblauen Himmel, und darunter wellte sich das leuchtende Meer. Die Bellevue Avenue war zu dieser Stunde menschenleer, und nachdem er den Stallburschen an der Ecke Mill Street abgesetzt hatte, schlug er den breiten Weg die Küste entlang über Eastman's Beach ein.

Er empfand die gleiche unerklärliche Erregung, mit der er sich an freien Schulnachmittagen ins Unbekannte hinein aufgemacht hatte. Er ließ die Tiere gemütlich traben und rechnete, das Gestüt, das nicht weit hinter Paradise Rocks lag, vor drei Uhr zu erreichen; wenn er sich das Pferd ansah (und es, falls es verheißungsvoll erschien, einmal laufen ließ), hatte er immer noch vier Stunden goldener Freiheit zur Verfügung.

Kaum hatte er damals von der Gesellschaft bei den Sillertons gehört, da war ihm der Gedanke gekommen, die Marquise Manson werde sicher mit den Blenkers nach Newport fahren, und so werde Madame Olenska wohl wieder die Gelegenheit benutzen, den Tag bei ihrer Großmutter zu verbringen. Das Blenkersche Anwesen werde jedenfalls verlassen sein, und er wäre in der Lage, ohne Indiskretion seinem unbestimmten Drang zu folgen, der ihn dorthin trieb. Er wußte nicht recht, ob er die Gräfin Olenska wiedersehen wollte; seit er sie aber von dem Pfad über der Bucht aus erblickt hatte, verspürte er das unvernünftige und unbeschreibliche Verlangen, die Umgebung, in der sie lebte, zu sehen und den Bewegungen der Gestalt seiner Phantasie zu folgen, so wie er die wirkliche Gestalt in dem kleinen Pavillon beobachtet hatte. Diese Sehnsucht ließ ihn Tag und Nacht nicht los, ein unaufhörliches, unbestimmbares Verlangen wie der plötzliche Heißhunger eines Kranken auf eine einmal genossene und längst vergessene Speise. Er blickte über dieses Sehnen nicht hinaus und malte sich nicht aus, wohin es führen mochte, denn er war sich keines Wunsches bewußt, mit Madame Olenska zu sprechen oder ihre Stimme zu hören.

Er hatte nur das eine Gefühl, wenn er das Bild dieses Fleckchens Erde, auf dem sie wandelte, mit den Konturen des Himmels und des Meeres mit sich fortnehmen könnte, dann würde ihm die übrige Welt weniger leer erscheinen.

Als er bei dem Gestüt ankam, sah er auf den ersten Blick, daß das Pferd nicht nach seinem Geschmack war; trotzdem spannte er es zu einer Probefahrt ein, um sich selber zu beweisen, daß er es nicht eilig habe. Um drei Uhr aber ließ er die Traber ausgreifen und bog in die Nebenwege nach Portsmouth ab. Der Wind hatte sich gelegt, und ein schwacher Dunst am Horizont zeigte an, daß der Nebel darauf wartete, bei Fluteintritt den Saconnet hinaufzukriechen; doch Feld und Wald rings um ihn her waren noch in goldenes Licht getaucht.

Er fuhr an schindelgedeckten Bauernhäusern in Obstgärten vorüber, an gemähten Wiesen und Eichenwäldchen, an Dörfern mit weißen Kirchtürmen, die spitz in den verblassenden Himmel ragten, und nachdem er angehalten und ein paar Feldarbeiter nach dem Weg gefragt hatte, fuhr er zwischen hohen Böschungen voller Goldrute und Brombeersträuchern einen Hohlweg hinab, an dessen Ende der Fluß blau aufschimmerte. Links sah er vor einer Gruppe Eichen und Ahorn ein langes baufälliges Haus, dessen weißer Anstrich von den Schindeln blätterte.

Dem Toreingang gegenüber stand an der Straße einer der offenen Schuppen, in denen die Neuengländer ihre landwirtschaftlichen Geräte unterbringen und Besucher ihre Gespanne »anbinden«. Archer sprang ab, führte die Pferde in den Schuppen, band sie an einem Pfosten fest und wandte sich dem Haus zu. Das Stück Rasen davor war zu einer Wiese verwildert; links aber stand in einem völlig zugewachsenen Buchsbaumgarten voller Dahlien und rostroter Rosenbüsche ein geiserhafter Pavillon aus Lattengitterwerk, das einmal weiß gewesen war, bekrönt von einem hölzernen Amor, der Pfeil und Bogen verloren hatte, aber unbeirrt weiterzielte.

Archer lehnte sich eine Zeitlang an das Tor. Niemand war zu sehen, und kein Laut drang aus den offenen Fenstern des Hauses: Nur ein ergrauter Neufundländer – gewiß kein wirksamerer Wächter als der pfeillose Amor – lag schlafend vor der Tür. Seltsam zu denken, daß dieser Ort der Ruhe und des Verfalls das Zuhause der ungestümen Blenkers sein sollte; aber Archer war überzeugt, daß er sich nicht geirrt hatte.

Lange blieb er so stehen, um das Bild in sich aufzunehmen, und allmählich verfiel er seinem einschläfernden Zauber; schließlich aber raffte er sich auf und bemerkte erschrocken, wieviel Zeit verflossen war. Sollte er sich sattsehen und dann wieder wegfahren? Unschlüssig stand er da und wünschte plötzlich, das Innere des Hauses zu sehen, um sich das Zimmer vorstellen zu können, das Madame Olenska bewohnte. Nichts hinderte ihn daran, zur Tür zu gehen und zu schellen: wenn sie, wie er vermutete, mit den anderen fort war, konnte er einfach seinen Namen nennen und fragen, ob er vielleicht im Wohnzimmer ein paar Worte für sie aufschreiben dürfe.

Statt dessen ging er über den Rasen in den Laubengarten. Beim Eintreten bemerkte er etwas Leuchtendes in dem Pavillon und erkannte im nächsten Augenblick, daß es ein rosaroter Sonnenschirm war. Magnetisch fühlte er sich zu ihm hingezogen: Er war überzeugt, daß er ihr gehöre. Er ging in den Pavillon, setzte sich auf die wacklige Bank, nahm das seidene Ding in die Hand und betrachtete den Griff, der aus seltenem, würzig duftendem Holz geschnitzt war. Archer hob den Griff an die Lippen.

Da streiften raschelnd Kleider gegen den Buchsbaum; regungslos blieb er sitzen, die gefalteten Hände auf den Schirmgriff gelehnt, und ließ das Rascheln näherkommen, ohne den Blick zu heben. Er hatte es immer gewußt, daß dies geschehen werde...

»Oh, Mr. Archer!« rief eine laute, junge Stimme, und als er aufsah, stand vor ihm die jüngste und dickste der Blenker-Töchter, blond und schlumpig, in zerknittertem Musselin. Ein roter Fleck auf einer ihrer Wangen bedeutete offenbar, daß sie sie eben noch gegen ein Kissen gedrückt hatte, und ihre halbwachen Augen starrten ihn gastfreundlich, aber verwirrt an..

»Mein Gott – wo kommen Sie denn her? Ich muß in der Hängematte fest eingeschlafen sein. Alle anderen sind nach Newport gefahren. – Haben Sie geklingelt?« fragte sie dann plötzlich.

Archers Verwirrung war noch größer als ihre. »Ich – nein – das heißt, ich wollte gerade. Ich mußte über die Insel, um mir ein Pferd anzusehen, und fuhr etwas weiter, weil ich hoffte, vielleicht ihre Frau Mutter und Ihre Gäste begrüßen zu können. Aber das Haus schien leer zu sein – deshalb habe ich hier gewartet.«

Miss Blenker, die ihre Schlaftrunkenheit abgeschüttelt hatte, sah ihn mit wachsendem Interesse an. »Das Haus ist wirklich leer. Mutter ist nicht da, die Marquise auch nicht – überhaupt niemand außer mir.« In ihren Blick trat ein leiser Vorwurf. »Wissen Sie nicht, daß heute nachmittag bei Professor Sillerton für Mutter und uns alle ein Gartenempfang stattfindet? Ich konnte leider nicht mit, weil ich Halsschmerzen hatte und Mutter fürchtete, ich könnte mich heute abend auf der Rückfahrt erkälten. Haben Sie schon mal so eine Enttäuschung erlebt? Natürlich«, fuhr sie vergnügt fort, »hätte mir's nicht halb soviel ausgemacht, wenn ich gewußt hätte, daß Sie kommen.«

Anzeichen einer plumpen Koketterie wurden an ihr sichtbar, und Archer fand den Mut zu dem Einwurf: »Und Madame Olenska – ist sie auch mit nach Newport gefahren?«

Miss Blenker sah ihn erstaunt an. »Madame Olenska? Wissen Sie nicht, daß sie plötzlich verreisen mußte?

»Verreisen –«

»Oh, mein bester Sonnenschirm! Ich habe ihn Katie geliehen, weil er zu ihren Bändern paßt, aber die dumme Gans hat ihn hier liegen lassen. So sind wir Blenkers alle – richtige Bohemiens!« Sie riß den Schirm an sich, öffnete ihn und spannte das rosige Zelt über sich auf. »Ja, Ellen mußte gestern verreisen – wir dürfen nämlich Ellen zu ihr sagen. Sie bekam ein Telegramm aus Boston und sagte, sie bliebe vielleicht zwei Tage fort. Einfach entzückend, wie sie sich das Haar macht, finden Sie nicht?« plapperte Miss Blenker weiter.

Archer starrte immer noch durch sie hindurch, als wäre sie durchsichtig. Er sah nichts als den kitschigen Schirm, der sich rot über ihrem kichernden Gesicht wölbte.

Dann wagte er eine weitere Frage: »Können Sie mir zufällig sagen, warum Madame Olenska nach Boston gefahren ist? Hoffentlich hat sie keine schlechte Nachricht erhalten?«

Miss Blenker nahm das mit einem ungläubigen Lächeln auf. »Ach, das glaube ich nicht. Sie hat uns nicht gesagt, was in dem Telegramm stand. Wahrscheinlich sollte die Marquise es nicht erfahren. Sie hat so etwas Romantisches, finden Sie nicht auch? Erinnert sie Sie nicht auch immer an Mrs. Scott-Siddons, wenn sie aus ihren Liebesromanen vorliest? Haben Sie sie mal gehört?«

In Archer überstürzten sich die Gedanken. Seine ganze Zukunft schien plötzlich aufgerollt vor ihm zu liegen, und durch ihre endlos sich erstreckende Leere schritt die immer kleiner werdende Gestalt eines Mannes, dem nie etwas wirklich widerfuhr. Er blickte um sich auf den vernachlässigten Garten, das baufällige Haus und das Eichengehölz, unter dem die Schatten dichter wurden. Es war ihm so genau als die Umgebung erschienen, in der er Madame Olenska finden würde, aber sie war weit weg, und nicht einmal der rote Sonnenschirm gehörte ihr...

Er runzelte zögernd die Stirn. »Sie wissen sicher nicht – ich bin nämlich morgen in Boston. Wenn ich sie dort treffen könnte –« Er hatte das Gefühl, Miss Blenkers Interesse an ihm lasse merklich nach, doch ihr Lächeln blieb. »Aber natürlich. Wie nett von Ihnen! Sie wohnt im Hotel Parker. Es muß bei diesem Wetter dort schrecklich sein.«

Von da an achtete Archer kaum mehr auf die Worte, die sie wechselten. Er konnte sich nachher nur erinnern, daß er sich standhaft geweigert hatte, die Rückkehr der Familie abzuwarten und vor seiner Heimfahrt noch eine Kleinigkeit mit ihnen zu essen. Mit Miss Blenker an seiner Seite entzog er sich endlich dem Bannkreis des hölzernen Amors, band die Pferde los und fuhr davon. An der Wegbiegung blickte er zurück und sah, wie Miss Blenker am Tor stand und ihm mit dem rosa Sonnenschirm nachwinkte.

23

Als Archer am nächsten Morgen aus dem Zug aus Fall River stieg, traf er auf ein brodelndes, mittsommerliches Boston. Die Straßen nahe am Bahnhof stanken nach Bier, Kaffee und faulem Obst, und die unbekümmert in Hemdärmeln herumlaufende Bevölkerung bewegte sich durch die Stadt mit der Hemmungslosigkeit von Pensionsgästen, die sich über den Korridor ins Badezimmer begeben.

Er suchte sich eine Droschke und fuhr zum Frühstück in den Somerset-Klub. Selbst die vornehmen Viertel hatten etwas von der schmuddeligen Gewöhnlichkeit, zu der die Städte Europas auch in der allergrößten Hitze nicht verkommen. Hausmeister lungerten in ihren Kattunhosen auf den Treppen der Reichen herum, und der Stadtpark sah aus, als hätte eine Ausflugsgesellschaft hier ihr Picknick abgehalten. Wenn Archer versucht hätte, sich Ellen Olenska in einer unwahrscheinlichen Umgebung vorzustellen, hätte er sich keine denken können, die weniger gepaßt hätte als dieses in der Hitze erschlaffte, verödete Boston.

Er frühstückte mit Appetit und System, begann mit einer Melonenscheibe und studierte die Morgenzeitung, während er auf den Toast und die Rühreier wartete. Ein neues Gefühl von Energie und Aktivität war über ihn gekommen, seit er May am Abend zuvor mitgeteilt hatte, er habe in Boston zu tun und werde noch am gleichen Abend mit dem Schiff nach Fall River und am folgenden Abend nach New York weiterfahren. Es hatte vorher schon festgestanden, daß er Anfang der Woche nach New York zurückkehren werde, und als er von seinem Ausflug nach Portsmouth heimkam, genügte ein Brief vom Büro, den das Geschick auffällig an die Kante des Dielentischs plaziert hatte, die plötzliche Änderung seines Plans zu rechtfertigen. Er schämte sich sogar ein wenig, daß alles so leicht gegangen war: Einen Augenblick lang erinnerte er sich mit Unbehagen der Schliche, mit denen Lawrence Lefferts sich seine Freiheit so meisterhaft zu sichern verstand. Doch das beunruhigte ihn nicht lange, denn er war nicht in der Stimmung, sich über alles Rechenschaft abzulegen.

Nach dem Frühstück rauchte er eine Zigarette und überflog den *Commercial Advertiser*. Unterdessen kamen einige Leute, die er kannte, herein, und man tauschte die üblichen Begrüßungen aus: Es war eben doch dieselbe Welt, obschon er das eigentümliche Gefühl hatte, er sei durch die Maschen von Raum und Zeit geschlüpft.

Er zog die Uhr, sah, daß es halb zehn war, erhob sich und ging ins Schreibzimmer. Dort schrieb er ein paar Zeilen und gab einem Boten den Auftrag, mit einer Droschke zum Hotel Parker zu fahren und auf

Antwort zu warten. Dann setzte sich wieder hinter eine Zeitung und versuchte, sich auszurechnen, wie lange die Droschke bis zum Hotel Parker brauchte.

»Die Dame war ausgegangen, Sir«, hörte er plötzlich die Stimme eines Kellners neben sich, und er stammelte: »Ausgegangen?«, als sei das ein Wort aus einer fremden Sprache.

Er stand auf und ging in die Diele. Es mußte ein Irrtum sein: Sie konnte zu der Zeit nicht ausgegangen sein. Zorn über seine eigene Dummheit wallte in ihm auf: Warum hatte er nicht gleich bei seiner Ankunft die Nachricht abgeschickt!

Er griff nach Hut und Stock und trat auf die Straße. Die Stadt war ihm mit einemmal so fremd, so groß und leer, als sei er ein Reisender aus fernen Ländern. Einen Augenblick zögerte er auf der Treppe; dann beschloß er, zum Hotel Parker zu gehen. Vielleicht hatte man den Boten falsch unterrichtet, und sie war natürlich doch da?

Er wollte eben durch den Stadtpark gehen, als er sie auf der ersten Bank unter einem Baum sitzen sah. Sie hatte einen grauseidenen Sonnenschirm aufgespannt – wie hatte er sie sich nur mit einem rosaroten vorstellen können! Als er näherkam, war er betroffen von ihrer Versunkenheit: Sie saß da, als habe sie sonst nichts zu tun. Er sah ihr geneigtes Profil, den tief im Nacken unter dem dunklen Hut sitzenden Haarknoten, den langen gekräuselten Handschuh an der Hand, die den Schirm hielt. Er trat einige Schritte näher, und sie wandte den Kopf und sah ihn an.

»Oh«, sagte sie, und zum erstenmal bemerkte er ein Erschrecken in ihrem Blick; es wich aber gleich darauf einem langsamen Lächeln beglückten Staunens.

»Oh«, murmelte sie noch einmal, aber in ganz anderem Ton, während er dastand und auf sie niederblickte. Ohne sich zu erheben, machte sie ihm auf der Bank Platz.

»Ich bin wegen Geschäften hier – soeben angekommen«, erklärte Archer, und ohne zu wissen warum, tat er plötzlich erstaunt, sie hier zu finden. »Aber was in aller Welt machst *du* hier in dieser Wildnis?« Er hatte wirklich keine Ahnung, was er sagte; er hatte das Gefühl, als rufe er ihr über endlose Weiten etwas zu, und sie könne wieder verschwinden, ehe er sie einholte.

»Ich? Oh, ich bin ebenfalls geschäftlich hier«, antwortete sie und wandte ihm den Kopf zu, so daß sie sich ansahen. Die Worte drangen kaum bis zu ihm: Er empfand nur den Klang ihrer Stimme und die bestürzende Tatsache, daß kein Echo davon ihm in Erinnerung geblieben war. Er hatte nicht einmal mehr gewußt, daß sie tief und bei den Konsonanten ein wenig rauh war.

»Du trägst das Haar anders«, sagte er, und sein Herz schlug, als habe er etwas Unwiderrufliches ausgesprochen.

»Anders? Nein – ich mache es nur, so gut ich kann, wenn ich ohne Nastasia bin.«

»Nastasia – ist sie denn nicht bei dir?«

»Nein, ich bin allein. Für zwei Tage lohnte es nicht, sie mitzubringen.«

»Du bist allein – im Hotel Parker?«

Sie sah ihn an, und in ihren Augen blitzte die frühere Spottlust auf. »Hältst du das für gefährlich?«

»Nein, nicht gefährlich –«

»Aber für unkonventionell? Ich verstehe, das ist es wohl.« Sie dachte einen Augenblick nach. »Ich hatte nicht daran gedacht, weil ich eben etwas noch viel Unkonventionelleres getan habe.« Der leise Spott lauerte noch in ihren Augen. »Ich habe mich soeben geweigert, eine Geldsumme zurückzunehmen – die mir gehörte.«

Archer sprang auf und entfernte sich ein paar Schritte. Sie hatte ihren Sonnenschirm zugeklappt und zeichnete versunken Figuren in den Kies. Sofort wandte er sich ihr wieder zu.

»Jemand – ist hierher gekommen, um dich zu sprechen?«

»Ja.«

»Mit diesem Angebot?«

Sie nickte.

»Und du hast nein gesagt – wegen der Bedingungen?«

»Ich habe nein gesagt«, antwortete sie nach einer kleinen Pause.

Er setzte sich wieder neben sie. »Wie lauteten die Bedingungen?«

»Oh, die waren nicht sehr drückend: bloß ab und zu an der Spitze seiner Tafel zu sitzen.«

Wieder herrschte einen Augenblick Schweigen. Archers Herz hatte sich in der ihm eigenen Art krampfhaft verschlossen, und er saß da und suchte vergeblich nach einem Wort.

»Er will dich wieder – um jeden Preis?«

»Nun – um einen bedeutenden Preis. Jedenfalls ist die Summe für mich bedeutend.«

Er zögerte lange, ehe er die unvermeidliche Frage stellte.

»Und um ihn zu treffen, bist du hergekommen?«

Sie starrte ihn an, dann brach sie in Lachen aus. »Ihn zu treffen – meinen Mann? *Hier*? Zu dieser Zeit ist er immer in Cowes oder Baden.«

»Er hat jemanden geschickt?«

»Ja.«

»Mit einem Brief?«

Sie schüttelte den Kopf. »Nein, nur mit einer Nachricht. Er schreibt nie. Ich glaube, ich habe nur einmal einen Brief von ihm erhalten.« Die Erwähnung trieb ihr das Blut in die Wangen, und auch Archer errötete heftig.

»Warum schreibt er nie?«

»Warum sollte er? Wozu gibt es Sekretäre?«

Archer wurde noch röter. Sie hatte das Wort ausgesprochen, als habe es keine größere Bedeutung als irgendein anderes in ihrem Vokabular. Einen Augenblick schwebte ihm die Frage auf der Zunge: »Er hat also seinen Sekretär geschickt?« Aber die Erinnerung an Graf Olenskis einzigen Brief an seine Frau war ihm noch zu gegenwärtig. Wieder zögerte er; dann nahm er einen neuen Anlauf.

»Und wer ist es?«

»Der Abgesandte? – Der Abgesandte«, erwiderte Madame Olenska noch immer lächelnd, »hätte meinetwegen längst abreisen können. Er wollte aber unbedingt bis heute abend warten... für den Fall... daß ich...«

»Und du bist hierher gekommen, um es dir noch einmal zu überlegen?«

»Ich bin hier, um frische Luft zu schöpfen. Im Hotel ist es so stickig. Ich nehme den Nachmittagszug nach Portsmouth zurück.«

Schweigend saßen sie da, die Blicke geradeaus auf die Vorübergehenden gerichtet. Endlich sah sie ihm wieder ins Gesicht und sagte: »Du hast dich nicht verändert.«

Er wollte antworten: »Oh doch – bis ich dich wiedersah«; statt dessen erhob er sich unvermittelt und schaute sich in dem ungepflegten, brodelnden Park um.

»Es ist entsetzlich hier. Wollen wir nicht ein bißchen hinaus an die Bucht fahren? Dort ist es luftig und kühler. Wir könnten den Dampfer bis Point Arley nehmen.« Sie sah unschlüssig zu ihm auf, und er fuhr fort: »An einem Montagvormittag ist kein Mensch auf dem Dampfer. Mein Zug geht erst heute abend – ich muß nach New York zurück. Wollen wir?« drängte er und sah zu ihr hinunter; dann stieß er plötzlich hervor: »Haben wir denn nicht alles getan, was wir konnten?«

»Oh«, murmelte sie wieder. Sie erhob sich, öffnete den Sonnenschirm und sah sich nach allen Seiten um, als suche sie in der Umgebung Rat und erkenne die Unmöglichkeit, dazubleiben. Dann blickte sie ihm wieder ins Gesicht. »Du darfst so etwas nicht zu mir sagen.«

»Ich will alles sagen, was du willst, oder nichts. Ich werde den Mund nicht auftun, wenn du es nicht befiehlst. Wem wird dadurch etwas genommen? Ich will ja nichts als dir zuhören«, stammelte er.

Sie zog eine kleine Uhr mit goldenem Zifferblatt an einer emaillierten Kette hervor. »Oh, nicht rechnen«, rief er, »schenke mir den Tag. Ich bringe dich von diesem Menschen weg. Um wieviel Uhr soll er kommen?«

Sie errötete wieder. »Um elf.«

»Dann mußt du sofort kommen.«

»Du brauchst nichts zu befürchten – wenn ich nicht komme.«

»Du auch nichts – wenn du kommst. Ich schwöre, ich will nur von dir hören, wie es dir ergangen ist. Seit hundert Jahren haben wir uns nicht mehr gesehen – vielleicht vergehen wieder hundert Jahre, bis wir uns wiedersehen.«

Sie schwankte immer noch, den bangen Blick auf sein Gesicht gerichtet. »Warum bist du an dem Tag, als ich bei Großmama war, nicht herunter an den Strand gekommen, um mich zu holen?« fragte sie.

»Weil du dich nicht umsahst – weil du nicht wußtest, daß ich da war. Ich hatte mir geschworen, dich nicht zu rufen, wenn du dich nicht umdrehtest.« Er lachte, als ihm die Albernheit dieses Geständnisses bewußt wurde.

»Aber ich habe mich absichtlich nicht umgesehen.«

»Absichtlich?«

»Ich wußte, daß du da warst; als du ankamst, erkannte ich die Ponys: Darum ging ich hinunter an den Strand.«

»Um möglichst weit vor mir davonzulaufen?«

Leise wiederholte sie: »Um möglichst weit vor dir davonzulaufen.«

Er lachte wieder auf, diesmal in jungenhaftem Stolz. »Siehst du, es hat keinen Zweck. Ich kann dir auch sagen«, fügte er hinzu, »daß ich allein hierher gekommen bin, um dich zu treffen. Doch hör zu, wir müssen los, sonst erreichen wir unser Schiff nicht.«

»Unser Schiff?« Verwirrt zog sie die Stirn kraus, dann lächelte sie: »Aber ich muß erst ins Hotel zurück – einen Zettel dalassen –«

»Soviele Zettel du willst. Du kannst hier schreiben.« Er zog eine Brieftasche und einen der neuen Füllfederhalter hervor. »Ich habe sogar einen Umschlag da – du siehst, wie alles vom Schicksal gewollt ist! Da – leg dir das auf die Knie, der Federhalter wird gleich funktionieren. Man muß ihm etwas Zeit lassen –« Er schlenkerte die Hand mit der Feder gegen die Banklehne. »Es ist wie bei einem Thermometer, wenn man das Quecksilber herunterschlägt: nur ein Trick. So, fertig –«

Sie lachte, beugte sich über das Blatt, das er auf seine Brieftasche gelegt hatte, und begann zu schreiben. Archer trat ein paar Schritte beiseite und starrte mit strahlenden, blicklosen Augen auf die Vorübergehenden, die ihrerseits stehenblieben bei dem ungewohnten Anblick einer elegant gekleideten Dame, die im Stadtpark auf ihren Knien ein Briefchen schrieb.

Madame Olenska schob das Blatt in den Umschlag, schrieb einen Namen darauf und steckte ihn in die Tasche. Dann erhob auch sie sich. Sie gingen zur Beacon Street zurück; in der Nähe des Klubs erblickte Archer die plüschgepolsterte Droschke, die seinen Boten zum Hotel gefahren hatte, und den Kutscher, der sich von dieser Anstrengung erholte, indem er den Kopf unter den Hydranten an der Ecke hielt.

»Ich sagte doch, alles ist vom Schicksal gewollt! Hier ist eine Droschke für uns. Also!« Sie lachten, erstaunt über das Wunder, zu dieser Stunde und an dieser ungünstigen Stelle ein öffentliches Verkehrsmittel anzutreffen, und das in einer Stadt,in der Droschkenplätze noch als »europäische« Neuheit galten.

Archer zog die Uhr und sah, daß sie genug Zeit hatten, auf dem Weg zur Dampferhaltestelle am Hotel Parker vorbeizufahren. Sie ratterten durch die heißen Straßen und hielten vor dem Hoteleingang.

Archer streckte die Hand nach dem Brief aus. »Soll ich ihn abgeben?« fragte er; doch Madame Olenska schüttelte den Kopf, sprang hinaus und verschwand in der Glastür. Es war kaum halb elf; was aber wäre, wenn der Abgesandte, ungeduldig auf ihre Antwort wartend, zum Zeitvertreib bereits unter den mit kühlen Getränken versehenen Reisenden saß, die Archer eben durch die halb geöffnete Glastür erspäht hatte?

Wartend schritt er vor der Droschke auf und ab. Ein sizilianischer Junge mit Augen wie die von Nastasia erbot sich, ihm die Schuhe zu putzen, und eine irische Matrone wollte ihm Pfirsiche verkaufen; alle Augenblicke öffnete sich die Tür, und heraus traten, mit weit in den Nacken geschobenen Strohhüten, erhitzte Männer, die ihn im Vorbeigehen ansahen. Er wunderte sich, daß die Tür so oft aufging, und daß alle Heraustretenden einander so ähnlich sahen und all den erhitzen Männern glichen, die jetzt überall im Lande beständig durch die Pendeltüren von Hotels ein- und ausgingen. Und dann kam plötzlich ein Gesicht, das für ihn nicht zu den anderen Gesichtern paßte. Er sah es nur ganz kurz, weil er beim Auf- und Abgehen gerade ans äußerste Ende der Strecke gelangt war; aber als er sich eben umdrehte, erblickte er in einer Gruppe typischer Gesichter – hagerer und müder, runder und erstaunter, hohlwangiger und sanfter – dieses andere Gesicht, das zugleich so viel mehr und so viel Fremdes enthielt. Es war das eines jungen Mannes, auch bleich und von Hitze oder Sorge oder beidem verzehrt, doch irgendwie lebendiger, lebhafter, bewußter; oder vielleicht erschien es nur so, weil es so anders war. Einen Augenblick lang hielt Archer einen dünnen Erinnerungsfaden in der Hand, der dann abriß und mit dem verschwindenden Gesicht davontrieb – offenbar dem eines europäischen Geschäftsmannes, der in so einer Umgebung doppelt fremd wirkte. Er war im Strom der Vorübergehenden verschwunden, und Archer nahm seine Runde wieder auf.

Er mochte nicht mit der Uhr in der Hand vor dem Hotel gesehen werden, und die ungefähre Schätzung der verstrichenen Zeit ließ ihn den Schluß ziehen, wenn Madame Olenska so lange ausbleibe, dann nur, weil ihr der Abgesandte in den Weg getreten sein müsse. Bei diesem Gedanken wurde Archers Besorgnis zur Qual.

»Wenn sie nicht bald kommt, gehe ich hinein und hole sie«, sagte er sich.

Wieder flog die Tür auf, und sie stand neben ihm. Sie stiegen in die Droschke, und als sie abfuhren, zog er seine Uhr und sah, daß sie genau drei Minuten fortgeblieben war. Unter dem Geklirr der losen Fenster, das jedes Gespräch unmöglich machte, rumpelten sie über das holprige Kopfsteinpflaster zum Kai.

Seite an Seite auf einer Bank des halbleeren Dampfers fanden sie, daß sie sich kaum etwas zu sagen hatten oder vielmehr, daß sie das, was sie sich zu sagen hatten, sich am besten in dem seligen Schweigen ihrer Befreiung und Flucht mitteilen konnten.

Als die Schaufelräder sich zu drehen begannen und Kais und Schiffe im heißen Dunst zurückblieben, schien es Archer, daß damit auch alles aus der alten vertrauten Gewohnheitswelt zurückbliebe. Gern hätte er Madame Olenska gefragt, ob sie das gleiche fühle: daß sie eine lange Reise anträten, von der sie vielleicht nie zurückkehrten. Aber er fürchtete, mit solchen oder ähnlichen Worten ihr zartes Vertrauen zu ihm aus dem Gleichgewicht zu bringen. Er hatte wahrlich nicht den Wunsch, sie in diesem Vertrauen zu enttäuschen. Tage und Nächte hindurch hatte die Erinnerung an ihren

Kuß auf seinen Lippen gebrannt und gebrannt; ja noch gestern hatte ihn auf der Fahrt nach Portsmouth der Gedanke an sie wie Feuer durchzuckt; jetzt aber, da sie neben ihm saß und sie beide ins Unbekannte hineintrieben, schienen sie die tiefere Nähe erreicht zu haben, die schon eine Berührung zerstören kann.

Als das Schiff den Hafen verließ und seewärts drehte, umfächelte sie eine Brise, und die Bucht löste sich in lange glatte Wellenlinien auf, schließlich in eine Kräuselung, die mit Schaumkronen besetzt war. Der schwüle Dunstschleier hing noch über der Stadt, doch vor ihnen lag eine frische Welt mit aufgerührtem Wasser, fernen Vorgebirgen und Leuchttürmen in der Sonne. Madame Olenska, die an der Reling lehnte, sog die Kühle zwischen halb geöffneten Lippen ein. Sie hatte einen langen Schleier um den Hut gewunden, der aber ihr Gesicht frei ließ, und Archer fiel die gelassene Heiterkeit in ihrer Miene auf. Sie schien das Abenteuer als etwas ganz Natürliches hinzunehmen und die Möglichkeit unerwarteter Erlebnisse weder zu befürchten noch (was schlimmer war) besonders freudig zu begrüßen.

Im kahlen Speisezimmer des Gasthofs, das er leer zu finden gehofft hatte, saß eine kreischende Gesellschaft harmloser junger Männer und Frauen – Lehrer auf einem Ausflug, wie der Wirt ihnen erzählte –, und Archer verzweifelte bei dem Gedanken, sich bei diesem Lärm unterhalten zu müssen.

»Das ist ja trostlos – ich frage nach einem Privatzimmer«, sagte er, und ohne ihm zu widersprechen, wartete Madame Olenska, während er sich auf die Suche danach machte. Das Zimmer ging auf eine lange Holzveranda, und durch die Fenster war das Meer zu sehen. Es war kühl und enthielt nichts als einen Tisch, dessen gewürfeltes Leinentuch als Schmuck ein Glas Eingemachtes und eine Heidelbeertorte unter einer Glasglocke trug. Ein heimliches Liebespaar hätte schwerlich in einer unschuldigeren *chambre séparée* Zuflucht finden können: Archer glaubte ein Gefühl der Beruhigung in dem leise belustigten Lächeln zu lesen, mit dem Madame Olenska ihm gegenüber Platz nahm. Eine Frau, die ihrem Mann davongelaufen war – und nach allgemeiner Annahme sogar mit einem anderen Mann –, verstand sich gewiß darauf, vieles als selbstverständlich hinzunehmen; aber in ihrer gelassenen Haltung lag etwas, das ihn entwaffnete. Dadurch, daß sie so ruhig, so gar nicht überrascht, so ungekünstelt war, hatte sie alle Konvention beiseite geschoben und ihm das Gefühl gegeben, daß es etwas ganz Natürliches war, wenn zwei alte Freunde, die sich so viel zu sagen hatten, allein sein wollten...

24

Langsam und nachdenklich verzehrten sie ihr Mittagessen, und stumme Pausen lagen zwischen Momenten eifrigsten Gesprächs, denn als der Bann einmal gebrochen war, hatten sie sich viel zu sagen, doch so, daß das Sprechen oft nur die Begleitung langer stummer Zwiesprache war. Archer schwieg von seinen eigenen Angelegenheiten, nicht mit bewußter Absicht, sondern weil er kein Wort ihrer Erzählung verpassen wollte; und sie, die Arme auf den Tisch gestützt und das Kinn auf die gefalteten Hände gelegt, erzählte von den eineinhalb Jahren, seitdem sie sich zuletzt gesehen hatten.

Was die Leute »Gesellschaft« nennen, das sei ihr langweilig geworden; New York sei freundlich, fast bedrückend gastfreundlich; nie werde sie vergessen, wie man sie bei ihrer Rückkehr aufgenommen habe; doch nach dem ersten Ansturm all des Neuen habe sie festgestellt, daß sie, wie sie es nannte, zu »anders« sei, um das wichtig zu nehmen, was man da wichtig nahm – und darum habe sie sich entschlossen, es in Washington zu versuchen, wo man angeblich mehr Gelegenheit hatte, auch andere Menschen und Ansichten zu finden. Im ganzen sei Washington als Wohnort wohl vorzuziehen, und wahrscheinlich werde sie sich dort mit der armen Medora niederlassen, die die Geduld aller ihrer Verwandten gerade jetzt erschöpft habe, wo sie am dringendsten behütet und vor der Gefahr einer neuen Eheschließung beschützt werden müsse.

»Aber Dr. Carver – fürchtest du denn Dr. Carver nicht? Wie ich hörte, war er bei den Blenkers.«

Sie lächelte. »Oh, die Gefahr Dr. Carver ist gebannt. Er ist ein sehr kluger Mann. Er sucht eine reiche Frau, die seine Pläne finanziert, und Medora ist nur eine gute Reklame, weil er sie bekehrt hat.«

»Bekehrt? Wozu?«

»Zu allen möglichen neuen und verrückten sozialen Ideen. Aber weißt du, sie interessieren mich mehr als dieses blinde Jasagen zur Tradition – der Tradition anderer –, das ich bei unseren Freunden feststelle. Mir erscheint es so töricht, Amerika entdeckt zu haben, nur um es zum Abklatsch eines anderen Landes zu machen.« Sie lächelte über den Tisch hinweg. »Glaubst du, Christoph Columbus hätte sich die ganze Mühe gemacht, bloß um mit den Selfridge Merrys in die Oper zu gehen?«

Archer wechselte die Farbe. »Und Beaufort – sagst du diese Dinge auch zu Beaufort?« fragte er unvermittelt.

»Ich habe ihn lange nicht gesehen. Aber ich habe oft so gesprochen, und er versteht mich.«

»Ach, das habe ich dir immer schon gesagt: Du magst uns nicht. Und du magst Beaufort, weil er uns so unähnlich ist.« Er blickte sich in dem kahlen Raum um und sah hinaus auf den kahlen Strand und die Reihe grellweißer Dorfhäuser, die sich die Küste entlangzog. »Wir sind so verflucht fade. Wir haben keinen Charakter, keine Farbe, nichts Individuelles. Warum nur«, stieß er hervor, »gehst du nicht zurück?«

Ihr Blick wurde düster, und er erwartete eine heftige Entgegnung. Aber sie schwieg, als dächte sie über seine Frage nach, und er fürchtete langsam, sie könnte antworten, daran habe sie auch schon gedacht.

Schließlich sagte sie: »Ich glaube, deinetwegen.«

Das Geständnis hätte nicht leidenschaftsloser oder in einem Ton, der der Eitelkeit des Angeredeten weniger schmeicheln würde, gesagt werden können. Das Blut stieg Archer in die Schläfen, aber er wagte nicht, sich zu rühren oder zu sprechen: Ihre Worte waren wie ein seltener Schmetterling, den die geringste Bewegung auf erschreckten Flügeln davontreiben konnte, um den sich aber vielleicht ein Schwarm sammelte, wenn man ihn nicht störte.

»Zumindest warst du es«, fuhr sie fort, »durch den ich verstanden habe, daß unter der faden Oberfläche so viel Schönes, Feines und Zartes liegt, daß selbst die Dinge, die mir in meinem anderen Leben am wichtigsten waren, daneben schäbig aussehen. Ich weiß nicht, wie ich mich ausdrücken soll –«, ihre Brauen zogen sich angestrengt zusammen, »– aber mir scheint, ich habe vorher nicht begriffen, mit wieviel Härte, Schäbigkeit und Gemeinheit die zartesten Freuden bisweilen erkauft werden.«

»Die zarten Freuden – sie sind schon etwas wert!« hätte er beinahe erwidert; doch die Bitte in ihren Augen brachte ihn zum Schweigen.

»Ich möchte«, fuhr sie fort, »ganz ehrlich zu dir sein – und auch zu mir. Lange habe ich auf die Gelegenheit gehofft: dir zu sagen, wie du mir geholfen hast, was du aus mir gemacht hast –«

Archer saß da und starrte düster vor sich hin. Jetzt unterbrach er sie mit einem Lachen. »Und was denkst du, was du aus mir gemacht hast?«

Sie erbleichte ein wenig. »Aus dir?«

»Ja, denn du hast mich viel mehr verändert, als ich das bei dir gekonnt hätte. Ich bin der Mann, der die eine Frau geheiratet hat, weil die andere es ihm befahl.«

Über ihre Blässe zog sich ein flüchtiges Rot. »Ich meinte – du hast doch versprochen – so etwas heute nicht zu sagen.«

»Ah – wie weiblich! Keine Frau will eine schlimme Sache durchhalten!«

Sie senkte die Stimme. »Ist es wirklich so schlimm – für May?«

Er stand am Fenster, trommelte gegen den hochgeschobenen Rahmen und spürte in jeder Fiber die wehmutvolle Zartheit, mit der sie den Namen ihrer Kusine ausgesprochen hatte.

»Denn daran sollten wir immer denken – nicht wahr? – wie du mir selbst gezeigt hast«, drängte sie.

»Ich dir gezeigt?« echote er, die leeren Augen noch immer aufs Meer gerichtet.

»Sonst«, fuhr sie fort, ihren Gedanken mit schmerzlicher Anstrengung weiter verfolgend, »wenn es nicht der Mühe wert ist, Dinge aufgegeben, Dinge versäumt zu haben, um anderen Enttäuschungen und Elend zu ersparen – dann ist alles, was mich in die Heimat zog, alles, was mein früheres Leben im Gegensatz dazu so arm und leer erscheinen ließ, weil niemand dort das alles wahrnahm – dann ist dies alles erlogen oder geträumt –«

Er drehte sich um, ohne seinen Platz zu verlassen. »Und in dem Fall gibt es keinen Grund, nicht zu deinem Mann zurückzukehren«, beendete er ihren Gedanken.

Verzweifelt hing ihr Blick an ihm. »*Gibt* es wirklich keinen Grund?«

»Nicht, wenn du alles auf das Glück meiner Ehe gesetzt hast. Meine Ehe«, rief er heftig, »scheint nicht gerade dazu angetan, dich hier zu halten.« Sie antwortete nicht, und er fuhr fort: »Was soll's? Du zeigtest mir als erste das echte Leben und verlangtest im selben Augenblick, ich solle ein unechtes weiterleben. Das ist mehr, als ein Mensch ertragen kann – das ist alles.«

»Oh, sag das nicht – wo ich es doch ertrage!« stieß sie hervor, und ihre Augen füllten sich mit Tränen.

Ihre Arme waren auf den Tisch gesunken, und sie überließ ihr Gesicht seinem Blick wie jemand, der unbekümmert vor einer verzweifelten Gefahr steht. Ihr Gesicht zeigte sie ihm so schutzlos, als sei es sie ganz und ihre Seele dazu: Archer stand stumm, überwältigt von dem, was er plötzlich erkannte.

»Auch du, diese ganze Zeit – auch du?«

Als Antwort überschwemmten Tränen ihre Lider und rannen über ihr Gesicht. Noch immer trennte sie die halbe Breite des Zimmers, aber keiner schien sich rühren zu wollen. Archer war sich einer eigentümlichen Gleichgültigkeit gegenüber ihrer körperlichen Gegenwart bewußt: Er würde diese Regung kaum bemerkt haben, hätte nicht eine der Hände, die sie über den Tisch geworfen hatte, seinen Blick angezogen wie damals, als er in dem Häuschen in der Dreiundzwanzigsten Straße sein Auge hatte darauf ruhen lassen, um ihr nicht ins Gesicht sehen zu müssen. Jetzt kreiste seine Phantasie um die Hand wie um einen Strudel; dennoch machte er keine Anstalten, näherzutreten. Er hatte die Liebe kennengelernt, die Zärtlichkeiten gibt und empfängt; diese Leidenschaft aber wurzelte so tief, daß sie durch nichts Äußerliches befriedigt werden konnte. Er hatte nur die eine Furcht, etwas zu tun, was den Ton und die Stimmung ihrer Worte auslöschen könnte; nur den einen Gedanken, daß er sich niemals mehr ganz einsam fühlen werde.

Aber nach einer Weile überkam ihn ein Gefühl, als sei alles umsonst und verloren. Hier waren sie beieinander, sicher und aufgehoben; dennoch war jeder so an sein eigenes Schicksal geschmiedet, daß ebensogut die halbe Welt zwischen ihnen hätte liegen können.

»Was für einen Zweck hat es – wenn du zurückgehst?« stieß er hervor, und hinter seinen Worten schrie es verzweifelt: »Was kann ich tun, um dich zu halten?«

Mit gesenkten Lidern saß sie reglos da. »Oh, ich werde noch nicht gehen!«

»Noch nicht? Aber irgendwann? Weißt du vielleicht schon, wann?«

Sie schlug den reinsten Blick zu ihm auf. »Ich verspreche dir: nicht, solange du aushältst. Nicht, solange wir uns so gerade in die Augen sehen können.«

Er ließ sich auf seinen Stuhl sinken. Der Sinn ihrer Antwort war: »Wenn du dich rührst, treibst du mich zurück: zurück zu dem Abscheulichen, das du kennst, und zu den Versuchungen, die du halb errätst.« Er verstand es so deutlich, als hätte sie die Worte ausgesprochen, und der unsägliche Gedanke bannte ihn an seine Tischseite in einer gerührten und ehrfürchtigen Unterwerfung.

»Was für ein Leben für dich!« stöhnte er.

»Ach – solange es ein Teil von deinem ist –«

»Und meins ein Teil von deinem?«

Sie nickte.

»Und das soll alles sein – für dich wie für mich?«

»Nun, es *ist* alles, nicht wahr?«

Hingerissen sprang er auf: Er sah nur noch die Süße ihres Gesichts. Auch sie erhob sich, nicht um ihm entgegenzugehen oder vor ihm zu fliehen, sondern ruhig, als sei das Schlimmste nun vorüber und sie brauche nur zu warten; so ruhig, daß ihre Hände ihn, als er zu ihr trat, nicht zurückstießen, sondern führten. Sie legte sie in seine, während ihre ausgestreckten, doch nicht starren Arme ihn weit genug von sich fernhielten, daß ihr hingegebenes Gesicht alles übrige sagen konnte.

Lange mochten sie so gestanden haben, vielleicht auch nur wenige Augenblicke; aber es währte lange genug, daß ihr Schweigen ihm alles sagte und er erkannte, es kam nur auf eines an: Er durfte nichts tun, was ihre Begegnung zur letzten machte; er mußte die Zukunft ihr überlassen und durfte nur bitten, daß sie sie recht fest halte.

»Nein – nicht unglücklich sein!« sagte sie mit unsicherer Stimme, als sie ihm ihre Hände entzog; und er antwortete: »Du gehst nicht zurück – du gehst nicht zurück?«, als sei das das einzige, was er nicht ertragen könne.

»Ich gehe nicht zurück«, sagte sie, wandte sich zur Tür und ging ihm voraus in den Speisesaal.

Die schreienden Lehrer suchten eben ihre Sachen zusammen, um wie ein aufgescheuchter Haufen einzeln zum Kai zu rennen: Am Strand lag der weiße Dampfer am Landungssteg, und fern über dem sonnenbeschienenen Meer ragte Boston aus dem Dunst.

25

Als sie wieder auf dem Dampfer und von anderen Menschen umgeben waren, verspürte Archer eine Seelenruhe, die ihn überraschte und stärkte.

Jeder hätte seinen Ausflug einen lächerlichen Mißerfolg genannt: Er hatte nicht einmal Madame Olenskas Hand mit seinen Lippen berührt oder das leiseste Versprechen erhalten, daß sie sich wiedersähen. Für einen Menschen, der krank war vor unstillbarer Sehnsucht nach ihr und sich auf unbestimmte Zeit vom Gegenstand seiner Leidenschaft trennen mußte, fühlte er sich auf fast demütigende Weise befriedigt und getröstet. Es war die Art, wie sie zwischen ihrer beider Treue dritten gegenüber und der Ehrlichkeit vor sich selbst das Gleichgewicht gehalten hatte, die ihn so erregte und gleichzeitig so beruhigte, ein Gleichgewicht, das nicht künstlich war, wie ihre Tränen und ihr Zögern ihm bewiesen hatten, sondern das einfach ihrer unerschrockenen, aufrichtigen Natur entsprang. Eine ehrfürchtige Scheu vor ihr erfüllte ihn jetzt, da die Gefahr vorüber war, und er dankte dem Schicksal, daß er nicht durch persönliche Eitelkeit oder durch das Gefühl, vor blasierten Zeugen in einer Rolle zu agieren, in Versuchung geraten war, sie in Versuchung zu führen. Auch nachdem sie sich beim Abschied am Zug nach Fall River die Hände gedrückt hatten und er allein fortgegangen war, blieb ihm die Überzeugung, durch ihr Zusammensein viel mehr gewonnen als geopfert zu haben.

Er kehrte in den Klub zurück, setzte sich in die verlassene Bibliothek und ging in Gedanken immer und immer wieder jede einzelne Sekunde ihrer gemeinsamen Stunden durch. Es war ihm klar und wurde bei näherem Hinschauen immer klarer, daß, falls sie sich entschließen sollte, nach Europa – das heißt, zu ihrem Gatten – zurückzukehren, es nicht geschehen würde, weil das einstige Leben, selbst auf das neue Angebot hin, sie verlockte. Nein, sie würde nur gehen, wenn sie fühlte, daß sie für Archer zur Versuchung würde – wenn sie beide in Versuchung kämen, von der Höhe ihres Anspruchs herabzusinken. Sie würde ihm nahe bleiben, solange er von ihr nicht verlangte, näherzukommen, und es hing von ihm ab, ob er sie dort hielt: in Sicherheit, doch unerreichbar.

Auch im Zug verfolgten ihn diese Gedanken. Sie hüllten ihn ein wie ein goldener Schleier, durch den er die fremden Gesichter nur fern und undeutlich wahrnahm: Er hatte das Gefühl, wenn er seine Mitreisenden jetzt anspräche, würden sie ihn nicht verstehen. Aus diesem Zustand der Entrückung sah er sich am folgenden Morgen in die Wirklichkeit eines schwülen New Yorker Septembertags versetzt. Die von der Hitze welken Gesichter aus dem langen Zug strömten an ihm vorbei, und immer noch sah er sie verschwommen durch denselben goldenen Schleier. Plötzlich aber hob sich am Ausgang des Bahnhofs eines der Gesichter ab, kam näher und zwang sich Archers Bewußtsein auf. Es war, wie er sofort erkannte, das Gesicht des jungen Mannes, den er gestern aus dem Hotel Parker hatte treten sehen, und das ihm als so anders, als nicht in ein amerikanisches Hotel passend, aufgefallen war.

Dasselbe Gefühl hatte er jetzt, und wieder war er sich der dunklen Regung alter Erinnerungen bewußt. Der junge Mann stand da und sah sich mit der verwirrten Miene eines Fremden um, der sich auf die harschen Segnungen des amerikanischen Reiseverkehrs angewiesen sieht; dann trat er auf Archer zu, lüftete den Hut und sagte auf englisch: »Verzeihung, Monsieur – wir sind uns doch schon in London begegnet?«

»Ach natürlich, in London!« Archer ergriff voll Interesse und Wohlwollen seine Hand. »Sie sind also doch gekommen!« rief er und warf einen fragenden Blick auf das kluge und abgespannte kleine Gesicht des französischen Hauslehrers der Carfrys.

»Ich bin gekommen – ja«, lächelte Monsieur Rivière schief. »Aber nicht für lange. Ich fahre übermorgen wieder zurück.« Er hielt eine leichte Reisetasche in der sauber behandschuhten Hand und blickte Archer ängstlich, verlegen und beinahe flehend ins Gesicht.

»Ich frage mich, Monsieur, da ich Sie durch einen so glücklichen Zufall treffe, ob ich vielleicht –«

»Das wollte ich gerade vorschlagen: Kommen Sie zum Mittagessen, ja? In der Stadt, meine ich: Wenn Sie mich im Büro abholen, können wir in ein sehr nettes Restaurant in der Nähe gehen.«

Monsieur Rivière war sichtlich gerührt und überrascht. »Das ist sehr gütig. Ich wollte Sie eigentlich nur fragen, wie ich hier irgendein Verkehrsmittel finde. Ich sehe keinen Gepäckträger, und niemand will mich anhören...«

»Ja, über unsere amerikanischen Bahnhöfe werden Sie sich wundern. Wenn Sie nach einem Gepäckträger fragen, gibt man Ihnen Kaugummi. Aber wenn Sie mitkommen, werde ich Sie schon aus dem Gewühl herausbringen. Und Sie müssen unbedingt mit mir zu Mittag essen.«

Nach einem kaum merklichen Zögern erwiderte der junge Mann mit überschwenglichem Dank und in einem nicht völlig überzeugenden Ton, daß er schon verabredet sei; aber als sie dann auf die etwas weniger lärmige Straße hinaustraten, fragte er, ob er ihn am Nachmittag besuchen dürfe.

Archer, der im Sommer im Büro viel freie Zeit hatte, setzte eine Stunde fest und schrieb die Adresse auf, die der Franzose mit nochmaligem Dank und einem weit ausholenden Schwenken seines Hutes einsteckte. Ein Pferdeomnibus nahm ihn auf, und Archer ging fort.

Pünktlich zur angegebenen Stunde erschien Monsieur Rivière, sauber und rasiert, doch immer noch sichtlich angespannt und ernst. Archer war allein in seinem Büro, und der junge Mann begann, noch ehe er den angebotenen Stuhl nahm: »Ich glaube, Sir, ich habe Sie gestern in Boston gesehen.«

Die Äußerung war ziemlich belanglos, und Archer wollte eben ein paar bestätigende Worte murmeln, als er vor etwas Geheimnisvollem, doch Erhellendem im Blick seines Besuchers stutzte.

»Es ist merkwürdig, sehr merkwürdig«, fuhr Monsieur Rivière fort, »daß wir uns gerade unter den Umständen treffen, in denen ich mich befinde...«

»Welche Umstände?« fragte Archer und überlegte, ob der Franzose vielleicht Geld brauche.

Dieser prüfte ihn immer noch mit aufmerksamen Blicken. »Ich bin nicht gekommen, um mir eine Stelle zu suchen, wie ich damals vorhatte, sondern in besonderem Auftrag...«

»Ah –!« rief Archer. Blitzartig hatten sich ihn seinem Hirn die beiden Begegnungen verbunden. Er zögerte, um die so plötzlich erhellte Situation ganz zu begreifen, und auch Monsieur Rivière schwieg, als wisse er, daß er schon genug gesagt hatte.

»In besonderem Auftrag«, wiederholte Archer endlich.

Der junge Franzose hob ein wenig die geöffneten Hände, und die beiden Männer blickten sich weiter über den Schreibtisch hinweg an, bis Archer sich zu den Worten aufraffte: »Nehmen Sie doch Platz«, worauf Monsieur Rivière sich mit einer Verbeugung setzte und von neuem wartete.

»Und wegen dieses Auftrags wollen Sie mit mir sprechen?« fragte Archer schließlich.

Monsieur Rivière senkte den Kopf. »Nicht für mich. In meiner Sache habe ich – habe ich alles erledigt. Ich würde gern – wenn ich das darf – mit Ihnen über die Gräfin Olenska sprechen.«

Archer hatte seit einigen Minuten gewußt, daß diese Worte kommen würden; und doch jagten sie ihm nun das Blut in die Schläfen, als sei ihm im Dickicht ein zurückgebogener Zweig ins Gesicht geschnellt.

»Und für wen«, sagte er, »möchten Sie das?«

Monsieur Rivière nahm die Frage entschlossen auf. »Nun – ich möchte sagen, für die Gräfin Olenska, wenn das nicht wie eine Anmaßung klänge. Soll ich statt dessen sagen: für die Idee der Gerechtigkeit?«

Archer betrachtete ihn ironisch. »Mit anderen Worten: Graf Olenski hat Sie geschickt?«

Er sah, wie sich sein Erröten in den gelblichblassen Zügen Monsieur Rivières dunkler wiederholte. »Nicht zu Ihnen, Monsieur. Wenn ich zu Ihnen komme, geschieht es aus anderen Gründen.«

»Welches Recht haben Sie denn überhaupt auf andere Gründe?« gab Archer zurück. »Wenn Sie einen Auftrag haben, haben Sie sich auch daran zu halten.«

Der junge Mann überlegte. »Mein Auftrag ist beendet. Was Gräfin Olenska betrifft, so ist er gescheitert.«

»Da kann ich Ihnen auch nicht helfen«, erwiderte Archer mit demselben ironischen Ton.

»Nein – aber Sie könnten helfen –« Monsieur Rivière stockte, drehte den Hut zwischen den sorgfältig behandschuhten Händen, sah in das Hutfutter und dann wieder in Archers Gesicht. »Sie können helfen, Monsieur, daß ich auch bei ihren Angehörigen nichts erreiche.«

Archer schob den Stuhl zurück und stand auf. »Nun – bei Gott, das werde ich auch!« rief er. Er stand da, die Hände in den Taschen, und starrte erbost den kleinen Franzosen an, dessen Gesicht, obgleich er ebenfalls aufgesprungen war, sich dennoch ein, zwei Zoll unter Archers Augenlinie befand.

Monsieur Rivière wechselte seine normale Blässe: Bleicher konnte sein Teint nicht mehr werden.

»Warum zum Teufel«, stieß Archer hervor, »nehmen Sie eigentlich an – denn Sie kommen doch nur zu mir, weil ich mit Madame Olenska verwandt bin –, daß ich vollkommen anders denke als die übrige Familie?«

Der veränderte Gesichtsausdruck war eine Zeitlang Monsieur Rivières einzige Antwort. Sein Ausdruck wechselte von Zaghaftigkeit zu äußerster Gequältheit; schwerlich hätte ein junger Mensch, der sonst so intelligent aussah, hilfloser und wehrloser erscheinen können. »Oh, Monsieur...«

»Ich kann mir nicht vorstellen«, fuhr Archer fort, »warum Sie gerade zu mir kommen, wo andere der Gräfin so viel näherstehen; und noch viel weniger, warum Sie annehmen, ich sei den Argumenten zugänglicher, mit denen man Sie offenbar herübergeschickt hat.«

Monsieur Rivière nahm diesen Schlag mit entwaffnender Demut hin. »Die Argumente, die ich Ihnen darlegen möchte, Monsieur, sind meine eigenen und nicht die, mit denen man mich herübergeschickt hat.«

»Dann sehe ich noch weniger Gründe, sie mir anzuhören.«

Monsieur Rivière blickte wieder in seinen Hut, als überlege er, ob diese letzten Worte kein genügend deutlicher Wink seien, ihn sich aufzusetzen und zu gehen. Dann sagte er mit plötzlicher Entschiedenheit: »Monsieur – sagen Sie mir bitte eines. Bezweifeln Sie etwa mein Recht, hier zu sein? Oder halten Sie die ganze Frage bereits für erledigt?«

Diese ruhige Festigkeit ließ Archer die Plumpheit seines eigenen Ungestüms empfinden. Monsieur Rivière hatte das Feld gewonnen: Archer errötete leicht, sank wieder auf seinen Stuhl und winkte auch dem jungen Mann, sich wieder zu setzen.

»Bitte entschuldigen Sie: Aber warum ist die ganze Frage noch nicht erledigt?«

Gequält starrte Monsieur Rivière ihn an. »Sie stimmen also mit der übrigen Familie überein, daß es angesichts der neuen Vorschläge, die ich überbracht habe, für Madame Olenska kaum möglich sein wird, nicht zu ihrem Gatten zurückzukehren?«

»Großer Gott!« rief Archer, und sein Besucher bekräftigte mit leisem Murmeln seine Frage.

»Bevor ich die Gräfin traf, besuchte ich – auf Graf Olenskis Bitte – Mr. Lovell Mingott, mit dem ich mehrere Gespräche führte, ehe ich nach Boston fuhr. Ich nehme an, er vertritt den Standpunkt seiner Mutter, und Mrs. Manson Mingotts Einfluß ist in der ganzen Familie groß.«

Archer schwieg; er hatte das Gefühl, er hänge am Rande eines schwindelnden Abgrunds. Daß man ihn von diesen Verhandlungen ausgeschlossen hatte, ja ihn nicht einmal wissen ließ, daß sie stattfanden, war ihm eine schmerzliche Überraschung, die durch das, was er jetzt erfuhr, kaum gemildert werden konnte. Blitzartig wurde ihm klar, daß die Familie ihn nur darum nicht befragte, weil ein starker Sippeninstinkt ihr sagte, daß er nicht mehr auf ihrer Seite stand. Und auf einmal begriff er, warum May an dem Tage des Wettkampfs im Bogenschießen, als sie beide von Mrs. Manson Mingott heimfuhren, zu ihm gesagt hatte: »Vielleicht würde sich Ellen bei ihrem Gatten doch glücklicher fühlen.«

Selbst in diesem Aufruhr jäher Entdeckungen erinnerte sich Archer seines entrüsteten Ausrufs und der Tatsache, daß seine Frau seitdem den Namen Madame Olenskas vor ihm nie mehr ausgesprochen hatte. Mit ihrer scheinbar nebenher geäußerten Bemerkung hatte sie nur feststellen wollen, woher der Wind bei ihm wehe; das Ergebnis war der Familie berichtet worden, und daraufhin hatte man Archer stillschweigend von den Beratungen ausgeschlossen. Er bewunderte die Sippendisziplin, der May sich so ohne weiteres gefügt hatte. Sie hätte das gewiß nicht getan, wenn ihr Gewissen sich gesträubt hätte; doch sie teilte wahrscheinlich die Ansicht der Familie, daß es für Madame Olenska besser sei, wenn sie bei ihrem Gatten unglücklich, als wenn sie von ihm getrennt sei, und daß es zwecklos wäre, den Fall mit Newland zu besprechen, der manchmal die seltsame Neigung zeigte, die grundlegendsten Tatsachen nicht als selbstverständlich hinzunehmen.

Archer schaute auf und begegnete dem bangen Blick seines Besuchers. »Wissen Sie nicht, Monsieur – aber möglicherweise wissen Sie es nicht –, daß die Familie Zweifel zu hegen beginnt, ob man das Recht habe, der Gräfin von der Annahme der neuesten Vorschläge ihres Gatten abzuraten.«

»Der Vorschläge, die Sie überbracht haben?«

»Der Vorschläge, die ich überbracht habe.«

Schon wollte Archer sagen, was er wisse oder nicht wisse, gehe Monsieur Rivière nichts an. In dessen Blick aber lag eine so demütige und dennoch so mutige Beharrlichkeit, daß er darauf verzichtete und der Frage des jungen Mannes eine andere Frage entgegenstellte: »Zu welchem Zweck sagen Sie mir das alles?«

Er brauchte keinen Augenblick auf die Antwort zu warten. »Um Sie zu bitten, Monsieur – Sie mit allem Nachdruck zu bitten, sie nicht zurückkehren zu lassen. – Oh, lassen Sie sie nicht zurückkehren!« rief Monsieur Rivière aus.

Archer blickte ihn mit wachsender Verwunderung an. Die Aufrichtigkeit seines Schmerzes und die Unerschütterlichkeit seines Entschlusses waren unbezweifelbar: Offensichtlich war ihm alles andere gleichgültig, er wollte nur so eindringlich wie möglich seine Bitte vorbringen. Archer überlegte.

»Darf ich fragen«, sagte er endlich, »ob das Ihre Haltung auch gegenüber der Gräfin Olenska war?«

Monsieur Rivière errötete, aber er zuckte mit keiner Wimper. »Nein, Monsieur. Ich übernahm meinen Auftrag in gutem Glauben. Ich war wirklich der Meinung – aus Gründen, die zu nennen ich Ihnen hier ersparen kann –, daß es für Madame Olenska besser wäre, ihre Stellung, ihr Vermögen und die gesellschaftliche Geltung zurückzugewinnen, die ihr der Rang ihres Gatten verschafft.«

»Das dachte ich mir. Sonst hätten Sie den Auftrag nicht gut annehmen können.«

»Ich hätte ihn nicht angenommen.«

»Nun, und –?« Archer schwieg wieder, und lange ruhten ihre Blicke prüfend ineinander.

»Ach, Monsieur, nachdem ich sie gesehen und gehört hatte, wußte ich, daß es besser für sie ist, hierzubleiben.«

»Sie wußten –?«

»Monsieur, ich habe mich meines Auftrags gewissenhaft entledigt. Ich habe die Gründe des Grafen genannt und sein Angebot unterbreitet, ohne von mir aus irgendeine Bemerkung hinzuzufügen. Die Gräfin war so freundlich, mich geduldig anzuhören; sie ging in ihrer Güte so weit, mir eine zweite Unterredung zu gewähren; sie hat sich objektiv all das überlegt, was ich ihr zu sagen hatte. Und im Laufe dieser beiden Gespräche kam ich allmählich zu einer anderen Meinung und lernte die Dinge anders sehen.«

»Darf ich fragen, was Sie zu Ihrer Meinungsänderung geführt hat?«

»Einfach die Tatsache, daß *sie* so verändert war«, erwiderte Monsieur Rivière.

»Verändert? Haben Sie sie denn vorher schon gekannt?«

Dem jungen Mann stieg wieder das Blut ins Gesicht. »Ich habe sie viel im Hause ihres Gatten gesehen. Ich kenne Graf Olenski seit vielen Jahren. Sie können sich denken, daß er keinen Fremden mit so einem Auftrag betraut hätte.«

Archers Blick schweifte ab zu den kahlen Bürowänden und blieb auf einem Kalender haften, der unter den schroffen Zügen des Präsidenten der Vereinigten Staaten hing. Daß so eine Unterhaltung sich irgendwo in dem von ihm beherrschten riesigen Gebiet abspielte, das erschien ihm so seltsam wie irgend etwas, das nur die Phantasie erfinden konnte.

»Verändert – in welcher Beziehung?«

»Ach, Monsieur, wenn ich Ihnen das nur sagen könnte!« Monsieur Rivière hielt einen Augenblick inne. »*Tenez* – ich habe früher nie daran gedacht – aber ich glaube, sie hat entdeckt, daß sie Amerikanerin ist. Wenn man Amerikaner ist, so wie sie es ist – oder wie Sie es sind –, dann werden gewisse Dinge, die in einer anderen Gesellschaft Geltung haben oder wenigstens als Bestandteil eines bequemen Übereinkommens Duldung finden – undenkbar, einfach undenkbar. Wenn Madame Olenskas Verwandte wüßten, worin diese Dinge bestehen, dann würden sie ebenso gegen die Rückkehr sein wie die Gräfin selbst. Sie sehen aber wohl in dem Wunsch ihres Gatten, sie wieder bei sich zu haben, nur einen Beweis für seine unbezähmbare Sehnsucht nach Familienleben.« Monsieur Rivière hielt inne und schloß dann: »Während es in Wirklichkeit etwas ganz anderes bedeutet.«

Archer blickte wieder auf den Präsidenten der Vereinigten Staaten und dann vor sich auf das mit Papieren bedeckte Pult. Ein paar Sekunden lang wagte er nicht zu sprechen. Währenddessen hörte er, wie Monsieur Rivières Stuhl zurückgeschoben wurde, und wurde gewahr, daß der junge Mann sich erhoben hatte. Als er wieder aufblickte, sah er, daß sein Besucher ebenso ergriffen war wie er.

»Danke«, sagte Archer einfach.

»Sie haben mir für nichts zu danken, Monsieur – eher bin ich es, der...« Monsieur Rivière verstummte, als falle auch ihm das Sprechen schwer. »Ich möchte«, fuhr er mit festerer Stimme fort, »nur noch das eine hinzufügen: Sie fragten mich vorhin, ob ich in Graf Olenskis Diensten stünde. Ich bin es im Augenblick. Ich kehrte vor einigen Monaten aus zwingenden privaten Gründen zu ihm zurück, wie sie jeder haben kann, der für andere Menschen – Kranke oder Alte – sorgen muß. Aber von dem Augenblick an, da ich hierherkam, um Ihnen dies alles zu sagen, betrachte ich mich als nicht mehr in seinen Diensten. Ich werde ihm das nach meiner Rückkehr sagen und ihm die Gründe darlegen. Das ist alles, Monsieur.«

Er verneigte sich und trat einen Schritt zurück.

»Danke«, sagte Archer noch einmal, während ihre Hände sich begegneten.

26

Jedes Jahr am fünfzehnten Oktober wurden in der Fifth Avenue die Fensterläden geöffnet, die Teppiche ausgerollt und die Gardinen in dreifacher Schicht aufgehängt.

Am ersten November waren diese häuslichen Zeremonien beendet, und die Gesellschaft hatte begonnen, die Häupter ihrer Lieben zu zählen. Am fünfzehnten November war die Saison in vollem Gange, Oper und Theater brachten ihre neuen Attraktionen heraus, die Abendeinladungen häuften sich, und die Balltermine wurden festgelegt. Und pünktlich um diese Zeit pflegte Mrs. Archer zu äußern, daß New York sich sehr verändert habe.

Da sie dessen Treiben vom erhabenen Standpunkt des Nichtteilnehmers aus beobachtete, war sie mit Hilfe von Mr. Sillerton Jackson und Miss Sophy imstande, sofort festzustellen, wo sich ein neuer Riß in New Yorks Oberfläche gebildet hatte und welches fremde Unkraut zwischen den wohlgeordneten Beeten des gesellschaftlichen Gemüsegartens aufschoß. Es war für Archer in seiner Jugend immer ein Hauptvergnügen gewesen, auf diesen alljährlichen Ausspruch seiner

Mutter zu warten und zu hören, wie sie all die winzigen Anzeichen der Zersetzung aufzählte, die seinem sorglosen Blick entgangen waren. Denn New York veränderte sich nach der Überzeugung Mrs. Archers nur zum Schlechteren; und dieser Ansicht stimmte Miss Sophy Jackson aus vollem Herzen zu.

Mr. Sillerton Jackson hielt sich als Mann von Welt in seinem Urteil zurück und hörte mit vergnügter Unparteilichkeit den Klagen der Damen zu. Aber auch er leugnete nie, daß sich New York verändert habe; und selbst Newland Archer mußte im Winter seines zweiten Ehejahres zugeben, daß es, wenn es sich noch nicht wirklich verändert hatte, doch zweifellos in Veränderungen begriffen sei.

Diese Fragen waren wie gewöhnlich bei Mrs. Archers Abendeinladung zum Thanksgiving Day aufgeworfen worden. An dem Tag, an dem sie sich offiziell verpflichtet fühlte, für den Segen des Jahres zu danken, war es ihre Gewohnheit, eine zwar nicht verbitterte, so doch recht bekümmerte Bestandaufnahme der Welt um sich herum zu machen und sich zu fragen, wofür sie da wohl danken solle. Jedenfalls nicht für den Zustand, in dem sich die Gesellschaft befand: Soweit die überhaupt noch vorhanden war, bot sie einen Anblick, den man nur mit biblischen Flüchen belegen konnte – und jeder wußte auch, was Ehrwürden Dr. Ashmore damit sagen wollte, wenn er als Text für seine Thanksgiving-Predigt Jeremias (Kap. 2, Vers 25) nahm. Dr. Ashmore, der neue Pfarrer von St. Matthäus, war gewählt worden, weil er sehr »fortschrittlich« war: Seine Predigten galten als gedankenkühn und neuartig in ihrer Sprache. Wenn er gegen die vornehme Gesellschaft wetterte, sprach er stets von ihrer »Abwärtsneigung«, und für Mrs. Archer war es erschreckend und doch faszinierend, sich als Teil einer Gesellschaft zu empfinden, die sich abwärts neigte.

»Es ist kein Zweifel, daß Dr. Ashmore recht hat; es gibt deutlich eine Abwärtsneigung«, sagte sie, als handele es sich um etwas Sichtbares und Meßbares.

»Es war aber doch ein merkwürdiger Einfall von ihm, am Thanksgiving Day darüber zu predigen«, meinte Miss Jackson, wofür Mrs. Archer nur die trokkene Erwiderung hatte: »Oh, er meint, wir sollten dankbar sein für das, was noch geblieben ist.«

Archer hatte bisher über diese alljährlichen Prophezeiungen seiner Mutter nur lächeln können; dieses Jahr aber mußte auch er bei der Aufzählung der neuen Veränderungen zugeben, daß diese »Abwärtsneigung« deutlich zu merken war.

»Diese Verschwendungssucht in der Kleidung –!« begann Miss Jackson. »Sillerton nahm mich zum ersten Opernabend mit, und ich kann Ihnen nur sagen, daß Jane Merrys Kleid das einzige war, das ich noch vom letzten Jahr her kannte; und selbst das war vorn umgearbeitet. Dabei weiß ich, daß sie es erst vor zwei Jahren bei Worth hat machen lassen, weil meine Hausschneiderin ihr nämlich immer die Kleider aus Paris ändern muß, bevor sie sie trägt.«

»Ach, Jane Merry ist noch eine von *uns*«, seufzte Mrs. Archer, als sei es absolut nicht beneidenswert, in einer Zeit zu leben, in der die Damen anfingen, mit ihren Pariser Kleidern zu protzen, kaum daß sie aus dem Zollamt kamen, anstatt sie erst unter Schloß und Riegel »reifen« zu lassen, wie es in der Generation Mrs. Archers üblich war.

»Ja, sie ist eine von den wenigen«, erwiderte Miss Jackson. »In meiner Jugend galt es als gewöhnlich, sich nach der neuesten Mode zu kleiden, und Amy Sillerton hat immer zu mir gesagt, in Boston sei es Sitte, die neuen Pariser Kleider zwei Jahre lang wegzulegen. Die alte Mrs. Baxter Pennilow, die in allem so nobel war, bezog jährlich zwölf Stück: Zwei aus Samt, zwei aus Satin, zwei aus Seide und die anderen sechs aus Popelin und feinstem Kaschmir. Es war eine feste Bestellung, und da sie zwei Jahre krank war, bevor sie starb, fand man bei ihrem Tode achtundvierzig Kleider von Worth, die noch in ihrem Seidenpapier waren; und als die Töchter ihre Trauerkleider ablegten, konnte sie den einen Teil sofort zu den Symphoniekonzerten tragen, ohne der Mode voraus zu sein.«

»Nun ja, Boston ist konservativer als New York; aber ich meine immer, man macht nie einen Fehler, wenn man die Pariser Kleider wenigstens für eine Saison beiseite legt«, räumte Mrs. Archer ein.

»Beaufort hat mit dieser neuen Mode angefangen: Seine Frau muß sich die neuen Kleider immer sofort umhängen, wenn sie angekommen sind. Ich muß sagen: Manchmal braucht Regina ihre ganze innere Würde, um nicht auszusehen wie... wie...« Miss Jackson ließ ihren Blick um den Tisch schweifen, sah, wie

Janey die Augen fast aus dem Kopf fielen und flüchtete sich in ein unverständliches Gemurmel.

»Wie ihre Nebenbuhlerinnen«, sagte Mr. Sillerton Jackson, als gebe er ein Epigramm zum besten.

»Oh –«, murmelten die Damen, und Mrs. Archer setzte hinzu, teils um die Neugier ihrer Tochter von verbotenen Themen abzulenken: »Die arme Regina! Ihr letztes Thanksgiving-Fest ist wohl leider nicht sehr fröhlich verlaufen. Haben Sie die Gerüchte über Beauforts mißglückte Spekulationen auch schon gehört, Sillerton?«

Jackson nickte gleichgültig. Jeder hatte die fraglichen Gerüchte gehört, und er hielt es für unter seiner Würde, eine so allgemein bekannte Geschichte zu bestätigen.

Die Gesellschaft versank in düsteres Schweigen. Niemand mochte Beaufort wirklich, und es war nicht durchaus unerfreulich, das Schlimmste von seinem Privatleben anzunehmen, aber der Gedanke, daß er in Gelddingen Unehre über die Familie seiner Frau gebracht haben könnte, war so entsetzlich, daß sich nicht einmal seine Feinde darüber freuen mochten. Archers New York duldete Heuchelei in persönlichen Beziehungen; aber in geschäftlichen Dingen verlangte es unbedingte, makellose Ehrlichkeit. Seit langem hatte kein bekannter Bankier mehr schimpflich Bankrott gemacht; jeder aber erinnerte sich noch, wie bei dem letzten Ereignis dieser Art die Chefs der Firma mit Ausstoßung aus der Gesellschaft bestraft worden waren. Mit den Beauforts würde es trotz seiner Macht und ihrer Beliebtheit ebenso sein; auch die verbündeten Kräfte der ganzen Dallas-Sippe würden die arme Regina nicht retten können, wenn an den Gerüchten über die illegalen Spekulationen ihres Mannes etwas Wahres war.

Die Unterhaltung suchte bei weniger bedenklichen Themen Zuflucht; aber alles, was man berührte, schien Mrs. Archers Gefühl zu bestätigen, daß es immer schneller abwärts gehe.

»Natürlich, Newland, ich weiß, daß du May sonntags abends zu Mrs. Struthers gehen läßt –«, begann sie, und May warf fröhlich ein: »Ach, weißt du, jeder geht doch jetzt zu Mrs. Struthers; zu Großmamas letztem Empfang war sie auch eingeladen.«

So, überlegte Archer, vollzog New York stets den Übergang zum Neuen: Zunächst verschwor man sich, das Neue zu ignorieren, bis es zur festen Einrichtung geworden war, und dann tat man in gutem Glauben ganz so, als sei der Übergang schon in der vorigen Generation erfolgt. Es gab immer irgendeinen Verräter in der Festung, und was für einen Zweck hatte es, nachdem er – oder vielmehr meistens sie – dem Feind die Schlüssel ausgeliefert hatte, noch weiter so zu tun, als sei sie uneinnehmbar? Hatte man erst einmal die ungezwungene Sonntagsgastlichkeit bei Mrs. Struthers gekostet, so dachte man nachher zu Hause nicht darüber nach, daß ihr Champagner veredelte Schuhkrem war.

»Gewiß, meine Liebe, gewiß«, seufzte Mrs. Archer. »So etwas muß es vielleicht geben, solange die Menschen ausgehen, um sich zu amüsieren. Aber ich habe es deiner Kusine, Madame Olenska, nie recht verzeihen können, daß sie die erste war, die zu Mrs. Struthers hielt.«

Eine jähe Röte trat der jungen Mrs. Archer ins Gesicht; das überraschte ihren Gatten ebenso wie die anderen Tischgäste. »Ach, *Ellen* –«, murmelte sie in dem gleichen anklagenden und doch beschwörenden Ton wie ihre Eltern, wenn sie sagten: »Ach, *die Blenkers* –«

Das war der Ton, den die Familie seit einiger Zeit bei Erwähnung der Gräfin Olenska anschlug; denn ihnen erschien die Hartnäckigkeit, die sie den Bitten ihres Gatten gegenüber bewies, befremdlich und beunruhigend. Doch von Mays Lippen weckte dieser Ton Bedenken, und Archer sah sie mit dem seltsamen Gefühl an, das ihn manchmal überkam, wenn sie mit den anderen ganz einig war.

Seine Mutter, die sonst sofort merkte, wann das Gespräch peinlich zu werden begann, blieb bei dem Thema: »Ich war immer der Meinung, daß Menschen wie die Gräfin Olenska, die in aristokratischer Umgebung gelebt haben, uns helfen sollten, die gesellschaftlichen Unterschiede bei uns hochzuhalten, anstatt darüber hinwegzusehen.«

Mays heftige Röte wich nicht: Es schien, daß mehr darin lag als nur ein Protest gegen Madame Olenskas gesellschaftliche Einstellung.

»Zweifellos sind wir in fremden Augen alle gleich«, sagte Miss Jackson bissig.

»Ich glaube, daß Ellen nichts an Gesellschaft liegt; aber niemand weiß, woran ihr eigentlich etwas liegt«, fuhr May fort, als habe sie lange nach einem neutralen Urteil gesucht.

»Ach ja –«, seufzte Mrs. Archer wieder.

Jeder wußte, daß die Gräfin Olenska bei ihrer Familie nicht mehr in Gunst stand. Sogar ihre ergebene Fürsprecherin, Mrs. Manson Mingott, hatte sie bei ihrer Weigerung, zu ihrem Gatten zurückzukehren, nicht in Schutz nehmen können. Die Mingotts hatten ihre Mißbilligung nicht laut geäußert: Dazu war ihr Solidaritätsgefühl zu stark. Sie hatten es nur, wie Mrs. Welland es ausdrückte, »der armen Ellen überlassen, ihr eigenes Niveau zu finden« – und das hieß, so traurig und unbegreiflich es war: In den gesellschaftlichen Niederungen, wo die Blenkers maßgebend waren und »Leute, die schreiben« ihre unsauberen Rituale zelebrierten. Es war unglaublich, doch eine Tatsache, daß Ellen trotz all ihrer gesellchaftlichen Vorteile und Beziehungen ein richtiges »Bohèmeleben« führte. Diese Tatsache legte die Ansicht nahe, daß sie einen verhängnisvollen Fehler gemacht hatte, als sie nicht zu Graf Olenski zurückkehrte. Schließlich gehörte eine junge Frau unter das Dach ihres Gatten, besonders wenn sie es unter Umständen verlassen hatte, die... naja... wenn man sie sich genauer betrachtete...

»Madame Olenska steht bei den Herren groß in Gunst«, sagte Miss Sophy mit einer Miene, als wolle sie etwas Vermittelndes sagen, obwohl sie wußte, daß sie einen Giftpfeil abgeschossen hatte.

»Ach, das ist die Gefahr, der eine junge Frau wie Madame Olenska immer ausgesetzt ist«, stimmte ihr

Mrs. Archer bekümmert zu, und nach dieser abschließenden Betrachtung rafften die Damen ihre Schleppen und begaben sich nach oben unter die Carcellampen im Wohnzimmer, während sich Archer und Sillerton Jackson in die gotische Bibliothek zurückzogen.

Hier nahm Mr. Jackson behaglich vor dem Feuer Platz, tröstete sich mit seiner guten Zigarre über die Unzulänglichkeiten des Abendessens hinweg und ließ seinen bösen Ahnungen freien Lauf.

»Falls der Beaufort-Krach kommt«, verkündete er, »kann man sich auf allerlei Enthüllungen gefaßt machen.«

Archer hob rasch den Kopf: Jedesmal, wenn er den Namen hörte, sah er im Geiste Beauforts massige Gestalt vor sich, wie sie in schwerem Pelz und Schuhwerk durch den Schnee von Skuytercliff herankam.

»Dabei werden«, fuhr Mr. Jackson fort, »unvermeidlich die übelsten Dinge ans Licht kommen. Er hat sein Geld nicht nur für Regina ausgegeben.«

»Ach, da übertreibt man doch sehr, nein? Er wird sich, glaube ich, schon wieder herauslavieren«, sagte Archer, der das Thema gern gewechselt hätte.

»Vielleicht – vielleicht. Ich habe gehört, daß er heute ein paar einflußreiche Leute treffen sollte. Natürlich bleibt zu hoffen«, räumte Mr. Jackson widerstrebend ein, »daß sie ihm aus der Klemme helfen können – dieses eine Mal wenigstens. Ich möchte mir nicht vorstellen, wie die arme Regina den Rest ihres Lebens im Ausland in irgendeinem schäbigen Badeort für Bankrotteure verbringt.«

Archer schwieg. Es schien ihm nur natürlich, so tragisch es sein mochte, daß unrechtmäßig erworbenes Gut unerbittlich Sühne forderte. Und so dachte er kaum über Mrs. Beauforts Schicksal nach, sondern über Fragen, die ihm näherlagen. Was mochte Mays Erröten, als der Name der Gräfin Olenska erwähnt wurde, nur bedeuten?

Vier Monate waren seit dem Sommertag vergangen, den er und sie zusammen verbracht hatten. Seitdem hatte er sie nicht mehr gesehen. Er wußte, daß sie in das kleine Haus in Washington zurückgekehrt war, das sie und Medora Manson gemietet hatten. Er hatte ihr einmal geschrieben – nur ein paar Worte mit der Frage, wann sie sich wiedersehen könnten –, und sie hatte noch kürzer geantwortet: »Noch nicht.«

Dann war die Verbindung zwischen ihnen abgerissen, und er hatte in seiner Seele eine Art Altar errichtet, auf dem sie unter seinen geheimen Gedanken und Wünschen thronte. Ganz allmählich war dies der Schauplatz seines eigentlichen Lebens, seines geistigen Tuns und Treibens geworden: Hierher brachte er die Bücher, die er las, die Gedanken und Gefühle, die er pflegte, seine Urteile und Träume. Außerhalb dieses Heiligtums, auf dem Schauplatz seines täglichen Lebens, bewegte er sich mit dem wachsenden Gefühl der Unwirklichkeit und Unzulänglichkeit; er verstieß gegen die Vorurteile der Familie und gegen die traditionellen Ansichten, wie ein Geistesabwesender auch im eigenen Zimmer fortwährend gegen die Möbel stößt. Abwesend – ja, das war er: Abwesend von allem, was den anderen um ihn herum höchst wirklich und nahe war, so daß er manchmal darüber erschrak, daß sie immer noch glaubten, er sei da.

Er bemerkte, daß Mr. Jackson sich räusperte, um sich an weitere Enthüllungen zu machen.

»Ich weiß natürlich nicht, wie weit die Familie Ihrer Frau weiß, was man so spricht über – über Madame Olenskas Weigerung, das jüngste Angebot ihres Gatten anzunehmen.«

Archer schwieg, und Mr. Jackson fuhr vorsichtig fort: »Es ist ein Jammer – es ist bestimmt ein Jammer –, daß sie es ausschlägt.«

»Ein Jammer? Warum denn, um Himmels willen?«

Mr. Jackson senkte den Blick auf sein Bein mit der faltenlos sitzenden Socke und dem glänzenden Lackschuh darunter.

»Na – um es ganz derb herauszusagen: Wovon will sie denn jetzt leben?«

»Jetzt –?«

»Wenn Beaufort –«

Archer sprang auf und schlug mit der Faust auf die Kante des schwarzen Walnuß-Schreibtischs. Die beiden Fäßchen des messingenen Tintenständers tanzten in ihren Halterungen.

»Was zum Teufel wollen Sie damit sagen, Sir?«

Mr. Jackson verlagerte ein wenig sein Gewicht und richtete den Blick ruhig auf das flammende Gesicht des jungen Mannes.

»Nun – ich habe es aus ziemlich sicherer Quelle – nämlich von der alten Catherine selbst – daß die Familie die Zuwendungen an die Gräfin Olenska beträchtlich herabgesetzt hat, als sie sich endgültig weigerte, zu ihrem Gatten zurückzukehren; und da ihr durch diese Weigerung auch das Geld verloren geht, das ihr bei der Heirat ausgezahlt wurde – und das Olenski ihr überweisen wollte, falls sie zurückkäme – ja, was zum Teufel wollen *Sie* denn damit sagen, mein Lieber, daß Sie mich fragen, was *ich* damit sagen will?« gab Mr. Jackson gutgelaunt zurück.

Archer trat an den Kamin und beugte sich vor, um die Asche seiner Zigarre abzustreifen.

»Ich weiß nichts von Madame Olenskas Privatangelegenheiten. Aber das brauche ich auch nicht, um überzeugt zu sein, daß das, was Sie da angedeutet haben –«

»Oh, nicht *ich*. Aber da ist zum einen Lefferts –«, warf Mr. Jackson ein.

»Lefferts – der ihr den Hof gemacht und sich einen Korb geholt hat!« stieß Archer verächtlich hervor.

»So – *ist* das so?« meinte der andere, als sei seine Bemerkung nur eine Falle gewesen, um dies zu erfahren. Er saß noch immer seitlich vom Kamin, so daß sein harter Greisenblick Archers Gesicht wie mit einer Stahlklammer festhielt.

»Tja, naja, es ist wirklich ein Jammer, daß sie nicht vor Beauforts Bankrott zu ihrem Mann zurückgekehrt ist«, wiederholte er. »Wenn sie *jetzt* geht und er pleite macht, wird das nur den allgemeinen Eindruck bestätigen – der übrigens durchaus nicht bloß der von Lefferts ist.«

»Sie wird jetzt nicht zurückgehen – weniger denn je!« Kaum hatte Archer das gesagt, als er wieder das Gefühl hatte, genau darauf habe Mr. Jackson gewartet.

Der Alte sah ihn prüfend an. »Das ist wohl Ihre Ansicht, wie? Nun, Sie müssen es ja wissen. Aber jeder wird Ihnen sagen, daß die paar Pennys, die Medora Manson noch besitzt, sämtlich Beaufort in den Händen hat, und wie die beiden Frauen den Kopf über Wasser halten wollen, wenn er dazu nicht mehr in der Lage ist, das vermag ich mir nicht vorzustellen. Natürlich könnte Madame Olenska noch immer die alte Catherine nachgiebig stimmen, die sich am unerbittlichsten gegen ihr Hierbleiben gesträubt hat, und die alte Catherine könnte ihr jede Summe bewilligen. Wir alle aber wissen, wie ungern sie sich von ihrem Gelde trennt. Und der Rest der Familie hat kein besonderes Interesse daran, Madame Olenska hier festzuhalten.«

Eine sinnlose Wut packte Archer: Er war genau in dem Zustand, in dem man spürt, daß man eine Dummheit begeht und doch nichts daran ändern kann.

Er sah, wie Mr. Jackson sofort bemerkt hatte, daß ihm die Schwierigkeiten Madame Olenskas mit ihrer Familie unbekannt geblieben waren, und wie der Alte aus der Tatsache, daß man Archer aus dem Familienrat ausschloß, seine eigenen Schlußfolgerungen gezogen hatte. Das mahnte ihn, vorsichtig zu sein; die Anspielungen auf Beaufort aber machten ihn verwegen. Kümmerte ihn also auch nicht die eigene Gefahr, so bedachte er doch, daß Mr. Jackson unter dem Dach seiner Mutter und folglich auch sein Gast war. Das alte

New York erfüllte die Forderungen der Gastfreundschaft mit größter Gewissenhaftigkeit und ließ eine Meinungsverschiedenheit mit einem Gast nie zu einer Streitigkeit ausarten.

»Wollen wir hinaufgehen und meiner Mutter Gesellschaft leisten?« schlug er schroff vor, da Mr. Jackson eben den letzten Ascherest in den bronzenen Aschenbecher neben sich fallen ließ.

Auf der Heimfahrt bieb May noch immer eigentümlich schweigsam; durch die Dunkelheit hindurch fühlte er, wie sie noch jetzt in ihr unheilverkündendes Erröten eingehüllt war. Was für ein Unheil das sein mochte, konnte er sich nicht vorstellen; aber daß Madame Olenskas Name es hervorgerufen hatte, war ihm eine hinreichende Warnung.

Sie gingen hinauf, und er wandte sich dem Bibliothekszimmer zu. Gewöhnlich folgte sie ihm; heute aber hörte er, wie sie den Gang hinunter in ihr Schlafzimmer ging.

»May!« rief er ungeduldig, und sie kam zurück, ein wenig überrascht über seinen Ton.

»Die Lampe hier blakt schon wieder. Könnten die Diener nicht darauf achten, daß sie besser in Ordnung gehalten wird?« brummte er gereizt.

»Oh, verzeih, es soll nicht wieder vorkommen«, antwortete sie in dem bestimmten, munteren Ton, den sie von ihrer Mutter übernommen hatte, und es trieb Archer zur Verzweiflung, daß sie bereits jetzt damit anfing, ihn so nachsichtig wie einen jüngeren Mr. Welland zu behandeln. Sie neigte sich vor, um den Docht herunterzuschrauben, und als der Lichtschein auf ihre weißen Schultern und die klaren Linien ihres Gesichts fiel, dachte er: »Wie jung sie ist! Wieviele endlose Jahre wird dies Leben noch so weitergehen!«

Beinahe mit Entsetzen fühlte er, wie jung und stark er selber war, und wie das Blut in seinen Adern pulste. »Hör zu«, sagte er plötzlich, »ich werde wohl auf ein paar Tage nach Washington fahren müssen – bald, nächste Woche vielleicht.«

Ihre Hand blieb an der Dochtschraube, während sie sich ihm langsam zuwandte. Die Hitze der Flamme hatte wieder Glut über ihre Wangen gebreitet, doch die verblich, als sie aufschaute.

»Geschäftlich?« fragte sie in einem Ton, der besagte, daß es keinen anderen denkbaren Grund geben könne und sie die Frage automatisch gestellt habe, als wolle sie damit nur seinen Satz beenden.

»Geschäftlich, natürlich. Es handelt sich um eine Patentsache, die vor den Obersten Gerichtshof kommt.« Er nannte den Name des Erfinders und führte mit Lawrence Lefferts' ganzer Zungenfertigkeit weitere Einzelheiten an, während sie aufmerksam zuhörte und von Zeit zu Zeit sagte: »Ah ja, ich verstehe.«

»Die Abwechslung wird dir gut tun«, sagte sie einfach, als er geendet hatte. »Und du mußt unbedingt Ellen besuchen«, fügte sie hinzu, wobei sie ihm mit ihrem ungetrübten Lächeln gerade in die Augen sah und ihrer Stimme denselben Tonfall gab, wie wenn sie ihn dränge, nur ja nicht irgendeine lästige verwandtschaftliche Pflicht zu versäumen.

Das war alles, was sie über dies Thema verloren; in dem Kodex aber, nach dem sie beide erzogen waren, bedeutete es: »Du weißt natürlich, daß mir alles bekannt ist, was die Leute über Ellen sagen, und daß ich aus ganzem Herzen zu meiner Familie halte, die sich bemüht, sie zur Rückkehr zu ihrem Gatten zu bewegen. Ich weiß auch, daß du sie aus irgendeinem Grunde, den du mir nicht mitteilen magst, gegen diesen Beschluß beeinflußt hast, den alle älteren Männer in der Familie wie auch unsere Großmutter billigen; und daß Ellen nur dank deiner Unterstützung uns allen trotzt und sich dadurch derartiger Kritik aussetzt, wie sie Sillerton Jackson dir wahrscheinlich heute abend angedeutet und die dich so reizbar gemacht hat... An Andeutungen hat es allerdings nicht gefehlt; da du sie aber anscheinend nicht beachten willst, wenn andere sie machen, möchte ich selber dir folgendes sagen, und zwar in der einzigen Form, in der Gebildete unseres Standes einander peinliche Tatsachen mitteilen können: Daß ich dir nämlich zu verstehen gebe, daß ich ganz genau weiß, du möchtest Ellen sehen, wenn du in Washington bist – ja, du fährst wahrscheinlich nur zu diesem Zweck dahin; und da du sie also bestimmt sehen wirst, sollst du das auch mit meiner vollen und ausdrücklichen Einwilligung tun – und die Gelegenheit dazu benutzen, ihr zu zeigen, wohin die Handlungsweise, zu der du sie ermutigt hast, sie aller Wahrscheinlichkeit nach führen wird.«

Ihre Hand lag immer noch an der Dochtschraube, als das letzte Wort dieser stummen Botschaft ihn erreichte. Sie drehte den Docht herunter, hob das Lampenglas an und blies auf die trübe Flamme.

»Es riecht weniger, wenn man sie ausbläst«, erklärte sie mit der heiteren Miene der guten Hausfrau. An der Tür wandte sie sich um und wartete auf seinen Gutenachtkuß.

27

Von der Wall Street kamen am nächsten Tag beruhigendere Meldungen über Beauforts Lage. Sie waren nicht eindeutig, aber sie waren hoffnungsvoll. Es hieß im allgemeinen, daß er sich im Notfall an einflußreiche Persönlichkeiten habe wenden können, und daß er diesen Weg mit Erfolg beschritten habe; und als Mrs. Beaufort am selben Abend mit ihrem gewohnten Lächeln und einer neuen Smaragdkette in der Oper erschien, atmete die Gesellschaft erleichtert auf.

New York war unerbittlich in seiner Verurteilung geschäftlicher Unregelmäßigkeiten. Bisher hatte es keine Ausnahme von dem stillschweigenden Übereinkommen geduldet, daß alle, die gegen das Gesetz der Redlichkeit verstießen, dafür büßen müßten, und jeder wußte, daß auch Beaufort und seine Frau unweigerlich diesem Grundsatz geopfert würden. Daß man sie aber opfern mußte, würde nicht nur schmerzlich, sondern auch höchst unangenehm sein. Das Verschwinden der Beauforts würde eine beträchtliche Lücke in ihrem festen kleinen Kreis hinterlassen; und alle, die so unwissend oder so gleichgültig waren, daß sie vor der moralischen Seite der Katastrophe keinen Schauder empfanden, jammerten schon jetzt über den Verlust des schönsten Ballsaals in New York.

Archer war fest entschlossen, nach Washington zu fahren. Er wartete nur auf den Beginn des Prozesses, von dem er zu May gesprochen hatte, damit dessen Termin mit dem seines Besuchs übereinstimmte; aber am folgenden Dienstag hörte er von Mr. Letterblair, daß die Sache vielleicht um mehrere Wochen verschoben werde. Trotzdem ging er an diesem Nachmittag mit dem Vorsatz nach Hause, auf jeden Fall am nächsten Abend zu fahren. Er rechnete damit, daß May, die für sein berufliches Tun und Treiben nie Interesse gezeigt hatte, nichts von der vielleicht eintretenden Prozeßvertagung erfahren und sich nicht an die Namen der streitenden Parteien erinnern werde, wenn sie vor ihr erwähnt werden sollten. Auf keinen Fall aber konnte er das Wiedersehen mit Madame Olenska länger aufschieben; er hatte ihr zu viel zu sagen.

Als er am Mittwochmorgen ins Büro kam, empfing ihn Mr. Letterblair mit sorgenvoller Miene. Es sei Beaufort doch nicht gelungen, sich aus der Klemme zu ziehen: die Gerüchte darüber habe er selber ausstreuen lassen, um seine Kunden zu beruhigen. Seit gestern abend jedoch erhielten die schlimmen Nachrichten die Oberhand. Infolgedessen habe ein Sturm auf die Bank eingesetzt, die wahrscheinlich noch im Laufe des Tages schließen müsse. Die häßlichsten Dinge würden über Beauforts heimtückisches Manöver geäußert, und sein Bankrott würde wohl einer der schimpflichsten in den Annalen der Wall Street werden.

Das Ausmaß der Katastrophe machte Mr. Letterblair kreidebleich und fassungslos. »Ich habe schon manches miterlebt, aber dies übertrifft alles. Jeder, den wir kennen, wird so oder so mit darunter zu leiden haben. Und was soll man für Mrs. Beaufort zun? Was *kann* man für sie tun? Ich bedaure vor allem Mrs. Manson Mingott: In ihrem Alter kann man nie wissen, wie die ganze Geschichte auf sie wirkt. Sie hat Beaufort stets vertraut, ja, ihn zu ihrem Freund gemacht! Und dann ist da die ganze Dallas-Sippe: Die arme Mrs. Beaufort ist doch mit jedem in der New Yorker Gesellschaft verwandt. Ihre einzige Rettung wäre, ihren Gatten zu verlassen – aber wie könnte man ihr das raten? Es ist ihre Pflicht, bei ihm zu bleiben; und zum Glück ist sie gegen seine privaten Schwächen ja wohl immer blind gewesen.«

Es klopfte, und Mr. Letterblair wandte den Kopf mit einem Ruck zur Tür. »Was gibt's? Ich möchte nicht gestört werden.«

Ein Angesteller brachte einen Brief für Archer und zog sich wieder zurück. Der junge Mann erkannte die Handschrift seiner Frau, öffnete den Umschlag und las: »Könntest Du bitte so früh wie möglich zu Großmama kommen? Sie hat gestern abend einen leichten Schlaganfall erlitten. Auf irgendeine geheimnisvolle Weise hat sie die schrecklichen Neuigkeiten über die Bank früher als alle anderen erfahren. Onkel Lovell ist zur Jagd fort, und der arme Papa hat sich bei dem Gedanken an die Schande so aufgeregt, daß er fiebert und das Bett hüten muß. Mama braucht Dich dringend;

hoffentlich kannst Du Dich sofort freimachen und zu Großmama kommen.«

Archer reichte die Mitteilung seinem Seniorpartner und befand sich ein paar Minuten später in der überfüllten Pferdebahn, die sich langsam in Richtung Norden bewegte. An der Vierzehnten Straße stieg er in einen der zweistöckigen Omnibusse der Fifth Avenue-Linie um. Erst nach zwölf Uhr setzte ihn dieses schwerfällige Gefährt vor dem Haus der alten Catherine ab. Das Wohnzimmerfenster im Erdgeschoß, wo sie gewöhnlich thronte, nahm jetzt die bescheidenere Gestalt ihrer Tochter, Mrs. Welland, ein, die bleich und verstört Archer zuwinkte, den May an der Haustür in Empfang nahm. Die Diele bot den unnatürlichen Anblick, wie ihn in gepflegten Häusern ein plötzlicher Krankheitsfall hervorruft: Auf den Stühlen häuften sich Decken und Pelze; die Tasche und der Mantel des Arztes lagen auf dem Tisch; und daneben hatte sich bereits unbeachtet ein Stoß Briefe und Karten angesammelt.

May war blaß, lächelte aber: Dr. Bencomb war eben zum zweitenmal da und hatte sich optimistischer geäußert; auch Mrs. Mingotts zäher Wille, wieder gesund zu werden, zeigte bereits seine Wirkung auf die Familie. May führte Archer ins Wohnzimmer der alten Dame, wo die Schiebetüren zum Schlafzimmer fest geschlossen und die schweren gelben Damastvorhänge über sie herabgelassen waren. Hier teilte ihm Mrs. Welland in schreckensbangen Flüstertönen die Einzelheiten des Unglücks mit. Offenbar war am

Abend zuvor etwas Furchtbares und Rätselhaftes geschehen. Etwa um acht, als Mrs. Mingott eben ihr Solitairespiel beendet hatte, das sie jeden Abend nach dem Essen spielte, habe es an der Haustür geschellt und eine Dame, die so dicht verschleiert gewesen sei, daß die Diener sie zunächst nicht erkannten, habe darum gebeten, vorgelassen zu werden.

Als der Butler die Stimme hörte, habe er die Wohnzimmertür geöffnet und gemeldet: »Mrs. Julius Beaufort –«, worauf er die Tür hinter den beiden Damen wieder geschlossen habe. Er meinte, sie müßten wohl etwa eine Stunde beisammen gewesen sein. Als Mrs. Mingott klingelte, habe Mrs. Beaufort das Haus bereits unbemerkt verlassen gehabt, und die alte Dame habe kreidebleich, groß und furchterregend allein im Lehnstuhl gesessen und ihm gewinkt, er solle sie in ihr Zimmer bringen. Zu der Zeit sei sie zwar offensichtlich sehr aufgeregt, doch völlig gesund und ihrer Sinne mächtig gewesen. Das Mulattenmädchen habe sie zu Bett gebracht, ihr wie gewöhnlich eine Tasse Tee geholt, das Zimmer aufgeräumt und sie dann allein gelassen. Aber um drei Uhr morgens habe sie wieder geläutet (ein ungewohntes Zeichen; denn die alte Catherine schlief meistens fest wie ein Baby), die beiden Dienerinnen seien hineingestürzt und hätten ihre Herrin gegen die Kissen gelehnt vorgefunden, ein verzerrtes Lächeln im Gesicht, und eine ihrer kleinen Hände habe schlaff an dem mächtigen Arm herabgehangen.

Der Schlaganfall war offensichtlich nur leicht gewesen, denn sie hatte vernehmlich sprechen und ihre

Wünsche äußern können; und bald nach dem ersten Besuch des Arztes hatte sie auch die Herrschaft über ihre Gesichtsmuskeln wiedererlangt. Aber der Schrekken war groß; und ebenso groß war die Empörung darüber, daß Regina Beaufort, wie Mrs. Mingotts bruchstückhafte Sätze erraten ließen, sie darum gebeten hatte – eine unglaubliche Frechheit! –, für ihren Gatten einzutreten, ihnen durchzuhelfen – sie nicht »im Stich zu lassen« –, ja, die ganze Verwandtschaft zu veranlassen, diese unerhörte Schmach zu decken und ihnen alles zu verzeihen.

»Ich habe zu ihr gesagt: ›Ehre bleibt Ehre, und Ehrlichkeit bleibt Ehrlichkeit in Manson Mingotts Haus, und wird es bleiben, bis man mich hinausträgt – mit den Füßen voran‹«, hatte die alte, halbgelähmte Frau mit schwerer Zunge ihrer Tochter ins Ohr gestammelt. »Und als sie darauf sagte: ›Aber mein guter Name, liebe Tante, ich bin doch eine Dallas‹, habe ich geantwortet: ›Es war Beaufort, der dich mit Juwelen bedeckt hat, und es wird jetzt Beaufort bleiben, der dich mit Schande bedeckt.‹«

Das alles teilte ihm unter Tränen und von Grauen geschüttelt Mrs. Welland mit, schreckensbleich und gebrochen darüber, daß sie nun doch noch dem Peinlichen und der Schande ins Auge sehen mußte. »Wenn ich es deinem Schwiegervater ersparen könnte! Er sagt immer: ›Augusta, um Himmels willen, raube mir nicht die letzten Illusionen!‹ –, aber wie soll ich es verhindern, daß er diese entsetzlichen Dinge erfährt?« jammerte die Ärmste.

»Wenigstens bekommt er sie nicht zu *sehen*, Mama«, meinte ihre Tochter tröstend, und Mrs. Welland seufzte: »Nein, Gott sei Dank, er liegt im Bett. Dr. Bencomb hat mir versprochen, ihn dort solange festzuhalten, bis es der armen Mama besser geht und Regina irgendwohin verschwunden ist.«

Archer hatte sich ans Fenster gesetzt und starrte mit leeren Blicken auf die verlassene Straße hinaus. Offenbar hatten ihn die Damen in ihrem Kummer nur als Tröster hergerufen und nicht, weil er ihnen besondere Hilfe leisten konnte. Man hatte Lovell Mingott telegraphiert, und die in New York wohnenden Familienmitglieder waren schriftlich benachrichtigt worden. In der Zwischenzeit war nichts zu tun, als mit leiser Stimme Beauforts Schande und die unentschuldbare Tat seiner Frau zu erörtern.

Mrs. Lovell Mingott, die in einem anderen Zimmer Briefe geschrieben hatte, erschien bald wieder und nahm ebenfalls an der Unterhaltung teil. Die älteren Damen waren einstimmig der Meinung, daß zu *ihrer* Zeit die Frau eines Mannes, der sich im Geschäftsleben etwas hatte zuschulden kommen lassen, nur den einen Gedanken hatte: Sich unsichtbar zu machen und mit ihrem Manne zu verschwinden. »So handelte jedenfalls die arme Großmama Spicer, deine Urgroßmutter, May«, sagte Mrs. Welland und beeilte sich hinzuzufügen: »Natürlich betrafen die finanziellen Schwierigkeiten deines Urgroßvaters nur ihn selbst – Verluste beim Kartenspiel oder eine Bürgschaft für irgend jemanden –, ich habe es nie ganz erfahren, denn Mama sprach nie darüber. Aber sie wurde auf dem Lande erzogen, denn nach der Schande, die vielleicht gar nicht so schlimm war, mußten sie New York verlassen: Sie lebten allein oben am Hudson, Sommer und Winter, bis Mama sechzehn war. Großmama Spicer wäre es niemals in den Sinn gekommen, die Familie zu bitten, ›öffentlich für sie einzutreten‹, wie Regina es wohl genannt hat – obwohl eine persönliche Schande nichts ist im Vergleich mit dem Skandal, Hunderte von unschuldigen Menschen mit ins Verderben zu ziehen.«

»Ja«, stimmte ihr Mrs. Lovell Mingott zu, »es stünde Regina besser an, aus der Öffentlichkeit zu verschwinden, statt andere zu bitten, öffentlich für sie einzutreten. Ich habe gehört, daß die Smaragdkette, die sie letzten Freitag in der Oper trug, am Nachmittag von Ball und Black zur Ansicht geschickt worden war. Ich möchte wissen, ob sie sie zurückbekommen.«

Archer hörte gleichgültig diesem Chor unbarmherziger Stimmen zu. Der Gedanke absoluter Redlichkeit in Gelddingen als höchtes Gesetz im Ehrenkodex eines Gentleman saß ihm so tief in Fleisch und Blut, daß sentimentale Erwägungen diesem nichts anhaben konnten. Ein Abenteurer wie Lemuel Struthers mochte die Millionen aus seiner Schuhkrem durch alle möglichen anrüchigen Transaktionen verdienen, aber für die Geldaristokratie New Yorks war makellose Ehrlichkeit das *noblesse oblige*. Auch rührte Mrs. Beauforts Schicksal Archer nicht besonders. Zwar empfand er für sie mehr Mitleid als ihre entrüsteten Verwandten; doch es schien ihm, daß die Bande zwischen Mann und Frau höchstens in Zeiten des Glücks, niemals aber im Unglück gelöst werden dürften. Wenn ein Mann in Not geriet, dann war der Platz der Frau, wie Mr. Letterblair gesagt hatte, an seiner Seite; doch der Gesellschaft gebührte keineswegs der Platz an Beauforts Seite, und wenn Mrs. Beaufort das mit kalter Unverfrorenheit als selbstverständlich voraussetzte, so wurde sie dadurch fast zu seiner Komplizin. Schon der bloße Gedanke, daß eine Frau ihre Familie anflehte, für das ehrwidrige Geschäftsgebaren ihres Gatten einzutreten, war unstatthaft; denn dies gerade konnte die Familie ihren Sinn und Wesen nach *nicht* tun.

Von dem Mulattenmädchen wurde Mrs. Lovell Mingott in die Diele gerufen, von wo sie wenig später mit düsterem Blick zurückkehrte.

»Sie verlangt, daß ich Ellen Olenska telegraphiere. Ich habe Ellen natürlich geschrieben, und auch Medora, anscheinend aber genügt ihr das nicht. Ich soll Ellen sofort telegraphieren und ihr mitteilen, daß sie allein kommen soll.«

Diese Meldung wurde schweigend angehört. Mrs. Welland seufzte resigniert, und May erhob sich und hob ein paar Zeitungen auf, die auf dem Fußboden herumlagen.

»Wir werden es wohl tun müssen«, fuhr Mrs. Lovell Mingott fort, als hoffe sie auf Widerspruch, und May kam in die Mitte des Zimmers zurück.

»Natürlich müssen wir es tun«, sagte sie. »Großmama weiß, was sie will, und wir müssen ihr alle Wünsche erfüllen. Soll ich das Telegramm für dich aufsetzen, Tante? Wenn es sofort abgeht, bekommt Ellen wahrscheinlich morgen noch den Frühzug.« Sie sprach die Silben des Namens eigentümlich klingend aus, als habe sie zwei Silberglöckchen angeschlagen.

»Sofort kann es wohl nicht rausgehen. Jasper und der Küchenjunge sind beide mit Briefen und Telegrammen unterwegs.«

May wandte sich lächelnd an ihren Gatten: »Aber Newland ist doch da und zu jedem Dienst bereit. Willst du nicht das Telegramm übernehmen, Newland? Es ist gerade noch genügend Zeit vor dem Mittagessen.«

Archer erhob sich und murmelte seine Bereitschaft; und sie setzte sich an Catherines rosenhölzernen *bonheur du jour* und schrieb die Worte in ihrer großen, unreifen Handschrift nieder. Dann löschte sie das Blatt sorgfältig ab und reichte es Archer.

»Wie schade«, sagte sie, »daß ihr, du und Ellen, aneinander vorbeifahrt!« Sie wandte sich zu ihrer Mutter und ihrer Tante um und setzte hinzu: »Newland muß wegen eines Patentprozesses, der vor den Obersten Gerichtshof kommt, nach Washington. Onkel Lovell wird wohl morgen abend zurück sein, und da es Großmama schon besser geht, wäre es sicher nicht recht, Newland zu bitten, eine wichtige Verpflichtung der Firma gegenüber aufzugeben, nicht wahr?«

Sie hielt inne, als erwarte sie eine Antwort, und Mrs. Welland erklärte eilig: »Oh, natürlich nicht, mein Liebling. Deine Großmutter wäre die letzte, die das wollte.« Als Archer das Zimmer mit dem Telegramm verließ, hörte er, wie seine Schwiegermutter – vermutlich an Mrs. Lovell Mingott gewandt –hinzufügte: »Aber warum um alles in der Welt läßt sie dich bloß an Ellen Olenska telegraphieren?«, worauf May mit klarer Stimme erwiderte: »Vielleicht um ihr noch einmal dringend klarzumachen, daß ihr Platz an der Seite ihres Mannes ist.«

Die Haustür schloß sich hinter Archer, und er machte sich eilig zum Telegraphenamt auf.

28

»Ol- Ol- ja – wie schreibt sich denn das?« fragte die schnippische junge Dame, der Archer das Telegramm seiner Frau am Schalter des Western-Union-Amts über das Messingsims hinübergeschoben hatte.

»Olenska, O - len - ska«, wiederholte er und zog das Blatt zurück, um die fremden Silben über Mays unordentliche Schrift in Druckbuchstaben zu setzen.

»So einen Namen hört man selten in einem New Yorker Telegraphenamt – zumindest in diesem Viertel«, bemerkte plötzlich jemand, und als Archer sich umdrehte, erkannte er Lawrence Lefferts neben sich, der an seinem untadeligen Schnurrbart zupfte und so tat, als versuche er nicht, auf das Telegramm zu schielen.

»Hallo, Newland – ich dachte mir, daß ich dich hier finde. Eben habe ich gehört, daß die alte Mrs. Mingott einen Schlaganfall gehabt hat. Ich war gerade auf dem Weg nach Hause, sah dich in diese Straße einbiegen und bin hinter dir hergeflitzt. Du kommst sicher gerade von dort?«

Archer nickte und schob das Blatt unter das Messinggitter.

»Sehr schlimm, wie?« fuhr Lefferts fort. »Du telegraphierst wohl den Angehörigen? Es muß ja wirklich schlimm stehen, wenn du die Gräfin Olenska dazuzählst.«

Archer preßte die Lippen zusammen: er verspürte den heftigen Drang, mit seiner Faust in das lange, eitle, hübsche Gesicht neben sich zu schlagen.

»Warum?« fragte er.

Lefferts, der bekanntermaßen Erörterungen aus dem Weg ging, zog ironisch grinsend die Brauen hoch, um den anderen darauf aufmerksam zu machen, daß das Fräulein hinter dem Gitter sie beobachtete. Der Blick mahnte Archer, daß es keine schlimmere Verletzung der »Form« gebe, als wenn man sich in aller Öffentlichkeit vergäße.

Niemals waren Archer solche Forderungen gleichgültiger gewesen als im Augenblick; sein Drang aber, Lawrence Lefferts tätlich zu beleidigen, war schon verflogen. Der Gedanke, den Namen Ellen Olenskas Lefferts gegenüber in den Mund zu nehmen, und mochte er ihn noch so reizen, war ihm unvorstellbar. Er bezahlte das Telegramm, und sie traten zusammen auf die Straße. Inzwischen hatte Archer seine Fassung wiedergewonnen und fuhr fort: »Es geht Mrs. Mingott schon viel besser; der Arzt hat nicht die geringsten Befürchtungen.« Lefferts gab in überschwenglichen Worten seiner Freude Ausdruck und fragte ihn, ob er auch schon gehört habe, daß wieder scheußliche Gerüchte über Beaufort im Umlauf seien…

An diesem Nachmittag stand die Meldung, daß Beaufort bankrott sei, in allen Zeitungen. Der Schlaganfall von Mrs. Mingott trat daneben in den Hintergrund, und nur die wenigen, die von der geheimnisvollen Beziehung zwischen den beiden Ereignissen erfahren hatten, kamen auf den Gedanken, die Krankheit der alten Catherine nicht nur der lastenden Wucht des Fleisches und der Jahre zuzuschreiben.

Die Geschichte von Beauforts Schande hing finster über ganz New York. Nie hatte es, wie Mr. Letterblair sagte, zu seiner Zeit einen schlimmeren Fall gegeben, ja nicht einmal zu Zeiten jenes weit entrückten Mr. Letterblair, der der Firma ihren Namen gegeben hatte. Die Bank hatte, nachdem der Bankrott unvermeidlich geworden war, noch einen ganzen Tag hindurch Einzahlungen angenommen, und da viele ihrer Kunden der einen oder anderen von den herrschenden Sippen angehörten, erschien Beauforts Falschheit doppelt zynisch. Hätte Mrs. Beaufort nicht (wörtlich) gesagt, bei solchen Unglücksschlägen »erprobe sich wahre Freundschaft«, dann hätte vielleicht das Mitleid mit ihr die allgemeine Empörung über ihren Gatten etwas gedämpft. So aber – und vor allem, nachdem der Zweck des späten Besuchs bei Mrs. Manson Mingott bekannt geworden war – hielt man ihren Zynismus für noch größer als seinen. Auch gab es für sie nicht die Entschuldigung – und für ihre Verleumder nicht die Genugtuung –, daß sie »landesfremd« sei. Beaufort *war* es – wie sich diejenigen, deren Papiere nicht gefährdet waren, mit einigem Trost sagen konnten. Wenn aber eine Dallas aus South Carolina die Sache letztlich derart mit seinen Augen ansah und leichtfertig meinte, daß er »bald wieder auf den Füßen sein« werde, dann war die ganze Erörterung sinnlos, und es blieb nichts anderes übrig, als diesen schrecklichen Beweis für die Unauflöslichkeit der Ehe anzuerkennen. Die Gesellschaft mußte eben ohne die Beauforts auskommen, und damit Schluß! Auf der Strecke blieben allerdings solche unglücklichen Opfer wie Medora Manson, die armen alten Miss Lannings und gewisse andere irregeführte Damen aus guten Familien, die heute, wenn sie nur auf Henry van der Luyden gehört hätten...

»Am besten wäre es für die Beauforts«, sagte Mrs. Archer zusammenfassend, als formuliere sie eine Diagnose und verschreibe eine Therapie, »wenn sie in Reginas kleines Haus in North Carolina zögen. Beaufort hat immer einen Rennstall besessen, da könnte er sich doch auf die Zucht von Trabern verlegen. Ich möchte behaupten, er hat das Zeug zu einem erfolgreichen Pferdehändler.« Alle stimmten ihr bei, aber niemand geruhte zu fragen, was denn die Beauforts nun selber beabsichtigten.

Am nächsten Tag fühlte sich Mrs. Manson Mingott viel wohler: Sie konnte wieder so viel sprechen, um zu befehlen, die Beauforts nie wieder vor ihr zu erwähnen; und als Dr. Bencomb erschien, fragte sie, warum in aller Welt sich ihre Familie nur so über ihren Gesundheitszustand aufrege.

»Wenn Leute in meinem Alter abends unbedingt Geflügelsalat essen wollen, was sollen sie dann anderes erwarten?« rief sie, und der Arzt benutzte die Gelegenheit, ihre Diät zu ändern und aus dem Schlaganfall eine Verdauungsstörung zu machen. Doch trotz ihres energischen Tons gewann die alte Catherine ihre frühere Einstellung zum Leben nicht völlig zurück. Das zunehmende Alter entrückte sie den Ereignissen, und obwohl sie noch Neugier für das Leben ihrer Mitmenschen zeigte, hatte sie für ihre Nöte noch weniger Mitgefühl als sonst, und sie schien keine Schwierigkeit zu haben, den Fall Beaufort völlig aus ihrem Bewußtsein zu verdrängen. Aber zum erstenmal vertiefte sie sich jetzt in die Symptome ihrer Krankheit und bekundete allmählich ein sentimentales Interesse an gewissen Angehörigen, denen sie bisher nur mit verächtlicher Gleichgültigkeit begegnet war.

Besonders Mr. Welland genoß das Privileg, ihre Aufmerksamkeit zu fesseln. Von allen Schwiegersöhnen hatte sie gerade ihn am hartnäckigsten übersehen, und alle Bemühungen seiner Frau, ihn als einen Mann von starkem Charakter und ausgesprochen intellektuellen Fähigkeiten (hätte er nur »gewollt«) hinzustellen, hatten bei ihr nur spöttisches Gekicher ausgelöst. Seine große Bedeutung als Kränkelnder aber machte ihn jetzt zum Gegenstand eines grenzenlosen Interesses, und Mrs. Mingott erließ eine gebieterische Vorladung an ihn, damit sie beide ihre Diät vergleichen könnten, sobald es ihm sein Fieber gestatte – denn die alte Catherine war jetzt die erste, die meinte, daß man bei Fieber gar nicht vorsichtig genug sein könne.

Vierundzwanzig Stunden nach der Aufforderung an Madame Olenska meldete ein Telegramm, daß sie am Abend des folgenden Tages aus Washington eintreffen werde. Bei den Wellands, wo die Newland Archers gerade zum Mittagessen waren, wurde sofort die Frage aufgeworfen, wer sie am Bahnhof in Jersey City abholen solle; dabei wirkten die materiellen Schwierigkeiten, durch die sich der Wellandsche Haushalt wie ein Feldposten im Kriege kämpfte, äußerst belebend auf das Gespräch. Man kam zu dem Schluß, daß Mrs. Welland unmöglich nach Jersey City fahren könne, weil sie ihren Gatten am gleichen Nachmittag zur alten Catherine begleiten müsse; und auf die Kutsche könne man nicht verzichten, denn falls Mr. Welland, der seine Schwiegermutter zum erstenmal seit dem Anfall sehe, sich dabei »aufrege«, werde man ihn vielleicht unverzüglich heimfahren müssen. Die Söhne Welland müßten natürlich in ihren Büros in der Stadt sein, Lovell Mingott würde gerade von der Jagd nach Hause eilen, und der Mingottsche Wagen würde ihn abholen müssen; von May könne man nicht gut verlangen, daß sie an einem späten Winternachmittag allein mit der Fähre nach Jersey City übersetze, auch nicht im eigenen Wagen. Dennoch könne es sehr wenig gastfreundlich erscheinen und laufe auch Catherines ausdrücklichen Wünschen zuwider, wenn man Madame Olenska ankommen lasse, ohne daß jemand von der Familie sie am Bahnhof abhole. Es sehe Ellen vollkommen ähnlich – konnte man Mrs. Wellands müder Stimme entnehmen –, die Familie in so ein Dilemma zu stürzen.

»Es kommt immer eines zum anderen«, klagte die alte Dame, die sich sonst so selten gegen das Schicksal auflehnte. »Das einzige, was mich denken läßt, Mama ist doch kränker, als Dr. Bencomb zugeben will, ist dieses morbide Verlangen, Ellen sofort kommen zu lassen, ganz gleich, wie unbequem es ist, sie abzuholen.«

Die Worte waren gedankenlos, wie es ungeduldige Äußerungen oft sind, und Mr. Welland stürzte sich darauf wie ein Raubvogel.

»Augusta«, sagte er, wurde bleich und legte seine Gabel hin, »hast du sonst noch Gründe zu der Annahme, daß man sich auf Bencomb nicht mehr so verlassen kann wie bisher? Hast du irgendwie bemerkt, daß er bei meiner Behandlung oder der deiner Mutter weniger gewissenhaft als früher vorgeht?«

Jetzt war es an Mrs. Welland zu erbleichen, als sie die endlosen Folgen ihrer Unvorsichtigkeit übersah. Es gelang ihr aber, zu lachen und sich noch einmal von den überbackenen Austern zu nehmen, ehe sie, sich wieder in den üblichen Panzer ihrer Heiterkeit zwingend, sagte: »Aber, mein Lieber, wie kannst du nur so etwas denken? Ich meinte nur: Nachdem Mama es so entschieden als Ellens Pflicht ansah, zu ihrem Gatten zurückzukehren, scheint es mir seltsam, daß sie auf einmal diese Laune überkommt, ausgerechnet sie sehen zu wollen, wo es doch ein halbes Dutzend anderer Enkelkinder gibt, nach denen sie hätte verlangen können. Aber wir dürfen nie vergessen, daß Mama trotz ihrer erstaunlichen Vitalität doch eine sehr alte Frau ist.«

Mr. Wellands Stirn blieb umwölkt, und es war offensichtlich, daß sich seine beunruhigte Phantasie sofort an diese letzte Bemerkung klammerte: »Ja, deine Mutter ist eine sehr alte Frau, und wie können wir wissen, ob Bencomb auch bei sehr alten Leuten so tüchtig ist? Du sagst ganz richtig, liebe Augusta, es kommt immer eines zum anderen. Also werde ich in zehn bis fünfzehn Jahren vermutlich die angenehme Aufgabe haben, mich nach einem anderen Arzt umsehen zu müssen. Es ist immer besser, so einen Schritt zu tun, bevor er unbedingt notwendig geworden ist.« Bei diesem spartanischen Entschluß angelangt, griff Mr. Welland wieder mit fester Hand zu seiner Gabel.

»Aber bis jetzt«, begann Mrs. Welland, als sie sich vom Mittagstisch erhob und sich vor den anderen in die Wildnis aus violettem Satin und Malachit begab, die auch das hintere Wohnzimmer genannt wurde, »bis jetzt weiß ich immer noch nicht, wie Ellen morgen abend hierherkommen soll. Mir ist es aber lieb, wenn ich wenigstens vierundzwanzig Stunden im voraus über alles verfügt habe.«

Archer riß sich von der faszinierten Betrachtung eines Gemäldes los, das zwei zechende Kardinäle in einem achteckigen Ebenholzrahmen zeigte.

»Soll *ich* sie abholen?« schlug er vor. »Ich komme leicht so zeitig vom Büro fort, daß ich die Kutsche an der Fähre treffen kann, wenn May sie dorthin schickt.« Beim Sprechen schlug sein Herz wie wild.

Mrs. Welland seufzte erleichtert auf, und May, die ans Fenster getreten war, wandte sich um und strahlte ihn anerkennend an. »Na, siehst du, Mama, nun kannst du doch noch alles vierundzwanzig Stunden im voraus verfügen«, sagte sie und neigte sich über ihre Mutter, um ihr die besorgte Stirn zu küssen.

Vor der Tür wartete Mays Kutsche, die Archer bis zum Union Square mitnehmen sollte, von wo ihn ein Broadway-Omnibus ins Büro bringen konnte. Als May sich in ihrer Ecke niedergelassen hatte, sagte sie: »Ich wollte Mama nicht mit neuen Schwierigkeiten quälen; aber wie kannst du denn Ellen morgen abholen und nach New York bringen, wenn du nach Washington fährst?«

»Oh, ich fahre nicht«, antwortete Archer.

»Nicht? Was ist denn passiert?« Ihre Stimme war glockenhell und voll fraulicher Fürsorge.

»Die Verhandlung ist abgeblasen – verschoben.«

»Verschoben? Wie merkwürdig! Heute morgen habe ich eine Mitteilung von Mr. Letterblair an Mama gelesen, daß er morgen nach Washington fährt, um die wichtige Patentangelegenheit vor dem Obersten Gerichtshof zu vertreten. Du hast doch gesagt, es ist eine Patentangelegenheit, nicht wahr?«

»Ja, das ist es eben: Das ganze Büro kann nicht hin. Mr. Letterblair hat sich heute morgen entschlossen, selbst zu fahren.«

»Dann ist die Sache also *nicht* verschoben worden?« fragte sie mit einer Beharrlichkeit, die ihr so unähnlich war, daß er fühlte, wie ihm das Blut ins Gesicht stieg, als schäme er sich für sie wegen dieses ungewohnten Verzichts auf den sonst üblichen Takt.

»Nein, aber meine Reise ist es«, antwortete er und verwünschte die unnötigen Erklärungen, die er ihr gegeben hatte: Er überlegte, wo er gelesen hatte, daß kluge Lügner Einzelheiten angeben, die klügsten aber nicht. Es schmerzte ihn nicht halb so sehr, May eine Unwahrheit gesagt zu haben, wie sie bei ihren Bemühungen zu beobachten, so zu tun, als habe sie ihn nicht bei einer Lüge ertappt.

»Ich fahre erst später – zum Glück kommt das deiner Familie ja sehr gelegen«, fuhr er fort, sich hinter billigem Sarkasmus versteckend. Während er sprach, fühlte er, wie sie ihn anschaute, und er wandte ihr sein Gesicht zu, um nicht den Anschein zu erwecken, als weiche er ihr aus. Eine Sekunde lang ruhten ihre Blicke ineinander, und jeder las im anderen vielleicht mehr, als er sagen wollte.

»Ja, es kommt *wirklich* sehr gelegen«, stimmte May fröhlich bei, »daß du Ellen doch noch abholen kannst. Du hast gesehen, wie dankbar dir Mama für dein Anerbieten war.«

»Oh, das tue ich doch gern für sie.« Der Wagen hielt, und als er hinaussprang, beugte sie sich zu ihm hinaus und legte ihm die Hand auf den Arm. »Auf Wiedersehen, Liebster«, sagte sie, und ihre Augen leuchteten dabei so blau, daß er sich nachher fragte, ob sie ihn vielleicht durch Tränen hindurch so angestrahlt hätten.

Er drehte sich um, eilte über den Union Square und sang wie zu einer inneren Melodie immer wieder vor sich hin: »Volle zwei Stunden von Jersey City bis zur alten Catherine. Volle zwei Stunden – und vielleicht noch mehr.«

29

Archer fand an der Fähre Mays dunkelblaue Kutsche, die noch wie am Hochzeitstage glänzte, und fuhr damit in aller Bequemlichkeit zur Endstation der Pennsylvania-Bahn in Jersey City.

Es war ein schwermütiger Schneenachmittag, und in der lärmerfüllten großen Bahnhofshalle brannten die Gaslampen. Während er auf dem Bahnsteig auf und ab ging und auf den Schnellzug aus Washington wartete, mußte er daran denken, daß es Leute gab, die meinten, eines Tages werde unter dem Hudson ein Tunnel hindurchführen, durch den die Züge der Pennsylvania-Bahn direkt bis nach New York hineinführen. Die gleiche Prophetengemeinde sagte auch den Bau von Schiffen voraus, die den Atlantik in fünf Tagen überqueren könnten, die Erfindung von Flugapparaten, Beleuchtung durch Elektrizität, telephonischer Verbindungen ohne Draht und ähnlicher Wunder aus Tausendundeiner Nacht.

»Mir ist es gleich, welcher von ihren Träumen wahr wird«, dachte Archer, »solange nur der Tunnel noch nicht gebaut ist.« In seiner sorglosen Schulbuben-Seligkeit malte er sich aus, wie Madame Olenska aus dem

Zug steigen werde, wie er sie schon von weitem aus der Menge bedeutungsloser Gesichter herausfände, wie sie ihren Arm in seinen schöbe, während er sie an den Wagen geleitete; wie sie sich an ausgleitenden Pferden, schwerbeladenen Karren und schreienden Fuhrleuten vorbei langsam dem Kai näherten, dann die verblüffende Stille der Fähre, auf der sie unter dem Schnee nebeneinander in der regungslosen Kutsche säßen, während die Erde unter ihnen wegzugleiten schiene, um auf die andere Seite der Sonne hinüberzurollen. Es war unglaublich, wieviel er ihr zu sagen hatte und in welcher redegewandten Ordnung sich ihm alles auf die Lippen drängte…

Das Stampfen und Ächzen des Zuges kam näher, und langsam schwankte er in die Halle wie ein beutebeladenes Untier, das in seine Höhle heimkehrt. Mit den Ellbogen bahnte Archer sich einen Weg durch die Menge und starrte blind in Fenster auf Fenster der hochgebauten Waggons. Und dann sah er plötzlich Madame Olenskas blasses, erstauntes Gesicht dicht neben sich, und wieder hatte er das demütigende Gefühl, vergessen zu haben, wie sie aussah.

Sie standen voreinander, ihre Hände trafen sich, und er legte ihren Arm in seinen. »Hier hinaus – ich habe den Wagen draußen.«

Danach kam alles, wie er es sich erträumt hatte. Er half ihr mit den Koffern in die Kutsche und konnte sich später noch undeutlich daran erinnern, daß er sie wegen ihrer Großmutter beruhigt und ihr einen kurzen Bericht über Beauforts Lage gegeben hatte (er war erstaunt über ihren bewegten Ausruf: »Arme Regina!«). Inzwischen hatte sich der Wagen aus dem Gewühl um den Bahnhof hinausgearbeitet, und sie fuhren im Schritt das rutschige Gefälle zum Kai hinunter, bedrängt von schaukelnden Kohlenkarren, scheuenden Pferden, wild daherstürmenden Eilfuhren und einem leeren Leichenwagen – oh, dieser Leichenwagen! Sie schloß die Augen, als er vorbeifuhr, und griff nach Archers Hand.

»Wenn das nur nichts bedeutet – arme Großmama!«

»Oh nein, nein – es geht ihr viel besser – wirklich, wieder ganz gut. Da – jetzt sind wir dran vorbei!« rief er, als sei nun alles in bester Ordnung. Ihre Hand blieb in seiner liegen, und als der Wagen über die Planken auf die Fähre schwankte, beugte er sich hinüber, knöpfte ihr den enganliegenden braunen Handschuh auf und drückte einen Kuß in ihre Handfläche, als küsse er eine Reliquie. Mit mattem Lächeln entzog sie sie ihm wieder, und er sagte: »Du hast mich heute nicht erwartet?« »Oh, nein.«

»Ich wollte nach Washington dich besuchen kommen. Alles war schon vorbereitet – um ein Haar wären wir mit dem Zug aneinander vorbeigefahren.«

»Oh –«, rief sie, als sei sie erschrocken darüber, wie knapp sie sich verfehlt hätten.

»Weißt du – daß ich mich kaum an dich erinnern kann?«

»Dich kaum an mich erinnern kannst?«

»Ich meine: Wie soll ich das erklären? Ich – es ist immer so. *Jedesmal bist du mir wieder ganz neu*.«

»Oh, ja; ich weiß! Ich kenne das!«

»Wie? Bist du – bin ich es auch – für dich?« drängte er.

Sie nickte, während sie aus dem Fenster schaute.

»Ellen – Ellen – Ellen!«

Sie antwortete nicht, und er saß schweigend da und beobachtete, wie ihr Profil vor der schneedurchsetzten Dämmerung im Fenster allmählich verschwamm. Was mochte sie in den vier langen Monaten getan haben? Wie wenig sie doch voneinander wußten! Die köstlichen Augenblicke glitten vorüber, aber er hatte alles vergessen, was er ihr sagen wollte, und konnte nur hilflos über ihr Geheimnis brüten, daß sie einander gleichzeitig so fern und so nah waren, was ihm in der Tatsache symbolisiert schien, daß sie so dicht beieinander saßen und doch ihre Gesichter nicht erkennen konnten.

»Was für ein hübscher Wagen! Gehört er May?« fragte sie unvermittelt und wandte das Gesicht vom Fenster ab.

»Ja.«

»Dann hat May dich hergeschickt, mich abzuholen? Wie freundlich von ihr!«

Einen Augenblick antwortete er nicht, dann platzte er heraus: »Am Tage nach unserem Zusammensein in Boston kam der Sekretär deines Mannes zu mir.«

In seinem kurzen Brief an sie hatte er Monsieur Rivières Besuch nicht erwähnt und überhaupt die Absicht gehabt, den Vorfall zu verschweigen. Aber da sie ihn daran erinnert hatte, daß sie in dem Wagen seiner

Frau saßen, fühlte er sich dazu angestachelt, Vergeltung zu üben. Er wollte doch sehen, ob ihr sein Hinweis auf Rivière ebenso willkommen war wie ihm der ihre auf May! Wie schon oft, wenn er erwartet hatte, sie aus ihrer üblichen Gefaßtheit aufzurütteln, verriet sie auch jetzt nicht die leiseste Überraschung; und sofort zog er daraus den Schluß: »Er schreibt ihr also.«

»Monsieur Rivière war bei dir?«

»Ja. Hast du das nicht gewußt?«

»Nein«, antwortete sie einfach.

»Und das überrascht dich nicht?«

Sie zögerte. »Warum sollte es mich überraschen? Er hat mir in Boston gesagt, er kenne dich – er habe dich in England, glaube ich, kennengelernt.«

»Ellen – ich muß dich etwas fragen.«

»Ja?«

»Ich wollte das schon tun, nachdem ich ihn gesprochen hatte, aber ich konnte es nicht in einem Brief. Es war doch Rivière, der dir forthalf – als du deinen Mann verließest?«

Das Herz schlug ihm im Halse. Würde sie bei dieser Frage ebenso gefaßt bleiben?

»Ja – ich bin ihm viel Dank schuldig«, antwortete sie ohne das leiseste Zittern in ihrer ruhigen Stimme.

Ihr Ton war so natürlich, so geradezu gleichgültig, daß der Aufruhr in Archers Seele sich legte. Wieder hatte sie lediglich durch ihre Einfachheit erreicht, daß er sich lächerlich konventionell vorkam, und das eben dann, wenn er glaubte, er schlüge alles Konventionelle in den Wind.

»Ich glaube, du bist die aufrichtigste Frau, die mir je begegnet ist«, rief er.

»Oh, nein – aber wahrscheinlich mache ich nicht so viel Aufhebens von allem«, antwortete sie, ein Lächeln in der Stimme.

»Nenne es, wie du willst: Du siehst die Dinge, wie sie sind.«

»Ach – das muß ich doch. Ich habe der Gorgo ins Gesicht gesehen.«

»Aber – du bist davon nicht blind geworden! Du hast gesehen, daß sie nur ein altes Schreckgespenst ist wie alle anderen.«

»Man wird von ihrem Blick nicht blind; aber man verlernt das Weinen.«

Vor dieser Antwort verstummte Archer: Sie kam aus Erfahrungstiefen, an die er nicht heranreichte. Die langsame Vorwärtsbewegung der Fähre hatte aufgehört, ihr Bug stieß heftig gegen die Pfähle der Landestelle und brachte die Kutsche so heftig ins Schwanken, daß Archer und Madame Olenska gegeneinandergeworfen wurden. Er erbebte, als er den plötzlichen Druck ihrer Schulter spürte, und legte seinen Arm um sie.

»Wenn du nicht blind bist, dann mußt du sehen, daß es so nicht weitergehen kann.«

»Was kann so nicht weitergehen?«

»Daß wir zusammen sind – und doch nicht zusammen sind.«

»Nein. Du hättest heute nicht kommen sollen«, sagte sie mit fremder Stimme, und plötzlich wandte sie sich um, schlang ihm die Arme um den Hals und preßte ihre Lippen auf seine. Im selben Augenblick setzte sich der Wagen in Bewegung, und das Licht einer Gaslaterne am Ufer fiel kurz durch das Fenster. Sie lehnte sich wieder zurück, und beide saßen schweigend und reglos da, während die Kutsche sich durch das Gedränge der Wagen an der Landestelle hindurchkämpfte. Als sie auf die Straße gelangten, begann Archer überstürzt zu sprechen.

»Hab keine Angst vor mir: Du brauchst dich überhaupt nicht so in die Ecke zu drücken. Ein geraubter Kuß ist nicht das, was ich will. Sieh mal, ich versuche nicht einmal, den Ärmel deiner Jacke zu berühren. Denke nicht, ich verstünde deine Gründe nicht, warum du dich dagegen sträubst, daß dieses Gefühl zwischen uns zu einer gewöhnlichen heimlichen Liebesaffäre wird. Gestern noch hätte ich so nicht sprechen können, denn solange wir voneinander getrennt sind und ich mich auf das Wiedersehen freue, verbrennt jeder Gedanke in mir in einer großen Flamme. Aber dann kommst du, und du bist so viel mehr als das Erinnerungsbild, und was ich von dir will, ist so viel mehr als nur ab und zu ein paar Stunden mit Wüsten durstiger Erwartung dazwischen, daß ich ganz still neben dir sitzen kann, so wie jetzt, und den anderen Traum in mir weiterträume und ruhig darauf vertraue, daß er sich erfüllen wird.«

Sie schwieg einen Augenblick; dann fragte sie fast flüsternd: »Was meinst du damit, daß du darauf vertraust, daß er sich erfüllt?«

»Aber du weißt doch, daß es so kommen wird, nein?«

»Dein Traum, in dem du und ich zusammen sind?« Sie lachte plötzlich hart auf. »Du hast den rechten Ort gewählt, um mir das zu sagen!«

»Meinst du, weil wir in der Kutsche meiner Frau sitzen? Sollen wir lieber aussteigen und zu Fuß gehen? Dich stört doch wohl ein bißchen Schnee nicht?«

Sie lachte wieder, diesmal freundlicher. »Nein, ich werde nicht aussteigen und zu Fuß gehen, weil ich so schnell wie möglich bei Großmama sein muß. Und du wirst neben mir sitzen bleiben, und wir werden nicht auf Träume, sondern auf die Wirklichkeit schauen.«

»Ich weiß nicht, was du unter Wirklichkeit verstehst. Für mich ist dies hier die einzige Wirklichkeit.«

Sie nahm die Worte mit einem langen Schweigen auf; währenddessen rollte der Wagen eine dunkle Nebenstraße hinunter und bog dann in das gleißende Licht der Fifth Avenue ein.

»Du hast also die Idee, ich sollte als deine Geliebte mit dir zusammenleben – da ich deine Frau nicht sein kann?« fragte sie.

Die Unverblümtheit der Frage erschreckte ihn: Dies Wort war eines von denen, die Frauen seiner Gesellschaftsschicht mieden, selbst wenn sie in der Unterhaltung das Thema sehr nahe streiften. Ihm fiel auf, daß Madame Olenska es so aussprach, als habe es in ihrem Wortschatz einen festen Platz, und er fragte sich im stillen, ob es in der gräßlichen Umgebung, der sie entflohen war, ihr wohl oft zu Ohren gekommen sei. Ihre

Frage hatte ihn mit einem Ruck aus seinem Traum gerissen, und er suchte nach Worten.

»Ich möchte – ich möchte irgendwie mit dir fortgehen, in eine Welt, wo es solche Worte – solche Kategorien nicht gibt. Wo wir einfach zwei Menschen sind, die sich lieben, die einander alles bedeuten – und wo sonst nichts auf der Welt wichtig ist.«

Sie stieß einen tiefen Seufzer aus, der wiederum in einem Lachen endete. »Oh, mein Lieber – wo liegt dieses Land? Bist du schon einmal dort gewesen?« fragte sie, und als er finster schwieg, fuhr sie fort: »Ich kenne so viele, die sich aufgemacht haben, es zu suchen, und glaube mir, sie alle stiegen aus Versehen an Stationen am Wege aus: in Orten wie Boulogne, Pisa oder Monte Carlo – und es war dort überhaupt nicht anders als in der Welt, aus der sie kamen, nur kleiner, schmutziger und verworrener.«

Er hatte sie noch nie so reden hören, und er erinnerte sich des Satzes, den sie kurz vorher gesagt hatte.

»Ja«, sagte er, »du *hast* vor dem Blick der Gorgo das Weinen verlernt.«

»Aber sie hat mir auch die Augen geöffnet; es ist ein Irrtum zu sagen, daß sie die Menschen blind macht. Sie tut genau das Gegenteil: Sie hält ihnen die geöffneten Lider fest, so daß ihre Augen nie wieder seliges Dunkel umfängt. Gibt es in China nicht so eine Folter? Ich meine, ja. Ach, glaube mir, es ist eine elende, kleine Welt.«

Der Wagen hatte die Zweiundvierzigste Straße überquert; jetzt trug Mays zähes Kutschpferdchen sie nordwärts, als wäre es ein Traber aus Kentucky. Das Gefühl, daß sie die Zeit verschwendeten und leere Worte machten, saß Archer würgend im Hals.

»Wie sieht denn dein Plan für uns aus?« fragte er.

»Für *uns*? Aber so ein *uns* gibt es nicht! Wir sind einander nur nahe, wenn wir weit voneinander entfernt bleiben. Dann können wir wir selbst sein. Sonst sind wir nur Newland Archer, der Mann von Ellen Olenskas Kusine, und Ellen Olenska, die Kusine von Newland Archers Frau, die versuchen, sich hinter dem Rücken von Menschen, die ihnen vertrauen, ihr Glück zu stehlen.«

»Ach, darüber bin ich hinaus«, sagte er gequält.

»Nein, das bist du nicht! Du bist niemals darüber hinaus gewesen. Aber *ich* bin es«, sagte sie mit seltsamer Stimme, »und ich weiß, wie es dort aussieht.«

Sie schwieg, von einem dumpfen Schmerz betäubt. Er tastete in der Dunkelheit des Wagens nach der kleinen Klingel, mit der man dem Kutscher Zeichen gab. Er erinnerte sich, daß May zweimal läutete, wenn sie halten wollte. Archer drückte auf die Klingel, und der Wagen fuhr an den Bordstein.

»Warum halten wir? Wir sind doch noch nicht bei Großmama?« rief Madame Olenska.

»Nein, ich werde hier aussteigen«, stammelte er, öffnete den Schlag und sprang auf den Bürgersteig. Im Licht einer Straßenlaterne sah er ihr erschrockenes Gesicht und die instinktive Bewegung, mit der sie ihn zurückhalten wollte. Er schloß die Tür und beugte sich einen Augenblick zum Fenster hinein.

»Du hast recht, ich hätte heute nicht kommen sollen«, sagte er so leise, daß der Kutscher ihn nicht hören konnte. Sie lehnte sich vor und schien sprechen zu wollen, aber er hatte bereits den Wink zum Weiterfahren gegeben: Der Wagen rollte davon, und er blieb an der Ecke stehen. Der Schnee hatte aufgehört, und ein eisiger Wind hatte sich erhoben, der ihm peitschend ins Gesicht fuhr, während er dastand und ins Leere starrte. Plötzlich spürte er etwas Steifes, Kaltes an seinen Wimpern und bemerkte, daß es Tränen waren, die im Eiswind gefroren.

Er schob die Hände in die Taschen und ging in scharfem Schritt die Fifth Avenue entlang nach Hause.

30

Als Archer an diesem Abend vor dem Essen herunterkam, fand er das Wohnzimmer leer.

Er und May speisten allein, weil seit Mrs. Mingotts Erkrankung alle gesellschaftlichen Verpflichtungen der Familie ruhten, und da May stets pünktlicher war als er, wunderte er sich, daß sie nicht schon vor ihm da war. Er wußte, daß sie zu Hause war, denn während er sich umkleidete, hatte er sie in ihrem Zimmer gehört. So überlegte er, was sie wohl aufgehalten haben mochte.

Er benutzte solche Gelegenheiten gern, um Vermutungen anzustellen, weil er seine Gedanken auf diese Weise fester mit der Wirklichkeit verknüpfen konnte. Manchmal hatte er das Gefühl, als verstünde er jetzt, warum sein Schwiegervater so ganz in Kleinigkeiten aufging: Vielleicht hatte sogar Mr. Welland vor langer Zeit einmal seine eigenen Ideenflüchte und Visionen gehabt und alle Heerscharen der Häuslichkeit aufgeboten, um sich dagegen zur Wehr zu setzen.

Als May endlich erschien, meinte er, sie sehe müde aus. Sie trug das tiefausgeschnitte, enggeschnürte kleine Abendkleid, das bei den Mingotts bei den zwanglosesten Gelegenheiten Vorschrift war, und hatte sich ihr blondes Haar zu den üblichen Lockenbergen aufgetürmt. Ihr Gesicht erschien im Gegensatz dazu fahl und gleichsam ausgeblichen. Doch sie lächelte ihm wie sonst freundlich zu, und in ihren Augen stand noch der blaue Glanz des vorangegangenen Tages.

»Wo bist du nur geblieben, Liebster?« fragte sie. »Ich habe bei Großmama gewartet, und dann kam Ellen allein und sagte, du seist unterwegs ausgestiegen, weil du eilig ins Büro mußtest. Es ist doch nichts passiert?«

»Ich hatte nur ein paar Briefe vergessen, die noch vor dem Abendessen fort mußten.«

»Ach«, sagte sie. Nach kurzem Zögern setzte sie hinzu: »Schade, daß du nicht zu Großmama gekommen bist – aber die Briefe waren wohl sehr dringend?«

»Das waren sie«, erwiderte er, über ihre Hartnäkkigkeit erstaunt. »Außerdem weiß ich nicht, was ich bei deiner Großmutter sollte. Ich habe nicht gewußt, daß du da warst.«

Sie wandte sich um und trat vor den Spiegel über dem Kamin. Als sie dort stand und den schlanken Arm hob, um eine Strähne zu befestigen, die sich aus ihrer komplizierten Frisur gelöst hatte, fiel Archer auf, daß etwas Mattes, Schweres in ihrer Haltung lag, und er überlegte, ob die tödliche Eintönigkeit ihres gemeinsamen Lebens mit ihrem Gewicht auch schon auf ihr laste. Dann erinnerte er sich, daß sie ihm am Morgen, als er fortging, über die Treppe zugerufen hatte, sie würde ihn bei der Großmutter erwarten, so daß sie zusammen heimfahren könnten. Er hatte mit einem fröhlichen »Ja!« geantwortet und darauf, in andere Träume versunken, das Versprechen wieder vergessen. Jetzt rührte sich sein Gewissen; daß sie ihm aber nach fast zweijähriger Ehe so eine geringfügige Unterlassung nachtrug, das ärgerte ihn. Er war es leid, ewig in dieser lauen Flitterwochenluft zu leben, die sich nie zur Glut der Leidenschaft steigerte, doch ständig Anforderungen an ihn stellte. Hätte May ihre Klagen offen ausgesprochen (wahrscheinlich hatte sie viele), dann hätte er vielleicht mit ihr darüber lachen können; so aber verbarg sie alle eingebildeten Kränkungen, wie sie es gelernt hatte, hinter einem stoischen Lächeln.

Um ihr seinen Ärger nicht zu zeigen, fragte er, wie es ihrer Großmutter gehe, und sie antwortete, Mrs. Mingott erhole sich weiter, doch hätten die neuesten Meldungen über die Beauforts sie arg beunruhigt.

»Was für Meldungen?«

»Sie wollen allem Anschein nach in New York bleiben. Ich glaube, er tritt in eine Versicherungsgesellschaft oder so etwas ein. Sie sehen sich nach einem kleinen Haus um.«

Über so eine unerhörte Taktlosigkeit war nicht weiter zu diskutieren, und sie gingen ins Speisezimmer. Während des Essens bewegte sich ihre Unterhaltung in den üblichen engen Bahnen, aber Archer merkte, daß seine Frau weder Madame Olenska noch deren Empfang bei der alten Catherine erwähnte. Darüber war er froh, hatte er doch das Gefühl, daß dahinter etwas vage Unangenehmes stecken könne.

Für den Kaffee gingen sie nach oben in die Bibliothek, und Archer zündete sich eine Zigarre an und nahm sich einen Band Michelet aus dem Schrank. Abends las er jetzt mit Fleiß Geschichte, da May ihn seit einiger Zeit jedesmal bat, ihr vorzulesen, sobald sie ihn über einem Band Gedichte sitzen sah: Nicht daß er etwa den Klang seiner eigenen Stimme nicht gemocht hätte, er wußte aber stets im voraus, was sie zu dem sagen würde, was er vorlas. In ihrer Verlobungszeit hatte sie einfach (wie er jetzt erkannte) sein Urteil nachgeplappert; seit er ihr aber seine Ansichten nicht mehr mitteilte, begann sie, ihre eigenen vorzubringen und ihm dadurch die betreffenden Werke zu verleiden.

Als sie sah, daß er einen Band Geschichte gewählt hatte, holte sie ihr Handarbeitskörbchen hervor, zog sich einen Sessel an die Leselampe mit dem grünen Schirm und faltete ein Kissen auseinander, das sie ihm für sein Sofa stickte. Sie war für Handarbeiten nicht begabt: Ihre großen, kräftigen Hände waren zum Reiten, Rudern und zur Betätigung im Freien geschaffen; da aber andere Frauen ihren Männern Kissen stickten, wollte sie auf dieses letzte Glied in der Kette ihrer weiblichen Ergebenheiten nicht verzichten.

Sie saß so, daß Archer nur die Augen zu heben brauchte, um sie zu sehen, wie sie über ihren Stickrahmen gebeugt saß, während ihre gefältelten weiten Ärmel von den festen, runden Armen zurückfielen, der Saphir des Verlobungsringes an ihrer linken Hand über dem breiten goldenen Trauring funkelte und die rechte Hand langsam und mühselig in die Leinwand stach. Wie sie so dasaß und der Schein der Lampe voll auf ihre reine Stirn fiel, sagte er sich mit heimlichem Entsetzen, daß ihm alle Gedanken hinter dieser Stirn bekannt seien, daß sie ihn in allen noch vor ihnen liegenden Jahren nie durch eine unerwartete Laune, eine neue Idee, eine Schwäche, eine Grausamkeit oder innere Erregung überraschen werde. Sie hatte alles Poetische und Romantische in ihrem kurzen Liebesfrühling ausgeträumt – deren Aufgabe war erledigt, weil das Bedürfnis danach vorüber war. Jetzt reifte sie einfach zu einem Abklatsch ihrer Mutter heran und versuchte dabei unmerklich, zugleich aus ihm einen Mr. Welland zu machen. Er legte das Buch beiseite und stand voll Ungeduld auf – und sofort hob sie den Kopf.

»Was ist?«

»Es ist hier zum Ersticken – ich muß ein wenig Luft haben.«

Er hatte durchgesetzt, daß sich die Bibliotheksvorhänge an einer Stange hin und her ziehen ließen, so daß sie abends geschlossen werden konnten, statt wie im Wohnzimmer an einer Goldleiste angenagelt und über Lagen von Spitzen unbeweglich aufgesteckt zu bleiben. Er zog sie auf, schob das Fenster in die Höhe und lehnte sich in die eiskalte Nacht hinaus. Schon die Tatsache, daß er nicht mehr auf May sah, die neben seinem Tisch und unter seiner Lampe saß, daß er auf andere Häuser, Dächer und Schornsteine blickte, daß er fühlte, es gab noch andere Schicksale als das seine, andere Städte außer New York und eine ganze Welt hinter seiner – das machte ihm das Denken und das Atmen wieder leicht. Kaum hatte er sich so ein paar Minuten in die Dunkelheit hinausgebeugt, da hörte er sie rufen: »Newland, schließ doch das Fenster! Du holst dir noch den Tod.«

Er zog das Fenster herab und drehte sich um. »Mir den Tod holen!« sprach er mechanisch nach und hätte beinahe hinzugesetzt: »Aber ich habe ihn mir ja schon geholt. Ich *bin* tot – schon seit vielen Monaten.«

Und plötzlich brachte ihn diese Wortspielerei auf eine verrückte Idee. Was wäre, wenn *sie* es wäre, die tot ist? Wenn sie nun wirklich stürbe – bald stürbe – und ihn freigäbe? Der Gedanke, hier zu stehen, in diesem warmen, vertrauten Zimmer, sie anzusehen und sich dabei zu wünschen, sie wäre tot – das war so eigentümlich, so faszinierend und überwältigend, daß ihm das Ungeheuerliche daran zunächst nicht aufging. Er fühlte nur, daß ihm der Zufall hier eine neue Möglichkeit eröffnet hatte, an die sich seine kranke Seele klammern konnte. Ja, May konnte wirklich sterben – so etwas kam vor: bei jungen, gesunden Menschen wie ihr; sie könnte sterben, und er wäre plötzlich frei.

Sie blickte auf, und er sah an ihren geweiteten Augen, daß an seinen etwas seltsam sein mußte.

»Newland! Bist du krank?«

Er schüttelte den Kopf und ging auf seinen Sessel zu. Sie beugte sich über ihren Stickrahmen, und als er an ihr vorbeiging, legte er ihr die Hand aufs Haar. »Arme May!« sagte er.

»Arm? Wieso arm?« fragte sie mit gezwungenem Lachen.

»Weil ich nie werde ein Fenster öffnen können, ohne dich zu quälen«, erwiderte er und lachte auch.

Einen Augenblick schwieg sie; dann sagte sie sehr leise, den Kopf über die Stickerei geneigt: »Ich werde mich nie quälen, wenn du nur glücklich bist.«

»Aber, meine Liebe – und ich werde nie glücklich sein, wenn ich die Fenster nicht aufmachen kann!«

»Bei *diesem* Wetter?« wandte sie ein, und mit einem Seufzer vergrub Archer den Kopf in seinem Buch.

Sechs oder sieben Tage vergingen. Archer hörte nichts von Madame Olenska, und es wurde ihm klar, daß ihr Name in seiner Gegenwart von keinem Familienmitglied genannt würde. Er machte keinen Versuch, sie zu sehen: das zu tun, solange sie am streng bewachten Bett der alten Catherine saß, war fast unmöglich. In dieser Ungewißheit ließ er sich in vollem Bewußtsein treiben – irgendwo unter der Oberfläche seiner Gedanken, seines Entschlusses, den er gefaßt hatte, als er sich aus dem Fenster seiner Bibliothek in die eisige Nacht hinauslehnte. Die Festigkeit dieses Entschlusses machte es ihm leicht, zu warten und sich nichts anmerken zu lassen.

Da sagte ihm May eines Tages, daß Mrs. Manson Mingott ihn sehen wolle. Es war nichts Erstaunliches an diesem Wunsch, denn die alte Dame erholte sich zusehends, und sie hatte stets offen erklärt, daß sie Archer allen ihren angeheirateten Enkelsöhnen vorziehe.

May überbrachte die Botschaft mit sichtlicher Freude: sie war stolz, daß die alte Catherine ihren Mann so schätzte.

Einen Augenblick herrschte Schweigen, dann empfand Archer es als seine Pflicht zu sagen: »Gut. Wollen wir heute nachmittag zusammen hinfahren?«

Mays Gesicht leuchtete auf, aber sie erwiderte sofort: »Ach, du fährst besser allein. Es langweilt Großmama, zu oft dieselben Leute zu sehen.«

Archers Herz schlug heftig, als er an der Tür der alten Mrs. Mingott klingelte. Er hatte den sehnlichen Wunsch gehabt, allein zu fahren, denn der Besuch würde ihm sicherlich die Gelegenheit geben, mit der Gräfin Olenska ein Wort unter vier Augen zu sprechen. Er hatte beschlossen zu warten, bis sich diese Gelegenheit von selbst böte: Nun war es so weit, und er stand auf der Treppe. Hinter der Tür, hinter den gelben Damastvorhängen neben der Diele, wartete sie gewiß auf ihn; im nächsten Augenblick würde er sie sehen, und er könnte sie sprechen, ehe sie ihn ins Krankenzimmer führte.

Nur eine einzige Frage wollte er ihr stellen – dann wäre sein Weg klar. Nichts weiter wollte er wissen, als wann sie nach Washington zurückführe; darauf konnte sie ihm die Antwort nicht gut verweigern.

In dem gelben Wohnzimmer aber wartete nicht sie, sondern das Mulattenmädchen. Ihre weißen Zähne leuchteten wie eine Tastenreihe, sie öffnete die Schiebetüren und geleitete ihn zu der alten Catherine hinein.

Die alte Frau saß in einem geräumigen thronartigen Sessel neben ihrem Bett. Ihr zur Seite stand auf einem Mahagonipult eine Bronzelampe mit verzierter Glocke, über die ein grüner Papierschirm gestülpt war. Es lag weder ein Buch noch eine Zeitung in Reichweite, auch sonst kein Anzeichen weiblicher Beschäftigung: Geselliges Geplauder war seit je Mrs. Mingotts einzige Betätigung gewesen, und sie lehnte es verächtlich ab, ein Interesse für Nadelarbeit auch nur zu heucheln.

Archer nahm keine Spur der leichten Verzerrung mehr wahr, die der Schlaganfall hervorgerufen hatte. Sie sah nur bleicher aus, und in ihren Falten und Fettwülsten lagen tiefere Schatten. Unter der gekräuselten Morgenhaube, die zwischen ihren ersten beiden Kinnen durch eine gestärkte Schleife festgehalten wurde, und mit dem Musselintuch über dem weit ausladenden violetten Morgenrock saß sie da wie die verschmitzte, freundliche Ahnherrin ihrer selbst, die wohl nur den Freuden der Tafel zu ausgiebig gehuldigt hatte.

Sie streckte eine der beiden kleinen Hände aus, die wie kleine Lieblingstierchen in eine Falte ihres gewaltigen Schoßes geschmiegt ruhten, und rief dem Mädchen zu: »Laß niemanden herein. Wenn meine Töchter kommen, sag ihnen, ich schlafe.«

Die Dienerin verschwand, und die alte Dame wandte sich ihrem Enkel zu.

»Na, mein Lieber, sehe ich nicht absolut scheußlich aus?« fragte sie fröhlich, während eine Hand tastend in die Musselinfalten ihres unergründlichen Busens fuhr.

»Meine Töchter sagen, in meinem Alter macht das nichts – als ob es nicht viel schlimmer wäre, je schwerer es zu verbergen ist!«

»Liebe Großmama, du bist schöner denn je!« erwiderte Archer in demselben Ton, und sie warf den Kopf zurück und lachte.

»Aber nicht so schön wie Ellen!« stieß sie hervor und blinzelte ihn boshaft an; ehe er antworten konnte, setzte sie hinzu: »War sie denn so blendend schön, als du sie von der Fähre abholtest?«

Er lachte, und sie fuhr fort: »Hast du ihr das vielleicht gesagt, so daß sie dich unterwegs hinauswerfen mußte? In meiner Jugend ließ ein Mann von einer hübschen Frau nur ab, wenn sie ihn fortjagte!« Wieder kicherte sie in sich hinein, hielt dann inne und sagte fast verdrießlich: »Es ist doch ein Jammer, daß sie nicht dich geheiratet hat; ich habe es ihr immer gesagt. Es hätte mir all diesen Kummer erspart. Aber wer denkt schon daran, seiner Großmutter einen Kummer zu ersparen!«

Archer überlegte, ob die Krankheit vielleicht ihren Geist getrübt habe; doch da sprudelte sie plötzlich los: »Na, jetzt ist es jedenfalls abgemacht: Sie bleibt bei mir, soll der Rest der Familie sagen, was er will! Sie war noch keine fünf Minuten im Hause, da hätte ich schon, nur um sie hierzuhalten, einen Kniefall getan – wenn ich nur nicht schon seit zwanzig Jahren nicht mehr sehen könnte, wo der Fußboden ist.«

Archer hörte schweigend zu, und sie fuhr fort: »Man hatte mich beschwatzt, wie du zweifellos weißt:

Lovell, Letterblair, Augusta Welland und all die übrigen redeten mir ein, ich müsse fest bleiben und ihr die Unterstützung streichen, bis sie einsehe, daß es ihre Pflicht sei, zu Olenski zurückzugehen. Sie dachten, sie hätten mich überzeugt, als der Sekretär, oder was er sonst gewesen sein mag, mit den letzten Vorschlägen herausrückte – großzügigen Vorschlägen, das muß ich schon sagen. Schließlich ist Ehe Ehe, und Geld ist Geld – beides auf seine Weise nützliche Dinge... und ich wußte nicht, was ich antworten sollte –« Sie brach ab und holte tief Atem, als habe das Sprechen sie angestrengt. »Aber in dem Augenblick, als ich sie vor mir sah, da sagte ich mir: ›Nein, mein liebes Vögelchen! Dich wieder in den Käfig sperren? Niemals!‹ Und jetzt ist es abgemacht, daß sie hier bleibt und ihre Großmama pflegt, solange es noch eine Großmama zu pflegen gibt. Es ist keine verlockende Aussicht, aber das kümmert sie nicht, und natürlich habe ich Letterblair gesagt, daß sie wie früher ihr Geld bekommen soll.«

Der junge Mann hörte mit glühenden Schläfen zu; doch in seiner Verwirrung wußte er kaum, ob ihre Worte ihm Glück oder Leid bedeuteten. Er hatte den Weg, den er beschreiten wollte, so fest ins Auge gefaßt, daß er seine Gedanken im ersten Moment nicht neu zu ordnen vermochte. Allmählich aber stieg ein köstliches Gefühl in ihm auf, als seien nun alle Schwierigkeiten weit hinausgeschoben und die wundervollsten Möglichkeiten gleichsam vor ihn hingezaubert. Wenn Ellen eingewilligt hatte, bei ihrer Großmutter zu leben, so hatte sie das gewiß getan, weil sie erkannte, daß sie ihn nicht aufgeben konnte. Das war ihre Antwort auf seine letzte flehentliche Bitte neulich: Wollte sie auch den äußersten Schritt nicht tun, zu dem er sie gedrängt hatte, so kam sie ihm doch auf halbem Wege entgegen. Er überließ sich diesem Gedanken mit dem unwillkürlichen Gefühl der Erleichterung; er war bereit gewesen, alles aufs Spiel zu setzen, und schmeckte plötzlich, wie gefährlich süß die Sicherheit war.

»Sie hätte nicht zu ihm zurückgehen können – es war unmöglich!« rief er aus.

»Ach, mein Lieber, ich habe immer gewußt, daß du auf ihrer Seite stehst; und darum habe ich dich herbestellt und sagte zu deiner hübschen Frau, als sie mitkommen wollte: ›Nein, mein Liebling, ich vergehe vor Sehnsucht nach deinem Newland; niemand sonst soll Zeuge unseres Glückes sein!‹ Denn weißt du, mein Junge –«, sie legte den Kopf so weit zurück, wie es ihre Doppelkinne zuließen, und sah ihm voll ins Auge, »– verstehst du – es wird noch einen Kampf kosten. Die ganze Familie will sie nicht hier haben, und alle werden sagen, sie habe mich nur überredet, weil ich krank bin, weil ich eine alte schwache Frau bin. Ich fühle mich noch nicht wohl genug, um jeden einzeln niederzukämpfen, und deshalb sollst du es für mich tun.«

»Ich?« stammelte er.

»Du. Warum nicht?« fuhr sie ihn an, ihre runden Augen plötzlich scharf wie Federmesser. Ihre Hand flatterte von der Lehne hoch und stieß mit den kleinen blassen Nägeln wie mit Vogelklauen auf seine herab.

»Warum nicht?« wiederholte sie forschend.

Archer gewann unter ihrem Blick seine Fassung wieder.

»Ach, ich zähle doch nicht – ich bin zu unbedeutend.«

»Du bist doch Letterblairs Teilhaber, nicht wahr? Du mußt sie über Letterblair angreifen – oder hast du sonst einen Grund?« drängte sie.

»Ach, liebe Tante, ich möchte wetten, du wirst mit allen zusammen auch ohne meinen Beistand fertig; du sollst ihn aber haben, wenn du ihn brauchst«, versicherte er ihr.

»Dann sind wir gerettet!« atmete sie auf und lächelte ihn mit ihrer altgewohnten Durchtriebenheit an; dann legte sie den Kopf in die Kissen und setzte hinzu: »Ich wußte, daß du uns helfen würdest, denn sie nennen nie deinen Namen, wenn sie davon reden, daß es Ellens Pflicht sei, zurückzukehren.«

Angesichts ihres erschreckenden Scharfsinns zuckte er ein wenig zusammen und hätte sie gern gefragt: »Und May – spricht man von ihr?« Aber er hielt es für besser, die Frage zu unterlassen.

»Und Madame Olenska? Wann kann ich sie sehen?« fragte er.

Die alte Dame kicherte, kniff die Lider zusammen und ging das ganze Repertoire ihrer Schalkhaftigkeit durch. »Nicht heute. Eins nach dem anderen, bitte. Madame Olenska ist ausgefahren.«

Er konnte seine Enttäuschung nicht verbergen, und sie fügte ergänzend hinzu: »Sie ist ausgefahren, meine

Kleine – in meinem Wagen ausgefahren, um Regina Beaufort zu besuchen.«

Sie hielt inne, um die Wirkung dieser Mitteilung abzuwarten. »Soweit hat sie mich schon. Einen Tag nach ihrer Ankunft setzte sie sich ihre beste Haube auf und erklärte mir kalt wie eine Hundeschnauze, sie wolle Regina Beaufort besuchen. ›Wer ist denn das? Die kenne ich nicht‹, sage ich. ›Sie ist deine Großnichte und eine tiefunglückliche Frau‹, sagt sie. ›Sie ist die Frau eines Schurken‹, antworte ich. ›Das bin ich auch‹, sagt sie, ›und doch will meine ganze Familie, daß ich zu ihm zurückkehre.‹ Na, darauf konnte ich nichts erwidern, und ich ließ sie gehen. Schließlich sagte sie eines Tages, es regnete zu sehr, um zu Fuß zu gehen, ich möge ihr doch den Wagen leihen. ›Wozu?‹ fragte ich; und sie antwortete: ›Um meine Kusine Regina Beaufort zu besuchen.‹ *Kusine*! Na, mein Lieber, ich sah zum Fenster hinaus, und was meinst du? Es fiel kein Tropfen Regen; aber ich verstand sie und gab ihr den Wagen... Schließlich ist Regina eine tapfere Frau, und *sie* ist es auch, und ich habe Mut schon immer mehr als alles andere geschätzt.«

Archer beugte sich hinunter und preßte seine Lippen auf die kleine Hand, die noch immer auf seiner lag.

»He – he – he! Was glaubst du, wessen Hand du da geküßt hast, junger Mann? Ich hoffe doch, die deiner Frau?« stieß die alte Dame mit spöttischem Gekicher hervor. Er stand auf, und sie rief ihm nach: »Bestell ihr schöne Grüße von ihrer Großmama – aber von unserem Gespräch sagst du ihr am besten nichts.«

31

Die Mitteilung der alten Catherine hatte Archer geradezu betäubt. Es war nur natürlich, daß Madame Olenska auf den Ruf ihrer Großmutter hin aus Washington herbeigeeilt war; daß sie aber beschlossen hatte, unter ihrem Dach zu bleiben – besonders jetzt, da Mrs. Mingott fast wiederhergestellt war –, das war weniger leicht zu erklären.

Archer war sicher, daß Madame Olenskas Entschluß nichts mit der Veränderung ihrer finanziellen Lage zu tun hatte. Er kannte die Höhe der kleinen Summe genau, die ihr Gatte ihr bei der Trennung bewilligt hatte. Ohne den Zuschuß von ihrer Großmutter reichte sie nicht zu einem Leben, wie die Mingotts es gewohnt waren; und da Medora Manson, die mit ihr zusammen lebte, nun ruiniert war, konnten die beiden Frauen von so einem Almosen sich schwerlich ernähren und kleiden. Dennoch war Archer überzeugt, daß Madame Olenska das Angebot ihrer Großmutter nicht aus materiellen Erwägungen angenommen hatte.

Sie besaß die unbekümmerte Freigiebigkeit und die spontane Verschwenderlaune von Menschen, die an große Vermögen gewöhnt und Geld gegenüber gleichgültig sind, aber sie konnte auch auf vieles verzichten, was ihren Verwandten unentbehrlich war, und man hatte Mrs. Lovell Mingott und Mrs. Welland oft darüber klagen hören, wie denn jemand, der überall in der Welt den Luxus der Schlösser Graf Olenskis genossen habe, sich so wenig um äußeren Aufwand kümmern könne. Überdies waren, wie Archer wußte, schon einige Monate verflossen, seit der Zuschuß ihrer Großmutter gestrichen worden war; dennoch hatte sie in der Zwischenzeit keinen Versuch unternommen, deren Gunst zurückzuerobern. Sie mußte also einen anderen Grund gehabt haben, wenn sie sich ihr Leben jetzt so anders einrichtete.

Nach diesem Grund brauchte er nicht weit zu suchen. Auf dem Weg von der Fähre hatte sie ihm gesagt, daß er und sie auch weiter getrennt leben müßten; aber sie hatte dabei den Kopf an seine Brust gelegt. Er wußte, daß keine berechnende Koketterie in ihren Worten lag: sie kämpfte gegen ihr Schicksal, wie er gegen das seine, und klammerte sich verzweifelt an den Vorsatz, diejenigen, die ihnen vertrauten, nicht zu hintergehen. Aber während der zehn Tage seit ihrer Rückkehr nach New York hatte sie aus seinem Schweigen und aus der Tatsache, daß er keinen Versuch machte, sie zu sehen, vielleicht erraten, daß er einen entscheidenden Schritt plante, einen Schritt, von dem es kein Zurück mehr gab. Bei diesem Gedanken mochte eine plötzliche Furcht vor ihrer eigenen Schwäche sie ergriffen haben, und sie hatte sich vielleicht gesagt, es sei schließlich doch besser, den in solchen Fällen üblichen

Kompromiß hinzunehmen und auf der Linie des geringsten Widerstandes vorzugehen.

Vor einer Stunde, als er bei Mrs. Mingott geklingelt hatte, war Archer der Meinung gewesen, sein Pfad liege klar vor ihm. Er wollte mit Madame Olenska ein Wort unter vier Augen sprechen, und wenn ihm das nicht gelänge, wollte er von ihrer Großmutter erfahren, an welchem Tage und mit welchem Zug sie nach Washington zurückführe. Sein Plan war, sie in diesem Zug zu treffen und mit ihr nach Washington oder auch weiter, so weit sie wollte, zu fahren. Er selber hatte an Japan gedacht. Jedenfalls würde sie sofort begreifen, daß er bei ihr bliebe, wohin sie auch gehen mochte. Für May wollte er einen Brief zurücklassen, der jede andere Möglichkeit ausschaltete.

Er hatte geglaubt, für diesen Sprung nicht nur den Mut, sondern auch das unabweisbare Verlangen zu haben; dennoch war, als er von der veränderten Lage erfuhr, sein erstes Gefühl das von Erleichterung gewesen. Als er nun aber von Mrs. Mingott heimging, verspürte er einen wachsenden Widerwillen gegen das, was vor ihm lag. Der Weg, den er vermutlich gehen würde, barg nichts Unbekanntes oder Unvertrautes; aber als er ihn schon einmal gegangen war, hatte er es als freier Mann getan, der niemandem für seine Handlungen verantwortlich war und sich dem Spiel der Vorsichtsmaßnahmen und Ausflüchte, des Versteckens und Anpassens, das seine Rolle erforderte, vergnügt und unbeteiligt hingeben konnte. Man nannte das »die Ehre einer Frau schützen«, und die beste Romanliteratur nebst den üblichen Herrengesprächen nach dem Abendessen hatten ihn längst in jede Einzelheit dieses Kodex eingeweiht.

Jetzt sah er die Sache in einem anderen Licht, und die Rolle, die er dabei spielte, kam ihm ziemlich schäbig vor. Es war die gleiche, die er heimlich belustigt Mrs. Thorley Rushworth ihrem freundlichen, nichtsahnenden Gatten hatte vorspielen sehen: ihr lächelndes, neckisches, willfähriges und wachsames, doch unablässiges Lügen. Lügen bei Tag und Lügen bei Nacht, eine Lüge bei jedem Blick und jeder Berührung, eine Lüge bei jeder Liebkosung und jedem Streit, eine Lüge bei jedem Wort und jedem Schweigen.

Für eine Frau war es alles in allem leichter und auch weniger feige, so eine Rolle ihrem Gatten gegenüber zu spielen. Unter der Hand hielt man die Wahrheitsliebe der Frau im allgemeinen für geringer: Sie war die Unterdrückte und daher in allen Sklavenschlichen besser bewandert. Auch durfte sie stets Launen und Krisen vorschützen und verlangen, daß man sie nicht so streng zur Rechenschaft zog; selbst in der engherzigsten Gesellschaft lachte man stets nur über den Gatten.

Niemand aber lachte in Archers kleiner Welt über eine betrogene Frau; ja, man empfand eine gewisse Verachtung für die Männer, die in der Ehe weiter ihre Liebeleien hatten. Vorher durfte sich jeder austoben, nachher nicht mehr.

Archer hatte diese Ansicht immer geteilt: in seinem Herzen hielt er Lefferts für verachtenswert. Doch Ellen Olenska zu lieben, hieß nicht, wie Lefferts zu werden: Zum erstenmal stand Archer Auge in Auge der schrecklichen Behauptung gegenüber, daß jeder Fall einmalig sei. Ellen Olenska war anders als jede andere Frau, er war anders als jeder andere Mann, ihre Situation war folglich von jeder anderen verschieden, und sie unterstanden keiner anderen Instanz als ihrem eigenen Urteil.

Ja, aber in zehn Minuten würde er die Treppe zu seinem eigenen Haus hinaufsteigen, und dort waren May und das altgewohnte Leben in Anstand und Ehrbarkeit, an das er und die Seinen immer geglaubt hatten...

An der Ecke zu seiner Straße zögerte er, dann ging er geradeaus weiter, die Fifth Avenue hinab.

Vor ihm ragte in den Winterabend ein großes unbeleuchtetes Haus auf. Als er näherkam, mußte er daran denken, wie oft er es strahlendhell erleuchtet und die Treppe mit Markise und Läufern erblickt hatte, während die Wagen in Doppelreihe warteten, um an den Bordstein heranzufahren. Dieser Wintergarten, der seinen dunklen Umriß in die Nebenstraße hinein erstreckte, war es gewesen, wo er May den ersten Kuß gegeben hatte, und unter den Myriaden von Kerzen dieses Ballsaals hatte er sie groß und silbrig schimmernd wie eine junge Diana erscheinen sehen.

Jetzt war das Haus finster wie ein Grab; nur im Untergeschoß flackerte trüb ein Gasflämmchen, und oben war ein Zimmer erleuchtet, vor dem der Rolladen nicht herabgelassen war. Als Archer an der Ecke ankam, sah er, daß der Wagen, der vor der Tür wartete,

Mrs. Manson Mingotts Wagen war. Welch eine Gelegenheit für Sillerton Jackson, wenn er jetzt zufällig vorüberkäme! Die Worte der alten Catherine über Madame Olenskas Eintreten für Mrs. Beaufort hatten ihn sehr bewegt; sie ließen die selbstgerechte Mißbilligung New Yorks wie das pharisäerhafte Wechseln auf die andere Straßenseite aussehen. Er wußte aber genau, wie man in den Klubs und Salons Ellen Olenskas Besuche bei ihrer Kusine auslegen werde.

Er blieb stehen und schaute zu dem erleuchteten Fenster hinauf. Gewiß saßen die beiden Frauen jetzt in dem Zimmer beisammen; Beaufort hatte wahrscheinlich anderswo sich zu trösten gesucht. Es ging sogar das Gerücht um, er habe New York mit Fanny Ring verlassen; doch Mrs. Beauforts Haltung ließ das wenig glaubwürdig erscheinen.

Archer hatte den Anblick der nächtlichen Fifth Avenue fast für sich allein. Zu dieser Stunde waren die meisten Menschen zu Hause, um sich zum Abendessen umzukleiden; und insgeheim war er froh, daß wahrscheinlich niemand Ellen werde herauskommen sehen. Als er dies noch dachte, öffnete sich die Tür, und sie trat heraus. Hinter ihr schimmerte ein mattes Licht, als habe man es die Treppe hinuntergetragen, um ihr zu leuchten. Sie wandte sich um, dann schloß sich die Tür, und sie kam die Stufen herab.

»Ellen«, sagte er leise, als sie den Bürgersteig erreichte.

Sie stutzte leicht, und genau in diesem Moment sah er zwei elegant gekleidete junge Männer näherkommen. Die Art, wie sie ihre Mäntel und die feschen Seidenschals über den weißen Schleifen trugen, hatte etwas Vertrautes, und er fragte sich, warum junge Leute aus seinen Kreisen so früh zum Abendessen ausgingen. Dann fiel ihm ein, daß die Reggie Chiverses, deren Haus in der Nähe lag, an diesem Abend eine große Gesellschaft eingeladen hatten, um Adelaide Nelson in »Romeo und Julia« zu sehen, und er vermutete, daß die beiden dorthin wollten. Sie gingen unter einer Laterne hindurch, und er erkannte Lawrence Lefferts und einen von den jungen Chiverses.

Der armselige Wunsch, man solle Ellen Olenska nicht vor Beauforts Türe sehen, verging vor dem warmen Druck ihrer Hand.

»Ich werde dich nun oft sehen – wir werden viel zusammensein«, stieß er hervor, ohne recht zu wissen, was er sagte.

»Ach«, antwortete sie, »hat Großmama es dir erzählt?«

Während sein Blick auf ihr ruhte, merkte er, daß Lefferts und Chivers, bevor sie an der Straßenecke anlangten, diskret auf die andere Seite der Fifth Avenue hinübergegangen waren. Das war die Art männlicher Solidarität, die auch er oft geübt hatte; jetzt fühlte er sich davon angeekelt. Hatte sie wirklich gemeint, daß er und sie so leben könnten? Und wenn nicht, was hatte sie sich sonst vorgestellt?

»Ich muß dich morgen sehen – irgendwo, wo wir allein sein können«, sagte er mit einer Stimme, die ihm selbst beinahe wütend vorkam.

Sie zauderte unschlüssig und ging auf den Wagen zu.

»Aber ich werde bei Großmama sein – vorläufig wenigstens«, setzte sie dann hinzu, als werde ihr bewußt, daß sie ihm die Änderung ihrer Pläne näher erklären müsse.

»Irgendwo, wo wir allein sein können«, drängte er.

Sie ließ ein leises Lachen hören, das ihm weh tat.

»In New York! Aber hier gibt's keine Kirchen... keine Grabgewölbe.«

»Es gibt das Kunstmuseum – im Central Park«, erklärte er, als sie ihn fragend ansah. »Um halb drei. Ich warte am Eingang.«

Sie drehte sich um, ohne zu antworten, und stieg schnell in den Wagen. Als sie abfuhr, beugte sie sich vor, und er glaubte, sie winke ihm im Dunkeln. In einem Aufruhr widerstreitender Gefühle starrte er ihr nach. Ihm war, als habe er nicht mit der Frau gesprochen, die er liebte, sondern mit einer anderen, der er Freuden verdankte, die ihm schon verleidet waren: Es war abscheulich, sich als Gefangenen dieses abgegriffenen Vokabulars zu sehen.

»Sie wird kommen!« sagte er sich beinahe verächtlich.

Sie hatten die beliebte »Sammlung Wolfe« gemieden, deren Genremalerei eine der Hauptgalerien des sonderbaren Durcheinanders aus Eisenträgern und glasierten Ziegeln des Metropolitan Museums füllte, und waren durch einen Gang in den Raum gegangen, in dem die »Cesnola-Ausgrabungen« in ungestörter Einsamkeit vermoderten.

Sie hatten diesen melancholischen Zufluchtsort ganz für sich, setzten sich auf den Diwan, der um die Dampfheizung in der Mitte herumgebaut war, und starrten schweigend auf die Vitrinen aus schwarz gebeiztem Holz, in denen die Fundstücke aus Troja lagen.

»Merkwürdig«, sagte Madame Olenska, »daß ich noch nie hier war.«

»Nun ja – aber eines Tages wird es ein großes Museum sein.«

Sie stand auf und schlenderte durch den Raum. Archer blieb sitzen und beobachtete die leichten Bewegungen ihrer Gestalt, die noch unter den schweren Pelzen so mädchenhaft wirkte; er bewunderte die geschickte Anordnung des Reiherflügels an ihrer Pelzkappe und die Art, wie eine dunkle Locke gleich einer gepreßten Weinranke auf beiden Seiten über ihrem Ohr lag. Wie jedesmal, wenn sie sich sahen, nahmen ihn zunächst solche köstlichen Einzelheiten gefangen, die sie unverwechselbar zu dem machten, was sie war. Dann erhob auch er sich und trat an die Vitrine, vor der sie stand. Die Glasfächer waren mit kleinen zerbrochenen Gegenständen angefüllt – kaum erkennbaren Utensilien, Ornamenten und persönlichem Krimskrams – aus Glas, Ton, oxydierter Bronze und ähnlichen, von der Zeit entstellten Materialien.

»Ist es nicht grauenhaft«, sagte sie, »daß nach einer Weile alles gleichgültig wird … so gleichgültig wie diese kleinen Sachen, die einmal für längst dahingegangene Menschen notwendig und wichtig waren, und die man jetzt mit einer Lupe zu enträtseln sucht und mit einem Schildchen versieht: ›Gebrauch unbekannt‹?«

»Ja – aber unterdessen –«

»Ach, unterdessen –«

Wie sie so vor ihm stand – in ihrem langen Sealmantel, die Hände in einem kleinen runden Muff, den Schleier wie eine durchsichtige Maske bis zur Nasenspitze herabgezogen, während der Veilchenstrauß, den er ihr mitgebracht hatte, in ihrem raschen Atem bebte –, da erschien es ihm unglaublich, daß diese reine Harmonie aus Linien und Farben je dem sinnlosen Gesetz der Veränderung unterworfen sein würde.

»Unterdessen ist nichts gleichgültig – was mit dir zu tun hat«, sagte er.

Sie schaute ihn gedankenverloren an und kehrte zu dem Diwan zurück. Er ließ sich neben ihr nieder und wartete. Plötzlich hörte er Schritte weithin durch die leeren Räume hallen und spürte, wie die Minuten dahinschwanden.

»Was wolltest du mir sagen?« fragte sie, als habe die Mahnung auch sie erreicht.

»Was ich dir sagen wollte?« gab er zurück. »Nun, daß ich glaube, du bist nach New York gekommen, weil du Angst hattest.«

»Angst?«

»Daß ich nach Washington käme.«

Sie senkte den Blick auf ihren Muff, und er sah, wie sich ihre Hände darin nervös bewegten.

»Nicht wahr?«

»Nun – ja«, sagte sie.

»Du *hattest* Angst? Du wußtest –?«

»Ja, ich wußte es...«

»Nun, und?« drängte er.

»Ich meine, so ist es besser, nicht wahr?« sagte sie mit einem tiefen fragenden Seufzer.

»Besser –?«

»Wir werden die anderen weniger verletzen. Ist es nicht das, was du immer wolltest?«

»Dich hier zu haben, meinst du – so nah und doch so unerreichbar? Dich so verstohlen zu treffen wie jetzt? Es ist genau das Gegenteil von dem, was ich gewollt habe. Ich sagte dir doch neulich, was mein Wunsch ist.«

Sie zögerte. »Und du hältst dies hier für – schlimmer?«

»Für tausendmal schlimmer!« Er stockte. »Ich könnte dir ja leicht etwas vorlügen. Es ist aber so: Ich finde es abscheulich.«

»Ja, ich auch!« rief sie erlöst und mit einem tiefen Seufzen.

Ungeduldig sprang er auf. »Dann – bin ich an der Reihe, etwas zu fragen. Was meinst du denn um alles in der Welt, was besser wäre?«

Sie ließ den Kopf hängen und öffnete und schloß ihre Hände mechanisch in dem Muff. Die Schritte kamen näher, und ein Wärter mit bestickter Mütze wanderte teilnahmslos durch den Raum wie ein Geist durch eine Nekropole. Sie hielten beide die Augen auf die Vitrine vor sich geheftet, und als der Beamte in dem Gang voller Mumien und Sarkophage verschwunden war, fragte Archer noch einmal: »Was hälst du für besser?«

Anstatt zu antworten, murmelte sie: »Ich habe Großmama versprochen, bei ihr zu bleiben, denn ich glaubte, hier sicherer zu sein.«

»Vor mir?«

Sie beugte leicht den Kopf, ohne ihn anzusehen.

»Sicherer davor, mich zu lieben?«

Ihr Profil blieb unbeweglich, aber er sah, wie eine Träne auf ihre Wimpern trat und an einer Masche ihres Schleiers hängen blieb.

»Sicherer davor, unendliches Unheil anzurichten. Laß uns nicht wie alle anderen sein!« flehte sie.

»Welche anderen? Ich beanspruche nicht, anders als andere Menschen zu sein. Die gleichen Wünsche und die gleichen Sehnsüchte verzehren mich.«

Sie blickte ihn fast erschrocken an, und er bemerkte, wie eine matte Röte auf ihre Wangen trat.

»Soll ich – einmal zu dir kommen – und dann heimgehen?« fragte sie plötzlich mit leiser, klarer Stimme.

Das Blut stürzte ihm in die Stirn. »Liebste!« sagte er, ohne sich zu bewegen. Ihm war, als halte er sein Herz in den Händen wie einen vollen Becher, den schon die geringste Bewegung zum Überfließen bringen konnte.

Dann traf ihr letzter Satz sein Ohr, und sein Gesicht verfinsterte sich. »Heimgehen? Was meinst du damit?«

»Heim zu meinem Mann.«

»Und du erwartest, daß ich ja dazu sage?«

Gequält sah sie ihn an. »Was kann ich anderes tun? Ich kann nicht hierbleiben und die Menschen belügen, die gut zu mir gewesen sind.«

»Aber gerade deshalb bitte ich dich ja, mit mir fortzugehen!«

»Und ihr Leben zu zerstören, wo sie mir geholfen haben, meines wieder aufzubauen?«

Archer sprang auf und schaute auf ihre dumpfe Verzweiflung hinunter. Es wäre leicht gewesen zu sagen: »Ja, komm; komm einmal.« Er wußte, welche Macht sie ihm in die Hände legte, wenn sie einwilligte: Es würde dann nicht schwierig sein, sie zu überreden, nicht zu ihrem Gatten zurückzukehren.

Irgend etwas aber hielt die Worte auf seinen Lippen zurück. Ihre beinahe leidenschaftliche Ehrlichkeit ließ es ihm undenkbar erscheinen, daß er sie in die wohlbekannte Falle locken solle. »Wenn ich sie kommen ließe«, dachte er, »dann müßte ich sie auch wieder gehen lassen.« Und das konnte er sich nicht vorstellen.

Aber er sah den Schatten ihrer Wimpern auf der nassen Wange und zögerte.

»Schließlich«, begann er, »haben wir unser eigenes Leben. Es hat keinen Sinn, Unmögliches zu versuchen. Du bist in manchen Dingen so vorurteilslos, so gewohnt, wie du sagst, der Gorgo ins Auge zu sehen, daß ich nicht begreife, warum du Angst davor hast, unserer Lage ins Gesicht zu sehen und sie in ihrer ganzen Wirklichkeit zu erfassen – es sei denn, du meinst, dies Opfer ist nicht der Mühe wert.«

Auch sie stand auf; ihr Gesicht hatte sich jäh verdüstert, und sie preßte die Lippen aufeinander.

»Dann nenn es so – ich muß jetzt gehen«, sagte sie und zog eine kleine Uhr aus dem Ausschnitt.

Sie wandte sich um, und er folgte ihr und ergriff sie beim Handgelenk. »Gut also: Komm einmal zu mir«, sagte er, während ihn bei dem Gedanken, sie zu verlieren, plötzlich schwindelte. Ein paar Sekunden lang sahen sie sich beinahe feindselig an.

»Wann?« drängte er. »Morgen?«

»Sie zögerte. «Übermorgen.»

»Liebste –!« sagte er wieder.

Sie hatte ihm ihre Hand entzogen, aber einen Moment lang standen sie Auge in Auge einander gegenüber, und er sah, daß ihr Gesicht, das sehr blaß geworden war, wie von innen heraus strahlte. Sein Herz schlug voll Scheu: Noch nie war ihm die Liebe so sichtbar entgegengetreten.

»Oh, ich werde zu spät kommen – leb wohl! Nein, komm nicht weiter mit!« rief sie und eilte durch den langen Raum davon, als habe der Abglanz ihres Strahlens in seinen Augen sie erschreckt. Als sie an der Tür ankam, drehte sie sich um und winkte ihm rasch zu.

Archer ging allein nach Hause. Es dämmerte, als er das Haus aufschloß, und er blickte ringsumher auf die vertrauten Gegenstände in der Diele, als betrachte er sie von der anderen Seite des Grabes her.

Das Zimmermädchen hörte seine Schritte und eilte die Treppe hinauf, um das Gaslicht auf dem oberen Treppenabsatz anzuzünden.

»Ist Mrs. Archer zu Hause?«

»Nein, Sir, Mrs. Archer ist nach dem Mittagessen ausgefahren und noch nicht zurück.«

Mit einem Gefühl der Erleichterung betrat er die Bibliothek und warf sich in einen Sessel. Das Mädchen folgte, brachte die Leselampe und schüttete ein paar Kohlen auf das niedergebrannte Feuer. Als sie fort war, blieb er weiter regungslos sitzen, die Ellbogen auf die Knie gestützt, das Kinn auf den gefalteten Händen, die Augen starr auf den glühenden Rost gerichtet.

Er saß ohne klare Gedanken da, ohne ein Gefühl für das Vergehen der Zeit, in einer tiefen, ernsten Verwunderung, vor der sein Leben eher stillzustehen als sich zu beflügeln schien. »Dies mußte so kommen – dies mußte so kommen«, sagte er immer wieder vor sich hin, als halte ein finsteres Verhängnis ihn umklammert. Wovon er geträumt hatte, das war so anders, daß sich eine Todesstarre über sein Glück ausbreitete.

Die Tür öffnete sich, und May trat ein.

»Ich habe mich schrecklich verspätet – du hast dir hoffentlich keine Sorgen gemacht?« fragte sie und legte ihm mit einer ihrer seltenen Liebkosungen die Hand auf die Schulter.

Erstaunt blickte er auf. »Ist es denn schon spät?«

»Nach sieben. Du hast wohl geschlafen?« Sie lachte, zog die Hutnadel heraus und warf den Samthut auf das Sofa. Sie war blasser als sonst, sprühte aber von einer ungewohnten Lebhaftigkeit.

»Ich war bei Großmama, und als ich gerade fortgehen wollte, kam Ellen von einem Spaziergang nach

Hause. Darum blieb ich noch und hatte ein langes Gespräch mit ihr. Es ist eine Ewigkeit her, daß wir uns mal richtig unterhalten haben...« Sie hatte ihm gegenüber in ihrem gewohnten Sessel Platz genommen und ließ die Finger durch ihr zerzaustes Haar gleiten. Er hatte das Gefühl, daß sie vielleicht ein Wort von ihm erwarte.

»Ein wirklich gutes Gespräch«, fuhr sie fort. Archer hatte den Eindruck, ihr Lächeln sei von einer unnatürlichen Lebhaftigkeit. »Sie war so lieb – genau wie früher. Ich fürchte, ich bin ihr gegenüber in der letzten Zeit ungerecht gewesen. Ich dachte manchmal –«

Archer stand auf und lehnte sich gegen den Kaminsims, wo der Lichtkreis der Lampe ihn nicht erreichte.

»Ja? Du dachtest manchmal –?« wiederholte er, als sie verstummte.

»Ich meine, ich habe sie vielleicht nicht gerecht beurteilt. Sie ist so anders – wenigstens äußerlich. Sie verkehrt mit so sonderbaren Menschen – es scheint ihr Spaß zu machen, irgendwie aufzufallen. Der Grund ist wahrscheinlich, daß sie drüben in dieser lockeren europäischen Gesellschaft gelebt hat; sicherlich sind wir in ihren Augen schrecklich langweilig. Aber ich möchte nicht ungerecht gegen sie sein.«

Wieder hielt sie inne, ein wenig atemlos von der ungewohnt langen Rede, und saß da, die Lippen leicht geöffnet; auf ihren Wangen brannte ein tiefes Rot.

Archer sah sie an und fühlte sich an die Röte erinnert, die ihr Gesicht im Missionsgarten von St. Augustine überzogen hatte. Er bemerkte dasselbe dunkle

Ringen an ihr, dasselbe bemühte Streben nach etwas, das außerhalb ihres Horizonts lag.

»Sie haßt Ellen«, dachte er, »und sie versucht, dieses Gefühl zu überwinden, und erwartet meine Hilfe dabei.«

Dieser Gedanke rührte ihn, und für einen Augenblick hätte er fast das Schweigen zwischen ihnen gebrochen und sich ihr auf Gnade und Ungnade ausgeliefert.

»Du verstehst doch, nicht wahr«, fuhr sie fort, »warum die Familie manchmal ärgerlich war? Wir haben zuerst für sie alles getan, was wir konnten; aber sie schien es nicht zu begreifen. Und jetzt dieser Einfall, Mrs. Beaufort zu besuchen, und das in Großmamas Wagen! Ich fürchte, sie hat sich den van der Luydens völlig entfremdet...«

»Ach«, sagte Archer mit einem unduldsamen Lachen. Die offene Tür zwischen ihnen war wieder zugeschlagen.

»Es wird Zeit zum Umkleiden. Wir sind doch eingeladen, nicht wahr?« fragte er und trat vom Kaminfeuer zurück.

Sie erhob sich ebenfalls, blieb aber noch am Kamin stehen. Als er an ihr vorüberging, machte sie eine unwillkürliche Bewegung, als wolle sie ihn festhalten: ihre Blicke trafen sich, und er sah in ihren Augen dasselbe feuchte Blau wie neulich, als er nach Jersey City gefahren war.

Sie warf ihm die Arme um den Hals und drückte ihre Wange an seine.

»Du hast mich heute noch nicht geküßt«, flüsterte sie, und er fühlte sie in seinen Armen zittern.

32

»Am Tuilerienhof«, sagte Sillerton Jackson mit seinem in Erinnerungen schwelgenden Lächeln, »wurde so etwas ziemlich offen geduldet.«

Man saß in dem schwarzen Walnuß-Speisezimmer der van der Luydens in der Madison Avenue: Es war der Abend nach Newland Archers Besuch im Museum. Mr. und Mrs. van der Luyden waren aus Skuytercliff, wohin sie bei der Nachricht von Beauforts Bankrott überstürzt geflohen waren, für ein paar Tage in die Stadt gekommen. Man hatte ihnen vor Augen geführt, daß die allgemeine Unruhe, die infolge dieser traurigen Angelegenheit über die Gesellschaft hereingebrochen war, ihre Anwesenheit in der Stadt dringender denn je erforderlich mache. Es war einer der Augenblicke, in denen sie es »der Gesellschaft schuldig« waren –wie Mrs. Archer es formulierte –, sich in der Oper zu zeigen und auch ihr Haus Geselligkeiten zu öffnen.

»Es geht doch nicht an, meine liebe Louisa, daß Leute wie Mrs. Struthers meinen, sie könnten in Reginas Fußstapfen treten. Gerade bei solchen Gelegenheiten kommt es vor, daß neue Leute sich eindrängen, um festen Fuß zu fassen. Nur weil im Winter, als Mrs. Struthers hier auftauchte, die Windpocken in New York grassierten, konnten sich die Männer aus dem Haus und zu ihr schleichen, während die Frauen am Bett ihrer kranken Kinder wachten. Du und der liebe Henry, ihr beide müßt in die Bresche springen, wie ihr das stets getan habt, Louisa.«

Mr. und Mrs. van der Luyden konnten sich diesem Ruf nicht verschließen und kamen widerstrebend, doch heldenmutig in die Stadt, lüfteten ihr Haus, zogen die Hüllen von den Möbeln und ließen Einladungen zu zwei Festessen und einem Abendempfang ergehen. An diesem speziellen Abend hatten sie Sillerton Jackson, Mrs. Archer und Newland und seine Frau eingeladen, mit ihnen in die Oper zu gehen, wo »Margarethe« in diesem Winter zum erstenmal gegeben wurde. Unter dem Dach der van der Luydens lief nichts ohne Förmlichkeit ab, und obgleich nur vier Gäste anwesend waren, hatte die Mahlzeit pünktlich um sieben Uhr begonnen, damit wie sonst auch alle Gänge ohne Hast serviert werden konnten, bevor sich die Herren zu ihrer Zigarre niederließen.

Archer hatte seine Frau seit dem letzten Abend nicht mehr gesehen. Er war zeitig ins Büro gefahren, wo er sich in eine Flut unwichtiger Geschäftspapiere vertieft hatte. Am Nachmittag hatte ihn einer der Seniorpartner unerwartet lange aufgehalten, und er war so spät nach Hause gekommen, daß May schon zu den van der Luydens vorgefahren war und ihm den Wagen zurückgeschickt hatte.

Jetzt erschien sie ihm über den Nelken aus Skuytercliff und dem schweren Silber ebenso bleich und matt; aber ihre Augen glänzten, und sie sprach mit übertriebener Lebhaftigkeit.

Das Thema, das Mr. Sillerton Jackson seine Lieblingsäußerung entlockt hatte, war von der Dame des Hauses – Archer vermutete, nicht ohne Absicht – angeschnitten worden. Der Beaufortsche Bankrott oder vielmehr Beauforts Verhalten nach dem Bankrott war immer noch ein ergiebiger Gesprächsstoff für alle Salonmoralisten, und nachdem man es gründlich betrachtet und verurteilt hatte, richtete Mrs. van der Luyden ihren gestrengen Blick auf May Archer.

»Ist es denn möglich, meine Liebe, daß wahr ist, was ich höre? Man sagt, daß man den Wagen deiner Großmutter Mingott vor Mrs. Beauforts Haus hat stehen sehen.« Es fiel auf, daß sie die anstößige Dame nicht mehr bei ihrem Vornamen nannte.

May errötete, und Mrs. Archer warf schnell ein: »Wenn das wahr ist, bin ich überzeugt, daß er ohne Mrs. Mingotts Wissen da war.«

»Ach, meinst du –?« Mrs. van der Luyden verstummte, seufzte und blickte ihren Gatten an.

»Ich fürchte«, sagte Mr. van der Luyden, »daß Madame Olenskas gutes Herz sie zu der Unvorsichtigkeit verleitet hat, Mrs. Beaufort einen Besuch abzustatten.«

»Oder ihre Vorliebe für merkwürdige Leute«, warf Mrs. Archer in trockenem Tone ein, während ihr Blick unschuldig auf ihrem Sohn verweilte.

»Es tut mir leid, daß es gerade Madame Olenska ist«, sagte Mrs. van der Luyden, und Mrs. Archer murmelte: »Ach, meine Liebe – und das, nachdem ihr sie zweimal bei euch in Skuytercliff hattet!«

An diesem Punkt des Gesprächs hatte Mr. Jackson die Gelegenheit ergriffen, seine Lieblingsäußerung anzubringen.

»Am Tuilerienhof«, wiederholte er, als er aller Augen erwartungsvoll auf sich gerichtet sah, »war man in manchen Dingen außerordentlich weitherzig. Wenn man zum Beispiel gefragt hätte, woher Morry sein Geld habe – oder wer die Schulden mancher Hofschönheiten bezahle...«

»Ich hoffe, lieber Sillerton«, sagte Mrs. Archer, »Sie wollen damit nicht etwa vorschlagen, wir sollten uns daran ein Vorbild nehmen?«

»Ich schlage nie etwas vor«, versetzte Mr. Jackson unerschütterlich. »Aber Madame Olenskas ausländische Erziehung macht sie vielleicht weniger empfindlich –«

»Ach ja«, seufzten die beiden älteren Damen.

»Dennoch: daß sie den Wagen ihrer Großmutter vor dem Hause eines Betrügers halten läßt!« wandte Mr. van der Luyden ein, und Archer nahm an, daß er sich offenbar bedauernd der Körbe voller Nelken erinnerte, die er in das kleine Haus in der Dreiundzwanzigsten Straße geschickt hatte.

»Natürlich habe ich immer gesagt, daß sie die Welt ganz anders ansieht«, bemerkte Mrs. Archer zusammenfassend.

May schoß das Blut ins Gesicht. Sie blickte über den Tisch zu ihrem Gatten und stieß hastig hervor: »Ellen hat es ganz bestimmt nett gemeint.«

»Unvorsichtige Menschen sind oft nett«, sagte Mrs. Archer, als sei das keineswegs ein mildernder Umstand; und Mrs. van der Luyden murmelte: »Wenn sie nur jemanden um Rat gefragt hätte –«

»Oh, das hat sie nie getan!« erwiderte Mrs. Archer.

In diesem Moment warf Mr. van der Luyden seiner Frau einen Blick zu, die ihren Kopf leicht in die Richtung von Mrs. Archer neigte, dann rauchten die schimmernden Schleppen der drei Damen aus dem Saal, während die Herren sich zum Rauchen niederließen. Vor der Oper gab es bei Mr. van der Luyden nur kurze Zigarren; sie waren aber so gut, daß die Gäste bedauerten, so unerbittlich pünktlich aufbrechen zu müssen.

Archer hatte sich nach dem ersten Akt von der übrigen Gesellschaft getrennt und sich einen Platz im Hintergrund der Klubloge gesucht. Von dort sah er über die Schultern mehrerer Chiverses, Mingotts und Rushworths hinweg auf die gleiche Szene wie an dem Abend vor zwei Jahren, als er Ellen Olenska zum erstenmal begegnet war. Er hatte im stillen gehofft, sie werde wieder in Mrs. Mingotts Loge erscheinen, aber diese blieb leer, und er starrte regungslos hinüber, bis Madame Nilssons reiner Sopran in das »*M'ama, 'non m'ama...*« ausbrach.

Archer wandte sich der Bühne zu, wo in dem bekannten Bühnenbild zwischen den riesigen Rosen und den Stiefmütterchen, die Federwischern glichen, dasselbe beleibte blonde Opfer demselben kleinen braunen Verführer erlag.

Von der Bühne wanderte sein Blick zu der Stelle des Hufeisens, wo May zwischen zwei älteren Damen saß, genau wie sie an jenem Abend damals zwischen Mrs. Lovell Mingott und ihrer eben angekommenen »europäischen« Kusine gesessen hatte. Auch heute abend war sie ganz in Weiß, und Archer, der nicht darauf geachtet hatte, was sie trug, erkannte jetzt an dem blauweißen Satin und der altmodischen Spitze ihr Hochzeitskleid.

Im alten New York war es üblich, daß jungverheiratete Frauen dieses kostbare Kleid noch ein oder zwei Jahre nach der Hochzeit trugen. Archer wußte, daß seine Mutter ihres in Seidenpapier gewickelt in der Hoffnung aufbewahrte, daß Janey es eines Tages tragen könne; allerdings erreichte die arme Janey bald ein Alter, wo perlgrauer Popelin und eine Trauung ohne Brautjungfern »passender« erschien.

Es fiel ihm auf, daß May seit ihrer Rückkehr aus Europa ihr Brautkleid selten getragen hatte, und die Überraschung, sie jetzt darin zu sehen, ließ ihn ihr Äußeres mit dem des jungen Mädchens vergleichen, das er vor zwei Jahren mit einem solchen Vorgefühl von Glück beobachtet hatte.

Obwohl Mays Konturen ein wenig voller geworden waren, wie es ihre dianenhafte Gestalt hatte erwarten lassen, waren doch ihre sportlich gestraffte Haltung und die mädchenhafte Klarheit ihres Ausdrucks unverändert geblieben; abgesehen von der leichten Müdigkeit, die Archer seit einiger Zeit an ihr bemerkte, hätte sie das genaue Abbild des Mädchens sein können, das am Abend ihrer Verlobung mit dem Maiglöckchenstrauß gespielt hatte. Dieser Umstand schien ihm ein zusätzlicher Appell an sein Mitgefühl zu sein: Solch eine Unschuld war so rührend wie die vertrauensvolle Umarmung eines Kindes. Dann erinnerte er sich des leidenschaftlichen Edelmuts, der unter dieser sorglosen Gelassenheit schlummerte. Er mußte an ihren verständnisvollen Blick denken, als er sie damals drängte, ihre Verlobung auf dem Beaufortschen Ball bekanntzugeben; er hörte noch ihre Stimme, mit der sie im Missionspark gesagt hatte: »Ich könnte nicht glücklich werden durch ein Unrecht – ein Unrecht gegenüber einem anderen Menschen«, und ein unbezwingbares Verlangen ergriff ihn, ihr die Wahrheit zu sagen, sich ihrer Großmut zu unterwerfen und sie um die Freiheit zu bitten, die er damals so selbstverständlich ausgeschlagen hatte.

Newland Archer zeigte sich sonst stets ruhig und selbstbeherrscht. Es war ihm fast zur zweiten Natur geworden, sich der Disziplin der kleinen Gesellschaftsschicht zu fügen, der er angehörte. In tiefster Seele verabscheute er es, sich auffallend und pathetisch zu benehmen und etwas zu tun, was Mr. van der Luyden mißbilligt und die Klubloge als taktlos verurteilt hätte. Aber ihm war plötzlich bewußt geworden, daß die Klubloge, Mr. van der Luyden und alles, was ihn bisher so warm und schützend umgeben hatte, für ihn nicht mehr vorhanden war. Er ging durch den halbkreisförmigen Gang außen um die Logen herum und öffnete die Tür zu Mrs. van der Luydens Loge, als sei sie ein Tor ins Unbekannte.

»*M'ama*!« jubelte die triumphierende Margarethe, und die Insassen der Loge hoben bei Archers Eintritt überrascht den Kopf. Er hatte bereits eine wichtige Regel dieser Welt verletzt, die das Betreten einer Loge während einer Arie untersagte.

Zwischen Mr. van der Luyden und Sillerton Jackson hindurch beugte er sich über seine Frau.

»Ich habe scheußliche Kopfschmerzen; sag's niemandem, aber komm bitte, ja?« flüsterte er.

May warf ihm einen verständnisvollen Blick zu, und er sah, wie sie ihrer Mutter etwas zuflüsterte, die teilnehmend nickte; dann murmelte sie eine Entschuldigung zu Mrs. van der Luyden hinüber und erhob sich gerade in dem Moment, als Margarethe ihrem Faust in die Arme sank. Während Archer ihr den Abendmantel umlegte, bemerkte er, wie die älteren Damen ein bedeutsames Lächeln miteinander tauschten.

Als sie losfuhren, legte May schüchtern ihre Hand auf seine. »Es tut mir so leid, daß du dich nicht wohl fühlst. Ich fürchte, man hat dir im Büro wieder zu viel Arbeit aufgebürdet.«

»Nein, das ist es nicht – gestattest du, daß ich das Fenster öffne?« sagte er verwirrt und ließ die Scheibe auf seiner Seite herunter. Er starrte auf die Straße hinaus, während er seine Frau wie eine stumme, wachsame Frage neben sich spürte und die Augen beständig auf die vorübergleitenden Häuser gerichtet hielt. Vor ihrem Haus blieb sie mit dem Kleid am Wagentritt hängen und fiel gegen ihn.

»Hast du dir weh getan?« fragte er, als er sie auffing.

»Nein – aber mein schönes Kleid – sieh nur, ich habe es mir zerrissen!« rief sie aus. Sie bückte sich, um einen schmutzbedeckten Stoffstreifen aufzuheben, und folge ihm die Stufen hinauf in die Halle. Die Diener hatten sie nicht so früh erwartet, und es brannte nur ein schwaches Gaslicht auf dem oberen Treppenabsatz.

Archer stieg die Treppe hinauf, drehte das Licht hoch und entzündete in der Bibliothek die Gasleuchter zu beiden Seiten des Kamins. Die Vorhänge waren zugezogen, und die warme Behaglichkeit des Raumes bestürzte ihn wie der Anblick eines vertrauten Gesichts, dem man auf einem verschwiegenen Streifzug begegnet.

Er sah, daß seine Frau sehr blaß war, und fragte, ob er ihr einen Kognac holen solle.

»Nein, danke«, rief sie aus, und ein flüchtiges Rot glitt über ihr Gesicht, während sie den Mantel ablegte. »Aber solltest du nicht am besten gleich zu Bett gehen?« setzte sie hinzu, als sie sah, daß Archer eine silberne Dose auf dem Tisch öffnete und eine Zigarette herausnahm. Archer warf die Zigarette hin und ging an seinen gewohnten Platz am Kamin.

»Nein – es ist nicht so schlimm mit den Kopfschmerzen.« Er hielt inne. »Außerdem muß ich dir etwas sagen, etwas Wichtiges – das ich dir sofort mitteilen muß.«

Sie hatte sich in einem Sessel niedergelassen und hob den Kopf, während er sprach. »Ja, Liebster?« Sie sagte es so freundlich, daß er sich wunderte, wie wenig erstaunt sie seine einleitenden Worte aufgenommen hatte.

»May –«, begann er. Er stand ein paar Schritte von ihrem Sessel entfernt und sah zu ihr hinüber, als sei die kleine Entfernung zwischen ihnen ein unüberbrückbarer Abgrund. Das Echo seiner Stimme hallte in der behaglichen Ruhe des Zimmers schauervoll wider, und er sagte noch einmal: »Ich muß dir etwas sagen... von mir...«

Schweigend und unbeweglich saß sie da, nicht einmal ihre Wimpern zuckten. Sie war noch immer außerordentlich blaß, doch zeigten ihre Züge eine eigentümliche Gelassenheit, die aus irgendeiner inneren Quelle zu rühren schien.

Archer hielt die üblichen Phrasen der Selbstbezichtigung zurück, die sich ihm auf die Lippen drängten. Er war entschlossen, die nackte Wahrheit zu sagen, ohne eitle Anklagen und Ausflüchte.

»Madame Olenska –«, sagte er, aber bei diesem Namen hob seine Frau sofort die Hand, als wolle sie nichts weiter hören. Bei dieser schnellen Bewegung blinkte das Gold ihres Traurings im Schein des Gaslichts auf.

»Ach, warum sollten wir heute abend über Ellen reden?« fragte sie mit leiser Ungeduld und spitzte schmollend den Mund.

»Weil ich schon früher hätte reden sollen.«

Ihr Gesicht blieb ruhig. »Ist es wirklich der Mühe wert, Liebster? Ich weiß, ich war manchmal ungerecht zu ihr – vielleicht waren wir es alle. Du hast sie besser als wir alle verstanden, gewiß – du bist stets freundlich zu ihr gewesen. Aber was soll das nun, da alles erledigt ist?«

Archer starrte sie mit leerem Blick an. War es möglich, daß das Gefühl der Unwirklichkeit, das ihn gefangen hielt, nun auch auf seine Frau übergriff?

»Alles erledigt – was meinst du damit?« stammelte er kaum vernehmlich.

May blickte ihn noch immer mit ihren klaren Augen an. »Nun – daß sie bald nach Europa zurückgeht – daß Großmama damit einverstanden ist und Anordnungen getroffen hat, sie von ihrem Gatten unabhängig zu machen –«

Sie verstummte: Archer umklammerte mit der Hand krampfhaft die Kante des Kaminsimses, und während er sich nur mühsam aufrecht hielt, machte er den vergeblichen Versuch, auch die Herrschaft über seine strudelnden Gedanken wiederzugewinnen.

»Ich glaubte«, hörte er die gleichmäßige Stimme seiner Frau weiterreden, »du seist heute abend so lange im Büro aufgehalten worden, um die Geldangelegenheiten zu regeln. Die Sache wurde, soviel ich weiß, heute morgen entschieden.« Sie senkte den Blick vor seinem blinden Starren, und wieder schoß ihr eine flüchtige Röte über das Gesicht.

Er wurde gewahr, daß sein Blick unerträglich sein müsse, wandte sich ab, stützte die Ellbogen auf den

Kaminsims und vergrub das Gesicht in den Händen. Irgend etwas hämmerte und dröhnte ihm wie wild in den Ohren: Er wußte nicht, ob es das Blut in seinen Adern oder das Ticken der Kaminuhr war.

May blieb unbeweglich und stumm sitzen, während der Uhrzeiger gemächlich fünf Minuten weiterrückte. Ein Stück Kohle fiel vor das Kamingitter, und als er hörte, wie sie aufstand und es zurückschob, drehte er sich langsam um und schaute ihr ins Gesicht.

»Es ist unmöglich!« rief er.

»Unmöglich –?«

»Woher weißt du das – was du mir eben gesagt hast?«

»Ich habe Ellen gestern gesehen – ich sagte dir doch, daß ich sie bei Großmama getroffen habe.«

»Und da hat sie es dir gesagt?«

»Nein. Ich habe heute nachmittag ein Billett von ihr erhalten. Möchtest du es sehen?«

Er brachte kein Wort heraus, und sie ging hinaus und kam gleich darauf wieder.

»Ich dachte, du wüßtest es«, sagte sie schlicht.

Sie legte ein Blatt Papier auf den Tisch, und Archer streckte die Hand danach aus und ergriff es. Der Brief enthielt nur wenige Zeilen.

»Liebe May! Ich habe Großmama endlich davon überzeugen können, daß mein Aufenthalt bei ihr nicht mehr als ein Besuch sein konnte, und sie hat sich wieder einmal sehr gut und großzügig gezeigt. Sie sieht ein, daß ich, wenn ich nach Europa gehe, unbe-

dingt für mich leben muß – das heißt, mit der armen Tante Medora, die mich begleitet. Ich eile nach Washington zurück, um zu packen; wir fahren nächste Woche. Du mußt sehr lieb zu Großmama sein, wenn ich fort bin – so lieb, wie du zu mir immer gewesen bist.

Ellen.

Sollten einige Freunde etwa die Absicht haben, mich umzustimmen, dann sage ihnen bitte, das sei völlig zwecklos.«

Archer las den Brief einige Male, dann ließ er ihn fallen und lachte laut auf.

Beim Geräusch dieses Lachens fuhr er zusammen. Es erinnerte ihn daran, wie er damals Mays Telegramm mit der Mitteilung, daß der Hochzeitstag vorverlegt werde, erhalten und Janey mitten in der Nacht durch seinen unbegreiflichen Heiterkeitsausbruch so erschreckt hatte.

»Warum hat sie das geschrieben?« fragte er, während er sein Lachen mit äußerster Mühe unterdrückte.

May stellte sich dieser Frage mit ihrer unerschütterlichen Aufrichtigkeit. »Ich nehme an, weil wir uns gestern über alles ausgesprochen haben –«

»Worüber denn?«

»Ich sagte ihr, ich fürchte, ich sei ihr gegenüber wohl nicht gerecht gewesen – ich hätte nicht immer verstanden, wie schwer es für sie hier gewesen sein müsse: allein unter so vielen Menschen, die ihr verwandt und dennoch fremd seien – die das Recht zur

Kritik zu haben meinten und doch nicht immer die genauen Umstände kennten.« Sie hielt inne. »Ich wisse wohl, du seist ihr einziger Freund gewesen, auf den sie stets habe zählen können, und sie solle wissen, daß du und ich eins seien – in allen unseren Gefühlen.«

Sie zögerte, als warte sie auf seine Antwort, und fügte langsam hinzu: »Sie hat verstanden, warum ich ihr das sagen mußte. Ich glaube, sie versteht alles.«

Sie ging auf Archer zu, ergriff seine eiskalte Hand und drückte sie rasch gegen ihre Wange.

»Ich habe auch Kopfweh. Gute Nacht, Lieber«, sagte sie und wandte sich zur Tür. Das zerrissene und beschmutzte Hochzeitskleid schleppte hinter ihr her über den Boden.

33

Es war, wie Mrs. Archer lächelnd zu Mrs. Welland sagte, ein großes Ereignis, wenn ein junges Paar sein erstes großes Abendessen gab.

Seitdem die Newland Archers ihren Haushalt eingerichtet hatten, waren oft zwanglos Gäste bei ihnen gewesen. Archer sah gern drei oder vier Freunde beim Abendessen bei sich, und May empfing die Gäste mit der bereitwilligen Freudigkeit, wofür in allen häuslichen Angelegenheiten ihre Mutter ein Beispiel gesetzt hatte. Ihr Gatte bezweifelte, ob sie überhaupt je einen Menschen einladen würde, wenn man sie sich selbst überließe; aber er hatte längst den Versuch aufgegeben, ihr eigentliches Ich aus der Form herauszulösen, die es durch Tradition und Erziehung erhalten hatte. Es wurde erwartet, daß wohlhabende Jungvermählte in New York viele zwanglose Einladungen gaben, und eine mit einem Archer verheiratete Welland war an diese Tradition doppelt gebunden.

Ein großes Abendessen aber mit einem extra bestellten Koch und zwei Mietlakaien, mit Römischem Punsch, Rosen von Henderson und Speisekarten mit Goldrand, das war etwas ganz anderes und gar nicht so einfach. Vor allem kam es – wie Mrs. Archer bemerkte – auf den Römischen Punsch an, das heißt nicht auf den Punsch an sich, sondern auf alles, was dazu gehörte; und das hieß Kanevasente oder Schildkröte, zwei Suppen, ein heißer und ein kalter Nachtisch, tiefe *décolletages* mit kurzen Ärmeln und Gäste von entsprechender Bedeutung.

Es war immer ein interessantes Ereignis, wenn ein junges Paar seine ersten Einladungen in der dritten Person ausschickte, und selbst die Mächtigsten und Meistbegehrten sagten selten ab. Dennoch war es zugegebenermaßen ein besonderer Triumph, daß die van der Luydens auf Mays Bitte hin länger in New York geblieben waren, um bei dem Abschiedsessen für die Gräfin Olenska zugegen zu sein.

Die beiden Schwiegermütter saßen am Nachmittag des großen Tages in Mays Wohnzimmer, Mrs. Archer schrieb die Speisenfolge auf das dickste Goldrandpapier von Tiffany, und Mrs. Welland beaufsichtigte die Verteilung der Palmen und Stehlampen.

Als Archer spät aus dem Büro heimkam, fand er sie noch dort. Mrs. Archer hatte ihre Aufmerksamkeit den Tischkarten zugewandt, und Mrs. Welland prüfte gerade die Wirkung des großen vergoldeten Sofas, das sie hatte vorrücken lassen, um so zwischen Klavier und Fenster noch eine »Ecke« zu schaffen.

Sie sagten ihm, daß May im Speisezimmer den riesigen Strauß Jaqueminot-Rosen und Frauenhaar in der Mitte der langen Tafel in Augenschein nehme und die Silberfiligranschälchen mit den Maillard-Bonbons zwischen den Armleuchtern plaziere. Auf dem Klavier stand ein enormer Korb mit Orchideen, den Mr. van der Luyden aus Skuytercliff geschickt hatte. Kurz, alles war so, wie es vor einem so bedeutenden Ereignis sein sollte.

Mrs. Archer ging aufmerksam die Gästeliste durch und machte mit ihrer spitzen Goldfeder einen Haken neben jeden Namen.

»Henry van der Luyden – Louisa – die Lovell Mingotts – die Reggie Chiverses – Lawrence Lefferts und Gertrude (ja, May hatte doch wohl recht, sie mit einzuladen) – die Selfridge Merrys, Sillerton Jackson, van Newland und seine Frau (Mein Gott, wie die Zeit vergeht! Mir kommt es vor, als sei er erst gestern dein Trauzeuge gewesen, Newland!) – und Gräfin Olenska – ja, ich glaube, das ist alles...«

Liebevoll musterte Mrs. Welland ihren Schwiegersohn. »Niemand kann sagen, Newland, daß ihr beide Ellen kein hübsches Abschiedsfest gebt.«

»Na ja«, sagte Mrs. Archer, »May möchte gewiß, daß ihre Kusine den Leuten in Europa erzählt, daß wir gar nicht solche Barbaren sind.«

»Und Ellen«, fuhr Mrs. Welland fröhlich fort, »wird das bestimmt zu schätzen wissen. Sie wollte, glaube ich, heute morgen in New York ankommen. So kann sie einen bezaubernd schönen Eindruck mitnehmen. Gewöhnlich ist der Abend vor einer Reise so trostlos.«

Archer wandte sich zur Tür, und seine Schwiegermutter rief ihm nach: »Geh doch mal hinein und wirf einen Blick auf die Tafel. Und laß May sich nicht so abrackern.« Er tat aber, als hörte er nicht, und sprang die Stufen zur Bibliothek hinauf. Das Zimmer schaute ihn an wie ein fremdes Gesicht, das sich zu einer höflichen Grimasse zwingt, und er bemerkte, daß man es rücksichtslos »aufgeräumt« und durch geschickte Verteilung von Aschenbechern und Zedernholzkistchen zum Rauchen für die Herren hergerichtet hatte.

»Meinetwegen –«, dachte er, »es ist ja nicht lange –«, und ging weiter, um sich umzuziehen.

Zehn Tage waren vergangen, seit Madame Olenska nach Washington abgereist war. In diesen zehn Tagen hatte Archer kein Lebenszeichen von ihr erhalten, bis auf einen versiegelten und von ihrer Hand adressierten Umschlag, in dem sie ihm einen in Seidenpapier eingewickelten Schlüssel zurückgeschickt hatte, und zwar in sein Büro. Diese Antwort auf seine letzte Bitte mochte wie ein klassischer Zug in einem altvertrauten Spiel anmuten; der junge Mann aber zog es vor, ihr eine andere Erklärung zu geben. Noch immer kämpfte sie gegen ihr Schicksal an; aber sie fuhr nach Europa, und sie kehrte nicht zu ihrem Gatten zurück. Darum konnte ihn nichts hindern, ihr zu folgen, und hatte er erst einmal diesen entscheidenden Schritt getan und ihr gezeigt, daß er unwiderruflich sei, dann würde sie ihn gewiß nicht mehr fortschicken.

Dieses feste Vertrauen in die Zukunft hatte ihm die Kraft gegeben, seine Rolle in der Gegenwart zu spielen. Es hatte ihn davon abgehalten, ihr zu schreiben oder durch irgendein Zeichen sein Elend und seine

Qual zu verraten. Ihm schien, daß er in diesem tödlich stummen Spiel noch immer die Trümpfe in der Hand habe, und so wartete er.

Es hatte dennoch Momente gegeben, in denen es ihm schwer gefallen war, ruhig zu bleiben: zum Beispiel, als am Tage nach Madame Olenskas Abreise Mr. Letterblair ihn zu sich gebeten hatte, um mit ihm die Einzelheiten der Stiftung durchzugehen, die Mrs. Manson Mingott ihrer Enkelin ausgesetzt hatte. Stundenlang hatte Archer mit seinem Seniorpartner die Bestimmungen gesprüft, wobei er die ganze Zeit das dunkle Gefühl hatte, es müsse noch irgend etwas anderes als die Tatsache seiner Verwandtschaft dahinterstekken, wenn Mr. Letterblair gerade ihn zu der Aufgabe heranzog, und das Ende der Beratung werde das ja zeigen.

»Nun, die Dame kann wirklich nicht leugnen, daß das eine großzügige Regelung ist«, hatte Mr. Letterblair abschließend gemeint, nachdem er den Vertrag noch einmal überflogen hatte. »Ja, ich muß sagen, man hat sich ihr gegenüber doch stets sehr freigiebig gezeigt.«

»Stets?« wiederholte Archer mit leisem Spott. »Denken Sie dabei an den Vorschlag ihres Gatten, ihr ihr eigenes Geld zurückzugeben?«

Mr. Letterblairs buschige Augenbrauen rückten eine Idee höher. »Mein lieber Sir, Recht ist Recht, und die Kusine Ihrer Frau Gemahlin hat nach französischem Recht geheiratet. Man darf wohl annehmen, daß sie wußte, was das bedeutet.«

»Trotzdem – wenn man bedenkt, was nachher geschah –« Archer verstummte; denn Mr. Letterblair hatte seinen Federhalter an die große runzlige Nase gelegt und sah daran mit einem Ausdruck herab, wie ihn ältere tugendsame Herren annehmen, um Jüngeren dadurch zu verstehen zu geben, daß Tugend immerhin nicht gleichbedeutend mit Unkenntnis ist.

»Mein lieber Sir, ich möchte keineswegs die Verfehlungen des Grafen beschönigen; aber – aber auf der anderen Seite... ich möchte meine Hand nicht dafür ins Feuer legen... daß die Gegenseite nicht Gleiches mit Gleichem vergolten hat... Da ist dieser junge Beschützer...« Mr. Letterblair schloß ein Schubfach auf und legte Archer ein zusammengefaltetes Papier hin. »Dieser Bericht, das Ergebnis heimlicher Nachforschungen...« Und als Archer keinen Versuch machte, sich das Papier auch nur anzusehen oder die Beschuldigung zurückzuweisen, fuhr der Anwalt ein wenig kleinlaut fort: »Ich will ja nicht behaupten, daß das ein schlüssiger Beweis ist – durchaus nicht. Man sieht nur, wie der Wind weht... und im ganzen ist es doch für alle Beteiligten in höchstem Maße befriedigend, daß es zu dieser würdigen Lösung gekommen ist.«

»Gewiß, in höchstem Maße«, pflichtete Archer ihm bei und schob das Papier zurück.

Als er wenige Tage später Mrs. Manson Mingott besuchte, da war es ihm noch schwerer gewesen, die Fassung zu bewahren.

Er hatte die alte Dame in bedrückter, verdrießlicher Stimmung angetroffen.

»Du weißt schon, daß sie mich verlassen hat?« begann sie sofort und wartete seine Antwort nicht erst ab: »Ach, frag mich nicht, warum. Sie hat mir so viele Gründe genannt, daß ich sie alle wieder vergessen habe. Ich persönlich glaube, daß sie die Langeweile nicht mehr ertragen konnte. Jedenfalls denken das Augusta und meine Schwiegertöchter. Und ich kann es ihr auch gar nicht verdenken. Olenski ist ein ausgemachter Schurke, aber das Leben an seiner Seite muß doch wohl ein bißchen lustiger gewesen sein als das in der Fifth Avenue. Die Familie würde das natürlich niemals zugeben: Für sie ist die Fifth Avenue so viel wie der Himmel und die rue de la Paix zusammengenommen. Die arme Ellen denkt natürlich nicht daran, zu ihrem Gatten zurückzukehren; sie hat sich standhaft dagegen gesträubt. Also wird sie sich mit der verrückten Medora in Paris niederlassen... Na ja, Paris ist Paris, und man kann sich dort für fast umsonst einen Wagen halten. Aber sie war immer ein lustiges Vögelchen, und ich werde sie sehr vermissen.« Zwei Tränen, die mageren Tränen des Alters, rollten ihr über die feisten Wangen und verschwanden in den Tiefen ihres Busens.

»Ich verlange jetzt nichts mehr«, so schloß sie, »als daß man mich in Frieden läßt. Man muß mir wirklich gestatten, meinen Kummer zu verdauen...« Dabei zwinkerte sie Archer mit einem etwas versonnenen Lächeln zu.

An diesem Abend hatte ihm May bei seiner Rückkehr mitgeteilt, daß sie ihrer Kusine ein Abschiedsessen zu geben gedenke. Madame Olenskas Name war seit dem Abend ihrer Flucht nach Washington nicht mehr zwischen ihnen erwähnt worden, und Archer sah seine Frau deshalb überrascht an.

»Ein Abschiedsessen – warum?« fragte er.

Sie errötete. »Du hast Ellen doch gern – ich dachte, es würde dir Freude machen.«

»Das ist furchtbar nett von dir – es so zu drehen. Aber ich sehe wirklich nicht –«

»Ich möchte es aber, Newland«, sagte sie, erhob sich ruhig und trat an ihren Schreibtisch. »Die Einladungen sind alle schon geschrieben. Mutter hat mir geholfen – sie meint auch, wir müßten es tun.« Verlegen, doch lächelnd schwieg sie – und Archer sah plötzlich in ihr das personifizierte Sinnbild der Familie.

»Na, meinetwegen«, sagte er und starrte mit leerem Blick auf die Gästeliste, die sie ihm in die Hand geschoben hatte.

Als er vor dem Essen den Salon betrat, beugte sich May gerade über das Kaminfeuer und hantierte an den Holzscheiten herum, die in der ungewohnten Einfassung blanker Kacheln nicht recht brennen wollten.

Die hohen Stehlampen waren sämtlich angezündet, und van der Luydens Orchideen in den verschiedenen modernen Gefäßen aus Porzellan und getriebenem Silber waren so aufgestellt, daß sie besonders ins Auge fielen. Mrs. Newland Archers Salon galt allgemein als besonders gelungen. Eine vergoldete *jardinière* aus Bambus, in der die Primeln und Zinerarien stets pünktlich erneuert wurden, versperrte den Zugang zu dem Erkerfenster, wo Leute mit altmodischem Geschmack lieber eine verkleinerte Bronzereproduktion der Venus von Milo gesehen hätten; die mit blassem Brokat bezogenen Sofas und Sessel waren geschickt um kleine Plüschtische gruppiert, auf denen dicht gedrängt silberne Spielsachen, Porzellantierchen und Photographien in blinkenden Rahmen standen; und hohe Lampen mit rosafarbenen Schirmen schossen wie tropische Blumen zwischen den Palmen empor.

»Ich glaube, Ellen hat dieses Zimmer noch nie in Abendbeleuchtung gesehen«, sagte May, als sie sich, von der Anstrengung erhitzt, erhob und mit verzeihlichem Stolz in dem Raum umsah. In diesem Augenblick fiel die lange Messingzange, die sie gegen den Kamin gelehnt hatte, polternd um, so daß die Antwort ihres Mannes in dem Lärm unterging, und bevor er sie wieder aufrichten konnte, wurden Mr. und Mrs. van der Luyden gemeldet.

Die übrigen Gäste folgten bald, denn es war bekannt, daß die van der Luydens gern pünktlich aßen. Der Salon war beinahe voll, und Archer war eben dabei, Mrs. Selfridge Merry einen kleinen, stark überfirnißten Verbeckhoven, eine »Schafstudie«, zu zeigen, die Mr. Welland seiner Tochter zu Weihnachten geschenkt hatte, als er plötzlich Madame Olenska neben sich stehen sah.

Sie war außerordentlich blaß, wodurch ihr dunkles Haar noch dichter und schwerer als sonst erschien. Dies vielleicht, oder auch die mehrmals um den Hals geschlungene Bernsteinkette, ließ ihn plötzlich an die kleine Ellen Mingott denken, mit der er auf Kindergesellschaften getanzt hatte, als Medora Manson sie zum erstenmal nach New York mitgebracht hatte.

Die Bernsteinperlen paßten nicht recht zu ihrem Teint, oder das Kleid war vielleicht nicht vorteilhaft gewählt – jedenfalls wirkte ihr Gesicht matt, fast häßlich, und er liebte es nie so sehr wie in dieser Minute. Ihre Hände begegneten sich, und er glaubte sie sagen zu hören: »Ja, wir fahren morgen mit der ›Rußland‹ –« Dann hörte er das sinnlose Geräusch sich öffnender Türen, und nach einer Weile Mays Stimme: »Newland! Es ist serviert! Willst du bitte Ellen hereinführen?«

Madame Olenska legte ihre Hand auf seinen Arm, und er bemerkte, daß die Hand ohne Handschuh war und erinnerte sich, wie er seinen Blick darauf geheftet hatte, als er an dem Abend bei ihr in dem kleinen Wohnzimmer in der Dreiundzwanzigsten Straße gesessen hatte. All die Schönheit schien sich aus ihrem Gesicht in diese schmalen, blassen Finger auf seinem Ärmel und in die Knöchel mit den feinen Grübchen geflüchtet zu haben, und er sagte sich: »Und wenn ich nur ihre Hand wiedersehen dürfte, müßte ich ihr folgen –«

Nur bei einem Festessen, das ausdrücklich einem »ausländischen Gast« galt, konnte man Mrs. van der Luyden zumuten, sich mit dem Platz zur Linken des Gastgebers zu begnügen. Daß man Madame Olenska als »Ausländerin« ansah, hätte man kaum geschickter zum Ausdruck bringen können als durch diesen Tribut beim Abschied, und Mrs. van der Luyden nahm den geringeren Platz mit einer Liebenswürdigkeit hin, die keinen Zweifel darüber ließ, daß sie diese Ordnung billigte. Es gab eben mancherlei, was man unbedingt tun mußte: Dann aber wollte man es auch ordentlich und gründlich tun. Und dazu gehörte nach dem alten New Yorker Sittenkodex die Versammlung der Sippe um eine Verwandte, die aus dem Sippenverband ausgestoßen wurde. Nichts auf der Welt hätten die Wellands und Mingotts unterlassen, um der Gräfin Olenska öffentlich ihre unwandelbare Zuneigung zu bezeigen, nun, da ihre Abreise nach Europa feststand, und Archer saß schweigend oben an der Tafel und sah voll Staunen, wie infolge der Anerkennung durch die Familie nun auch ganz im stillen ihre Beliebtheit wiederhergestellt, jeder Vorwurf beschwichtigt, ihre Vergangenheit ihr verziehen und ihre Gegenwart strahlend verklärt worden war. Mrs. van der Luyden lächelte ihr mit dem matten Wohlwollen zu, das für sie der höchste Ausdruck von Herzlichkeit war, und Mr. van der Luyden, der rechts von May saß, warf Blicke über den Tisch, die unmißverständlich besagen sollten, daß all die Nelken aus Skuytercliff doch gerechtfertig gewesen seien.

Archer, der das Gefühl hatte, diesem Schauspiel in einem Zustand eigentümlicher Schwerelosigkeit beizuwohnen, so, als schwebe er irgendwo zwischen Kronleuchter und Decke, wunderte sich über nichts so sehr wie über die Rolle, die er selbst bei diesen Vorgängen spielte. Während sein Blick von einem ruhigen und wohlgenährten Gesicht zum anderen schweifte, empfand er mit einemmal alle diese harmlos dreinschauenden Menschen, die sich eifrig über Mays Kanevasente hermachten, als eine Bande stummer Verschwörer und sich und die blasse Frau zu seiner Rechten als die Opfer dieser Verschwörung. Und dann brach wie ein mächtiger Blitz, der aus vielen reflektierten Strahlen bestand, die Erkenntnis über ihn herein, daß er und Madame Olenska in den Augen aller als »Liebende« galten – in jenem besonderen Sinne, den das Wort in Europa besaß. Er erriet, daß auch er monatelang das Ziel unzähliger stumm beobachtender Augen und geduldig lauschender Ohren gewesen war; er begriff, daß man auf eine ihm bisher noch unbekannte Weise die Trennung zwischen ihm und seiner Mitschuldigen zustande gebracht hatte und daß jetzt die ganze Sippe sich um seine Frau versammelte und jeder stillschweigend so tat, als wisse er von nichts und habe nie etwas geahnt, und als sei das Festessen lediglich May Archers natürlichem Wunsch zu verdanken, bei dieser Gelegenheit sich liebevoll von ihrer Freundin und Kusine zu verabschieden.

Das war die Art des alten New York, mit dem Leben »ohne Blutvergießen« fertig zu werden; die Art von Menschen, denen ein Skandal fürchterlicher war als eine Krankheit, die die Schicklichkeit höher hielten als den Mut und für die nichts ungebildeter war, als eine »Szene« zu machen – wenn man von denen absah, durch deren Benehmen so etwas heraufbeschworen wurde.

Während ihm diese Gedanken nacheinander durch den Kopf gingen, kam Archer sich wie ein Gefangener mitten in einem feindlichen Lager vor. Er blickte sich an der Tafel um und erriet die Unbarmherzigkeit seiner Wächter aus dem Ton, in dem sie sich beim Florida-Spargel mit Beaufort und seiner Frau befaßten. »Damit wollen sie mir zeigen«, dachte er, »was mit *mir* geschehen würde –«, und der Schauder darüber, daß Andeutung und Gleichnis stärker als direktes Handeln, Schweigen stärker als ein rasches Wort waren, schlug über ihm zusammen wie die Tore einer Gruft.

Er lachte und begegnete Mrs. van der Luydens erschrockenem Blick.

»Hältst du das für komisch?« fragte sie mit geziertem Lächeln. »Natürlich, Reginas Idee, in New York bleiben zu wollen, hat wohl auch etwas Lachhaftes«; und Archer murmelte: »Natürlich.«

In diesem Augenblick bemerkte er, daß Madame Olenskas anderer Tischnachbar sich gerade mit der Dame zu seiner Rechten unterhielt. Gleichzeitig sah er, daß May, die heiter zwischen Mr. van der Luyden und Selfridge Merry thronte, ihm einen schnellen Blick über die Tafel zuwarf. Es verstand sich von selbst, daß der Gastgeber nicht während der ganzen Mahlzeit stumm neben der Dame zu seiner Rechten sitzen konnte. Er wandte sich Madame Olenska zu, und sie sah ihn mit ihrem bleichen Lächeln an. »Oh, laß es uns durchhalten!« schien es zu sagen.

»War die Fahrt sehr ermüdend?« fragte er mit einer Stimme, deren Natürlichkeit ihn überraschte, und sie antwortete, sie sei im Gegenteil selten so bequem gereist.

»Abgesehen von der schrecklichen Hitze im Zug«, fügte sie hinzu, und er bemerkte, sie werde in dem Land, in das sie gehe, unter diesen Unannehmlichkeiten nicht zu leiden haben.

»Niemals«, erklärte er mit Nachdruck, »war ich näher daran zu erfrieren, als einmal im April im Zug zwischen Calais und Paris.«

Sie sagte, das wundere sie nicht, meinte aber, man könne schließlich ja noch eine Extradecke mitnehmen; jede Art des Reisens haben eben ihre Unannehmlichkeiten; worauf er unvermittelt entgegnete, diese seien ihm alle ganz unwesentlich im Vergleich zu dem Glück, von hier wegzukommen. Sie errötete, und er setzte mit einer auf einmal merkwürdig hohen Stimme hinzu: »Ich trage mich mit der Absicht, bald für längere Zeit auf Reisen zu gehen.« Ein Beben lief über ihr Gesicht, und er beugte sich zu Reggie Chivers hinüber und rief laut: »Wie wär's, Reggie, wollen wir nicht zusammen eine Reise um die Welt machen – jetzt, ich meine, nächsten Monat? Wenn du mitmachst, bin ich dabei –«, worauf Mrs. Reggie losflötete, sie könne Reggie unmöglich vor dem Martha-Washington-Ball gehen lassen, den sie in der Woche nach Ostern zugunsten des Blindenheims gebe; und ihr Gatte gab Archer ruhig zu verstehen, daß er danach für das Internationale Poloturnier trainieren müsse.

Mr. Selfridge Merry hatte die Worte »um die Welt« aufgeschnappt, und da er einmal mit seiner Dampfjacht den Globus umrundet hatte, ergriff er die Gelegenheit, der ganzen Tafel an einigen schlagenden Beispielen die Untiefen von Mittelmeerhäfen zu demonstrieren. Allerdings – setzte er hinzu – sei das schließlich unwichtig, denn wenn man Athen und Smyrna und Konstantinopel gesehen habe, was wolle man dann noch?! Und Mrs. Merry sagte, sie könne Dr. Bencomb gar nicht dankbar genug sein, daß sie ihm hätten versprechen müssen, wegen des Fiebers Neapel nicht zu besuchen.

»Aber man braucht allein drei Wochen, um Indien richtig abzuhaken«, versicherte ihr Gatte, um ja nicht als leichtfertiger Weltenbummler angesehen zu werden.

Dann gingen die Damen nach oben in den Salon.

In der Bibliothek führte Lawrence Lefferts das große Wort, obgleich gewichtigere Personen zugegen waren.

Das Gespräch hatte sich, wie üblich, wieder um die Beauforts gedreht, und selbst Mr. van der Luyden und Selfridge Merry, die in den stillschweigend für sie reservierten Ehrensesseln Platz genommen hatten, lauschten der Philippika des Jüngeren.

Noch nie hatte Lefferts so überschwenglich die Gefühle eines Christenmenschen herausgekehrt und die Heiligkeit der Familie gepriesen. Die Entrüstung verlieh ihm schneidende Beredsamkeit, und es wurde deutlich, wenn die anderen nur seinem Beispiel gefolgt wären und nach seinen Worten gehandelt hätten, dann hätte die Gesellschaft unmöglich so schwach werden und einen ausländischen Emporkömmling wie Beaufort aufnehmen können – nein, Sir, gewiß nicht, und hätte er auch eine van der Luyden oder eine Lanning statt einer Dallas geheiratet. Wie aber habe es diesem Menschen, fragte Lefferts zornentbrannt, überhaupt möglich sein können, in eine Familie wie die der Dallases einzuheiraten, wenn er sich vorher nicht schon zu gewissen Häusern Zutritt verschafft hätte, so wie jetzt etwa Leute wie Mrs. Lemuel Struthers es schafften, sich in seinen Fußstapfen dazu Zutritt zu verschaffen. Wenn die Gesellschaft es vorzog, Frauen niederer Herkunft ihre Tore zu öffnen, war der Schaden zwar nicht groß, der Gewinn aber zweifelhaft; doch wenn man erst einmal so weit war, Männer von dunkler Herkunft und anrüchigem Reichtum zu dulden, dann konnte das Ende nur die vollkommene Auflösung sein, und zwar in gar nicht ferner Zeit. »Wenn die Entwicklung in diesem Tempo weitergeht«, donnerte Lefferts wie ein junger, von Poole eingekleideter Prophet vor der Steinigung, »dann werden wir erleben, daß unsere Kinder sich danach drängen, in Schieberkreisen zu verkehren und Beauforts Bastarde zu heiraten.«

»Na na, mal nicht so wild!« protestierten Reggie Chivers und der junge Newland, während Mr. Selfridge Merry ernstlich beunruhigt dreinblickte und das feine Gesicht von Mr. van der Luyden einen Ausdruck von Qual und Abscheu annahm.

»Hat er denn welche?« fragte Mr. Sillerton Jackson und spitzte die Ohren, und während Lefferts mit einem Lachen über diese Frage hinwegzugehen versuchte, flüsterte der alte Herr Archer ins Ohr: »Komisch, diese Menschen, die immer an allem herumnörgeln müssen. Die Leute mit den schlechtesten Köchen behaupten immer, man vergifte sich, wenn man auswärts speist. Wie ich höre, hat unser Freund Lefferts dringenden Anlaß, uns diese Standpauke zu halten – wie ich höre, soll es diesmal ein Schreibmaschinenfräulein sein...«

Die Unterhaltung rauschte an Archer vorüber wie ein fühlloser Fluß, der immer weiterfließt, weil er nicht weiß, wie er anhalten soll. Er erblickte auf den Gesichtern ringsum den Ausdruck von Interesse, Amüsiertheit, ja Vergnügen, und er lauschte dem Gelächter der Jüngeren und dem Lob des Archerschen Madeira, den Mr. van der Luyden und Mr. Merry feierlich und mit Bedacht schlürften. Hinter allem spürte er vage, wie jeder ihm gegenüber besonders freundlich war, so als versuchten seine Gefangenenwärter, ihm die Haft zu erleichtern, und diese Beobachtung steigerte seinen leidenschaftlichen Willen, sich zu befreien.

Bald gingen sie hinauf in den Salon zu den Damen, wo Archer Mays triumphierendem Blick begegnete und daraus die Überzeugung ablas, daß alles wunderbar »geklappt« habe. Sie erhob sich von Madame Olenskas Seite, und sofort winkte Mrs. van der Luyden dieser zu, sie möge auf dem vergoldeten Sofa neben ihr Platz nehmen. Auch Mrs. Selfridge Merry schwebte durch den Raum zu den beiden hinüber, und es wurde Archer klar, daß dort gleichfalls insgeheim eine Szene des Vergebens und Vergessens im Gange war. Die stumme Ordnung, die diese kleine Gesellschaft zusammenhielt, war entschlossen, an diesem Abend den Eindruck zu hinterlassen, als habe man nie auch nur für einen Augenblick daran gezweifelt, daß Madame Olenskas Benehmen tadellos und Archers Eheglück vollkommen sei. All diese liebenswürdigen und unerbittlichen Menschen taten voreinander ganz so, als hätten sie das Gegenteil nie auch nur im geringsten für möglich gehalten, geschweige denn vermutet oder gar davon reden hören, und aus diesem kunstvollen Gewebe gegenseitiger Verstellung ergab sich für Archer einmal mehr die Tatsache, daß New York ihn für Madame Olenskas Geliebten hielt. Er sah den triumphierenden Glanz in den Augen seiner Frau und erkannte auf einmal, daß sie derselben Meinung war. Diese Entdeckung weckte in seiner Seele ein Höllengelächter, dessen Echo durch alle seine Bemühungen drang, mit Mrs. Reggie Chivers und der kleinen Mrs. Newland über den Martha-Washington-Ball zu sprechen. Und so rauschte und rauschte der Abend dahin wie ein dunkler fühlloser Fluß, der nicht anhalten kann.

Schließlich sah er, daß Madame Olenska sich erhoben hatte und sich verabschiedete. Er begriff, daß sie im nächsten Augenblick fort wäre, und versuchte, sich auf das zu besinnen, was er ihr bei Tisch gesagt hatte; aber kein einziges Wort ihrer Unterhaltung wollte ihm mehr einfallen.

Sie trat auf May zu, während alle übrigen einen Kreis um sie bildeten. Die beiden jungen Frauen drückten sich die Hand; dann beugte May sich vor und küßte ihre Kusine.

»Zweifellos ist unsere Gastgeberin bei weitem die schönere von den beiden«, hörte Archer Reggie Chivers der jungen Mrs. Newland zuflüstern, und er mußte an Beauforts grobes Hohnwort über Mays fade Schönheit denken.

Eine Sekunde später war er in der Diele und legte Madame Olenska den Mantel um die Schultern.

Bei allem Aufruhr in seiner Seele hatte er sich fest an den Entschluß gehalten, nichts zu sagen, was sie erschrecken oder beunruhigen könnte. In dem festen Vorsatz, keine Macht der Erde solle ihn mehr von seinem Ziel ablenken, hatte er die Kraft gefunden, die Dinge einfach laufen zu lassen. Als er aber Madame Olenska auf die Diele hinaus folgte, empfand er wie einen plötzlichen Hunger das Verlangen, an ihrem Wagen mit ihr einen Augenblick allein zu sein.

»Ist dein Wagen da?« fragte er, und im gleichen Augenblick sagte Mrs. van der Luyden, die sich eben mit majestätischer Gelassenheit in ihre Pelze hüllen ließ, freundlich zu Archer: »Wir fahren die liebe Ellen nach Hause.« Sein Herz zuckte zusammen, und Madame Olenska, die ihren Mantel und Fächer in der einen Hand hielt, streckte ihm die andere entgegen. »Leb wohl«, sagte sie.

»Leb wohl – aber ich werde dich bald in Paris sehen«, antwortete er sehr laut.

»Oh«, murmelte sie, »wenn du mit May kommen könntest –!«

Mr. van der Luyden trat heran, um ihr den Arm zu reichen, und Archer wandte sich Mrs. van der Luyden zu. Für einen Augenblick sah er in der wogenden Finsternis im Inneren des großen Landauers das blasse Oval eines Gesichts, darin zwei unverwandt schimmernde Augen – dann war sie fort.

Als er die Stufen hinaufging, kam ihm Lawrence Lefferts mit seiner Frau entgegen. Lefferts faßte ihn beim Ärmel und trat zurück, um Gertrude vorbeizulassen.

»Hör mal, alter Knabe – hast du was dagegen, wenn ich Gertrude sage, wir beide äßen morgen abend zusammen im Klub? Danke, du bist ein Goldstück, alter Junge! Gute Nacht!«

»Es hat doch alles herrlich geklappt, nicht wahr?« rief May von der Tür der Bibliothek her.

Archer fuhr erschrocken auf. Sobald der letzte Wagen weggefahren war, hatte er sich in die Bibliothek zurückgezogen in der Hoffnung, daß seine Frau, die noch unten war, gleich in ihr Zimmer gehen werde. Nun stand sie da, bleich und abgespannt, dennoch strahlte sie die künstliche Energie eines Menschen aus, der über die Erschöpfung hinaus ist.

»Darf ich hereinkommen und noch ein Weilchen mit dir reden?« fragte sie.

»Natürlich, wenn du willst. Aber du mußt entsetzlich müde sein –«

»Nein, ich bin nicht müde. Ich würde gern noch etwas bei dir sitzen.«

»Na schön«, sagte er und schob ihr den Stuhl ans Feuer.

Sie setzte sich, und er nahm seinen Platz wieder ein; aber lange sprach keiner von ihnen ein Wort. Endlich begann Archer unvermittelt: »Wenn du nicht müde bist und noch sprechen möchtest, dann will ich dir etwas sagen, was ich dir neulich schon sagen wollte –«

Sie blickte ihn rasch an. »Ja, Liebster? Etwas über dich?«

»Ja, über mich. Du sagst, du bist nicht müde. Nun, ich bin es. Entsetzlich müde...«

Im selben Augenblick war sie voll zärtlicher Besorgnis. »Ach, ich habe es ja kommen sehen, Newland! Du hast dich so schrecklich überarbeitet –«

»Vielleicht ist es das. Ganz gleich, ich muß etwas anderes anfangen –«

»Etwas anderes anfangen? Du willst deinen Beruf aufgeben?«

»Nun, jedenfalls hier raus – sofort. Auf eine lange Reise – ganz weit fort – weg von allem –«

Er hielt inne. Er spürte, daß es ihm nicht gelungen war, mit der Gleichgültigkeit von jemandem zu sprechen, der eine Änderung herbeisehnt, jedoch zu müde ist, um sie noch freudig zu begrüßen. Trotz aller Bemühungen, die Sehnsucht zu unterdrücken, zitterte in seiner Stimme. »Weg von allem –«, wiederholte er.

»So weit weg? Wohin denn zum Beispiel?« fragte sie.

»Ach, ich weiß nicht. Nach Indien – oder Japan.«

Sie stand auf, und während er so dasaß, den Kopf vorgeneigt und das Kinn auf die Hände gestützt, fühlte er, wie sie sich warm und duftend über ihn beugte.

»So schrecklich weit? Aber ich fürchte, das kannst du nicht, Liebster...«, sagte sie mit unsicherer Stimme. »Oder du müßtest mich mitnehmen.« Und da er schwieg, sprach sie weiter, mit so hellem, gleichmäßigem Klang, daß jede einzelne Silbe wie ein kleiner Hammer gegen sein Hirn schlug: »Das heißt, wenn der Arzt mich gehen läßt... Aber ich fürchte, das ist unmöglich. Denn, siehst du, Newland, seit heute morgen weiß ich mit Bestimmtheit etwas, was ich schon so lange ersehnt und erhofft habe –«

Er blickte zu ihr auf, und es drehte sich ihm im Kopf. Da sank sie nieder, ganz Morgentau und Rosen, und legte ihr Gesicht gegen sein Knie.

»Oh, mein Liebling«, sagte er, zog sie an sich und strich ihr mit eiskalter Hand über das Haar.

Es folgte eine lange Pause, in der er das Höllengelächter in seinem Innern wieder toben hörte; dann löste sich May aus seinen Armen und stand auf.

»Du hast es nicht erraten –?«

»Ja – ich – nein. Das heißt, ich hoffte natürlich –«

Sie sahen sich einen Moment lang an und schwiegen wieder. Dann wandte er die Augen von ihr ab und fragte kurz: »Hast du es schon jemandem gesagt?«

»Nur Mama und deiner Mutter.« Sie stockte und setzte dann schnell hinzu, wobei ihr das Blut in die Stirn schoß: »Das heißt – und Ellen. Ich sagte dir doch, daß wir uns neulich nachmittag lange unterhalten haben – und wie lieb sie zu mir war.«

»Ah ja –«, sagte Archer: sein Herz stand still.

Er merkte, wie sie ihn gespannt beobachtete. »Hast du etwas dagegen, daß ich es ihr zuerst gesagt habe, Newland?«

»Dagegen? Warum sollte ich?« Er riß sich mit letzter Kraft zusammen. »Aber das war vor zwei Wochen, nicht wahr? Und hast du nicht eben gesagt, du hättest es erst heute morgen mit Bestimmtheit erfahren?«

Ihre Röte glühte noch dunkler, aber sie hielt seinem Blick stand. »Nein – ich wußte es damals noch nicht sicher – aber ich sagte ihr, ich wüßte es. Und siehst du«, rief sie, »ich hatte recht!«

In ihren schwimmenden blauen Augen stand der Sieg.

34

Newland Archer saß am Schreibtisch seiner Bibliothek in der Neununddreißigsten Straße Ost.

Er kam gerade von einem großen offiziellen Empfang zur Eröffnung der neuen Ausstellungsräume im Metropolitan Museum, und beim Anblick dieser großen, von den Schätzen der Jahrhunderte angefüllten Räume, in denen die elegante Welt in dichten Scharen an den Reihen wissenschaftlich katalogisierter Kostbarkeiten vorüberwanderte, war plötzlich eine verrostete Feder in senem Gedächtnis aufgesprungen.

»Wie? Ist das nicht einer der alten Cesnola-Räume?« hatte er jemanden sagen hören, und im selben Augenblick war alles um ihn herum versunken, und er saß allein auf einem harten Lederdiwan vor einer Heizung, während eine schlanke Gestalt in einem langen Sealmantel die dürftig bestückten Korridore des alten Museums hinunterschritt.

Das Bild hatte eine Schar anderer Gedankenverbindungen ausgelöst, und er saß da und blickte mit neuen Augen auf sein Bibliothekszimmer, das seit über dreißig Jahren der Schauplatz seiner einsamen Träumereien und aller Familienbesprechungen gewesen war.

Es war der Raum, in dem die meisten wirklichen Ereignisse seines Lebens sich abgespielt hatten. Hier hatte seine Frau vor nahezu sechsundzwanzig Jahren mit einem Erröten, über das die jungen Frauen von heute nur lächeln würden, ihm angedeutet, daß sie ein Kind erwarte; hier war ihr ältester Sohn, Dallas, der zu zart war, um ihn mitten im Winter in die Kirche zu tragen, von ihrem alten Freund, dem Bischof von New York, getauft worden, diesem behäbigen, prächtigen, unersetzlichen Bischof, der so lange der Stolz und die Zier seiner Diözese gewesen war. Hier war Dallas das erstemal über den Fußboden gestolpert und hatte »Papa« gerufen, während May und die Amme hinter der Tür standen und lachten; hier hatte ihr zweites Kind, Mary (die ihrer Mutter so sehr glich), ihre Verlobung mit dem dümmsten und zuverlässigsten der vielen Söhne Reggie Chivers' bekanntgegeben, und hier hatte Archer sie durch den Hochzeitsschleier geküßt, bevor sie zu dem Automobil gingen, das sie zur Grace Church brachte – denn in einer Welt, in der sonst alles bis in seine Grundfesten erschüttert worden war, war eine »Hochzeit in der Grace Church« eine unabänderlich feststehende Einrichtung geblieben.

In der Bibliothek hatten er und May so oft über die Zukunft ihrer Kinder gesprochen: über das Studium von Dallas und seines jüngeren Bruders Bill; über Marys unausrottbare Gleichgültigkeit gegenüber aller feineren Bildung und über ihre Begeisterung für den Sport und soziale Aufgaben; und über Dallas' vages Interesse an »Kunst«, mit dem dieser rastlose, wißbegierige Junge schließlich im Büo eines aufstrebenden New Yorker Architekten gelandet war.

Heuzutage verzichteten die jungen Männer auf Jura und Geschäft und ergriffen alle möglichen neuen Berufe. Wenn sie nicht in die Politik oder in den städtischen Verwaltungsdienst gingen, widmeten sie sich wahrscheinlich als Archäologen der Forschung in Mittelamerika oder wurden Architekten oder gar Landschaftsplaner; sie zeigten ein lebendiges, gelehrtes Interesse an den vorrevolutionären Gebäuden ihres eigenen Landes, studierten und übernahmen Stilrichtungen des achtzehnten Jahrhunderts und bekämpften den sinnlosen Mißbrauch des Wortes »kolonial«: niemand mehr besaß heutzutage Häuser im »Kolonialstil«, ausgenommen die neureichen Krämer in den Vorstädten.

Vor allem aber – Archer hielt es manchmal wirklich für das Allerwichtigste – war es in dieser Bibliothek gewesen, wo der Gouverneur von New York, der aus Albany zum Essen herüberkam und bei ihm übernachtete, sich an seinen Gastgeber gewandt und gesagt hatte, indem er mit der geballten Faust auf den Tisch schlug und seine Brille zermalmte: »Zum Teufel mit den Berufspolitikern! Das Land braucht Männer wie Sie, Archer. Wenn der Stall jemals ausgemistet werden soll, dann müssen Männer wie Sie dabei mithelfen!«

»Männer wie Sie –«: welch glühende Freude hatte Archer über diesen Satz empfunden! Wie eifrig war er diesem Ruf gefolgt! Es war ein Echo der alten Aufforderung Ned Winsetts, die Ärmel hochzukrempeln und in den Dreck zu steigen – diesmal aber von einem Mann geäußert, der selbst mit gutem Beispiel voranging und dessen Ruf man nicht widerstehen konnte.

Zurückblickend empfand Archer dennoch Zweifel, ob Leute wie er wirklich das waren, was sein Land brauchte, wenigstens in der aktiven Mitarbeit, die Theodore Roosevelt gemeint hatte; ja, er hatte Gründe, das zu bezweifeln, denn nach einjähriger Arbeit im Abgeordnetenhaus des Staates New York hatte man ihn nicht wiedergewählt, und er war dankbar in das Dunkel der immerhin nützlichen Arbeit der Stadtverwaltung zurückgesunken, ja, hatte schließlich nur noch ab und zu an einer der reformerischen Wochenzeitschriften mitgearbeitet, die versuchten, das Land aus seiner Lethargie zu reißen. Es war wenig genug, auf das er zurückblicken konnte; aber wenn er bedachte, was die jungen Menschen seiner Generation und seiner Schicht vor sich gesehen hatten – den schmalen Pfad des Geldverdienens, des Sports und der Geselligkeit, auf den sich ihr ganzes Trachten beschränkte –, dann schien auch sein geringer Beitrag zu den neuen Verhältnissen nicht unwichtig zu sein, so wie es in einer starken Mauer letzten Endes auf jeden einzelnen Stein ankam. Er hatte wenig in der Öffentlichkeit getan; er war eben von Natur aus ein beschaulicher Mensch und ein Amateur: aber er schaute nur Hohes, erfreute sich nur an Großem – und er besaß die Freundschaft eines bedeutenden Mannes, die ihn mit Stolz und Kraft erfüllte. Kurz, er war das gewesen, was man jetzt »einen guten Bürger« nannte. In New

York hatte seit vielen Jahren jede neue soziale, kommunale oder künstlerische Bewegung viel auf seine Ansichten gegeben und seinen Namen für sich zu gewinnen gesucht. Man sagte: »Frag Archer«, wenn es sich darum handelte, die erste Schule für behinderte Kinder zu eröffnen, das Kunstmuseum zu reorganisieren, den Grolier-Klub zu gründen, die neue Bibliothek einzuweihen oder eine neue kammermusikalische Gesellschaft ins Leben zu rufen. Seine Tage waren ausgefüllt, und sie waren mit nützlicher Tätigkeit ausgefüllt. Er meinte, mehr könne man nicht verlangen.

Etwas, das wußte er, hatte er nicht gefunden: die Blume des Lebens. Aber sie erschien ihm jetzt als etwas so Unerreichbares und Unwahrscheinliches, daß sich darüber zu beklagen, genauso war, als würde man darüber jammern, daß man in der Lotterie nicht das Große Los gewonnen hatte. In *seiner* Lotterie gab es nur einen einzigen Gewinn auf hundert Millionen Lose: Da war die Gewinnaussicht entschieden zu gering. Wenn er an Ellen Olenska dachte, so tat er es abstrakt und heiter, so wie man an eine geliebte Phantasiegestalt in einem Buch oder auf einem Bild denkt; in ihr hatte sich für ihn der Traum all dessen verdichtet, was er nicht erreicht hatte. So blaß und zart dies Traumbild auch war, es hatte ihn doch von dem Gedanken an andere Frauen abgehalten. Er war das gewesen, was man einen »treuen Gatten« nannte; und als May plötzlich gestorben war – dahingerafft von der Lungenentzündung, von der sie ihr jüngstes Kind gerade gesundgepflegt hatte –, da hatte er aufrichtig um sie getrauert. Die langen Jahre des gemeinsamen Lebens hatten ihm gezeigt, daß es nicht so wichtig war, wenn die Ehe eine langweilige Pflicht war, solange nur die Würde der Pflicht dabei gewahrt blieb: Ließ man die fallen, dann herrschte nichts als der Kampf schmutziger Begierden. Er ehrte die Vergangenheit und bejahte sie. Das Alte hatte schließlich doch sein Gutes.

Sein Blick lief durch das Zimmer, das Dallas mit englischen Kupferstichen, Chippendale-Kommoden, schönen holländischen Tellern und elektrischen Lampen mit angenehmen Schirmen neu hergerichtet hatte, und kehrte zu dem alten Eastlake-Schreibtisch zurück, den er nie hatte aufgeben wollen und auf dem Mays erste Photographie noch immer neben dem Tintenfaß stand.

Da war sie, groß und gertenschlank, mit runden Brüsten, in ihrem gestärkten Musselinkleid und dem schlaff herabhängenden Strohhut, genau wie er sie unter den Orangenbäumen im Missionspark gesehen hatte. Und wie er sie damals gesehen hatte, so war sie geblieben; nie mehr ganz auf der gleichen Höhe, doch auch nie weit darunter: großmütig, treu und nimmermüde, aber so gänzlich ohne Phantasie, so unfähig, sich weiterzuentwickeln, daß die Welt ihrer Jugend in Stücke gegangen war und sich neu wieder aufgebaut hatte, ohne daß ihr die Veränderung jemals bewußt geworden wäre. Vor dem starren Lächeln dieses leeren Blicks war ihr Horizont unverändert der gleiche geblieben, und da sie nicht imstande war, eine Veränderung anzuerkennen, verbargen die Kinder ihre Ansichten vor ihr, wie Archer die seinen vor ihr verbarg: Von Anfang an hatten sie sich bestrebt, eine allgemeine Übereinstimmung zur Schau zu tragen; es war eine Art harmloser Familienheuchelei, in der Vater und Kinder unbewußt zusammengearbeitet hatten. Und so war sie gestorben: im Glauben, daß alles auf der Welt herrlich sei und daß es überall nur so liebevolle, harmonische Familien wie ihre gebe; und sie war bereit gewesen, diese Welt zu verlassen, weil sie überzeugt war, daß Newland unter allen Umständen fortfahren werde, Dallas die gleichen Grundsätze und Vorurteile einzuimpfen, die das Leben seiner Eltern gestaltet hatten, und daß Dallas seinerseits (wenn Newland ihr folgte) dem kleinen Bill das geheiligte Erbe weiterreichen werde. Ihrer Mary war sie so sicher wie ihres eigenen Ichs. Nachdem sie also den kleinen Bill vom Grabesrand zurückgerissen und ihr Leben dabei geopfert hatte, stieg sie zufrieden in die Gruft der Archers auf dem Friedhof von St. Mark's, wo Mrs. Archer bereits ruhte, sicher vor der drohenden »Abwärtsneigung«, die ihre Schwiegertochter noch nicht einmal bemerkt hatte.

Mays Bildnis gegenüber stand ein Bild ihrer Tochter. Mary Chivers war so groß und blond wie ihre Mutter, aber breithüftig, flachbrüstig und von der etwas schlaffen Haltung, wie sie die veränderte Mode verlangte. Mary Chivers' großartige sportliche Leistungen hätte May Archer mit der schmalen Taille, die die himmelblaue Schärpe so leicht umspannte, unmöglich vollbringen können. Der Unterschied war gewissermaßen symbolisch: Das Leben der Mutter war so eng umschnürt gewesen wie ihr Körper. Mary, die nicht weniger konventionell und auch nicht intelligenter war, führte dennoch kein so enges Leben und war in ihren Anschauungen viel toleranter. Das Neue hatte doch auch sein Gutes.

Das Telephon klickte; Archer wandte sich von den Photographien weg und hob den Hörer neben sich ab. Wie weit lagen doch die Tage zurück, da die Beine eines Botenjungen mit der Livree voller Messingknöpfe New Yorks einziges schnelles Benachrichtigungsmittel gewesen waren!

»Ferngespräch aus Chicago!«

Ach, das mußte Dallas sein, den seine Firma nach Chicago geschickt hatte, wo er die Pläne für ein Schloß am See besprechen sollte, das sie für einen jungen, ideenreichen Millionär bauten. Auf solche Reisen schickte die Firma stets nur Dallas.

»Hallo, Papa! Ja, Dallas. Hör mal, hast du Lust, am Mittwoch mit mir abzudampfen? *Mauretania*: ja, nächsten Mittwoch. Unser Kunde möchte, daß ich mir ein paar Gärten in Italien ansehe, bevor wir alles festlegen, und hat mich gebeten, mit dem nächsten Dampfer mal schnell rüberzurutschen. Am ersten Juni muß ich wieder zurück sein« – die Stimme brach in ein fröhliches Verlegenheitslachen aus – »das heißt also: etwas Tempo. Aber ich brauche deine Hilfe, Papa – bitte, komm mit.«

Dallas schien hier im Zimmer zu sprechen: Die Stimme war so nah und klang so natürlich, als flätze er sich gemütlich in seinem Lieblingssessel dort am Feuer. Das hätte Archer sonst nicht überrascht, denn Ferngespräche waren etwas ebenso Selbstverständliches geworden wie elektrisches Licht und die Fahrt über den Atlantik in fünf Tagen. Aber das Lachen hatte ihn verwirrt; es war immer noch wie ein Wunder, daß über diese vielen hundert Kilometer – über Wald, Fluß, Berg, Prärie, über brüllende Städte und emsig arbeitende Millionen – hinweg dieses Lachen ihm sagen konnte: »Natürlich muß ich, ganz egal, was passiert, am ersten zurück sein, weil ich am fünften Fanny Beaufort heirate.«

Die Stimme begann wieder: »Es dir überlegen? Nein, Sir, keine Minute, du mußt jetzt sofort ja sagen. Warum nicht, das möchte ich mal wissen. Wenn du mir einen einzigen Grund angeben kannst – nein, das weiß ich. Dann ist es also abgemacht? Ich verlasse mich darauf, daß du morgen früh die Cunard-Line anrufst, und am besten buchst du auch gleich einen Platz für die Rückreise von Marseille aus. Weißt du, Papa, es wird in gewisser Beziehung das letztemal sein, daß wir zusammen sind – ah, gut! Ich hab' es ja gewußt.« Chicago hängte ein, und Archer erhob sich und begann, im Zimmer auf und ab zu gehen.

Es würde in gewisser Beziehung das letztemal sein: Der Junge hatte recht. Sie würden auch nach seiner Hochzeit noch viele Male zusammen sein, davon war er überzeugt; denn sie waren gute Kameraden, und was man sonst auch von Fanny Beaufort denken mochte, sie würde sie in ihrem Verhältnis zueinander wohl kaum stören. Im Gegenteil: Nach allem, was er gesehen hatte, glaubte er, sie werde sich ganz natürlich darin einfügen. Immerhin aber war es eine Veränderung, der Unterschied ließ sich nicht leugnen, und so sehr er sich auch zu seiner zukünftigen Schwiegertochter hingezogen fühlte, lockte es ihn doch, die Gelegenheit zu ergreifen, noch einmal mit seinem Jungen allein zu sein.

Es gab keinen Grund, der dagegen sprach, es sei denn der, daß er des Reisens entwöhnt war. May war ungern von zu Hause fort gewesen, und wenn, dann mußten triftige Gründe vorliegen, etwa mit den Kindern an die See oder ins Gebirge zu fahren: Sie konnte sich keinen anderen Grund denken, das Haus in der Neununddreißigsten Straße oder die bequemen Räume des Wellandschen Häuschens in Newport zu verlassen. Nach Dallas' Studienabschluß hatte sie es für ihre Pflicht gehalten, ein halbes Jahr auf Reisen zu gehen, und die ganze Familie hatte die altmodische Tour durch England, die Schweiz und Italien gemacht. Da ihre Zeit beschränkt war (niemand wußte, warum), hatten sie Frankreich überschlagen. Archer erinnerte sich, wie wütend Dallas darüber gewesen war, daß man ihm zumutete, sich statt Reims und Chartres den Mont Blanc anzusehen. Aber Mary und Bill wollten in die Berge und waren in den englischen Kathedralen schon gähnend hinter Dallas hergeschlichen; und May, die ihren Kindern gegenüber stets gerecht war, hatte unbedingt darauf bestanden, daß sich die sportlichen und die künstlerischen Interessen streng die Waage hielten. Sie hatte sogar ihrem Gatten vorgeschlagen, er solle doch für zwei Wochen nach Paris fahren und die anderen nach ihrer Bergtour durch die Schweiz an den oberitalienischen Seen wiedertreffen; das aber hatte Archer abgelehnt. »Nein, wir wollen zusammenbleiben«, war seine Antwort gewesen, und Mays Gesicht hatte aufgeleuchtet, weil er Dallas damit ein gutes Beispiel gab.

Seit ihrem Tod vor beinahe zwei Jahren hatte kein Grund mehr bestanden, die gewohnte Lebensweise fortzusetzen. Die Kinder hatten ihn gedrängt, er solle reisen: Mary Chivers war überzeugt, es werde ihm gut tun, nach Europa zu fahren und »die Galerien zu besuchen«. Gerade weil sie nichts von Kunst verstand, glaubte sie um so fester an die heilende Wirkung solch einer Kur. Archer aber hatte sich durch Gewohnheit, Erinnerungen und eine plötzliche Scheu vor neuen Eindrücken gehemmt gefühlt.

Während er so auf seine Vergangenheit zurückblickte, erkannte er, wie der Wagen seines Lebens immer tiefer in die gewohnten Gleise eingesunken war. Wenn man stets nur seine Pflicht tat, dann war die Folge offenbar, daß es einen allmählich zu allem anderen untauglich machte. Jedenfalls war das die Ansicht seiner Generation. Innerhalb der starren Grenzmauern zwischen Recht und Unrecht, Ehrlichkeit und Unehrlichkeit, Ansehen und Schande war wenig Raum für das Unvorhergesehene. Die Phantasie aber, die sich so leicht von der Gewohnheit knebeln läßt, schwingt sich doch in Augenblicken frei empor und überschaut die langen, verschlungenen Wege des Schicksals. Dort schwebte Archer und dachte nach.

Was war von der kleinen Welt übriggeblieben, in der er aufgewachsen war und deren Anschauungen ihn gebeugt und gefesselt hatten? Ihm fiel die höhnische Prophezeiung des armen Lawrence Lefferts ein, die er vor vielen Jahren in eben diesem Raum gemacht hatte: »Wenn die Entwicklung in diesem Tempo weitergeht, dann werden unsere Kinder die Bastarde Beauforts heiraten.«

Genau das tat sein ältester Sohn, der Stolz seines Lebens, und niemand wunderte sich darüber, niemand mißbilligte es. Sogar Tante Janey, die noch immer aussah wie damals, als sie über ihre erste Jugend hinaus war, hatte die Smaragde und Staubperlen ihrer Mutter aus der rosa Watte genommen und sie mit eigener Hand zitternd der Braut überreicht: Und Fanny Beaufort, statt enttäuscht zu sein, daß sie kein »Set« von einem Pariser Juwelier bekam, hatte beim Anblick der altmodischen Pracht einen Ausruf des Entzückens getan und erklärt: Wenn sie sie trage, werde sie sich wie eine Miniatur von Isabey fühlen.

Fanny Beaufort, die nach dem Tode ihrer Eltern mit achtzehn Jahren in New York aufgetaucht war, hatte bald alle Herzen gewonnen wie Madame Olenska damals vor dreißig Jahren; doch statt ihr zögernd und ängstlich zu begegnen, hatte die Gesellschaft sie freudig und mit der größten Selbstverständlichkeit aufgenommen. Sie war hübsch, unterhaltend und gebildet – was wollte man mehr? Niemand war so engherzig, die halbvergessenen Tatsachen aus der Vergangenheit ihres Vaters oder ihrer eigenen Herkunft aufzustöbern und ihr vorzuwerfen. Nur die Älteren entsannen sich eines so dunklen Vorfalls im Geschäftsleben New Yorks wie des Beaufortschen Bankrotts oder der Tatsache, daß er nach dem Tode seiner Frau in aller Stille die berüchtigte Fanny Ring geheiratet und das Land mit seiner neuen Frau und einem kleinen Mädchen, das ihre Schönheit geerbt, verlassen hatte. Danach, hieß es, sei er in Konstantinopel, darauf in Rußland gewesen; und zwölf Jahre später waren amerikanische Reisende von ihm in Buenos Aires großzügig bewirtet worden, wo er Repräsentant einer großen Versicherungsgesellschaft war. Er und seine Frau waren dort im Geruch des Wohlstands gestorben, und eines Tages war dann ihre verwaiste Tochter in New York aufgetaucht, und zwar in der Obhut von Mrs. Jack Welland, der Schwägerin May Archers; denn deren Gatte war zum Vormund des Mädchens bestellt worden. Die Tatsache brachte sie in beinahe verwandtschaftliche Beziehungen zu Newland Archers Kindern, und so war niemand überrascht, als Dallas seine Verlobung bekanntgab.

Nichts hätte deutlicher zeigen können, um welches große Stück die Welt sich weitergedreht hatte. Die Menschen von heute waren zu beschäftigt – beschäftigt mit Reformen und »Bewegungen«, mit Moden, Mätzchen und Malicen –, als daß sie sich viel um ihre Mitmenschen gekümmert hätten. Und wer nahm in diesem riesigen Kaleidoskop noch die Vergangenheit eines einzelnen wichtig, wo sie doch alle als soziale Atome auf derselben Ebene herumwirbelten?

Newland Archer blickte aus seinem Hotelfenster hinaus auf die heitere Majestät der Pariser Straßen und fühlte, wie sein Herz wieder in jugendlicher Verwirrung und Begierde schlug.

Schon lange hatte es sich unter der weiter gewordenen Weste nicht mehr so toll gebärdet, daß er mit leerer Brust und heißen Schläfen dastand. Ob das Herz seines Sohnes sich auch so aufführte, wenn Fanny Beaufort neben ihm war? Nein, bestimmt nicht! »Es schlägt ebenso stark, kein Zweifel, aber es hat einen anderen Rhythmus«, überlegte er und dachte an die kühle Sicherheit, mit der der Junge ihm seine Verlobung mitgeteilt und als selbstverständlich vorausgesetzt hatte, daß die Familie damit einverstanden wäre. »Der Unterschied besteht darin, daß diese jungen Leute es als selbstverständlich ansehen, daß sie alles bekommen, was sie sich wünschen; wir dagegen sahen es als selbstverständlich an, daß wir es nicht bekamen. Ob aber etwas, dessen man von vornherein schon so sicher ist, das Herz auch in so wilden Aufruhr bringen kann?«

Es war der Tag nach ihrer Ankunft in Paris, und die Frühlingssonne hielt Archer an dem offenen Fenster über der weiten, silberhellen Place Vendome fest. Eine der Bedingungen – fast die einzige –, die er gestellt hatte, als er einwilligte, Dallas zu begleiten, war, daß sie in Paris nicht in einem dieser neumodischen »Paläste« wohnten.

»Aber natürlich, ganz, wie du willst«, hatte Dallas gutmütig zugestimmt. »Wir suchen uns so ein lustiges altmodisches Ding aus – sagen wir, das ›Bristol‹.« Sprachlos vernahm der Vater. daß man die jahrhundertealte Herberge von Königen und Kaisern nun als altmodischen Gasthof bezeichnete, den man nur wegen der schrulligen Ungemütlichkeit und des noch bestehenden Lokalkolorits besuchte.

Archer hatte sich in den ersten Jahren, in denen er noch aufbegehrte, oft genug seine Rückkehr nach Paris ausgemalt, dann war er selbst allmählich in den Hintergrund getreten und hatte nur noch versucht, sich die Stadt als den Schauplatz von Madame Olenskas Leben vorzustellen. Nachts allein in seiner Bibliothek, wenn alles sich zur Ruhe begeben hatte, sah er den Frühling in den breiten Kastanienalleen leuchtend anbrechen, sah er die Blumen und Statuen in den Parks, und von den Blumenkarren streifte ihn ein Fliederduft; majestätisch rollte der Fluß unter den großen Brücken hindurch, und Kunst, Wissenschaft und Vergnügungen füllten die starken Adern der Stadt bis zum Bersten. Jetzt lag das Schauspiel in seiner ganzen Glorie vor ihm; aber als er darüber hinblickte, kam er sich verlegen, altmodisch und unzulänglich vor; er war nur ein kleiner grauer Fleck, verglichen mit dem stolzen, prächtigen Burschen, als der er sich in seinen Träumen gesehen hatte…

Fröhlich schlug ihm Dallas auf die Schulter. »Na, Vater, das läßt sich sehen, was?« Eine Weile standen sie da und blickten schweigend hinaus. Dann fuhr der junge Mann fort: »Übrigens – ich habe dir etwas zu bestellen: Grafin Olenska erwartet uns beide um halb sechs.«

Er sprach es so leicht und unbekümmert hin, als habe er ihm irgend etwas Beiläufiges mitgeteilt, etwa die Abfahrtzeit des Zuges, mit dem sie am folgenden Abend nach Florenz fahren wollten. Archer sah ihn an und glaubte in seinen fröhlichen jungen Augen wieder die Spottlust seiner Urgroßmutter Mingott zu lesen.

»Ach, hab' ich dir das nicht gesagt?« fuhr Dallas fort. »Ich mußte Fanny hoch und heilig versprechen, drei Dinge in Paris zu erledigen: ihr die Noten der neuesten Debussy-Lieder zu besorgen, ins Grand-Guignol zu gehen und Madame Olenska zu besuchen. Weißt du, sie ist furchtbar nett zu Fanny gewesen, als Mr. Beaufort sie aus Buenos Aires hierher ins Kloster schickte. Fanny kannte niemanden in Paris, und Madame Olenska war sehr nett zu ihr und führte sie sonntags immer herum. Ich glaube, sie war mit Beauforts erster Frau sehr befreundet. Und dann ist sie natürlich mit uns verwandt. Ich hab' sie heute morgen angerufen, bevor ich wegging, und ihr gesagt, daß wir beide für zwei Tage hier seien und sie sehen möchten.«

Archer starrte ihn noch immer an. »Du hast ihr gesagt, daß ich hier bin?«

»Natürlich, warum denn nicht?« Dallas zog die Augenbrauen drollig in die Höhe. Als er keine Antwort erhielt, hakte er seinen Vater vertraulich unter.

»Sag mal, Vater – wie sah sie aus?«

Archer fühlte, wie er unter dem unbefangenen Blick seines Sohnes errötete. »Na, gestehe – ihr beide wart doch dicke Freunde, nicht? War sie nicht wahnsinnig schön?«

»Schön? Ich weiß nicht. Sie war so anders.«

»Siehst du, da haben wir's. Darauf läuft's schließlich immer hinaus, nicht wahr? Wenn sie kommt, dann ist sie *anders* – man kann nicht sagen, warum. Genauso geht es mir mit Fanny.«

Sein Vater trat einen Schritt zurück und löste seinen Arm. »Mit Fanny. Aber, mein lieber Junge – das will ich doch hoffen! Ich sehe nur nicht –«

»Aber, Papa! Tu doch bloß nicht so vorsintflutlich! War sie nicht einmal – deine Fanny?«

Dallas gehörte mit Leib und Seele zur neuen Generation. Er war Mays und Newlands Erstgeborener, aber es war ihnen nicht gelungen, ihm auch nur die geringste Zurückhaltung anzuerziehen. »Was für einen Sinn hat es, so geheimnisvoll zu tun?« wandte er immer ein, wenn man ihn zur Verschwiegenheit mahnte. »Die anderen versuchen dann bloß, alles auszuschnüffeln.« Aber als Archer ihm jetzt in die Augen sah, erkannte er, wie hinter dem Scherz die Liebe zu ihm, dem Vater, hindurchschimmerte.

»Meine Fanny –?«

»Ja – die Frau, für die du alles hättest über Bord werfen können – nur daß du es nicht getan hast«, erklärte ihm sein Sprößling.

»Ich habe es nicht getan«, wiederholte Archer beinahe feierlich.

»Nein – natürlich nicht; du bist ja auch einer von früher. Aber Mutter hat gesagt –«

»Deine Mutter?«

»Ja. Am Tage vor ihrem Tod. Als sie mich allein kommen ließ – erinnerst du dich? Sie sagte, wir könnten uns auf dich verlassen, in alle Zukunft; denn einmal, als sie dich darum bat, da hättest du das aufgegeben, was dir das Liebste auf der Welt war.«

Schweigend hörte Archer diese seltsame Mitteilung an. Seine Augen blieben wie blind auf den belebten, sonnenhellen Platz unter dem Fenster gerichtet. Endlich sagte er leise: »Sie hat mich nicht darum gebeten.«

»Nein. Das hatte ich vergessen – ihr habt ja niemals etwas voneinander erbeten, nicht wahr? Und ihr habt euch nie etwas gefragt oder gesagt. Ich habt einfach dagesessen, habt euch heimlich beobachtet und zu erraten versucht, was im anderen vorging. Eine richtige Taubstummenanstalt! Ich möchte wetten, daß ihr in eurer Generation viel besser verstanden habt, die geheimsten Gedanken im anderen zu lesen als wir, die wir uns nie die Zeit dazu nehmen. – Hör mal, Papa«, unterbrach Dallas sich, »du bist mir deshalb doch nicht böse? Wenn ja, dann wollen wir uns wieder vertragen und zur Versöhnung zu Henri essen gehen. Danach muß ich schnell noch nach Versailles.«

Archer begleitete seinen Sohn nicht nach Versailles. Er wollte lieber diesen Nachmittag ganz allein durch Paris streifen. Er hatte auf einmal das Bedürfnis, mit der stummen Last der Reue und der zurückgedrängten

Erinnerungen eines ganzen sprachlosen Lebens fertigzuwerden.

Bald bedauerte er nicht mehr, daß Dallas so offen zu ihm gesprochen hatte. Zu wissen, daß noch jemand alles geahnt und Mitleid mit ihm gehabt hatte, das war, als löse sich eine eiserne Klammer von seinem Herzen... Und daß es seine Frau gewesen war, das rührte ihn zuinnerst. Dallas hätte dies bei all seiner hingebungsvollen Scharfsicht nicht verstanden. In seinen Augen war die Episode zweifellos nichts als ein mitleiderregendes Beispiel vergeblicher Enttäuschungen, vergeudeter Gefühle. War sie aber nicht doch mehr? Lange blieb Archer auf einer Bank an den Champs Elysées sitzen und dachte über diese Frage nach, während der Strom des Lebens an ihm vorüberrollte...

Nur wenige Straßen entfernt erwartete ihn in wenigen Stunden Ellen Olenska. Sie war nie zu ihrem Gatten zurückgekehrt, und als er vor einigen Jahren gestorben war, da hatte sie ihr Leben nicht geändert. Jetzt stand nichts mehr zwischen ihr und Archer – und an diesem Nachmittag sollte er sie sehen.

Er erhob sich und ging über die Place de la Concorde und die Tuilerien in den Louvre. Sie hatte ihm einmal erzählt, daß sie oft dort sei, und er verspürte Lust, die Zeit bis zu ihrem Wiedersehen irgendwo zu verbringen, wo sie vielleicht kürzlich noch gewesen war. Eine Stunde oder länger wanderte er im Licht der Nachmittagssonne von Saal zu Saal, und ein Bild nach dem anderen überfiel ihn mit seiner halbvergessenen Pracht und füllte seine Seele mit den lange nachhallenden Echos der Schönheit. Wie arm war sein Leben doch letztlich gewesen!

Plötzlich sagte er sich vor einem leuchtenden Tizian: »Aber ich bin doch erst siebenundfünfzig –«, dann wandte er sich ab. Für solche Sommerträume war es zu spät, doch sicher nicht für einen stillen Herbst der Freundschaft und Kameradschaft, in der gedämpften Ruhe ihrer seligen Nähe.

Er ging ins Hotel zurück, wo er sich mit Dallas verabredet hatte, und zusammen wanderten sie wieder über die Place de la Concorde und über die Brücke, die zur Abgeordnetenkammer führt.

Dallas, der nicht ahnte, was im Innern seines Vaters vorging, erzählte aufgeregt und überschwenglich von Versailles. Er hatte es vorher nur einmal flüchtig auf einer Ferienreise gesehen, als er den Versuch machte, schnell all das in sich aufzunehmen, worauf er damals bei der Reise mit der Familie in die Schweiz hatte verzichten müssen, und lärmende Begeisterung und selbstsichere Kritik lösten einander auf seinen Lippen ab.

Während Archer ihm zuhörte, wuchs in ihm das Empfinden, wie untauglich und gehemmt er selber war. Der Junge besaß viel Feingefühl, vor allem aber eine Leichtigkeit und ein Selbstvertrauen, wie sie nur derjenige hatte, der das Schicksal nicht als Herrn, sondern als seinesgleichen ansah. »Das ist es: Sie fühlen sich allem gewachsen – sie sind nirgends fremd«, sann er und sah dabei in seinem Sohn den Sprecher der neuen Generation, die alle alten Grenzpfähle und damit auch die Wegweiser und Gefahrenzeichen hinweggefegt hatte.

Mit einem Ruck blieb Dallas stehen und griff nach seines Vaters Arm. »Oh, beim Jupiter!« rief er.

Sie hatten eben den großen baumbestandenen Platz vor dem Invalidendom betreten. Die Kuppel Mansards wölbte sich wie ein Himmel über den knospenden Bäumen und der langen grauen Fassade des Baus: Sie sammelte in sich alle Strahlen der Nachmittagssonne und schwebte dort wie ein sichtbares Symbol des Ruhms der Nation.

Archer wußte, daß Madame Olenska an einem Platz wohnte, der in der Nähe einer der vom Invalidendom ausgehenden Alleen lag. Er hatte sich die Gegend stets als ruhig und fast dunkel vorgestellt und diesen herrlichen Mittelpunkt vergessen, der über alles seinen Glanz warf. Nun sah er auf einmal in merkwürdiger Gedankenverbindung dieses goldene Licht vor sich als die Sonne, unter der sich ihr ganzes Leben abspielte. Seit fast dreißig Jahren – von denen er befremdlich wenig wußte – hatte sie in dieser reichen Atmosphäre gelebt, die ihm als zu dicht und doch zu anregend für seine Lungen erschien. Er stellte sich die Theater vor, die sie besucht, die Bilder, die sie betrachtet, die soliden, prächtigen alten Häuser, in denen sie verkehrt und die vielen Menschen, mit denen sie gesprochen haben mußte; er dachte an all die unaufhörlichen Anregungen durch Ideen, Kuriositäten, Bilder und die ganze bunte Fülle der Beziehungen, wie sie in einem in der Kunst der Geselligkeit so begabten Volk immer aufs neue entstehen; und plötzlich erinnerte er sich des jungen Franzosen, der einmal zu ihm gesagt hatte: »Ach, ein gutes Gespräch – es gibt doch nichts Besseres als das, nicht wahr?«

Archer hatte Monsieur Rivière seit beinahe dreißig Jahren weder gesehen noch etwas von ihm gehört: Daran ließ sich ermessen, wie völlig fremd ihm Madame Olenskas Dasein gewiß war. Mehr als ein halbes Leben trennte ihn von ihr, und sie hatte die lange Zwischenzeit unter Menschen verbracht, die er nicht kannte, in einer Gesellschaft, die er sich nur undeutlich vorzustellen vermochte, und unter Verhältnissen, die er nie ganz verstehen würde. Während dieser Zeit hatte er tief in seinem Innern ihr Bild von damals bewahrt; sie aber hatte zweifellos andere und inhaltsreichere Freundschaften geschlossen. Doch vielleicht hatte auch sie die Erinnerung an ihn als etwas Besonderes gehütet; dann aber nur so wie eine Reliquie in einer kleinen, dämmerigen Kapelle, wo man nicht jeden Tag die Zeit zum Beten fand...

Sie hatten den Platz vor dem Invalidendom überquert und gingen an ihm entlang eine der langen Straßen hinunter. Es war doch ein stilles Viertel, trotz seines Glanzes und all seiner Geschichte, und man ahnte, wie viele unerschöpflich reiche Quellen Paris besaß, wenn Szenen wie diese nur wenigen gleichgültigen Menschen vorbehalten waren.

Der Tag verdämmerte langsam in mildem sonnendurchstrahltem Dunst, in dem hier und da ein gelbes elektrisches Licht aufleuchtete, und Fußgänger waren selten auf dem kleinen Platz, den sie eben betraten. Dallas blieb stehen und blickte nach oben.

»Hier muß es sein«, sagte er und schob seinen Arm in den seines Vaters, der vor dieser Geste nicht scheu zurückwich. So standen sie nebeneinander und blickten an dem Haus hinauf.

Es war ein modernes Gebäude ohne einen auffallenden Zug, doch mit vielen Fenstern und hübschen Balkonen auf der breiten, cremegelben Vorderseite. Auf einem der oberen Balkone, hoch über den runden Wipfeln der Kastanien auf dem Platz, war die Markise noch herabgelassen, als sei die Sonne eben erst verschwunden.

»Was meinst du, in welchem Stockwerk –?« fragte Dallas, bog in den Torweg, steckte den Kopf in das Portierfenster und kam zurück und sagte: »Im fünften. Es muß da sein, wo die Markise ist.«

Archer blieb schweigend stehen und starrte auf die oberen Fenster, als sei er am Ziel seiner Pilgerfahrt angelangt.

»Hör mal, es ist gleich sechs«, mahnte in Dallas endlich.

Der Vater blickte seitwärts auf eine leere Bank unter den Bäumen.

»Ich glaube, ich setze mich einen Augenblick hier hin«, sagte er.

»Warum? Fühlst du dich nicht wohl?« rief sein Sohn.

»Doch doch. Aber es ist wohl besser, du gehst ohne mich hinauf.«

Sichtlich bestürzt zögerte Dallas. »Aber, Papa, soll das etwa heißen, daß du nicht mit hinaufkommst?«

»Ich weiß nicht«, sagte Archer langsam.

»Das wird sie aber nicht verstehen.«

»Geh schon, mein Junge. Vielleicht komme ich nach.«

Dallas sah ihn in der Dämmerung lange an.

»Was soll ich ihr denn um Gottes willen sagen?«

»Mein lieber Junge, du weißt doch sonst immer, was du sagen sollst«, erwiderte ihm der Vater lächelnd.

»Na gut. Ich werde sagen, du seist altmodisch und gingest lieber die fünf Treppen zu Fuß, weil du Aufzüge nicht ausstehen könntest.«

Sein Vater lächelte wieder. »Sag ihr, ich sei altmodisch. Das genügt.«

Dallas warf ihm wieder einen Blick zu, schüttelte den Kopf und verschwand im Gewölbe der Einfahrt.

Archer ließ sich auf der Bank nieder und blickte wieder auf den Balkon mit der Markise. Er überlegte, wie lange es dauere, bis sein Sohn im Aufzug im fünften Stock ankäme, dann klingelte, darauf eingelassen und in das Wohnzimmer geführt wurde. Er stellte sich vor, wie Dallas den Raum mit seinem schnellen, sicheren Schritt und seinem gewinnenden Lächeln beträte, und fragte sich, ob die Leute wirklich recht hätten, die meinten, sein Sohn »schlage ihm nach«.

Dann versuchte er sich die Personen vorzustellen, die schon in dem Zimmer waren – denn zu dieser Besuchszeit waren es wahrscheinlich mehrere –, und unter ihnen eine dunkle Dame, blaß und dunkel, die ihm einen jähen Blick zuwarf, sich halb erhob und ihm eine lange schmale Hand mit drei Ringen entgegenstreckte... Gewiß saß sie in einer Sofaecke neben einem Feuer, und Azaleen standen hinter ihr auf einem Tisch.

»Dies hier hat für mich mehr Wirklichkeit, als wenn ich hinaufginge«, hörte er sich plötzlich sagen, und aus Furcht, daß dieser letzte Schatten der Wirklichkeit in ihm verblassen könnte, blieb er wie angewurzelt sitzen, während die Minuten verrannen.

Lange saß er in der dichter werdenden Dämmerung auf der Bank und wandte die Augen nicht von dem Balkon. Endlich flammte hinter den Fenstern ein Licht auf, und in der nächsten Sekunde trat ein Diener auf den Balkon, zog die Markise hoch und schloß die Fensterläden.

Als sei das für Newland Archer das Zeichen, auf das er gewartet, erhob er sich langsam und ging allein zurück ins Hotel.